Ethan Banks

Grim Hallow

Die Nacht der 13 Monde

Für Anastasia!
Höre nie auf zu träumen...
Deine Mama

Grim Hallow

Die Nacht der 13 Monde

Band 1

Ethan Banks

Deutsche Erstausgabe
Juli 2024
Ethan Banks
c/o autorenglück.de
Franz-Mehring-Str. 15
01237 Dresden

ISBN
Hardcover: 978-3-911435-02-4

Ich widme dieses Buch meiner Tochter Frieda.
Verlerne nie das Träumen, denn in den Schleiern der Fantasie liegt oft die Wahrheit, die das Leben erst lebendig macht.

Kapitel 1: Die Jagdhütte

In einer kalten Frühlingsnacht, Anfang März, wehte ein eisiger Meereswind über dem Pazifischen Ozean. Mit unbändiger Kraft traf er auf die tiefen Klippen der irischen Küste, die wie dunkle Mauern im Mondschein wirkten. Die meterhohen Wellen zerschlugen an den Felsen, und die weiße Gischt funkelte unter tausenden Sternen, als mit einem Mal ein Licht weit oben am Hang der Klippen erschien.

Das Licht kam von einer Taschenlampe, die wie ein Leuchtturm auf dem höchsten Punkt der Steilküste, ihren Schein immer wieder in verschiedene Richtungen warf. Sie lag in der Hand eines Mannes mit langem grauem Bart, dessen faltiges Gesicht den Anschein erweckte, schon viele Seemeilen gesehen zu haben. Er trug einen gelben Regenmantel, schwarze Stiefel und eine dunkelblaue Mütze, die er bis zu seinen blaugrauen Augen tief heruntergezogen hatte.

Immer wieder leuchtete er die Felswand hinunter in die dunkle See, als ob er nach irgendetwas suchen würde. Er ging auf einem schmalen Pfad entlang, der in über zwanzig Metern Höhe direkt am Abgrund entlangführte und untersuchte seine Umgebung akribisch genau.

Die Gegend war menschenleer, nur sehr schwach schimmerten in nordöstlicher Richtung weit entfernt die Lichter der nächsten Hafenstadt. Der kalte Wind blies ihm so stark entgegen, dass er sein Gesicht kaum noch spürte, doch ließ er sich davon nicht abbringen, weiterzugehen.

Nach einer Weile führte der Pfad immer weiter von den Klippen weg in eine felsige Senke, in deren Vertiefung einige Moorbirken und allerlei Wildsträucher wuchsen.

Als er in die große Mulde hinabblickte, glaubte er, dort unten etwas in der Dunkelheit leuchten zu sehen. Sofort knipste er seine Taschenlampe aus und tatsächlich nahm er durch die Äste einiger umliegender Bäume ein glimmendes Licht wahr, kaum heller als ein Schwarm Glühwürmchen.

Vorsichtig schritt er in die Senke hinab und auf das Licht zu, dessen Ursprung ihm unerklärlich war. Je tiefer er die Mulde hinabging, desto mehr ließ der Wind nach. Der Mondschein reichte gerade noch aus, um den vor ihm liegenden Pfad zu erkennen.

Als er den tiefsten Punkt der Senke erreichte, schlich er um eine dichte Baumgruppe herum. Plötzlich sah er den Ursprung des geheimnisvollen Lichts, das ihn hierher gelockt hatte. Im Schutz der Böschung, verborgen zwischen den Schatten der Bäume, stand eine kleine Jagdhütte. Durch die Fenster schimmerte das warme Flackern eines Kaminfeuers. Das war für diese Jahreszeit sehr untypisch, denn Jäger kamen selten über die kalten Monate hierher, geschweige denn über Nacht.

Langsam schritt er weiter auf das Licht zu, das aus einem kleinen Fenster an der Längsseite der Blockhütte schien. In der Dunkelheit konnte er nicht viel erkennen, allerdings wirkte das Gebäude ziemlich alt und heruntergekommen, je näher er herankam.

Auf dem moosbedeckten Dach wuchsen allerhand Gräser, aber es schien noch intakt zu sein. Rauch stieg aus einem steinernen Schornstein in den Nachthimmel auf, und durch das alte Fenster nahm er schemenhafte Umrisse von sich bewegenden Personen wahr.

Auch es ihn nach wie vor sehr stark wunderte, hier draußen Jäger anzutreffen, schien ein wärmendes Kaminfeuer in dieser Eiseskälte zu verlockend, um nicht kurz um Einlass zu bitten. Schließlich waren solche Hütten dafür gedacht, Jägern und Wanderern stets eine Zuflucht zu bieten, wann immer sie eine brauchten.

Er stieg die beiden Stufen zu dem schmalen Absatz vor der kleinen Holztür hinauf und als er gerade die Hand zum Anklopfen hob, hörte er Stimmen, die sich in einer fremden Sprache miteinander unterhielten. Er hielt inne und fragte sich, wer hier Quartier bezogen haben könnte. Ausländische Jäger? Das war für diese Gegend noch untypischer, denn selbstverständlich gab es hier in Irland genug Touristen, die zum Jagen herkamen, jedoch nicht zu dieser Jahreszeit und nicht so weit draußen in der Wildnis.

Möglichst lautlos schlich er vom Eingangsbereich über die knarrenden Dielen zum Fenster herum und spähte vorsichtig durch das angestaubte Glas hinein. Er blickte auf ein Kaminfeuer, das mittig im Raum vor sich hin loderte, und einen Augenblick später erkannte er die

Umrisse von zwei Männern, die davor saßen. Ihre Gesichter waren nicht zu sehen, denn sie saßen mit dem Rücken zu ihm gewandt auf zwei Stühlen und trugen lange schwarze Umhänge, die über die Stuhllehnen bis zum Boden hin reichten. Einer der beiden hatte einen kahlgeschorenen Kopf, während der andere langes, dunkles Haar trug, das zu einem Zopf zusammengebunden war.

Wieder hörte er diese seltsame Sprache, die er nicht einordnen konnte, aber es schien, als würden sie hitzig miteinander diskutieren. Der Mann mit dem langen Haar zog einen Gegenstand aus seinem Gewand und hielt es dem anderen vor sein Gesicht, der daraufhin aufstand und zurückschreckte. Es musste sich um einen Gegenstand aus Metall oder Silber handeln, denn im Schein des Feuers sah er etwas durch die schmutzige Fensterscheibe aufblitzen.

Während die beiden noch aufgebrachter miteinander diskutierten, hörte der Mann draußen etwas hinter sich in der Dunkelheit knacken. Erschrocken fuhr er herum und versuchte, etwas in der Dunkelheit zu erkennen, allerdings hatten sich seine Augen schon zu sehr an das Licht des Kaminfeuers gewöhnt. Zwar hielt er seine Taschenlampe griffbereit, jedoch würden ihn die beiden Männer in der Hütte mit Sicherheit entdecken, wenn er sie jetzt einschalten würde.

Er zog den Kopf ein und lehnte sich mit dem Rücken an die Brüstung. Wieder gab es ein Geräusch in der Finsternis vor ihm, dieses Mal lauter. Jemand schlich durch das Unterholz direkt auf die Hütte zu. Nur ein kleiner Busch bot ihm ein wenig Deckung und er war sich sicher, man würde ihn entdecken, wenn jemand nah genug an ihm dran wäre.

Die Schritte wurden lauter, und als sich seine Augen wieder etwas an die Dunkelheit gewöhnt hatten, erkannte er die Umrisse einer weiteren dunklen Gestalt, die direkt auf die Hütte zukam und schwach vom Schein des Feuers durch das Fenster angeleuchtet wurde.

Seine Hände begannen zu zittern. Er konnte es sich nicht erklären, aber er wollte unter keinen Umständen hier draußen von diesen Leuten entdeckt werden.

Die Person ging noch ein paar Schritte auf die Stelle zu, wo der Mann unter dem Fenstersims kauerte, und blieb wenige Meter vor ihm abrupt stehen.

Er war entdeckt worden, dessen war er sich sicher. Einen Moment lang starrte er die in einen schwarzen Umhang gekleidete Person an, konnte das Gesicht aufgrund einer tief ins Gesicht gezogenen Kapuze aber nicht erkennen.

Sein Herz begann zu rasen und er war unfähig, auch nur ein einziges Wort herauszubringen. Gerade als er all seinen Mut zusammennahm und aufstehen wollte, geschah etwas Unerwartetes. Die Gestalt wandte sich von der Fensterseite der Hütte ab und ging in Richtung der Tür.

Verwirrt blieb der ältere Herr noch einen Augenblick lang sitzen und fragte sich, ob er wirklich nicht entdeckt worden war. Die Person musste ebenfalls durch das Fenster hineingeschaut haben, um sich zu vergewissern, wer sich in der Hütte befand und dass sie ihn dabei nicht gesehen hatte, war ein Glücksfall. Sein Verstand sagte ihm, er solle jetzt sofort verschwinden, doch er wollte unbedingt wissen, was das alles zu bedeuten hatte.

Vorsichtig drehte er sich wieder um und schaute durch das Fenster in die Hütte hinein. Dreimal pochte es laut an die Holztür, und die hitzige Diskussion verstummte augenblicklich.

Der kahlköpfige Mann, der zuvor hektisch aufgesprungen war, marschierte zum Eingang und öffnete die Tür.

»Ah, kommst du auch schon«, zischte er grinsend. Jetzt sprach er Englisch, und der Mann vor dem Fenster konnte ihn verstehen.

Die Gestalt schritt schweigend über die Türschwelle und setzte dann ihre Kapuze ab.

Der ältere Herr draußen erkannte nun das Gesicht des Neuankömmlings und staunte. Es war ein junger Mann, kaum älter als zwanzig, mit einer schwarzen Mütze unter der Kapuze. Trotz des ernsten Ausdrucks in seinen Augen wirkte er unsicher und angespannt.

»Warum sind wir hier? Es wurde bereits alles besprochen«, erwiderte er zu demjenigen, der die Tür geöffnet hatte.

»Es gibt Dinge, die jenseits der schwarzen Mauern besprochen werden müssen«, zischte er zurück.

Der junge Mann ging zum Feuer und blieb kurz davor stehen. »Was haben wir noch nicht besprochen?«, fragte er den zweiten Mann, der immer noch auf seinem Stuhl saß und ins Feuer starrte.

»Du hast uns noch nicht gesagt, wie du es anstellen willst«, antwortete er kühl.

»Ich muss euch nicht in meine Pläne einweihen. Dieses Vertrauen wurde mir entgegengebracht und ich werde meine Aufgabe erfüllen!«

Der Mann mit dem Zopf lachte kurz auf, ehe er antwortete: »Du bist jung und unerfahren, aber wenn du unsere Hilfe nicht willst, dann sei es so. Allerdings hoffe ich für dich, dass dir bewusst ist, was auf dem Spiel steht.«

»Jahrelang wurde ich darauf vorbereitet, mein ganzes Leben lang habe ich auf diesen Moment gewartet. Ich werde nicht versagen!«

Der junge Mann sprach mit lauter Stimme, seine Worte durchdrungen von Entschlossenheit und Trotz.

»Offenbar hast du deinen Zorn immer noch nicht im Griff«, entgegnete der langhaarige Mann mit ruhiger, aber ebenso ernster Stimme. »Die Nacht der Monde ist bald da und wenn du nicht vorbereitet bist, wird das unser Untergang sein«, erklärte er nun ebenfalls energischer und stand auf. »Hier, das soll ich dir von ihm geben.« Der Mann hielt ihm den Gegenstand hin, der kurz zuvor den anderen hatte aufschrecken lassen. Doch im Gegensatz zu ihm blieb der Junge ruhig.

Er streckte die Hand aus, griff nach dem Gegenstand und betrachtete ihn kurz, ehe er ihn in seinem Umhang verschwinden ließ. »Ich bin bereit zu tun, was getan werden muss«, sagte er nach einer kurzen Pause. »Sie wird sterben, ehe die Nacht vorüber ist.«

»Und dann wird ihr Blut ihn auferstehen lassen!«, fügte der Glatzköpfige hinzu und lachte dabei auf eine Art, die dem älteren Mann draußen alle Haare zu Berge stiegen ließ.

Er konnte kaum glauben, was er da hörte. In diesem Augenblick war er Zeuge eines Mordkomplotts zwischen drei Männern geworden, die sich mitten in der Nacht tief in der Wildnis getroffen hatten. Sein warnendes Gefühl hatte ihn nicht getäuscht und ihm war klar, er musste schnellstmöglich die Polizei alarmieren.

»Bring sie zu uns und du wirst endgültig in den Orden aufgenommen«, sagte der Mann mit dem Zopf und ging langsam zum Feuer. Er nahm etwas vom Kaminsims und als er sich gerade wieder zu den anderen beiden umdrehen wollte, blieb er schlagartig stehen.

Der alte Mann sah von draußen wieder etwas Kleines in seiner Hand aufblitzen, dieses Mal jedoch viel heller als bei dem Gegenstand zuvor.

»Noli circum vertere. Foris nos aliquis auscultat«, sagte er plötzlich mit unterdrückter Stimme, und nun zeigten auch die anderen beiden keine Regung mehr.

Der Mann draußen verstand nicht, was das zu bedeuten hatte. Angestrengt schaute er durch das Fenster auf die Hand des Mannes und als er den Gegenstand darin erkannte, riss er panisch die Augen auf.

Es war ein Spiegel, durch den er entdeckt worden war. Für einen flüchtigen Moment starrte er in ein schwarzes Auge, dessen Pupillen sich unnatürlich geweitet zu haben schienen. Sofort sprang er auf und taumelte vom Fenster weg, ehe er ins Stolpern geriet und rücklings zu Boden stürzte. Jetzt zählte jede Sekunde. Hastig raffte er sich wieder auf und stürmte wie wild zurück zum Pfad, von dem er gekommen war. Sein Herz schlug ihm bis zum Hals und er rannte, so schnell er nur konnte, die Anhöhe zu den Klippen hinauf.

Immer wieder warf er einen flüchtigen Blick hinter sich, doch es war nichts außer pechschwarzer Dunkelheit zu sehen. Es schien, als würden sie ihn nicht verfolgen, denn sonst hätte er Lichter sehen müssen. Diese Männer hatten vor, jemanden zu töten, und sie machten bestimmt vor niemandem Halt, der ihre grausamen Pläne belauscht hatte. Seine Brust begann entsetzlich zu stechen, allerdings war ihm bewusst, dass er nicht stehen bleiben durfte, wenn ihm sein Leben lieb war.

Jetzt war er wieder am oberen Rand der Steilklippe angekommen und es blieb ihm nichts anderes übrig, als seine Taschenlampe wieder einzuschalten. So dicht am Abgrund konnte ein falscher Schritt ausreichen und er würde in die Tiefe stürzen. Wieder drehte er sich um, doch es waren noch immer keine Anzeichen von irgendwelchen Verfolgern zu sehen. Wenn sie hinter ihm her waren, dann mussten sie zwangsläufig auf diesem schmalen Pfad auftauchen, denn dieser Weg war auf der einen Seite von der Steilküste begrenzt und auf der anderen lag ein großes Sumpfgebiet.

Seine Brust schmerzte so sehr, dass er sich kaum noch aufrecht halten konnte und so wurden seine Schritte allmählich langsamer. Es waren nur noch wenige hundert Meter bis zu seinem Auto, das er am Ende eines Feldweges unweit der Küste geparkt hatte.

Ein letztes Mal drehte er sich um und erhellte mit der Taschenlampe in seiner zitternden Hand den Pfad hinter ihm. Zuerst war alles still, aber als er einen Augenblick lang auf einen etwas weiter entfernten Busch am Wegesrand leuchtete, sprang dahinter etwas in die Düsternis des Sumpfes. Das konnte nur ein Tier gewesen sein, dessen war er sich sicher. Dennoch ließ er das Licht der Taschenlampe noch einen Moment lang auf dem Pfad ruhen, um ganz sicherzugehen.

Dort war niemand. Sie hatten ihn ziehen lassen, ohne ihn zu verfolgen. Womöglich hatte er zwei Mal in dieser Nacht Glück gehabt und auch der andere Mann hatte ihn gar nicht erst entdeckt. Gerade in solchen Momenten konnte die Einbildung einem übel mitspielen, und besonders in der Dunkelheit wurde der Verstand oft trügerisch, so viel war sicher.

Er wandte sich wieder um und ging zügig weiter zu seinem Auto. Angestrengt dachte er darüber nach, wo sich die nächste Polizeistation befand, denn ein Telefon hatte der Mann nicht dabei. Er hob den Blick und erstarrte augenblicklich. Auf dem Pfad vor ihm kauerte eine düstere Gestalt, kaum mehr als ein Schatten in der Dunkelheit. Seine Knie wurden weich, während sein Puls rasend in die Höhe schoss.

»Das ist doch nicht möglich«, murmelte er fassungslos zu sich selbst. Dieser Weg war der einzige, der um das große Sumpfgebiet herumführte und da er nicht überholt worden war, konnte es sich nur um eine weitere fremde Person handeln.

Wie angewurzelt stand er da und überlegte, was er tun sollte. Ganz sicher gehörte diese Gestalt, die genau wie die anderen in einen schwarzen Umhang gekleidet war, zu denen, die er gesehen hatte, aber vielleicht wusste sie nicht, dass er sie belauscht hatte. Es blieb ihm keine andere Wahl, als weiter zu gehen. Vielleicht würde sie ihn auch vorbeilassen, wenn er sich nichts anmerken ließ.

Langsam ging er auf die regungslose Person zu, die scheinbar auf dem Boden kniete, und begann am ganzen Körper zu zittern. Als er nur noch wenige Meter vor ihr war, leuchtete er sie mit seiner Taschenlampe direkt an.

»G-Guten Abend«, stotterte er nervös, seine Stimme bebend. »W-Wären Sie so freundlich, einen alten Mann durchzulassen? Es ist schon spät, und ich muss zu meiner Frau nach Hause. Die Fische… die Fische haben heute leider nicht gebissen.«

Langsam erhob sich die schwarze Gestalt, und es war, als würde jede Wärme aus seinem Körper verschwinden. »Ich kann deine Angel gar nicht sehen, alter Mann«, zischte eine Stimme, die er sofort erkannte. Die Person nahm ihre Kapuze ab, und der ältere Herr traute seinen Augen nicht. Es war der kahlköpfige Mann aus der Hütte, der ihn mit gelben, spitzen Zähnen angrinste und sein Gesicht dabei zu einer fürchterlichen Grimasse verzog.

Mit panischem Schrecken wich er zurück, doch nach wenigen Schritten erstarrte er erneut. Eine weitere Gestalt tauchte nun hinter ihm auf dem Pfad auf.

»Hören Sie, ich will keinen Ärger!«, rief er mit zittriger Stimme. »Ich habe nichts gehört und werde auch nicht zur Polizei gehen, darauf gebe ich Ihnen mein Wort!«

In diesem Moment vernahm er schwere, dumpfe Schritte, begleitet von plätschernden Geräuschen aus Richtung des Moores. Mit weit aufgerissenen Augen versuchte er, das Tier in der Finsternis zu erkennen, das sich rasend schnell näherte. Seine Atmung raste, und sein Herz schien jeden Moment aus der Brust zu springen.

»Bitte, nicht!«, schrie er verzweifelt, doch es war zu spät.

Für den Bruchteil einer Sekunde starrte er in leere, schwarze Augen, bevor er von einem gewaltigen Stoß getroffen wurde.

Das Letzte, was er sah, war der sich immer weiter entfernende Rand der Klippen, beleuchtet von unzähligen Sternen, während er unaufhaltsam in den Abgrund stürzte.

Kapitel 2: Das Ritual

Am Nachmittag eines heißen Sommertages, Anfang Juli, saß ein Junge im Teenageralter an einer alten Eiche gelehnt, vor einem kleinen See nahe der Stadt Lancaster in England. Er schaute auf das Wasser und beobachtete, wie das Licht der Sonne von der kristallblauen Wasseroberfläche auf die Baumkrone über ihm reflektierte. In den Händen hielt er einen Schraubenschlüssel, den er gerade mit einem alten Tuch von Ölresten befreite.

Am Lenkrad seines Mopeds, das neben ihm stand, hing ein zerkratzter, dunkelbrauner Schalenhelm. Obwohl der grüne Lack seiner geliebten Kreidler Florett bereits an einigen Stellen abblätterte, glänzten die frisch polierten Speichen im Sonnenlicht. Auf dem Rücksitz waren eine große Tasche und eine eingewickelte Decke sicher mit Gurten befestigt.

Der schlanke Junge trug eine kurze Jeanshose, auf der sich ein paar frische Ölflecke befanden. Er hatte braune Augen und vom Wind zerzaustes, dunkelblondes Haar. Gedankenverloren starrte er auf die Bäume am anderen Ufer und dachte an die Zeit, die nun kommen würde.

Durch das leise Rascheln der Blätter um ihn herum nahm er von weit her das immer lauter werdende Geräusch anderer Mopeds wahr. Ein Grinsen huschte durch sein Gesicht und nach einem Schluck aus seiner Energydose stand er langsam auf und klopfte sich den Dreck von seiner Hose ab.

Nach einem kurzen Moment erschienen auf dem Waldweg hinter der großen Eiche zwei weitere Mopeds. Als der erste, ziemlich große Junge von seinem weißen Piaggio-Roller abstieg und seinen Helm abnahm, war auch bei ihm ein breites Grinsen zu sehen. »Hey Liam!«, rief er, ehe er ihm die Hand zur Begrüßung hinhielt.

»Hallo Oliver«, erwiderte Liam und begrüßte seinen Freund mit einem Handschlag.

Der große Junge trug ein weinrotes T-Shirt mit weißer Aufschrift, eine Pilotenbrille mit großen Gläsern und hatte kurze dunkle Haare. Er war schlank und wirkte sportlich gebaut.

Direkt hinter ihm kam ein kleinerer, schmächtig wirkender Junge ebenfalls auf die beiden zu.

»Befummelt ihr euch schon?«, fragte er.

»Doch nicht ohne deine Mama, Byrne!«, erwiderte Liam und beide grinsten sich an.

Der kleinste der drei Jungen trug eine dunkle Badehose, Flip-Flops und ein grünes Achselshirt. Auf seiner Nase saß eine Brille mit runden Gläsern und sein struppiges rotes Haar hatte schon eine Weile keinen Kamm mehr gesehen. »Hast du wieder im Dreck gespielt?«, fragte er Liam und begutachtete seine fleckige Hose und die ölverschmierten Hände.

»Schön wär's, Luzi springt wieder nur dann an, wenn sie Lust dazu hat«, erwiderte Liam und wies genervt in Richtung seines Mopeds.

»Bestimmt ist wieder die Kraftstoffleitung oder der Filter verstopft. Komm, lass Papa mal ran«, sagte Byrne und machte sich sofort ans Werk.

»Wenn er sonst nicht viel kann, aber das ist seine Welt«, grinste Oliver.

»Und Bier trinken«, ergänzte Liam.

»Und dabei sehe ich auch noch verdammt gut aus«, rief Byrne, während er den Luftfilter an Liams Kreidler ausbaute.

»Fragst du dich auch, wo Byrne uns wieder hinführt?«, fragte Oliver leise in Liams Ohr, während Byrne weiter am Moped schraubte.

»Das weißt du doch, zu irgendeiner Hütte von seinem Onkel. Er meinte, es würde sich lohnen«, antwortete Liam verwundert über Olivers Frage.

»Ja schon, aber da es von Byrne kommt, der das behauptet, ist mit allem zu rechnen. Wahrscheinlich fahren wir zu einer zerfallenen Bruchbude im Wald, die mal zum Jagen benutzt wurde oder sowas in der Art. Würde mich nicht wundern«, fügte Oliver hinzu.

»Ach, jetzt entspann dich mal und lass das Ganze einfach auf dich zukommen. Das wird schon lustig werden«, sagte Liam aufmunternd.

»Hannah und Emily kommen doch auch mit und ich denke nicht, dass er uns zu irgendeiner Bruchbude führen wird. Ich jedenfalls freue mich, endlich mal wieder mit euch wegzufahren«, sagte Liam zufrieden.

»Wenn du das sagst ... Aber ich spreche aus Erfahrung, was Byrnes' tolle Überraschungen angeht«, erwiderte Oliver.

»So, das war‘s schon, jetzt sollte sie wieder einwandfrei laufen«, sagte Byrne, putzte sich die Hände mit einem Tuch ab und stellte sich zu den beiden.

»Danke, mein irischer Sonnenschein«, sagte Liam und klopfte ihm auf die Schulter.

»Halbirisch, wenn ich bitten darf«, entgegnet Byrne, wobei er sich zufrieden gegen sein Moped lehnte und eine Dose Bier aus der Seitentasche seines Rucksackes holte.

»Wir müssen noch fahren«, ermahnte ihn Liam mit runzliger Stirn.

»Alles unter fünf Prozent ist wie Wasser, mein Guter«, entgegnete er und nahm einen kräftigen Schluck.

»Da hat er nicht ganz unrecht«, sagte Oliver, nahm das Bier aus Byrnes Hand und trank zu dessen Wohlwollen ebenfalls einen kräftigen Schluck daraus.

»Ach, was soll's«, resignierte Liam. Er nahm die Bierdose, die ihm bereits von Oliver angeboten wurde, und trank drei große Schlucke. »Auf diesen Tag haben wir so lange gewartet, Männer! Endlich sind diese nervigen Prüfungen Geschichte«, sprach Liam in die Runde, während er seine Freunde an den Schultern hielt. »Jetzt beginnt ein neues Kapitel, und dieser Sommer gehört uns! Lasst uns alles auskosten und jede Sekunde in vollen Zügen genießen!«

»Wurde auch Zeit«, bestätigte Oliver. »Wir müssen langsam los, die Mädels warten bestimmt schon.«

Die drei Jungs stiegen auf ihre Mopeds und starteten einer nach dem anderen ihre Maschinen.

Als Liam am Gashebel drehte, durchströmte ihn für einen Augenblick ein seltsames, unbändiges Gefühl von Freiheit. Ein Gefühl von Abenteuer, als ob sich sein Leben in diesem Moment entscheidend verändern würde.

Sie fuhren einen schattigen Waldweg entlang, der nach einer Weile in eine mit Schlaglöchern durchzogene Straße mündete, welche in Richtung Stadt führte. Nach wenigen Meilen waren die ersten Häuser der Vorstadt von Lancaster am Horizont zu erkennen.

Auf dem Parkplatz eines Getränkemarktes angekommen, warteten dort bereits zwei junge Frauen. Beide schlank, eine mit lockig-braunem Haar, schlicht gekleidet und einem freundlichen Lächeln im Gesicht. Die andere hatte langes blondes Haar, trug eine große Sonnenbrille und runzelte ungeduldig die Stirn. Beide trugen Helme in den Händen und Rucksäcke auf ihren Rücken.

Als die Jungs anhielten und ihre Mopeds abstellten, ging die junge Frau mit dem gelockten Haar direkt auf Liam zu und lächelte ihn an. »Na, Liam, bereit für den Ausflug?«

»Hey, Hannah, auf jeden Fall! Super, dass ihr mitkommt«, erwiderte er und lächelte ebenfalls.

»Hallo, Emily«, begrüßte er das blonde Mädchen, das mit hochgezogenen Augenbrauen hinter ihrer Freundin auftauchte.

»Hallo Liam, habt ihr euch auf dem Weg hierher verfahren oder musstet ihr eure Mopeds mal wieder anschieben? Ihr seid ganz schön spät dran.«

»Wir haben uns noch für euch schick gemacht«, antwortete Byrne, der mit einer weiteren Bierdose in der Hand dazu stieß. »Na Mädels, bereit für ein wenig Abwechslung nach unseren akademischen Höchstleistungen in den letzten Wochen?«

»Deine einzige Höchstleistung war dein Promillewert«, antwortete Emily.

Byrne grinste und hielt seine Dose hoch.

»Kann die Reise losgehen?«, fragte Oliver.

»Wir warten nur auf euch«, entgegnete Emily.

»Ich fahre bei Liam mit«, beschloss Hannah, setzte sich ihren Helm auf und ging abfahrbereit zu Liams Moped.

In diesem Moment durchströmte Liam ein starkes Glücksgefühl, aber er ließ sich nichts anmerken.

»Dann fahre ich bei Oliver mit«, sagte Emily, ging zu ihm und setzte sich ebenfalls den Helm auf.

»Und wie immer haben die Mädels zu viel Angst vor meiner Höllenmaschine«, sagte Byrne.

»Oder vor deinem Alkoholproblem«, entgegnete Emily und klopfte ihm beim Vorbeigehen auf die Schulter.

Nachdem Byrne den letzten Rest seiner Bierdose geleert hatte, stieg auch er auf seine gelbe Garelli Bonanza, startete den Motor und die Reise begann.

Die fünf Freunde folgten einer kurvigen Landstraße, die sie aus Lancaster heraus und weg von der Küste ins Landesinnere führte. Jetzt gab es kein Halten mehr. Sie spürten die warme Sommerluft auf ihren Gesichtern, als sie an goldenen Weizenfeldern entlangfuhren. Sie kamen an kleinen Dörfern und größeren Ortschaften vorbei, wo Menschen in vollen Eiscafés einen schattigen Platz suchten, um der Hitze zu entfliehen.

Nach etwa einer Stunde Fahrt wurde die Landschaft allmählich öder und bergiger. Um sie herum wuchsen Felsformationen aus der vorher sehr ebenen Landschaft. Kleine Bäche kreuzten immer wieder ihren Weg und nach einer weiteren halben Stunde erreichten sie den Ort Pooley Bridge am Ullswater-Lake. Byrne, der an der Spitze oberkörperfrei vorweg fuhr, deutete den anderen, ihm auf den Parkplatz eines kleinen Supermarktes zu folgen.

Nachdem sie ihre Mopeds in einer Reihe abgestellt hatten, setzten alle ihre Helme ab.

»Wir sind da, Freunde!«, sagte Byrne voller Begeisterung.

»Übernachten wir im Supermarkt oder auf dem Parkplatz?«, fragte Emily mit einem sarkastischen Ton.

»Mit dir übernachte ich, wo du möchtest, meine Schöne«, antwortete Byrne, während er ihr grinsend zu zwinkerte. »Die Hütte meines Onkels ist nicht mehr weit, letzte Chance, unsere Alkoholvorräte aufzufüllen.«

Alle fünf gingen in den Supermarkt und deckten sich mit Getränken, Chips und belegten Sandwiches ein. Da die Jungs in der Getränkeabteilung über die magere Bierauswahl debattierten, gingen Hannah und Emily schon zur Kasse. In der Schlange vor ihnen, die aus sechs scheinbar ortsansässigen Leuten bestand, fiel Hannah ein Mann auf, der sich von den anderen Leuten in der Schlange deutlich unterschied.

Er trug eine schwarze Lederjacke und eine Kapuze, die er tief in sein Gesicht gezogen hatte, obwohl es draußen um die dreißig Grad warm war. Zudem hatte er eine sehr ramponierte, alte Ledertasche bei sich, die er mit beiden Händen festhielt. Sie schien ihm sehr wichtig zu sein. Sein Gesicht wirkte kalt und ausdruckslos, seine Handrücken und sein Nacken waren tätowiert. Auf dem Kassenband neben ihm lag eine einzelne Schachtel Zigaretten, die er ohne ein Wort bezahlte und ging. Als der Mann den Laden verließ, konnte Hannah sehen, wie er in einen schwarzen Transporter stieg und davonfuhr. Für einen kurzen Moment hatte sie das Gefühl, dass der Mann ihr beim Losfahren einen flüchtigen Blick zuwarf.

Nachdem alle wieder zurück bei ihren Mopeds waren, verstauten sie die Lebensmittel in ihren Taschen und setzten ihre Helme wieder auf. Als Hannah gerade wieder zu Liam aufs Moped aufsteigen wollte, fiel ihr etwas auf. Die Ledertasche von dem seltsam wirkenden Mann aus dem Laden stand allein am Rand des Parkplatzes. Sie ging zu der Stelle, schaute die Straße entlang, aber konnte das Auto nicht mehr sehen. »Das ist seine Tasche«, murmelte sie zu sich selbst.

»Wessen Tasche?«, fragte Liam irritiert, der Hannah zu der Stelle gefolgt war.

»Da war ein Mann an der Kasse, der diese Tasche bei sich trug.«

»Ja und?«, fragte Liam. »Dann hat er sie eben vergessen.«

»Das ist seltsam, er hat die Tasche umklammert, als ob sie ihm wichtig sei«, antwortete Hannah.

»Schau doch mal, was drin ist«, schlug Emily vor, die ebenfalls hinter Liam erschien.

»Spinnst du? Das ist nicht richtig!«, entgegnete Hannah.

»Dann gib sie doch im Laden ab, er kommt bestimmt bald zurück«, sagte Liam, drehte sich um und ging zurück zu den anderen.

»Er hat recht, komm, wir müssen los, bevor es dunkel wird«, warf Emily ein, während sie Hannah am Ärmel zog.

Hannah zögerte einen Augenblick, dann nahm sie die Tasche und ging wieder in den Laden zurück. Einen Moment lang stand sie wie angewurzelt da und schaute die Kassiererin an. Dann überkam sie ein sehr seltsames Gefühl, das sie vorher noch nie gefühlt hatte. Eine unerklärliche Unruhe kam in ihr auf und mit einem Mal verspürte sie den Drang, die Tasche zu behalten.

Schlagartig drehte sie sich um und verließ den Laden, ohne einen Blick zurückzuwerfen. Zügig eilte Hannah wieder zu den anderen, die bereits mit laufenden Motoren auf sie warteten. Sie hing die Tasche über ihre Schulter, stieg zu Liam auf das Moped und deutete ihm, loszufahren. Liams Blick fiel auf die Tasche. Verwundert sah er Hannah in die Augen, die seinen Blick jedoch nicht erwiderte. Byrne gab ein Zeichen zur Weiterfahrt und die Gruppe setzte sich wieder in Bewegung.

Sie fuhren ein paar Minuten durch den kleinen Ort, der wunderbar idyllisch war. Zwischen Hügeln und Bächen waren kleine Häuser verteilt, wo Ziegen und Schafe zufrieden auf den umzäunten Grundstücken grasten. Nach wenigen Minuten erreichten sie die letzten Häuser am Rand des Ortes und sie folgten einem schmalen Schotterweg, der beidseitig von kleineren Steinmauern umgeben war, die als Begrenzung der dahinter liegenden Felder dienten. Der Weg führte sie in einen Buchenwald, der am Fuß eines Berges begann. Neben einem kleinen Bach ging es allmählich bergauf und sie merkten, wie ihre Mopeds mit der Steigung zu kämpfen hatten.

»Es ist nicht mehr weit, wir sind gleich da!«, rief Byrne den anderen zu. »Da vorne ist es.«

Und tatsächlich, kurz nach einer Biegung um einen auf den Weg ragenden Felsen war dort am Ende des Weges eine große Lichtung zu erkennen, an deren Rand eine beachtliche Hütte stand. Sie hatte zwei Etagen und eine große Veranda, in deren Mitte sich eine Feuerstelle aus Stein zwischen mehreren Holzbänken befand. Die Hütte lag unter mehreren großen Buchen und war größtenteils von Efeu bedeckt, das an den Holzwänden hoch bis zum Dachgiebel ragte. Alles war sehr stark bewachsen, als ob schon viele Jahre niemand mehr hier gewesen war.

Sie parkten ihre Mopeds neben der Hütte auf einem kleinen gepflasterten Abschnitt, setzten ihre Helme ab und bewunderten den Anblick.

»Na, Freunde, habe ich euch zu viel versprochen?«, fragte Byrne stolz in die Runde, als er ihre Gesichter sah.

»Gar nicht mal schlecht«, staunte Emily mit angehobenen Augenbrauen. »Ist dein Onkel irgendwie wohlhabend?«, fragte sie zu Byrne gewandt.

Mit einem Grinsen im Gesicht antwortet er: »Meine Familie besteht größtenteils aus Schriftstellern, da war schon das ein oder andere gute Buch dabei. Auch wenn Bücher und ich nicht unbedingt die besten Freunde sind.«

»Und ich dachte, deine Familie besteht größtenteils aus Alkoholkranken«, entgegnete Oliver.

»Na na, mein alter Freund, wir Byrnes sind kulturell-bewanderte Zeitgenossen, so viel kann ich dir versichern«, antwortete er lachend, während er sich ein Bier aus dem Rucksack kramte.

Sie nahmen ihr Gepäck von den Mopeds und gingen zu der Eingangstür, die Byrne mit einem angerosteten Schlüssel öffnete. Die Hütte wirkte von innen noch größer. Hinter der Eingangstür war ein großes, gemütliches Wohnzimmer, an dessen gegenüberliegender Seite ein offener Kamin aus Stein zu sehen war. Daneben befanden sich ein Bücherregal und eine Holztreppe, die in die zweite Etage führte. In der Mitte des Raumes standen eine große Couch und zwei sehr bequem aussehende Ledersessel. Vor den großen Veranda-Fenstern, durch die alles sehr hell und freundlich wirkte, stand ein Esstisch mit mehreren Stühlen.

»Hannah und ich schlafen oben« rief Emily den anderen zu, packte Hannah am Arm und rannte mit ihr die Treppe rauf.

»Das andere Schlafzimmer ist hier unten, aber wenn ihr zwei eure Ruhe haben wollt, übernachte ich auch gern bei den Mädels oben«, sagte Byrne schmunzelnd zu Liam und Oliver.

Draußen dämmerte es bereits, als alle mit dem Auspacken fertig waren. »Wer hat Lust auf Stockbrot?«, fragte Byrne in die Runde und deutete auf die Feuerstelle. Hannah und Emily stimmten sofort zu und kurz darauf versammelten sich alle auf der Veranda. Byrne und Oliver stapelten auf der Feuerstelle mehrere Holzscheite übereinander, übergossen alles mit Brandbeschleuniger und entzündeten das Ganze mit einem Streichholz. Nach einer kurzen Stichflamme, die Byrne fast von den Beinen riss, begann das Feuer munter vor sich hin zu lodern und Hannah kam mit einer großen Schüssel Teig aus der Küche.

»Dann besorgen wir mal Stöcke«, sagte Liam, und nach ein paar Minuten kamen er und Oliver mit fünf langen Ästen zurück. Sie wickelten das Brot um die Stöcke und hielten es in die Flammen. Die drei Jungs öffneten jeweils ein Bier, während sich Hannah und Emily eine Flasche Sekt teilten.

Es war ein herrlicher Abend und es dauerte nicht lange, bis die Stimmung ausgelassen wurde. Sie unterhielten sich über ihre Prüfungen, lachten über Geschichten vergangener Jahre und philosophierten über die Zukunft. Liam vergaß das Gefühl, dass ihn in den vergangenen Wochen immer wieder beschäftigt hatte, nämlich dass sich ihre Wege ab jetzt größtenteils trennen würden.

Nach einer Weile sagte Hannah, sie gehe auf die Toilette. »Wir waren doch erst«, antwortete Emily und schaute sie verwundert an.

»Doppelt hält eben besser«, antwortete Hannah und zuckte mit den Schultern. Sie stand auf und ging durch das offene Terrassenfenster in die Hütte. Vor der Tür zum Badezimmer drehte sie sich um und schaute nach, ob ihr jemand gefolgt war. Nachdem sie sich vergewissert hatte, dass sie allein in der Hütte war, ging sie an der Badezimmertür vorbei und nahm die Treppe hoch in das obere Schlafzimmer.

Dort angekommen, schloss sie die Tür hinter sich und zog unter ihrem Bett die alte Ledertasche von dem eigenartigen Mann aus dem Supermarkt hervor. Im Zimmer war es still und nur das Gelächter ihrer Freunde war von draußen leise zu hören. Sie öffnete langsam die Tasche und sah hinein. Dort war etwas metallisch Glänzendes zu erkennen. Sie griff mit einer Hand hinein und zog einen silbernen Dolch heraus. Der Dolch wirkte uralt, wie ein Relikt aus einer vergangenen Zeit. Ganz langsam zog sie das Messer vorsichtig aus der Scheide. Auf der scharfen Klinge waren seltsame Symbole eingraviert und der Griff war mit Leder umwickelt. So etwas hatte sie noch nie zuvor gesehen. Sie starrte den Dolch eine Weile an, ehe es überraschend an der Tür klopfte.

»Hannah, alles okay bei dir?«

Als sie Liams Stimme durch die Tür hörte, warf sie den Dolch hastig in die Tasche zurück und schob diese wieder unter das Bett.

»Ja, alles okay, ich habe mich nur kurz frisch gemacht«, antwortete sie ihm. Sie öffnete die Tür und warf ihm ein kurzes Lächeln zu: »Wollen wir wieder runtergehen?«

»Klar, aber ich wollte dich noch etwas fragen, Hannah.« Er schaute ihr mit einem ernsten Blick in die Augen. »Warum hast du die Tasche mitgenommen? Ich dachte, du wolltest sie in dem Laden lassen?«

Sie sah ihn einen Augenblick lang an und überlegte, wie sie darauf reagieren sollte. »Ja, das wollte ich auch, aber irgendwie konnte ich es nicht«, erwiderte sie. »Ich weiß auch nicht wieso, aber ich dachte, vielleicht treffen wir den Mann hier irgendwo wieder und dann kann ich sie ihm persönlich zurückgeben.«

Liam schaute sie verdutzt an. Diese Erklärung ergab wenig Sinn für ihn, doch wollte er an diesem Abend nicht weiter darüber diskutieren. »Okay, wollen wir mal reinschauen?«, fragte er sie.

»Das habe ich gerade und ich muss es dir unbedingt zeigen.« Sie holte den Dolch wieder aus der Tasche heraus und zeigte ihn Liam. Auch er schien sofort fasziniert.

»Der muss unheimlich wertvoll sein«, stellte er verblüffend fest, während er ihn in seiner Hand untersuchte. »Wieso lässt jemand so etwas auf einem Parkplatz zurück?«

»Das frage ich mich auch«, antwortete sie. »Komm, wir sollten wieder zurück zu den anderen gehen, ehe jemand etwas Komisches denkt. Ich glaube es wäre besser, wenn wir das mit der Tasche vorerst für uns behalten, einverstanden?« – »Einverstanden!«

Sie gingen zurück zu den anderen, die gerade am Feuer saßen und gebannt Byrne lauschten: »Mein Onkel kam früher jedes Wochenende hierher, doch mein Vater sagte mir später einmal, dass hier irgendetwas geschehen sein muss.«

»Wie meinst du das?«, wollte Emily wissen.

»Eines Tages kam er nicht wie gewohnt am Sonntagabend nach Hause und meine Mutter begann sich Sorgen zu machen. Nach ein paar Tagen ist mein Vater hierhergefahren, um nach meinem Onkel zu suchen. Als sie ihn schließlich zusammen mit der Polizei fanden, war er völlig verwirrt. Regungslos saß er an einem nahegelegenen Fluss, starrte ins Wasser und schien wie in Trance.«

Alle schauten Byrne weiter gebannt an. »Die Ärzte vermuteten, dass er dort bereits tagelang ausharrte. Mein Onkel war schon immer etwas komisch, aber danach war er nie mehr der Alte.«

»Und hat man herausgefunden, was deinem Onkel zugestoßen ist?«, wollte Hannah wissen.

»Sie vermuten, er hat sich möglicherweise den Kopf gestoßen, obwohl er keine sichtbaren Verletzungen hatte. Jedenfalls wollen meine Eltern seitdem nicht mehr, dass ich hierherkomme.«

»Und woher hast du dann den Schlüssel?«, fragte Oliver skeptisch.

»Mein Onkel hatte mir damals einen Ersatzschlüssel gegeben, von dem meine Eltern nichts wissen. Sie denken, ich fahre mit Liam zum Nachtangeln.«

»Na super«, entgegnete Emily und verdrehte die Augen. »Und wenn jetzt was passiert, weiß niemand, wo genau wir sind.«

»Das macht es doch nur umso spannender«, erwiderte Byrne und hob sein mit Whisky gefüllten Becher. »Und wenn du Angst hast, ist bei mir im Bett immer ein Platz für dich frei.«

»Da sitze ich lieber auch ein paar Tage am Fluss und schaue mir das Wasser an«, antwortete Emily und verdrehte dabei die Augen.

Es vergingen weitere Stunden am Feuer und sie erzählten sich viele Geschichten. Am Himmel schien ein riesiger Vollmond, der von weiß leuchtenden Sternen umhüllt war. Als es bereits kurz nach Mitternacht war, sagte Byrne, der schon ziemlich betrunken war: »I muss ma Wassa lassn«, stand auf und torkelte von der Veranda über die Lichtung in Richtung Waldrand.

Als er dastand und sein Geschäft verrichtete, schaute er in den Wald hinein. Dort in der Ferne sah er zwischen den Bäumen verschwommen ein kleines Licht leuchten. Er versuchte sich zu konzentrieren und schaute weiter in die Richtung. Das Licht bewegte sich nicht. Es war weiß wie ein Stern und leuchtete schwach. Vielleicht war es eine Reflektion des Mondes auf einer glatten Oberfläche? Er konnte es sich nicht erklären, wollte aber unbedingt wissen, was es war.

Er beschloss, in den Wald zu gehen und sich das Ganze einmal näher anzuschauen. Mit jedem Schritt schien sich das Licht von ihm zu entfernen. Der Mondschein drang durch die Baumkronen und erleuchtete schwach das Unterholz. Es schien, als würde er endlos lange durch den Wald gehen. Nach einer Weile war das Licht nicht mehr weit entfernt. Noch ein paar Schritte, und dann sah er es: Inmitten einer kleinen Lichtung im Wald leuchtete ein helles Licht. Plötzlich überkam ihn eine Kälte, und sein Herz begann zu rasen. Um das Licht herum standen Gestalten mit Kapuzen.

Dort waren die Umrisse von mindestens zehn Personen schemenhaft zu erkennen. Byrne stockte der Atem. Er blieb wie angewurzelt zwischen zwei Bäumen stehen und beobachtete, was vor ihm geschah. Er gab keinen Laut von sich, hatte aber das Gefühl, sie könnten jeden Moment seinen Herzschlag hören. Die mit schwarzen Umhängen bedeckten Gestalten murmelten eine seltsame Sprache, die er nicht verstehen konnte. Über ihre Köpfe hatten sie Kapuzen gezogen, sodass Byrne keines der Gesichter erkennen konnte. Eine der Personen näherte sich mit langsamen Schritten dem Licht, das in der Mitte der Lichtung zu sehen war. Dann streckte sie den rechten Arm aus und hielt ihre Hand direkt über die Lichtquelle.

Auf einmal wurde es vollkommen still. Kein Geräusch war mehr zu hören, nicht einmal das Zirpen der Grillen. Sofort überkam Byrne das Gefühl, beobachtet zu werden. Vielleicht wussten sie, dass er da stand. Langsam und mit ganz leisen Schritten entfernte er sich vom Ort des Geschehens. In diesem Moment war er auf einen Schlag vollkommen nüchtern. Ihm lief der Schweiß von der Stirn, während er versuchte, auf keinen Ast zu treten. Beim Zurückgehen ließ er die Gestalten nicht aus dem Blick. Es war, als hätte jemand das Bild angehalten. Niemand bewegte sich und kein Geräusch war zu vernehmen.

Nachdem er glaubte, außer Hörweite zu sein, drehte er sich um und rannte los. Er rannte, als ob sein Leben davon abhing, obwohl es sich in seinem Kopf noch drehte. Immer wieder schaute er zurück, um sicherzugehen, dass er nicht verfolgt wurde. Als er gerade wieder den Rand der Lichtung erreicht hatte, wo sich die Hütte seines Onkels befand, stürzte er, schlug sich den Kopf an einem Baumstumpf und dann wurde alles schwarz.

Als er wieder zu sich kam, war er sich nicht sicher, ob er seine Augen wirklich offen hatte. Es gab weder Mondschein noch Sterne, die am Himmel leuchteten. Es war stockfinster. Nur das Licht vom Feuer bei der Hütte, das auf der anderen Seite der Lichtung zu erkennen war, warf einen schwachen Schein auf die freie Fläche der Lichtung. Nach einem kurzen Moment der Besinnung raffte sich Byrne auf und taumelte in Richtung der Hütte.

So schnell es ging, stolperte er über die Wiese und sein Kopf pochte bei jedem Schritt fürchterlich. Bei der Veranda angekommen sprangen die anderen auf. »Wo zum Teufel warst du denn?«, rief Liam. »Wir haben dich schon überall gesucht, konnten dich aber nirgends finden! Blutest du etwa am Ko...«.

»Hört mir zu!«, rief Byrne dazwischen. »Wir müssen hier weg, sofort!«

Alle schauten ihn verdutzt an. »Was redest du da?«, fragte Liam mit runzliger Stirn.

»Da sind Leute im Wald, böse Leute!«, rief Byrne panisch. »Die haben Umhänge an und ein seltsames Licht. Wir müssen sofort verschwinden!«

Nach einem kurzen Moment der Stille begann Oliver erst zu schmunzeln und dann lauthals zu lachen. »Bist du in deinem Suff irgendwo gegen gelaufen?«, fragte er spöttisch.

»Nein! Also, ja, aber erst nachdem ich sie gesehen habe! Mann, jetzt glaubt mir doch endlich!«

»Wenn das stimmt, will ich sofort hier weg«, sagte Emily, der die blanke Panik im Gesicht stand.

»Ich glaube ihm kein Wort!«, entgegnete Oliver. »Der ist doch in seinem betrunkenen Zustand wieder irgendwo runtergefallen und fantasiert jetzt wild vor sich hin. Wo sind denn diese Leute genau?«

»Da hinten im Wald«, antwortete Byrne und deutete auf die andere Seite der Lichtung genau auf die Stelle, aus der er gerade den Wald verlassen hatte.

»Na gut, gehen wir«, sagte Liam entschieden.

»Bist du bescheuert?«, fragte ihn Byrne.

»Ja, was soll der Blödsinn?«, schloss sich ihm Emily an. »Ich gehe bestimmt nicht mitten in der Nacht im Wald spazieren!«

»Ich komme mit dir, Liam«, beschloss Hannah und stand auf.

»Ich auch«, sagte Oliver.

»Drinnen habe ich ein paar Taschenlampen gesehen«, erinnerte sich Liam und eilte in die Hütte.

»Ich bleibe definitiv hier!«, sagte Emily und Byrne schien mehr als glücklich darüber. Liam kam mit drei Taschenlampen in der Hand heraus. Byrne beschrieb ihnen, wo er genau langgelaufen war, und die drei machten sich auf den Weg.

Am Ende der Lichtung gingen sie in den Wald hinein und liefen so lautlos wie möglich zwischen den Bäumen entlang. Sie lauschten jedem noch so kleinen Laut, aber außer den Geräuschen des Waldes war nichts zu hören.

Nach einer Weile erreichten sie die kleine Lichtung, die Byrne ihnen beschrieben hatte. Niemand war zu sehen. Keine dunklen Gestalten und kein Licht. Sie untersuchten die Stelle genau und sahen sich dabei stets wachsam um. Doch nichts war zu finden.

»Vielleicht hat sich Byrne das Ganze wirklich nur eingebildet. Obwohl es schon sehr verwunderlich ist, dass er allein so tief in den Wald gegangen ist«, überlegte Liam.

»Wie lange kennen wir ihn jetzt schon?«, fragte Oliver. »Das wäre nicht das erste Mal, dass er in seinem betrunkenen Zustand seltsame Geschichten erfindet. Denk mal an letztes Jahr, als er behauptet hatte, er wurde von einer Horde Waschbären angegriffen.«

»Aber das hier ist etwas anderes«, entgegnete Hannah mit ernstem Blick. »Habt ihr die Panik in seinem Gesicht gesehen?«

»Die hat er auch, wenn das Bier alle ist«, erwiderte Oliver trocken.

»Ich habe jedenfalls ein ungutes Gefühl bei der Sache«, sagte Hannah nachdenklich.

Liam untersuchte mit seiner Taschenlampe den Waldboden, doch konnte er nicht einmal Fußabdrücke finden, die nicht ihre eigenen waren oder die von Byrne. »Hier ist nichts zu finden, ich schlage vor, wir gehen zur Hütte zurück und beschließen morgen, was wir machen«, sagte er und die drei machten sich wieder auf den Rückweg.

An der Hütte angekommen, warteten drinnen Byrne und Emily mit einem Tee in der Hand, beide blass vor Angst. Sie sprangen sofort auf, als sie die anderen sahen. Sie erzählten ihnen, dass sie nichts gefunden hätten und schlugen vor, sich alle schlafen zu legen. Nachdem auch Byrne widerwillig ins Bett gegangen war und der letzte glühende Holzscheit auf der Veranda erloschen war, wurde es still im Haus.

Hannah lag noch stundenlang in ihrem Bett wach und starrte an die Decke. Ihr ließ das Geschehene keine Ruhe und so stand sie auf und ging leise runter ins Wohnzimmer. Als sie aus dem Fenster schaute, waren am Horizont schon leicht die ersten rot-goldenen Sonnenstrahlen zu erkennen. Trotzdem war es noch recht dunkel und dichter Nebel zog auf.

Sie betrachtete die Lichtung vor der Hütte und sah im weißen Dunst eine Gruppe Rehe, die dicht beieinander standen. Als sie sie beobachtete, fiel ihr ein dunkler Fleck dicht dahinter auf. Ihr Blick wanderte dorthin und für einen Augenblick traute sie ihren Augen nicht. Dort, zwischen zwei Bäumen am Waldrand, stand eine dunkel gekleidete Person im Nebel. Schockartig gefror ihr das Blut in den Adern. Obwohl die Gestalt ziemlich weit entfernt war, glaubte Hannah, dass sie die Hütte beobachtete. Sie bewegte sich keinen Zentimeter. Hannah starrte in die Ferne und überlegte, ob es tatsächlich ein Mensch war oder ob ihr ihre müden Augen einen Streich spielten. Die Gruppe von Rehen begann schlagartig loszulaufen und im Getümmel der Tiere verlor sie die Gestalt aus dem Blick. Sie war verschwunden.

Eine ganze Weile beobachtete sie die Stelle, wo die Person gestanden hatte, doch sie war nicht mehr da. Am liebsten hätte sie die anderen geweckt, doch dann hielt sie kurz inne und überlegte, dass sie in der vergangenen Nacht schon genug erlebt hatten. Zudem wuchsen in ihr nun Zweifel heran, ob sie wirklich jemanden gesehen hatte. Und so beschloss sie, das Gesehene erst einmal für sich zu behalten.

Als es ein paar Stunden später hell wurde, regnete es. Der Wind wehte die Tropfen gegen die großen Fensterscheiben und das Geräusch von Ästen, die gegen das Dach stießen, war im ganzen Haus zu hören.

Hannah öffnete die Augen und bemerkte, dass sie auf der Wohnzimmercouch eingeschlafen war. Emily kam die Treppe herunter und fragte sie, was sie hier unten mache.

»Ich konnte nicht schlafen«, antwortete sie. Für einen kurzen Moment überlegte sie, Emily von ihrer Sichtung am Morgen zu erzählen. Doch als sie ihr noch immer blasses und angsterfülltes Gesicht sah, entschied sie sich, zu schweigen.

»Geht mir genauso, ich habe auch kaum geschlafen«, erwiderte Emily. »Byrne kam die Nacht hoch und hat sich auf die Klappcouch in unserem Zimmer gelegt. Er sagte, unten sei es nicht sicher.«

Einer nach dem anderen kam ins Wohnzimmer, und nach einer Weile waren alle außer Byrne versammelt. Sie diskutierten leise über die vergangene Nacht und debattierten darüber, ob er sich das Ganze nur eingebildet hatte oder ob es wahr sein könnte. Als Byrne dann schließlich als letztes aus dem Schlafzimmer kam, verstummten alle auf einen Schlag. Er stand am oberen Treppenabsatz und sah sie an. Langsam kam er die Treppe herunter und blieb auf der untersten Stufe stehen. Seine Stirn war blutig zerkratzt und die Spuren der vergangenen Nacht waren ihm deutlich anzusehen.

»Ich weiß, was ihr denkt. Aber ich schwöre euch, ich habe mir das nicht ausgedacht«, sagte er matt in einer monotonen Stimme.

»Das behauptet auch niemand, aber immerhin warst du ziemlich betrunken. Vielleicht hat dir dein Verstand tatsächlich einen Streich gespielt«, sagte Liam. »Das wäre doch im Bereich des Möglichen, oder etwa nicht?«

Byrne sah ihn einen Moment lang an. »Ich weiß, was ich gesehen habe und mehr gibt's dazu nicht zu sagen.«

»Lasst uns später darüber reden, jetzt wird erst einmal gefrühstückt«, warf Hannah ein und alle setzten sich an den Tisch, der vor den großen Fenstern stand.

Nach einem üppigen Frühstück, von dem Byrne keinen Bissen angerührt hatte, brach Liam das Schweigen. »Also Leute, wie ist der Plan? Wir haben uns lange auf diesen Ausflug gefreut, bleiben wir hier oder fahren wir nach Hause?«

Die anderen schauten im Raum umher, ohne seinen Blick zu erwidern.

»Keine Ahnung, was ihr macht, aber ich packe meine Sachen und verschwinde«, sagte Byrne ruhig, aber entschlossen.

Keiner der anderen sagte etwas, doch Liam spürte ein deutliches Unbehagen unter ihnen.

»Ich denke auch, wir sollten nach Hause fahren«, unterbrach Hannah das Schweigen. Sie hatte niemandem gesagt, was sie in den frühen Morgenstunden auf der Lichtung gesehen hatte. Sie wusste, dass es die Situation nur noch verschlimmern würde.

»Wie sieht es bei den anderen aus?«, fragte Liam in die Runde.

»Ich würde gern bleiben, aber ich denke, die Luft ist raus«, antwortete Oliver.

»Ich will nach Hause«, sagte Emily mit zittriger Stimme, während sie nervös aus dem Fenster in Richtung der Lichtung starrte.

»Na gut, dann packt eure Sachen und wir treffen uns gleich hier unten«, schloss Liam das Gespräch ab.

Sie standen auf, räumten den Frühstückstisch ab und verstauten ihre Sachen eilig in den Rucksäcken. Byrne, der bereits in der Nacht seine Sachen gepackt hatte, stand abfahrbereit am Eingang und wartete auf die anderen.

Als Hannah und Emily mit dem Packen fertig waren, stand Emily an der Zimmertür und fragte: »Wollen wir?«

»Sofort, geh schon mal runter. Ich komme gleich nach«, rief Hannah ihr zu. Als sie hörte, wie Emily die Treppe hinunterging, holte sie den Lederrucksack unter ihrem Bett hervor, nahm den Dolch heraus und steckte ihn in ihre eigene Tasche. Sie warf die Ledertasche wieder unter das Bett, stand auf und folgte ihr.

»Kann es losgehen?«, fragte Liam in die Runde.

»Bloß weg hier«, erwiderte Byrne und schaute dabei über die Veranda zu der Lichtung.

Sie gingen zu ihren Mopeds, schnürten die Taschen an den Gepäckträgern fest und machten sich wieder auf den Weg nach Hause.

Kapitel 3: Ein Blick in die Zukunft

Als Hannah am übernächsten Vormittag in ihrem eigenen bequemen Bett aufwachte, war sie immer noch glücklich, wieder zu Hause zu sein. Die Gedanken an das Geschehene bei der Hütte im Wald hatten sie in den vergangenen zwei Nächten nur wenig schlafen lassen. Sie starrte an ihre Zimmerdecke und dachte immer wieder darüber nach, was das alles zu bedeuten hatte.

Nach einer Weile nahm sie den Dolch aus ihrem Nachtschrank und betrachtete ihn. Die in Schwarz eingravierten Symbole, die sich über die gesamte Klinge erstreckten, mussten irgendeine Bedeutung haben. Es kam ihr immer noch äußerst seltsam vor, wie der Mann die Tasche mit dem Dolch auf dem Parkplatz liegen lassen hatte, obwohl sie ihm im Supermarkt so wichtig schien. Und dann diese Person auf der Lichtung, die im Nebel aufgetaucht und urplötzlich wieder verschwunden war, falls es denn eine echte Person gewesen war.

Sie dachte noch eine Weile darüber nach, ehe sie den Dolch schließlich zurück in ihren Nachtschrank legte. Sie stand auf und ging ins Badezimmer, um sich fertig zu machen. Als sie verschlafen in den Spiegel schaute, fiel ihr etwas Komisches auf. Sie ging einen Schritt näher heran und entdeckte eine winzige kahle Stelle auf ihrem Kopf. Mit dem Finger fuhr sie über die Stelle und fragte sich, wie diese zustande gekommen war. Hatte sie sich in der Nacht im Wald verletzt oder sich vielleicht im Schlaf zu fest gekratzt? Ihr fiel keine vernünftige Erklärung ein und so kaschierte sie die Stelle mit ein wenig Haarspray, putzte sich dann die Zähne und zog sich fertig an.

Als sie die Treppe hinunter in die Küche ging, warteten dort bereits ihre Eltern am gedeckten Frühstückstisch. »Na, endlich ausgeschlafen, Prinzessin?«, fragte ihre Mutter, die dieselben lockigen braunen Haare und ebenso gütige Gesichtszüge wie Hannah hatte. »Es ist fast Mittag, wir dachten schon, wir müssen alleine zum Hafenfest gehen«, sagte sie mit einem Lächeln im Gesicht.

»Ihr wisst doch, ich brauche meinen Schönheitsschlaf«, antwortete Hannah.

»Dann müsstest du aber den Sommer über durchschlafen«, entgegnete ihr Vater mit einem Zwinkern im Gesicht, während er an seinem Kaffeebecher nippte. Er hatte einen sauber gestutzten Vollbart, kurze graue Haare und eine moderne Brille in Holzoptik auf.

»Sehr witzig, Dad. Zum Glück habe ich Mums Gene geerbt, sonst würde kein Schlaf der Welt etwas bringen.«

Nachdem Hannah ein deftiges Frühstück zu sich genommen hatte, bestehend aus Eiern, Speck und Bohnen, machten sich die drei zu Fuß auf in die Stadt. Es war ein warmer, sonniger Tag und sie war froh, heute ein wenig Ablenkung zu bekommen. Nach rund fünfzehn Minuten kamen sie an der großen Stadtbibliothek vorbei, von der aus man in der Ferne ein Riesenrad erkennen konnte. Sie schlenderten die Promenade in Richtung Innenstadt entlang, und um sie herum gab es immer mehr Menschen, die offenbar dasselbe Ziel hatten.

Während sich ihre Eltern über banale Dinge unterhielten, dachte Hannah noch immer an die Nacht bei der Hütte, an den seltsamen Mann im Supermarkt und an die Gestalt, die sie auf der Lichtung gesehen hatte. Die Stadt und besonders die Hafenpromenade waren jetzt überfüllt mit Menschen. Ringsum gab es bunte Stände mit Leckereien, lange Schlangen vor den Fahrgeschäften und überall lag ein süßer Duft von gebrannten Mandeln in der Luft.

Hannah flanierte mit ihren Eltern an den Ständen entlang und später teilte sie sich mit ihrer Mutter eine Tüte Fish and Chips. Sie fuhren mit verschiedenen Fahrgeschäften und nachdem sie mit ihrem Vater an einer Schießbude ein großes Stofftier gewonnen hatte, wurde es langsam Abend. Sie verabschiedete sich von ihren Eltern, da sie sich noch mit ihren Freunden treffen wollte.

Als sie allein die Promenade entlang ging, schaute sie sich ungewöhnlich genau die Gesichter der vorbeigehenden Menschen an. Vor einer Schießbude warteten Liam, Oliver und Emily auf sie.

»Na, hast du die jährliche Hafenfest-Runde mit deinen Eltern überstanden?«, fragte Emily grinsend.

»Frag nicht, das ist bei uns Tradition, seitdem ich auf der Welt bin. Sie werden mich auch noch mit vierzig Jahren hier hinschleppen«, antwortete Hannah und rollte die Augen.

Nachdem sie alle drei begrüßt hatte, entschlossen sie sich, eine Runde mit dem Riesenrad zu fahren. Sie bezahlten an einem kleinen Kassierer-Häuschen am Eingang und stiegen ein. Als die Gondel am höchsten Punkt zum Stehen kam, betrachteten sie die über den Dächern der Stadt untergehende Sonne. Ihnen wehte eine kühle Meeresbrise entgegen und an der Küste sahen sie von weitem viele Boote mit bunten Lichterketten entlangfahren.

»Eigentlich ist Lancaster eine ziemlich schöne Stadt«, stellte Hannah mit einem leicht melancholischen Gefühl fest.

»Mag sein, trotzdem kann ich es nicht erwarten, hier bald weg zu sein«, entgegnete Emily trotzig.

»Wo willst du eigentlich hin?«, fragte Oliver.

»Zuerst mache ich eine Auslandsreise nach Italien, ich wollte schon immer Rom sehen. Was ich danach mache, entscheide ich, wenn es so weit ist.«

Liam schaute auf die Menschen unter ihnen, die wie umherwuselnde Ameisen wirkten.

»Nach diesem Sommer bin ich ebenfalls weg. Die weiterführende Schule und das Medizinstudium kann ich nur in London absolvieren. Das war immer mein Traum«, fügte Hannah hinzu.

Liam blickte auf und sah ihr Gesicht, dass weniger freudig als viel mehr betrübt wirkte.

»Was ist mit dir, Liam?«, fragte Emily.

»Ich werde ebenfalls eine weiterführende Schule besuchen, aber hier in Lancaster«, sagte er und starrte weiter auf die vielen Menschen unter ihnen.

»Ich werde auch von hier weggehen müssen, wenn ich mal bei einer großen Bank arbeiten will«, warf Oliver ein. »Schon komisch zu wissen, dass sich unsere Wege nach diesem Sommer trennen werden, oder? Immerhin kennen wir uns alle schon echt lange.«

Liams Blick wanderte von den vielen Menschen zum Meer, wo die Sonne am Horizont versank. »Jeder muss seinen eigenen Weg finden«, sprach er ruhig vor sich hin. »Mein Opa sagte einmal zu mir, das Leben ist wie eine Pusteblume. Wenn die Zeit gekommen ist, muss jeder für sich allein fliegen ... Damals habe ich es nicht verstanden, heute tue ich es.«

Die anderen drei schauten ihn teils nachdenklich, teils betrübt an. Offenbar hatte er einen wunden Punkt getroffen, den jeder versucht hatte, zu ignorieren.

»Weiß eigentlich jemand, wo Byrne ist?«, unterbrach Emily das Schweigen, das darauf folgte.

»Er hat auf jeden Fall gelesen, dass wir uns heute hier treffen wollten. Er hat aber nicht auf unsere Nachrichten reagiert«, sagte Oliver.

»Wahrscheinlich hat er von uns erst einmal die Nase voll. Kein Wunder, so richtig hat ihm keiner von uns geglaubt«, entgegnete Emily.

»Ich fahre morgen mal zu ihm. Mal schauen, wie es ihm geht«, beschloss Liam daraufhin.

Nachdem sie wieder unten waren, schlenderten sie durch die vom Laternenschein beleuchtete Promenade und hielten an verschiedenen Ständen mit Süßigkeiten und Spirituosen an. »Ist das da vorne Mike?«, fragte Oliver die anderen.

»Welcher Mike?«, wollte Liam wissen und sah in die Richtung, in die Oliver deutete.

»Der auf unserer Schule ging, er war doch ein oder zwei Jahrgänge über uns.«

»Ja, das ist er«, stellte Hannah ebenfalls fest.

»Ist er nicht kurz vor seinem Abschluss von der Schule verwiesen worden, weil er zu viele Fehltage hatte?«, fragte Emily.

»Stimmt, aber er war immer recht freundlich zu uns. Kommt, wir sagen ihm mal Hallo«, schlug Hannah vor und sie gingen zu einem Jungen, der allein auf einer Bank inmitten des Trubels saß.

Als er die Gruppe auf sich zukommen sah, stand er auf. Mike war groß und sportlich gebaut. Er trug ein enganliegendes Sweatshirt und eine lange Jeanshose. Er hatte kurze Haare, die von einer nach hinten gedrehten Basecap verdeckt wurden, und tiefblaue Augen.

»Hey, Mike, was machst du hier?«, fragte Liam und reichte ihm die Hand.

»Hey, Leute, ich warte auf einen Kumpel, aber ich denke, er wird nicht mehr kommen. Was geht bei euch?«

»Wir schlendern gerade sinnlos durch die Gegend, willst du dich uns anschließen?«, fragte Hannah mit einem Lächeln im Gesicht.

»Ähm, klar, also wenn ihr nichts dagegen habt.«

Und so gingen sie gemeinsam weiter.

Als es schon spät am Abend war, wollten Liam und Oliver unbedingt noch mit einer Geisterbahn fahren. Mike und Emily schlossen sich ihnen an. Nur Hannah hatte darauf keine Lust, also sagte sie den anderen, sie würde draußen auf sie warten.

Als sie dort allein auf der Bank saß, schaute sie gedankenverloren auf ein Amulett, das ein Foto von ihr mit ihren Eltern aus längst vergangenen Tagen zeigte. Es war ein Geschenk ihrer Mutter, ein ständiger Begleiter, der sie daran erinnern sollte, wie wichtig Familie ist und wie sehr ihre Eltern sie liebten, auch wenn sie nicht immer bei ihr sein konnten. Das Amulett trug die Spuren der Zeit und jeder Kratzer erzählte eine eigene Geschichte. Jedes Mal, wenn sie es berührte, fühlte sie sich geborgen und wusste, dass die Liebe ihrer Eltern für immer in ihrem Herzen sein würde. Doch es erinnerte sie auch daran, dass eine unbeschwerte Kindheit nun endgültig Teil ihrer Vergangenheit war.

Plötzlich drangen seltsame Worte in ihre Ohren und rissen sie aus ihrer Gedankenwelt: »Dreizehn Monde und ein Opfer, auserwählt von den Schatten unter uns ...«

Hannah schaute auf. Ihr Blick fiel auf eine eigenartige Gestalt, die vor ihr die immer leerer werdende Promenade entlang humpelte. Es war eine alte Frau, offenbar obdachlos, deren zerzaustes, graues Haar in wirren Strähnen über ihr eingefallenes Gesicht fiel. Tiefe Furchen und Narben zeichneten die Spuren eines harten Lebens, ihre Augen trüb und unruhig, als ob sie in einer anderen Welt gefangen wäre. Sie trug mehrere Schichten zerschlissener Kleidung, die an vielen Stellen ausgefranst und schmutzig waren, und an ihren knochigen Fingern klapperten ein paar alte, rostige Ringe.

Obwohl Hannah ihr ganzes Leben in Lancaster verbracht hatte, konnte sie sich nicht erinnern, diese Frau jemals zuvor gesehen zu haben. Die wenigen Passanten, die noch unterwegs waren, machten einen großen Bogen um sie, und als Hannah den Blick abwenden wollte, bemerkte sie etwas in der Hand der alten Frau. Es war ein dickes, sehr alt wirkendes Buch mit einem pechschwarzen Einband.

Als die seltsame Dame direkt an ihr vorbeischlurfte, erhaschte Hannah einen Blick auf den Umschlag und erstarrte. Die Symbole darauf ähnelten unheimlich denen auf dem Dolch, den sie kürzlich gefunden hatte.

Sofort fragte sie sich, was das zu bedeuten hatte. Unfähig, ihre Neugier zu unterdrücken, stand sie auf und beschloss, der Frau unauffällig zu folgen. Eine seltsame Mischung aus Mitgefühl und unheimlicher Neugier trieb sie vorwärts. Mit jedem Schritt wuchs das unheimliche Gefühl, dass sie dieser Frau aus einem unbegreiflichen, aber unumstößlichen Grund folgen musste.

Nach wenigen Metern bog die Frau von der beleuchteten Promenade in eine nahegelegene Gasse ein, die vollkommen finster war. Während sie taumelnd vorwärts wankte, flüsterte sie unverständliche Worte in die Dunkelheit. Ab und zu stieß sie ein leises Lachen aus, ein hohles, keuchendes Geräusch, das Hannah zusammenzucken ließ. »Oh, sie ist hinter mir her, aber weiß sie auch, wer hinter ihr her ist?«, kicherte sie in der Dunkelheit vor sich hin.

»Meinen Sie mich?«, fragte Hannah mit schwacher Stimme, doch die Frau reagierte nicht. »Entschuldigung, könnten Sie vielleicht …«

In diesem Moment stieß die Alte einen markerschütternden Schrei aus und drehte sich dabei blitzschnell zu ihr um. Mit erschreckender Kraft drückte sie Hannah gegen die kalte Gassenwand und blieb mit ihrem Gesicht nur wenige Zentimeter vor ihr stehen. »Natürlich meine ich dich, du kleine Ratte!«, fauchte sie und fixierte Hannah mit ihren glühend schwarzen Augen.

Vor Angst gelähmt, zitterte Hannah am ganzen Körper. Der Wahnsinn im Blick der verrückten Dame ließ ihr das Blut in den Adern gefrieren. Noch bevor sie daran denken konnte, sich zu wehren, ließ die Frau wieder von ihr ab.

»Sie werden dich finden, und dann kommen sie dich holen«, kicherte sie, ihre gelben Zähne blitzten im schwachen Licht, das von der Flaniermeile hinter ihnen in die düstere Gasse schien.

Hannah erschauderte, als das wahnsinnige Grinsen der Frau im Dunkeln aufleuchtete.

Gerade als sie sich angewidert umdrehte, um aus der Gasse zu verschwinden, sprach die Frau erneut: »Im Schatten des Waldes habt ihr gesehen, was ihr sehen solltet, mein Kind. Und jetzt sind sie hinter euch her.«

Hannah hielt inne. Hatte sie das gerade richtig verstanden? Ihre Beine bebten weiterhin, doch wider jede Vernunft zwang sie sich dazu, sich erneut der finsteren Gestalt zuzuwenden.

»Komm näher und erhasche einen Blick in deine Zukunft«, krächzte sie mit heiserer Stimme, bevor sie sich auf dem schmutzigen Boden niederließ und eine Kerze aus der Innentasche ihres fleckigen Umhangs zog.

Hannah zögerte. Noch nie zuvor in ihrem Leben hatte sie eine so unheimliche Szene erlebt, und doch ging von dieser schaurigen Dame eine düstere, unerklärliche Faszination aus.

Zögerlich trat Hannah ein paar Schritte näher, blieb jedoch außerhalb der Reichweite der dürren Arme stehen. Mit zitternder Hand zündete die Greisin ein Streichholz an und entfachte behutsam die Kerze. Im flackernden Licht wirkten ihre zerfurchten Gesichtszüge noch unheilvoller. Dann öffnete sie das Buch, dessen Seiten knarrten, und zog einen kleinen Stapel vergilbter Karten hervor, die ebenso alt und geheimnisvoll wie das Buch selbst schienen.

Hannah beobachtete das Ganze mit angsterfüllter Neugier, stets darauf bedacht, sofort flüchten zu können, sollte sie erneut von der beängstigenden Frau bedrängt werden.

Die Frau mischte die Karten in ihren knochigen Händen und murmelte dabei unverständliche Worte. Dann legte sie drei Karten auf den Boden.

Das Licht war sehr schwach, doch Hannah konnte auf der ersten Karte schemenhaft einen Umhang erkennen. Der Stoff schien aus Schatten selbst gewebt zu sein, unheilvoll und schwer, als würde er die Dunkelheit der Nacht in sich tragen. Auf der zweiten Karte war ein loderndes Feuer abgebildet, dessen Flammen smaragdgrün schimmerten. Als Hannah die dritte Karte sah, begannen ihre Hände zu schwitzen. Mit weit aufgerissenen Augen ging sie noch näher heran und vergaß sämtliche Vorsicht auf einen Schlag. Auf der letzten Karte war ein Dolch zu sehen, der dem Gefundenen zum Verwechseln ähnlich sah. Selbst die Symbole waren zu erkennen, genau wie auf dem Einband des Buches.

Hannah verstand nicht, was das zu bedeuten hatte. Ihr Blick verharrte auf dieser Karte, in der Hoffnung, sie würde sich täuschen. Doch es bestand kein Zweifel. Es war der Dolch, den Hannah bei ihrem Ausflug zur Hütte gefunden hatte. Sie blickte wieder in das Gesicht der Frau und fuhr sofort zusammen, denn ihre Augen wirkten jetzt pechschwarz.

»Sie werden kommen«, sagte sie und zum ersten Mal klang ihre Stimme vollkommen klar.

»Wer wird kommen?«, fragte Hannah und ihr Herz begann zu rasen.

»Sie haben etwas von dir. Und du hast etwas von denen«, erwiderte sie und schien dabei durch Hannah hindurch zu blicken.

»Wen meinen Sie?«, stammelte Hannah verständnislos, doch die Frau schien nicht bereit, auf ihre Fragen einzugehen.

»Die Nacht der dreizehn Monde ist bald da und wenn es so weit ist, wird das erste Opfer von einer Unschuldigen erbracht. Das zweite Opfer von dem, der die Schuld in sich trägt. Bevor der nächste Vollmond erscheint, muss die Tat vollbracht sein. Sie werden kommen.«

Ich verstehe nicht, was meinen Sie mit ...«

In diesem Moment hallte eine vertraute Stimme durch die enge Gasse: »Hannah, da bist du ja! Wir haben uns schon Sorgen gemacht!«

Erschrocken drehte sich Hannah um und erblickte Emily, die auf sie zugestürmt kam. »Wir haben überall nach dir gesucht«, sagte sie erleichtert und fiel Hanna um den Hals, die wie angewurzelt stehen blieb.

»Was hast du hier eigentlich gemacht?«, wollte Emily wissen und musterte sie mit großen Augen.

»Ich habe dieser Dame ...«

Als sich Hannah wieder der merkwürdigen Frau zuwenden wollte, konnte sie nur noch ihren Rücken für den Bruchteil einer Sekunde am anderen Ende der Gasse in die Nacht verschwinden sehen. Einen Augenblick lang dachte sie darüber nach, ihr zu folgen. Doch noch ehe sie etwas unternehmen konnte, zog Emily sie bereits am Arm.

»Komm, die anderen machen sich bestimmt schon Sorgen. Such dir nächstes Mal einen weniger gruseligen Ort zum Pipi machen.«

Hannah blickte noch einen Moment lang auf die Stelle, wo die alte Frau verschwunden war, bevor sie Emily schließlich folgte.

Sie gingen zurück zur Promenade und das Licht der Laternen blendete Hannah. Es dauerte nicht lange, bis sie die anderen wiederfanden, die aufgeregt von ihren Erlebnissen in der Geisterbahn erzählten.

Hannah nahm kein einziges Wort auf. Ihre Gedanken kreisten nur noch um die Worte der alten Frau: »Sie werden kommen ...« Was meinte sie damit? Und was sollte die Nacht der dreizehn Monde bedeuten? All diese Fragen überschlugen sich in ihrem Kopf und nach einer Weile sagte sie zu den anderen: »Es ist schon spät, Leute, ich werde nach Hause gehen«, und unterbrach damit die lustigen Erzählungen der Gruppe.

»Okay, ich bringe dich nach Hause«, bot ihr Liam sofort an.

»Danke für das Angebot, aber es ist nicht weit und ich muss mal den Kopf frei bekommen. Wir sehen uns morgen.«

Mike sah sie für einen kurzen Moment mit einem seltsamen Blick an, als ob er ahnte, was in ihr vorging. Sie verabschiedete sich von ihren Freunden und lief die Promenade entlang zurück nach Hause. Die meisten Stände und Fahrgeschäfte waren mittlerweile geschlossen und auch der Großteil der Besucher hatte das Fest bereits verlassen. Hannah lief eine beleuchtete Straße entlang, auf der ein paar wenige Leute verteilt auf dem Heimweg waren. Gedankenverloren ging sie Schritt für Schritt, ohne darauf zu achten, wohin sie eigentlich lief. Angestrengt dachte sie darüber nach, was gerade passiert war.

Auf der ersten Karte war ein grünes Feuer zu sehen, womit sie überhaupt nichts anfangen konnte. Doch der Umhang auf der zweiten Karte passte zu den Leuten in den Kapuzenumhängen, die Byrne angeblich im Wald gesehen hatte. Und der Dolch auf der letzten Karte sah genauso aus wie der, den sie auf dem Parkplatz gefunden hatte. Das alles waren einfach zu viele Zufälle auf einmal, dachte sie.

Dann, mit einem Mal, hörte sie Schritte hinter sich. Sie hatte nicht bemerkt, dass sie in eine unbeleuchtete Seitengasse abgebogen war, die sie sonst nur am Tag als Abkürzung nutzte. Sie drehte sich um und konnte jemanden auf sich zukommen sehen. Ihr Puls schoss in die Höhe. Sie beschleunigte ihre Schritte bis sie schließlich rannte, doch die unheimlichen Schritte näherten sich schnell. Die Person, die sie verfolgte, rief etwas, was Hannah nicht verstehen konnte. Ihre Knie wurden weich und es war nun menschenleer auf der Straße. Es gab niemanden, der ihr zu Hilfe eilen konnte. Kurz bevor sie um eine Ecke biegen wollte, packte sie eine Hand an der Schulter. Sie drehte sich kreischend um und sah das Gesicht von Mike.

»Bist du völlig bescheuert?!«, schrie sie ihn an.

»Was zum Teufel ist denn bitte los mit dir?« Mike schien völlig perplex. »Tut mir wirklich leid, ich wollte dich wirklich nicht erschrecken. Ich habe nach dir gerufen, aber irgendwie hast du mich scheinbar nicht gehört.«

»Warum rennst du mir hinterher?«, blaffte sie ihn an, immer noch keuchend und außer sich vor Wut.

»Ich habe dein Amulett gefunden. Ich dachte, du würdest es gerne zurückhaben.«

Ihre Augen wanderten zu seiner Hand, in der tatsächlich das Amulett lag, das sie zuvor auf der Bank betrachtet hatte. Scheinbar musste sie es dort liegen gelassen haben.

»Danke, aber nächstes Mal kannst du mich auch gern anrufen und ich komme es mir dann abholen!«

»Geht klar, nochmal, tut mir wirklich leid. Darf ich dich als Entschuldigung noch nach Hause bringen?«, fragte er sie mit einem nervösen Blick, als ob es ihm wirklich leid täte.

Sie atmete tief durch und hatte nach diesem Erlebnis wirklich keine Lust mehr, allein nach Hause zu gehen. So stimmte Hannah zu und ging mit ihm weiter. Gemeinsam gingen sie einen schwach beleuchteten Weg entlang, der beidseitig von hohen Hecken flankiert war. Eine Weile gingen sie still nebeneinander her, bis Mike zu ihr sagte: »Darf ich dich mal etwas fragen?«

»Klar, schieß los.«

»Ich kenne dich nicht besonders gut, aber du wirkst, als ob dich irgendetwas belastet.«

Hannah sah ihn an und überlegte einen Moment, was sie ihm antworten sollte. Schließlich kannte sie ihn wirklich nicht besonders gut. »Ja, kann schon sein, in letzter Zeit sind Dinge passiert, die ich mir nicht wirklich erklären kann«, sagte Hannah ruhig.

»Hängt das mit eurem Ausflug zur Hütte im Wald zusammen?«

Hannah drehte sich erschrocken zu ihm um: »Woher weißt du das?«

»Oliver hat mir davon erzählt, während du vorhin weg warst. Er meinte, Byrne hätte etwas im Wald gesehen, was ihn sehr erschreckt hat und jetzt spielen alle etwas verrückt.«

Hannah sah ihn mit ernstem Blick an.

»Keine Sorge, ich erzähle niemandem davon«, entgegnete er hastig.

Hannah wandte sich von ihm ab und sie gingen langsam weiter. »Ja, es sind tatsächlich komische Sachen passiert. Byrne glaubt, er hätte Leute in schwarzen Umhängen gesehen. Vielleicht war er wirklich nur betrunken«, erklärte Hannah und bemerkte, wie absurd das eigentlich klang.

»Da wäre ich mir nicht so sicher«, antwortete ihr Mike.

Sie schaute ihn verdutzt an. »Wie meinst du das?«

»Ich habe vor Jahren eine sehr ähnliche Geschichte gehört, die sich genau in der Gegend abgespielt haben soll, in der ihr wart.«

»Was hast du gehört?«, wollte Hannah sofort wissen, obwohl sie sich unsicher war, ob sie die Antwort überhaupt hören wollte.

»Es ging mal das Gerücht um, dass in den nordwestlichen Wäldern Okkultisten rituelle Zeremonien abgehalten haben. Ich dachte allerdings, das sei ein Mythos.«

Auch wenn Hannah kaum ein Wort verstand, überkam sie die blanke Panik. »Okkultisten? Was genau sind das für Menschen?«, fragte sie ihn mit nervöser Stimme.

»Soviel ich weiß, sind das Leute, die an das Übernatürliche glauben. Sie praktizieren verschiedene Rituale, um ihren Glauben zu festigen.«

»Was für Rituale meinst du?«, fragte Hannah und sie spürte dabei, wie ihre Stimme zu zittern begann.

»Sie treffen sich nachts in Wäldern oder in alten Ruinen, was genau sie da machen, weiß kaum jemand. Aber ich denke, diese Leute sind nicht ungefährlich. Damals sollen auch Menschen verschwunden sein.«

Hannah wünschte sich, sie hätte nicht weiter nachgefragt. Ihr ohnehin schon bedrücktes Gefühl seit dem Besuch der Hütte wurde jetzt um ein Vielfaches bestärkt. »Woher weißt du das alles?«, fragte sie ihn.

Mike zögerte einen Moment. »Ich musste mich damals in der Schule viel damit beschäftigen, daher weiß ich das ein und andere über dieses Thema.«

»Sollten wir damit nicht zur Polizei gehen?«, fragte Hannah.

»Um was zu sagen? Sich im Wald zu treffen ist keine Straftat, und solange ihr keine Zeugen eines konkreten Verbrechens wart, wird die Polizei nicht viel unternehmen.«

Hannah wusste, er hatte recht. Sie überlegte und dachte an die Gefahr, in der sie sich wahrscheinlich befunden hatten. »Ich gehe nie wieder auch nur in die Nähe dieser Wälder. So viel steht fest«, beschloss sie schließlich.

»Das würde ich dir auch nicht raten. Man weiß nie, wie diese Leute drauf sind.«

Ohne es bemerkt zu haben, waren sie an Hannahs Haus angekommen. Sie wohnte in einem schönen, zweistöckigen Einfamilienhaus am Stadtrand. Die makellos gestutzten Hecken und die großen Fenster ließen das Anwesen prunkvoll erscheinen.

»Danke für deine Offenheit«, wandte sie sich ihm zu und zwang sich ein Lächeln hervor.

»Wenn du noch irgendwas darüber wissen willst, zögere nicht zu fragen«, bot er ihr ebenfalls mit einem Lächeln im Gesicht an und so verabschiedeten sie sich mit einer Umarmung.

Sie öffnete die Tür und schlich leise ins Haus, wo ihre Eltern bereits schliefen. Möglichst lautlos ging sie die Treppe hoch, schloss dann ihre Zimmertür hinter sich und zog ihre Schlafsachen an. Auch wenn sie nach all diesen Vorkommnissen daran zweifelte, in nächster Zeit schlafen zu können, war sie ziemlich erschöpft.

Sie ging zum Fenster und öffnete es. Frische Luft strömte herein und sie ließ sich in ihr Bett fallen. Wieder kreisten unendlich viele Fragen durch ihren Kopf. Sollte sie mit den anderen darüber sprechen? Würden sie sie verstehen oder für verrückt halten? Was hatte die verrückte alte Frau gemeint, als sie gesagt hatte, die Tat müsse vollbracht sein, bevor der nächste Vollmond am Himmel erscheint? All diese Fragen ließen sie wie erwartet nicht zur Ruhe kommen.

Sie stand wieder auf und ging zum Fenster, um es zu schließen. Als sie dabei in den Nachthimmel schaute, blieb ihr Blick am abnehmenden Vollmond hängen. Sofort kamen ihr wieder die Worte der alten Frau in den Sinn: »Die Nacht der dreizehn Monde, was könnte das bedeuten?«, sagte sie leise zu sich selbst.

Ihr Blick wanderte vom Nachthimmel hinunter auf den Pool im Garten, der auf der Rückseite des Hauses von ihrem Zimmer aus zu sehen war. Sie schaute auf das kristallblaue Wasser, das von den Lampen im Pool beleuchtet wurde und ihr Blick blieb auf einer schwarzen Katze hängen, die langsam um den Pool herumschlich. Als sie den Zaun erreichte und durch eine kleine Öffnung schlüpfte, sah Hannah dort etwas in der Dunkelheit stehen.

Auf einen Schlag bekam sie Gänsehaut am ganzen Körper. Da stand ein Mann in der Finsternis und schaute zu ihr hoch. Dieses Mal war sie sich sicher, es war keine Sinnestäuschung, kein Gedankenstreich. Da stand ein Mann, ganz in schwarz gekleidet und blickte sie von der anderen Seite des Gartenzauns an. Unter einer Kapuze war ein bleiches Gesicht mit schwarzen Augen zu sehen, welches von den Gartenlaternen schwach angeleuchtet wurde.

Der Mann rührte sich nicht, aber sie war sich sicher, dass er sie ansah. Nach einem schier endlos wirkenden Moment wandte sich die Gestalt ab und verschwand hinter ein paar Büschen in der Dunkelheit. In diesem Moment war sich Hannah sicher, sie wurde verfolgt.

Kapitel 4: Die Bibliothek

Nach einer schlaflosen Nacht stieg Hannah sehr früh am Morgen aus dem Bett und zog sich an. Die Sonne war noch nicht ganz aufgegangen, als sie ins Bad ging, um sich fertig zu machen. Sie zog sich an, putzte sich die Zähne und eilte die Treppe in den Flur hinunter. Da ihre Eltern noch schliefen, öffnete sie leise die Haustür, schaute vorsichtig in alle Richtungen der kleinen Straße vor ihrem Haus und schloss die Tür hinter sich.

Im Schein der Dämmerung ging sie die Straße entlang und vergewisserte sich alle paar Schritte, ob sie verfolgt wurde. Sie bog in einen kleinen Fußweg zwischen zwei Grundstücken ein und durchquerte einen Park, an dessen Rand ein kleiner Spielplatz war. Der Williamson-Park, der am östlichen Ende von Lancaster liegt, war um diese Uhrzeit noch menschenleer. Lediglich ein älterer Herr ging mit seinem Yorkshire Terrier spazieren.

Am Ende des Parks angekommen, ging sie die Coulston Road entlang, ehe sie in einen gepflasterten Fußweg einbog. Nach weiteren fünf Minuten mündete der Weg in den Hinterhof eines Mehrfamilienwohnhauses. Hannah holte ihr Telefon aus der Tasche und wählte Liams Nummer. Immer wieder ließ sie es klingeln, und es dauerte eine gefühlte Ewigkeit, bis er schließlich dranging. »Was'n los?«, fragte er und klang, als ob er sein Gesicht in ein Kopfkissen gedrückt hielt.

»Liam, du musst runterkommen. Ich stehe vor deiner Haustür, es ist wirklich wichtig!«

»Wer is'n da?«, fragte Liam müde und genervt zugleich.

»Hannah! Komm runter, ich muss mit dir reden.«

Nach erneutem Stöhnen und einem kurzen Moment der Besinnung stimmte er zu. »Gib mir fünf Minuten«, sagte er und legte auf. Nachdem doppelt so viel Zeit vergangen war, kam ein zerzauster Liam mit roten Augen aus der Haustür getrottet. »Was zum Teufel ist los? Hast du mal auf die Uhr geschaut?«

»Sie sind uns gefolgt!«, stürzte Hannah auf ihn ein.

»Was? Wer ist uns wohin gefolgt?«, fragte Liam mit hochgezogenen Augenbrauen.

»Die Gestalten aus dem Wald, verdammt, hör mir doch endlich zu!«, schrie sie ihn an, unfähig, die Beherrschung zu wahren.

»Ja ja, okay, ich höre dir zu, aber bitte schrei hier nicht so rum.«

»Tut mir leid, können wir vielleicht ein paar Schritte gehen?« Sie gingen den Fußweg zurück zum Park und setzten sich auf eine Bank unter einer großen Buche. Die Sonne war jetzt vollständig aufgegangen und überall um sie herum glänzte der Morgentau auf dem Gras.

Sie erzählte ihm alles, was geschehen war. Von ihrer Beobachtung auf der Lichtung, der Begegnung mit der gruseligen Frau auf dem Jahrmarkt, dem Gespräch mit Mike und dem Mann von letzter Nacht. Liam hörte ihr aufmerksam zu und schwieg vorerst. Nachdem sie ihm alles detailliert geschildert hatte, wirkte Liam tief in Gedanken versunken. Er starrte ins Gras vor ihnen und strich sich immer wieder nachdenklich über das Kinn. »Was, denkst du, sind das für Leute?«, fragte er sie mit besorgter Miene.

»Ich weiß es nicht. Mike sagte, dass sie Okkultisten sind. Also Personen, die an das Übernatürliche glauben und spezielle Rituale praktizieren. Klingt erstmal nicht nach Personen, die man gerne näher kennenlernen möchte«, erklärte sie ihm.

»Woher will dieser Mike das denn wissen?«, entgegnete Liam mit einem abwertenden Blick. »Du sagst, er ist dir letzte Nacht hinterhergelaufen. Welcher normale Typ macht sowas!?«

Hannah schaute ihn an und wunderte sich über die abfällige Art, mit der Liam über Mike herzog. »Es stimmt, er hat eine eigenartige Art an sich«, beruhigte sie ihn. »Er hat sich wohl früher schulisch mit solchen Dingen befasst, weshalb er einiges darüber weiß. Vielleicht ergibt es Sinn nochmal mit ihm zu reden?«

»Wir wissen doch kaum etwas über ihn, gerade jetzt sollten wir aufpassen, wem wir vertrauen«, antwortete ihr Liam hitzig. »Ich denke, wir sollten mit den anderen reden«, sagte er und fuhr fort: »Wenn das alles tatsächlich mit den Geschehnissen im Wald zu tun hat, sind wir alle in Gefahr.«

Hannah atmete durch. »In Ordnung«, sagte sie. »Ich schreibe den anderen, dass wir uns heute Abend bei mir treffen. Meine Eltern fahren heute zu meiner Tante und ihrem neuen Freund, dann können wir ungestört reden.«

Da Liam vor dem Treffen noch einmal zu Byrne fahren wollte, trennten sich die beiden wieder, und Hannah ging eilig nach Hause in der Hoffnung, ein wenig Schlaf nachholen zu können.

Der Tag verging und es dämmerte langsam, als es bei ihr an der Tür klopfte. »Hannah, wir sind's«, hörte sie von draußen die vertrauten Stimmen ihrer Freunde. Sie öffnete die Tür und Emily, Liam und Oliver kamen herein.

»Wo ist Byrne?«, fragte sie in die Runde.

»Wie immer nicht hier«, antwortete Emily mit hochgezogenen Augenbrauen, als sie an Hannah vorbei ins Wohnzimmer ging. Oliver und Liam folgten ihr. Das Wohnzimmer war groß, hell und modern gestaltet. Durch die breiten Fenster konnte man über die Terrasse in den Garten schauen, wo sich der Swimmingpool befand. Oliver und Emily setzten sich auf die Couch, während Liam auf einem Sessel Platz nahm.

»Wolltest du nicht heute zu Byrne fahren, um zu sehen, wie es ihm geht, Liam?«, fragte Oliver.

»Da war ich auch, aber es hat niemand aufgemacht«, sagte Liam und schaute angespannt in die Runde.

»Er muss doch irgendwann mal wieder vor die Tür gehen, oder will er sich jetzt für immer verstecken!?«, fragte Emily aufgebracht.

»Wer weiß, was an dem Quatsch überhaupt dran war, den er erzählt hat«, erwiderte Oliver mit einem genervten Blick.

»So wie es aussieht, deutlich mehr als wir dachten«, begann Hannah zu erklären. Alle Blicke ruhten auf ihr und sie begann, ihnen all das zu erzählen, was sie auch Liam am Morgen erzählt hatte.

»... dann glaubst du, diese Leute sind uns hierher gefolgt?«, fragte Emily mit zittriger Stimme.

»Ja, das denke ich«, gab Hannah zurück.

Emily sah aus, als ob sie ein Gespenst gesehen hatte. »Und du glaubst, dieser Typ, der die Tasche mit dem Dolch auf dem Parkplatz hat stehen lassen, gehört auch zu denen?«, fragte Oliver und wirkte dabei eher skeptisch als nervös.

»Ja, da bin ich mir ziemlich sicher.«

»Könnten wir den Dolch vielleicht sehen?«, fragte Emily vorsichtig. Hannah ging in ihr Zimmer und holte ihn aus dem Nachtschrank. Als sie mit dem Dolch zurückkehrte und ihn den anderen zeigte, verstärkte sich die Anspannung im Raum noch mehr.

Beide begutachteten ihn genau und nach einem Moment des Schweigens fuhr Oliver fort: »Na, dann gehen wir einfach zur Polizei.«

»Daran hatte ich auch gleich gedacht, allerdings denke ich, wir sollten erst Informationen sammeln. Die Geschichte klingt schließlich nicht besonders glaubwürdig, wenn man nicht dabei war«, antwortete Hannah.

»Das glaube ich auch«, stimmte Liam ihr zu. »Wenn wir gleich zur Polizei gehen, glauben die uns sowieso nicht.«

»Sehe ich aus wie ein scheiß Detektiv?«, entgegnete Oliver und sah dabei alles andere als glücklich aus.

»Kommt schon, wir müssen wissen, mit wem wir es zu tun haben!«, hielt Liam weiterhin entschlossen dagegen.

»Und was schlägst du vor?«, fragte Oliver.

»Zuerst durchforsten wir das Internet. Wir tragen alle Informationen zusammen, die wir finden können und dann sehen wir weiter.«

»Würde es nicht Sinn ergeben, einmal mit Byrnes Onkel zu sprechen?«, warf Emily ein. »Scheinbar hatte er ja eine ziemlich ähnliche Erfahrung dort im Wald gemacht, vielleicht kann er uns helfen?«

»Das wird uns nur nicht viel nützen. Byrne hat erzählt, dass er seitdem sehr verwirrt sei. Wahrscheinlich bekommen wir sowieso nicht viel Brauchbares aus ihm heraus«, entgegnete Liam, der ebenfalls schon darüber nachgedacht hatte.

Hannah nahm ihren Laptop und gab Liam den von ihrem Vater. Die anderen beiden nahmen ihre Telefone, um im Internet nach allen möglichen Informationen zu suchen, die ihnen etwas nützen könnten.

Nach einer Weile meldete sich Liam zu Wort: »Leute, ich hab was! Hier steht, dass der Okkultismus eine Bezeichnung für verschiedene Phänomenbereiche, Praktiken und weltanschauliche Systeme ist. Wobei okkult gleichbedeutend mit paranormal oder mystisch sein kann. Der esoterische Okkultismus befasst sich mit Geheimwissen, das nur Eingeweihten zugänglich sei.«

»Was meinen die mit *Eingeweihten*?«, fragte Emily angespannt.

»Hier steht, als Eingeweihte werden oft Leute bezeichnet, die einem speziellen Geheimbund angehören. Häufig praktizieren sie Gebräuche und Rituale, um neue Anwärter aufzunehmen oder bestimmte heilige Feste zu feiern.«

»Na super, jetzt werden wir von einem Geheimbund verrückter Abergläubiger verfolgt«, sagte Oliver mit einem Anflug von Ironie in seiner Stimme.

»Bis jetzt werde nur ich verfolgt«, erwiderte Hannah mit ernstem Ton und Oliver verging das Grinsen im Gesicht.

»Aber was wollen die von dir?«, fragte Emily aufgebracht.

»Keine Ahnung, aber das will ich ja herausfinden.«

»Bevor wir wissen, was wir genau machen sollen, müssen wir extrem wachsam bleiben. Keiner von uns sollte nachts alleine draußen sein«, sagte Hannah und die anderen nickten zustimmend.

»Wir sammeln Informationen und Beweise und sobald wir mehr wissen, gehen wir damit zur Polizei«, fasste Liam zusammen.

Sie saßen noch eine Weile zusammen, suchten nach Informationen und berieten sich. Als es schon spät in der Nacht war, verabschiedeten sich Liam und Oliver. Da Hannahs Eltern nicht zu Hause waren, bot Emily an, bei ihr zu übernachten. Hannah war über diese Ablenkung mehr als froh. Sie machten sich Pizza, schauten mehrere Filme hintereinander und lachten zusammen. Für Hannah fühlte es sich so an, als ob sie wieder zehn Jahre alt wäre.

»Mäuschen, wann redest du eigentlich mal mit Liam?«, wollte Emily wissen, als sie zusammen auf der Couch saßen und beide ein Glas Cider in den Händen hielten.

»Was meinst du? Ich habe erst heute mit ihm geredet«, entgegnete Hannah, die nicht wusste, worauf Emily hinauswollte.

»Das meine ich auch nicht«, sagte Emily und sah sie schelmisch grinsend an, während ihre Augen funkelten.

»Ach komm schon, du weißt genau, wie das zwischen uns ist«, antwortete Hannah und vergrub ihr verlegenes Lächeln in einem der Sofakissen.

»Du stehst schon seit der Grundschule auf ihn, ihr seht euch ständig und ihr wärt das perfekte Paar. Was ist denn so schwierig daran, zu ihm zu gehen und ihn dir mit deinen süßen Kulleraugen zu Willen zu machen?«, fragte Emily schmunzelnd.

»Ach du spinnst doch«, sagte Hannah verlegen und warf ein Kissen nach ihr. »Wir waren zusammen in einer Klasse und sind mittlerweile so viele Jahre miteinander befreundet. Was ist, wenn es zwischen uns doch nicht passt? Dann können wir nichts mehr zusammen unternehmen, weil es dann kein Zurück mehr gibt.«

»Schätzchen, es wird auch so kein Zurück mehr geben. Ob wir es wahrhaben wollen oder nicht, jeder geht bald seinen eigenen Weg und wenn du die Chance jetzt nicht ergreifst, wirst du es vielleicht bis an dein Lebensende bereuen.«

Hannah dachte über ihre Worte nach. Vielleicht hatte Emily recht, doch hat sie bis jetzt nie den Mut aufgebracht, ihm ihre Gefühle zu gestehen. »Zuerst müssen wir herausfinden, was hier eigentlich vor sich geht. Danach werde ich mit ihm sprechen«, erklärte Hannah. Emily bemerkte, dass ihre Wangen leicht rötlich wurden.

Sie redeten noch eine Weile miteinander, wie sie es schon lange nicht mehr getan hatten. Auch wenn es sich keiner der beiden anmerken ließ, schauten sie bei jeder sich bietenden Gelegenheit aus dem Fenster. Aber egal wie oft sie das taten, es war nichts Auffälliges zu sehen. Irgendwann schliefen beide ein und für Hannah war es eine Nacht voller seltsamer Träume. Ein bestimmtes Szenario wiederholte sich in verschiedenen Varianten: Sie stand mit einem Messer vor einem grünen Feuer, war jedoch wie gelähmt. Jemand schien die Kontrolle über ihren Körper zu haben, und es war ihr unmöglich aufzuwachen.

Als am nächsten Morgen ihre Eltern wieder nach Hause kamen, verabschiedeten sie sich und Emily ging nach Hause. Hannah beschloss, den Tag am Pool zu verbringen und sich zu entspannen, um endlich wieder auf andere Gedanken zu kommen. Zeitweise funktionierte das auch, doch dann kam ihr eine Idee. Sie nahm ihr Telefon und wählte Liams Nummer.

»Hey, Hannah, alles okay bei dir?«, fragte er hastig mit der Befürchtung im Hinterkopf, es sei etwas Schlimmes geschehen.

»Hey Liam, ja alles gut. Mir ist nur gerade etwas eingefallen.«

»Schieß los«, sagte er und Hannah fuhr fort.

»Da wir im Internet keine spezifischen Informationen gefunden haben, die uns so wirklich weiterhelfen können, sollten wir es vielleicht mal in der Stadtbibliothek versuchen.«

»Wieso in der Bibliothek?«, wollte Liam wissen. »Wenn wir im weltweiten Netz nichts Konkretes finden, dann doch erst recht nicht in der Bibliothek!?«

»Doch«, erwiderte Hannah. »Gerade regional gibt es viele kleinere Zeitungen, deren Artikel nie online erscheinen. Aber in der Bibliothek gibt es ein Archiv, wo diese Artikel aufbewahrt werden. Außerdem ist die Bibliothek über einhundertfünfzig Jahre alt, vielleicht gibt es dort auch Bücher, die nicht im Internet zu finden sind.«

»Das klingt nach viel Arbeit, Hannah«, sagte Liam mit einem bedauernden Tonfall.

»Das ist wahr, aber dort könnten wir eine Chance haben, etwas zu finden, was uns auch wirklich weiterhilft.«

»Hm, mag sein, aber ich habe gerade noch zu tun. Wir treffen uns gegen sieben Uhr vor der Bibliothek«, schlug Liam vor.

»Schließt die Bibliothek nicht um sechs Uhr?«, fragte Hannah verwirrt.

»Mach dir darüber keine Sorgen, wir sehen uns da«, beruhigte er sie und legte auf.

Als der Nachmittag allmählich in den Abend überging, machte sich Hannah auf zur Stadtbibliothek. Sie schnappte sich ihr Fahrrad und fuhr in Richtung Stadtmitte. Die Bibliothek war eines der größten und eindrucksvollsten Gebäude in Lancaster. Die großen Tore waren von meterhohen Säulen flankiert und der gotische Baustil erinnerte fast schon an eine Kathedrale. Hannah fragte sich, wie zum Teufel sie da reinkommen sollten, denn die Bibliothek war seit einer Stunde geschlossen. Dann hörte sie einen Pfiff und entdeckte Liam, der sie von einer kleinen Seitentür aus heranwinkte.

»Liam? Was machst du …«

»Psst, nicht so laut«, unterbrach er sie und vergewisserte sich dabei, ob sie beobachtet wurden.

»Was soll das denn werden?«, flüsterte sie Liam zu, als sie an ihm vorbei in die Bibliothek huschte.

»Ein Freund von mir arbeitet hier, er hat mir den Schlüssel für heute Abend geliehen, damit wir unbemerkt arbeiten können.«

»Hältst du das für eine gute Idee?«, antwortete sie ihm mit einem ziemlich mulmigen Gefühl im Magen.

»Wir müssen uns bedeckt halten und wir können nur sichergehen, nicht beobachtet zu werden, wenn wir vollkommen allein sind. Dafür musste ich einige Gefallen einlösen.«

»Nun gut, aber es ist stockfinster hier drin«, stellte sie erschrocken fest und versuchte in der Dunkelheit etwas von ihrer direkten Umgebung zu erkennen.

»Das stimmt, aber wir dürfen keine Lichter anmachen. Wenn man von draußen sieht, dass hier jemand drin ist, bekommen wir gewaltigen Ärger und mein Kumpel ist seinen Job los.«

»Und wie sollen wir dann etwas sehen?«, fragte sie ihn und bekam mehr und mehr das Gefühl, dass das eine ziemlich dumme Idee war.

»Ich habe die hier mitgebracht«, sagte er und hielt zwei Stirnlampen in seinen Händen.

»Das meinst du jetzt nicht ernst, oder?«, erwiderte sie und sah die Freude über den Plan in seinen Augen langsam verblassen. »Na gut, gehen wir«, sagte Hannah schließlich und folgte Liam durch den Eingangsbereich in die große Haupthalle.

»Hier war ich schon seit Jahren nicht mehr drin, wirkt bei Nacht irgendwie noch größer«, staunte Hannah, während sie mit großen Augen das alte Gewölbe betrachtete.

In der Haupthalle standen viele Regale mit unzähligen Büchern gefüllt. Auch die Wände waren mit großen Bücherregalen bestückt, an denen Holzleitern befestigt waren. Mittig der Halle standen viele kleinere Tische mit Stühlen verteilt, an denen kleinere Leselampen befestigt waren. Alles war dunkel und von außen drang nur wenig Licht der untergehenden Sonne durch die großen Fenster.

»Ich würde sagen, wir teilen uns auf. Du suchst bei den Zeitungsartikeln nach Hinweisen und ich durchforste die Bücherregale. Bestimmt gibt es hier noch ältere Bücher, die uns vielleicht weiterhelfen können«, schlug Hannah vor.

»In Ordnung, aber nach was genau sollen wir suchen?«, fragte Liam.

»Such nach allem, was mit dem Übersinnlichen zu tun hat. Vielleicht gibt es irgendwo Hinweise zu Gruppierungen, zu deren Verhaltensmustern oder sowas in der Art.«

»Geht klar, ich schaue mal, was ich finden kann.«

Hannah schaute sich um und überlegte, wo sie anfangen sollte. Sie ging an einer großen Wand mit unzähligen Büchern vorbei. Über den Regalen waren Schilder aus Holz mit verschiedenen Kategorien angebracht, die sie mit ihrer Stirnlampe nur schwer erkennen konnte.

Nach einer Weile stand sie vor einem Schild mit der Aufschrift »Paranormale Literatur«. Sie las sich jeden Einband durch und nahm sich potenziell hilfreiche Bücher aus dem Regal. Als sie sich einen kleinen Stapel zurecht gepackt hatte, ging sie zu einem der Tische und begann zu recherchieren.

Als es fast Mitternacht war, stieß sie in einem alten Buch auf seltsame Symbole, die ihr bekannt vorkamen. Es waren dieselben Symbole wie auf dem Dolch. Sie stand auf und eilte mit dem Buch zu Liam, der in einem separaten Abteil am Computer alte Zeitungsausschnitte durchsuchte.

»Liam, ich hab etwas gefunden!«, sagte sie und legte ihm das Buch auf den Tisch, »hier, das sind dieselben Symbole wie auf dem Dolch.« Sie leuchtete mit der Lampe auf die Seite, wo die Symbole tabellarisch aufgeführt waren.

»Und steht da auch, was sie bedeuten?«, fragte Liam beeindruckt.

»Hier steht, diese Symbole stammen aus dem frühen Mittelalter und wurden damals verwendet, um Gegenstände zu kennzeichnen, die für die Hexenjagd verwendet wurden.«

»Für die Hexenjagd?«, wiederholte Liam mit leicht gerunzelter Stirn.

»Als Hexenjagd wurde das Aufspüren, Foltern und Töten von Frauen bezeichnet, von denen geglaubt wurde, sie stünden mit dem Teufel im Bunde. Die Symbole sollten dem Gegenstand eine besondere Kraft verleihen, damit es wirksam gegen die Zauberkräfte einer Hexe eingesetzt werden konnte«, las Hannah weiter vor. »Noch heute gibt es Bevölkerungsgruppen, welche die Hexenjagd aktiv praktizieren. Besonders im südlichen Raum Afrikas ist die Hexenjagd nach wie vor ein wichtiger Bestandteil der Kultur für viele Stämme. Dabei werden die Opfer meist in Ritualen ermordet, damit sie nicht wieder auferstehen können.«

Sie schauten sich beide einen Moment lang nachdenklich an. »Ich denke nicht, dass Byrne ein südafrikanisches Stammesritual bei uns im Wald gesehen hat«, sagte Liam.

»Das weiß ich selber, aber irgendwie kommt das allem, was wir bisher wissen, schon recht nah«, antwortete Hannah.

»Das stimmt schon. Übrigens habe ich auch etwas gefunden«, sagte Liam und wies auf einen alten Zeitungsartikel. »Das ist aus dem Daily Express, eine Polizeimeldung vom 13. September 1999«, sagte er und zeigte auf das Datum. Dann fuhr er mit dem Finger über den Artikel bis zur Mitte.

»[...] laut Polizeibericht wurde Mittwochnacht eine Person in einem großen Waldgebiet in der Nähe vom Ullswater-Lake gefunden. Der als vermisst geltende Mann wurde nach mehreren Tagen von der Polizei aufgefunden. Da er nicht ansprechbar war, wurden Rettungskräfte hinzugezogen und die Polizei nahm die Ermittlungen auf«, las Liam vor.

»Byrnes Onkel!«, wurde Hannah blitzschnell klar.

»Ganz genau, und es geht noch weiter«, fuhr Liam fort. »Die Ermittler, welche den Fall untersuchten, konnten bis heute keine Aussage von dem Mann bekommen. Aktuell ist unklar, wie es zu diesem Vorfall kommen konnte. Die Ermittlungen ergaben außerdem, dass der Mann nicht allein in diesem Gebiet unterwegs war. Ein Bekannter der geschädigten Person, der das Wochenende gemeinsam mit ihm verbracht haben soll, wird momentan von der Polizei befragt ...«

Hannah sah ihn mit großen Augen an.

»Byrnes Onkel war nicht allein dort, es gab noch jemanden, der das Ganze miterlebt hat«, fasste Liam zusammen.

»Wer war es?«, wollte Hannah sofort wissen und schaute sich den Zeitungsartikel genauer an.

»Das steht hier leider nicht«, erklärte Liam. »Wir müssen sofort mit Byrne reden …«

Auf einmal schreckten beide hoch. Ein lautes, dumpfes Geräusch unterbrach ihr Gespräch, das von dem Tor am Eingangsbereich kam. »Versteck dich!«, flüsterte Liam energisch. Beide sprangen auseinander und eilten in verschiedene Richtungen. Hannah versteckte sich hinter einem Bücherregal am äußersten Rand der Halle, während sich Liam unter eine Bank direkt hinter ihm quetschte. Beide machten sofort ihre Lichter aus und versuchten, keinen Ton von sich zu geben.

Sie lauschten durch die Stille und vorerst war nichts zu hören. Doch plötzlich waren da Schritte, die ganz leise über den Boden hallten und langsam näherkamen. Hannah schaute vorsichtig an dem Regal vorbei, hinter dem sie sich versteckte. Sofort fiel ihr auf, dass sie vergessen hatten, den Computerbildschirm auszuschalten. Nur ein Security Mitarbeiter oder ein Angestellter der Stadt konnte einen Schlüssel zu dem Gebäude haben, dachte sie. Doch vielleicht ging die Person auch davon aus, dass jemand tagsüber vergessen hatte, den Bildschirm auszuschalten.

Sie beobachtete den Bereich um den schwach leuchtenden Bildschirm und merkte, wie ihr Puls anstieg. Die leisen Schritte kamen näher und dann konnte sie die Umrisse einer dunklen Gestalt erkennen, die sich vom Bildschirm angeleuchtet langsam gleitend durch die Dunkelheit bewegte.

Als sie an der Stelle ankam, an der sich Liam versteckt hielt, blieb sie plötzlich stehen. Hannah schlug das Herz bis zum Hals. Die Gestalt bewegte sich nicht mehr. Es war, als ob sie in der Dunkelheit lauschen würde. Sofort zog Hannah den Kopf ein und stand mit dem Rücken zum Bücherregal. Sie konnte einen kratzenden Atem hören, der ihr eine unbeschreibliche Gänsehaut am gesamten Körper verursachte und dann war das Geräusch auf einmal verschwunden.

Wieder lugte sie vorsichtig am Regal vorbei, doch die Gestalt war nicht mehr zu sehen. Da sie kaum etwas erkennen konnte, musste sie versuchen, näher heranzukommen. Leise ging sie Schritt für Schritt auf die andere Seite des Bücherregals und probierte dabei, keinen Laut von sich zu geben. Als sie auf der anderen Seite des Regals ankam, spähte sie vorsichtig umher, doch nichts war zu sehen.

»Liam?«, flüsterte sie leise in die Dunkelheit. »Liam, wo bist du?« In diesem Moment packte sie eine Hand an der Schulter, sie zuckte am ganzen Körper zusammen und erstarrte vor Angst. Die Hand zog sie hinter das Regal zurück und Hannah blickte in Liams Augen. Sofort hielt er ihr den Mund zu, damit sie nicht losschreien konnte.

»Ich bin's, beruhige dich«, flüsterte er und nahm die Hand von ihrem Mund.

»Liam, ich dachte ...«

»Hannah, sei um Gottes Willen leise!«, wiederholte er und wurde dabei selbst etwas lauter. »Wir müssen hier raus, komm mit!« Er nahm ihre Hand und zog sie hinter sich her. Leise gingen sie am äußersten Rand der Halle entlang, stets darauf bedacht, keine Geräusche zu verursachen.

In der Dunkelheit konnten sie nur wenige Meter um sie herum wahrnehmen, weshalb sie angestrengt nach jedem Ton lauschten. Als sie die große Halle fast durchquert hatten, fuhren beide schlagartig erschrocken zusammen. Genau aus der Richtung, aus der sie gerade gekommen waren, hörten sie das Geräusch von herunterfallenden Büchern. Liam blieb sofort stehen und beide bewegten sich nicht mehr. Noch immer hielt er Hannahs Hand fest und spürte dabei, wie sehr sie zu zittern begann. Jemand warf Bücher aus einem Regal. Sofort wurde ihnen klar, dass dies kein Mitarbeiter sein konnte.

»Komm, das ist unsere Chance!«, flüsterte Liam und zog Hannah weiter in Richtung Ausgang.

Als sie die Tür des Vorraumes erreicht hatten, eilten sie hindurch, ehe Liam erneut abrupt stehen blieb. Er signalisierte Hannah, dass sie sich sofort ducken sollte. Erneut hörten sie etwas in der Dunkelheit umhergehen, begleitet von einem kratzenden Atem. Sie blieben regungslos stehen und atmeten selbst so leise wie möglich. Die Gestalt war nur wenige Meter von ihnen entfernt und sie wussten nicht, ob sie näherkommen würde. Ihr langsam rasselnder Atem ließ beiden die Nackenhaare zu Berge stehen. Es war, als würde die Kreatur versuchen, sie zu wittern. Nach einem Moment, der Hannah wie eine Ewigkeit vorkam, entfernte sich das Geräusch langsam wieder in Richtung der großen Halle.

»Los jetzt!«, flüsterte Liam. Er zog Hannah am Arm hoch und beide rannten zu der Seitentür, durch die sie gekommen waren. »Dreh dich nicht um!«, rief er ihr zu und sie stürzten aus dem Gebäude.

Kaum hatten sie die Bibliothek verlassen, stießen sie fast mit jemandem zusammen. Sie versuchten der Person auszuweichen und beide verloren das Gleichgewicht. Sie kamen ins Stolpern und Hannah fiel zu Boden. Abermals packte sie eine Hand an den Schultern und zog sie auf die Beine.

»Lauft!«, rief ihnen jemand zu.

»Byrne?«, fragte Hannah, leicht benommen durch den Aufprall.

»Nicht jetzt, lauft einfach!« Und sie verschwanden mit ihm zusammen in die Nacht.

Kapitel 5: Der brennende Kreis

Nachdem sie eine Weile gerannt waren, kamen sie an einer Häuserecke unter einer Laterne zum Stehen. Alle drei waren völlig außer Atem.

»Ich glaube, uns ist keiner gefolgt«, keuchte Byrne, dessen runde Brillengläser vollkommen beschlagen waren.

»Wie hast du uns gefunden?«, fragte Hannah verwundert und ebenfalls außer Atem.

»Liams Kumpel Tommy hat mir gesagt, ihr wollt heute Abend in die Bibliothek gehen«, erklärte Byrne noch immer nach Luft ringend.

»Und warum hast du uns nicht selbst gefragt, wo wir sind?«, wollte Liam wissen.

»Das wollte ich, allerdings habe ich bei der Rückfahrt von der Hütte mein Telefon verloren. Ich war gestern bei dir, aber du warst nicht zu Hause«, erklärte er ihnen. »Und den Tag davor war ich bei Oliver und Hannah klingeln, aber auch da war niemand.«

»Vorgestern waren wir auf dem Jahrmarkt und gestern haben wir uns alle bei Hannah getroffen. Da haben wir uns wohl verpasst«, sagte Liam.

»Na, dann ist es ja kein Wunder, dass ich niemanden von euch finden konnte«, antwortete Byrne. »Ich bin zur Bibliothek gefahren und als ich dort ankam, sah ich jemanden davorstehen. Aber es war keiner von euch.«

»Was hast du gesehen?«, wollte Hannah sofort wissen.

»Da standen zwei Männer, beide sehr dunkel gekleidet und es sah so aus, als ob sie nicht gesehen werden wollten. Ich habe beobachtet, wie sie sich am Schloss des Haupttores zu schaffen machten. Ich wusste nicht, dass ihr noch da drin seid, sonst wäre ich sofort reingekommen«, versicherte er ihnen.

»Byrne, wir müssen reden, aber nicht hier«, sagte Liam und sah sich auf der Straße um.

»Nicht weit von hier wohnt mein Bruder, folgt mir«, sagte Byrne und führte sie eilig die von Laternen beleuchtete Straße entlang.

Sie überquerten die Skerton Bridge, die über den River Lune führte, und gingen eine lange Straße entlang, auf der sie sich abwechselnd immer wieder umdrehten, um mögliche Verfolger rechtzeitig zu sehen. Nach ein paar Minuten bogen sie in eine Seitengasse ein, die in einen kleinen Hof eines Backsteingebäudes führte. Byrne nahm seinen Schlüsselbund aus der Tasche und öffnete die Tür.

»Mein Bruder ist mit seiner Freundin und ihren Kindern über die Sommerferien weggefahren. Hier sind wir erstmal ungestört«, erklärte er den beiden.

Sie gingen den Flur hoch in das oberste Stockwerk des dreistöckigen Hauses, und Byrne schloss die Wohnungstür auf. Sie betraten eine große und modern eingerichtete Loftwohnung. Die hohen Wände waren allesamt aus Backstein, und als Raumtrenner zwischen Küche und Wohnbereich diente eine große Glaswand, die scheinbar aus alten Fenstern zusammengesetzt wurde. Der Fußboden bestand aus dunklem Nussbaumholz, und eine Stahltreppe führte zu einem angebauten Absatz, der offenbar als Schlafraum diente.

»Wow, hier würde ich mich auch wohlfühlen«, schwärmte Liam, als er sich umsah.

»Nicht schlecht, oder?«, fragte Byrne grinsend und schaltete zusätzliches Licht ein. Es erleuchteten mehrere Spots sowie drei große Industrielampen, die an hohen Stahlträgern befestigt waren. »Wollt ihr was trinken?«, fragte er die beiden.

»Byrne, wir müssen mit dir reden«, unterbrach Hannah die Begrüßungsfloskeln.

»Sofort, lasst uns hoch auf die Dachterrasse gehen«, antwortete Byrne und führte sie über eine Wendeltreppe hinauf auf das Dach.

Dort angekommen, betraten sie eine wunderschön eingerichtete Dachterrasse, mit vielen großen Pflanzen, Lichterketten und einem Holztisch, um den vier Stühle standen. Es war eine angenehm lauwarme Sommernacht und es wehte ein leichter Westwind. Sie setzten sich und Hannah begann damit, Byrne alles zu erklären, was sie wussten.

»... und deshalb waren wir heute nicht grundlos in der Bibliothek«, fuhr sie fort. »Wir glauben, dass wir verfolgt werden, und zwar von den Leuten, die du im Wald gesehen hast.«

Byrne schaute sie recht unbeeindruckt an. »Das habe ich vermutet«, erklärte er ruhig, und beide musterten ihn mit offenen Mündern.

»Du hast es vermutet?«, fragte Hannah verwirrt.

»Ja, irgendwie schon. Ihr müsst wissen, ich war in den letzten Tagen nicht untätig. Ich habe Nachforschungen zu dem angestellt, was ich im Wald gesehen habe.«

»Und konntest du etwas Interessantes herausfinden?«, fragte Liam.

»Nicht viel, aber ich bin mir sicher, dass ich dort eine Sekte bei einem Ritual beobachtet habe.«

Beide schauten ihn aufgelöst an. »Eine Sekte?«, wiederholte Hannah und sie spürte, wie sich ihr Magen drehte.

»Genau, ich habe überall recherchiert und sogar meinen Onkel besucht. Viel konnte ich nicht aus ihm herausbekommen, nur, dass er etwas Beängstigendes dort draußen erlebt hat. Scheinbar hat er sich danach noch viel mit dem Thema beschäftigt, denn ich habe bei ihm ein Buch gefunden, das mir weitergeholfen hat.«

Byrne zog ein schwarzes Buch aus der Innentasche seiner Jacke heraus, das Hannah sehr bekannt vorkam.

»Das ist dasselbe Buch, das die verrückte Frau auf dem Jahrmarkt bei sich hatte«, stellte sie verwundert fest.

»Das Buch ist ein Leitfaden für okkulte Rituale und Beschwörungen, sozusagen die Bibel für Verrückte«, erklärte Byrne und blätterte in dem Buch. Es waren Pentagramme, Anleitungen zu Ritualen und düstere Beschwörungsformeln in unterschiedlichen Sprachen niedergeschrieben.

»Hast du da drin etwas gefunden, das zu dem passt, was du im Wald gesehen hast?«, wollte Liam wissen.

»Ich bin mir nicht ganz sicher, aber ich bin auf eine Beschwörung gestoßen, die dem sehr nahekommt.«

Byrne blätterte auf eine Seite, die eine Skizze enthielt. Sie zeigte Umrisse von Leuten, die im Kreis um einen Stern standen. Über jeden der dreizehn Personen war ein Mond abgebildet, der unterschiedlich ausgefüllt war. Der Text ist in einer Sprache verfasst, die ich noch nie zuvor gesehen habe, aber laut den Bildern geht es um ein Ritual, was mit Monden zu tun hat.«

»Die Nacht der dreizehn Monde«, warf Hannah mit aufgerissenen Augen dazwischen. »Davon hatte die obdachlose Frau auf dem Jahrmarkt auch gefaselt«, erklärte sie, da beide sie fragend musterten.

»Und was genau soll das heißen?«, fragte Liam.

»Keine Ahnung. Sie war nicht mehr ganz klar im Kopf«, gab Hannah mit hochgezogenen Augenbrauen zurück.

»Irgendetwas muss sie aber mit diesen Leuten zu tun gehabt haben. Ob sie vielleicht noch da ist?«, fragte Byrne.

»Das kann ich mir nicht vorstellen, ich habe diese Frau noch nie zuvor in meinem Leben gesehen und selbst wenn, wir bekommen mit Sicherheit nichts Brauchbares aus ihr heraus«, entgegnete Hannah.

»Wir müssen auf jeden Fall jemanden finden, der diese Schrift entziffern kann«, fuhr Byrne fort und blickte auf das Buch.

»Apropos Jahrmarkt, mir fällt da gerade etwas ein«, sagte Liam nachdenklich. »Du hast doch gesagt, dein Telefon ging auf der Rückfahrt von der Hütte verloren?«

»Ja, und?«, entgegnete Byrne, ohne zu wissen, worauf er hinauswollte.

»Oliver sagte aber, du hättest die Nachrichten im Chat gelesen, als wir uns verabredet hatten.«

»Kann gar nicht sein. Sonst hätte ich doch gewusst, wo ihr seid«, entgegnete Byrne kopfschüttelnd.

»Und wer hat dann die Nachrichten mitgelesen?«, fragte Hannah nervös und zog dabei ihr Handy aus der Hosentasche. Alle drei schauten auf das angebrochene Display und tatsächlich wurden sämtliche Nachrichten von allen Gruppenmitgliedern als gelesen markiert - auch von Byrne.

»Glaubt ihr, diese Typen haben mein Handy gefunden?«, fragte er mit kratziger Stimme. »Ich meine, da sind Bilder von uns allen drauf und auch von meinem zu Hause.«

»Malen wir nicht gleich den Teufel an die Wand«, warf Liam ein. »Zum jetzigen Zeitpunkt wissen wir nicht, wer dein Telefon gefunden hat. Aber wir sollten dennoch vorsichtig sein und keine Gruppenchats mehr benutzen, bis wir wissen, der dein Handy hat.«

»Tatsächlich wäre es sogar möglich, dass sie es haben«, sagte Byrne und wirkte wieder nachdenklich. »Als wir auf dem Rückweg nach Hause waren, wurde ich das Gefühl nicht los, dass uns jemand folgt. Ich hatte überlegt anzuhalten und euch Bescheid zu geben, aber ich wusste nicht, ob ihr mich dann für völlig verrückt haltet. Ich wusste es selber nicht genau«, erklärte er und schaute angeschlagen in die Leere. Offensichtlich bereute er es sehr, die anderen nicht doch gewarnt zu haben.

»Wir haben auch etwas herausgefunden«, unterbrach Hannah die kurze Pause, die darauf folgte. »Dein Onkel war damals nicht allein im Wald. Wir sind auf einen Zeitungsartikel gestoßen, der belegt, dass jemand bei ihm war. Leider stand kein Name dazu.«

Byrne überlegte einen Moment lang. »Das kann eigentlich nur der beste Freund meines Onkels sein, Thomas. Sie sind früher oft zusammen zur Hütte gefahren, zum Angeln, wenn ich mich recht erinnere. Allerdings habe ich ihn seit Jahren nicht mehr gesehen«, stellte Byrne nachdenklich fest.

»Hast du eine Idee, wo wir diesen Thomas finden könnten?«, fragte Hannah mit hoffnungsvoller Miene.

»Damals kam er hin und wieder für ein paar Tage zu Besuch, wenn mich nicht alles täuscht, lebt er irgendwo in Irland.«

»In Irland?«, fragten Hannah und Liam zugleich.

»Ja, er ist vor vielen Jahren dorthin zurückgegangen und lebt jetzt irgendwo auf dem Land.«

»Kannst du seine Telefonnummer besorgen?«, wollte Hannah wissen.

»Das ist das Problem, er hat weder ein Telefon, noch einen Computer oder einen Fernseher. Wenn wir ihn kontaktieren wollen, müssen wir ihm wie im tiefsten Mittelalter einen Brief schreiben«, erklärte Byrne.

»Dann sollten wir das schnellstmöglich machen«, beschloss Liam. »Wir müssen jede Chance ergreifen, um an Informationen zu kommen. Wir brauchen unbedingt Beweise, damit wir damit zur Polizei gehen können.«

Die drei redeten noch eine Weile und blieben schließlich über Nacht in der Wohnung von Byrnes Bruder. Byrne bot Hannah das obere Schlafzimmer an, das über eine schmale Holztreppe vom Wohnbereich zu erreichen war. Die beiden Jungs schliefen auf der Couch im Wohnzimmer, die ausgeklappt beeindruckend groß war.

Am nächsten Morgen standen sie zeitig auf und fassten beim Frühstück den Entschluss, als erstes einen Brief an den Freund von Byrnes Onkel zu verfassen. Sie überlegten, welche Informationen sie ihm zukommen lassen wollten und einigten sich darauf, den Brief auf das Notwendigste zu beschränken. Als es kurz vor neun Uhr war, schaute Hannah auf die große Uhr, die über dem Kamin hing.

»Mist, ich komme zu spät«, sagte sie und zog hastig ihre Jacke an.

»Wo willst du denn hin?«, fragte Liam verwundert.

»Es ist Montag, ich muss in die Klinik für mein Sommerpraktikum.«

»Wir haben Ferien, und du willst arbeiten gehen?«, fragte Byrne verdutzt und sah sie an, als würde sie eine Straftat begehen wollen.

»Ich beginne im September meine Ausbildung in der medizinischen Fachschule. Das kann ich nicht verschieben, nur weil wir von Verrückten verfolgt werden«, erklärte sie, während sie hastig den letzten Schluck aus ihrer Teetasse nahm. »Wir sehen uns später«, rief sie und verschwand eilig durch die Haustür, um die Treppe hinunterzulaufen.

Byrne und Liam überlegten, was sie tun konnten, während sie auf die Antwort von Thomas warteten.

»Sollten wir vielleicht nochmal mit Oliver und Emily reden? Schließlich sind sie von all dem auch betroffen«, fragte Byrne.

»Ich denke, es wird besser sein, wir lassen die beiden erst einmal in Ruhe«, beschloss Liam. »Beide wirkten bei unserem letzten Gespräch nicht gerade begeistert, als wir ihnen unsere Pläne mitgeteilt haben«, fuhr er fort. »Komm, lass uns erstmal zum See fahren, um einen klaren Kopf zu bekommen. Schließlich haben wir Ferien«, sagte er und klopfte Byrne auf die Schulter.

»Hier, du kannst den Helm von meinem Bruder nehmen. Ich habe meinen dabei«, antwortete Byrne sichtlich gut gelaunt über den Vorschlag.

Beide verließen die Wohnung und gingen hinunter zu Byrnes Moped, das im Hof stand. Nachdem sie aufgestiegen waren, startete Byrne den Motor und sie fuhren davon. Während der Fahrt verlor Liam keinen Gedanken mehr an das Geschehene. Sie fuhren aus Lancaster hinaus und bogen von der Straße in einen Waldweg ab. Nach wenigen Minuten kamen sie an dem See an, wo sie ihre Reise zur Hütte begonnen hatten. Sie stiegen ab und setzten sich an das Ufer.

»Hier, die hatte mein Bruder im Kühlschrank«, sagte Byrne und reichte Liam ein kaltes Bier.

Auf der gegenüberliegenden Seite war ein kleiner Strandabschnitt zu sehen, an dem viele Familien mit Kindern badeten.

»So hatte ich mir den Sommer eigentlich vorgestellt«, sagte Liam und deutete mit der Flasche in Richtung der im Wasser tobenden Kinder.

»Du wolltest Kinder machen?«, fragte Byrne verdutzt.

»Nein, ich meine den Sommer genießen. Baden gehen, Feiern und Spaß haben. Wer weiß, ob es unser letzter gemeinsamer Sommer ist«, sagte er mit einem Anflug von Trauer in seiner Stimme.

»Wieso sollte das unser letzter gemeinsamer Sommer sein?«, fragte Byrne verwundert.

Liam erinnerte sich, dass Byrne bei ihrem Gespräch auf dem Riesenrad nicht dabei gewesen war.

»Überleg doch mal«, sagte er, »Hannah geht bald für ihr Medizinstudium nach London und Emily ein Jahr ins Ausland. Oliver arbeitet bald für eine große Bank und wir wollen beide studieren.«

»Jetzt, wo du es sagst, das stimmt irgendwie. Ich meine, klar, wir werden nicht mehr so viel Zeit wie früher haben, aber wir können uns doch trotzdem alle hin und wieder treffen, meinst du nicht? Gerade wir beide kennen uns jetzt schon unser ganzes Leben«, wandte er sich hoffnungsvoll an Liam.

»Klar, das bekommen wir schon irgendwie hin«, erwiderte er mit einem gekünstelten Lächeln. Liam war sich insgeheim sicher, dass es nie wieder so werden würde, wie früher.

Sie saßen noch eine ganze Weile am See und unterhielten sich über alle möglichen Themen. Als der Nachmittag langsam zur Neige ging, kam Liam urplötzlich eine Idee.

»Byrne, was hältst du davon, wenn wir den Spieß einfach umdrehen?«

»Was meinst du?«, wollte Byrne wissen.

»Nach dem, was wir wissen, haben es diese Leute scheinbar auf Hannah abgesehen. Sie wissen außerdem, wo sie wohnt. Vielleicht können wir sie überraschen, wenn wir ihnen zuvorkommen«, erklärte er eifrig.

»Und wie willst du das anstellen?«, fragte Byrne.

»Wir legen uns vor Hannahs Haus auf die Lauer. Sollte nochmal einer von ihnen auftauchen, rufen wir die Polizei und haben direkt einen Beweis«, fuhr er aufgeregt fort.

»Das klingt nach einem guten Plan«, bestätigte Byrne den Vorschlag. »Aber was ist, wenn die uns vorher sehen?«

»Wir halten uns absolut bedeckt«, sagte Liam. »Wir ziehen uns unsere alten Tarnklamotten an, die wir immer beim Paintball anhatten und verstecken uns so, dass uns niemand sehen kann.«

»Klingt super! Aber wie wird Hannah reagieren, wenn sie erfährt, dass wir ihr Haus beobachten?«, warf Byrne ein.

»Wir erzählen ihr nichts«, erwiderte Liam. »Sie hat heute ihr Praktikum angefangen und sicher genug anderes im Kopf. Wir sollten sie damit jetzt nicht noch zusätzlich belasten.«

»In Ordnung, ich bringe mein Fernglas mit, dann können wir alles genau beobachten«, ergänzte Byrne mit leuchtenden Augen.

»Ich würde sagen, du schmeißt mich zu Hause raus und wir treffen uns heute Abend kurz vor Einbruch der Dunkelheit auf dem Spielplatz im Williamson-Park«, schlug Liam vor und beide machten sich auf den Weg.

Als die Sonne langsam unterging und sich der Himmel rot färbte, wartete Liam auf dem Spielplatz neben einer Schaukel auf Byrne. Er hatte einen großen Rucksack dabei und schaute nervös auf seine Uhr. Während die Schatten der Bäume und der umliegenden Häuser immer länger wurden, wirkte der Spielplatz und der Park irgendwie bedrohlich auf ihn. Er sah sich angespannt um und bekam die ersten Zweifel, ob dieser Plan wirklich so gut war.

Schließlich kam von der anderen Seite des Spielplatzes Byrne winkend auf ihn zu. Liam erkannte ihn nur an seiner Gangart und seiner Körperstatur, denn Byrne sah aus, als ob er in den Krieg ziehen wollte. Sein Gesicht war von schwarzer und grüner Tarnfarbe bedeckt und auf dem Kopf trug er einen olivgrünen Anglerhut. Außerdem trug er einen camouflagefarbenen NVA-Anzug.

»Bereit für die Observation, Gefreiter Liam?«, rief er ihm zu.

»Selbstverständlich, Oberstleutnant Byrne«, erwiderte er lachend und seine Anspannung verflog sofort. Auch Byrne trug einen großen Rucksack bei sich.

»Wollen wir?«, fragte er Liam und die beiden gingen am Spielplatz vorbei und einen Schotterweg entlang, der zwischen mehreren Gärten auf die Straße vor Hannahs führte.

»Ich würde sagen, den besten Blick haben wir von der Rückseite ihres Grundstücks. Dort können wir auf eine der großen Eichen klettern, von denen aus man ihren Garten und alles drumherum einsehen kann«, schlug Byrne vor und beide überquerten eilig die Straße.

Sie gingen einen schmalen Trampelpfad entlang, der zwischen dem Haus von Hannah und dem ihrer Nachbarn auf die Rückseite der Grundstücke führte. Um nicht gesehen zu werden, schlichen sie geduckt an den Gärten vorbei bis zum Ende des Pfades. Am Grundstücksende angekommen, stand dort ein langer Zaun, der alle benachbarten Grundstücke umschloss und direkt dahinter erstreckte sich ein großer Wald. Sie suchten sich eine der großen Eichen aus, die am äußeren Rand des Waldes standen und Byrne holte ein langes Seil aus seinem Rucksack. Er warf es über einen Ast in der Mitte der Baumkrone und fing das andere Ende wieder auf. Sie nahmen das Seil in beide Hände, stemmten ihre Füße gegen den Baumstamm und kletterten nacheinander den Baum hinauf.

In der Baumkrone angekommen, spannte Byrne ein Netz zwischen zwei dicke Äste. Sie legten sich in das Netz wie in eine Hängematte und Byrne zog zwei Sandwiches aus seinem Rucksack.

»Was hast du denn da noch alles drin?«, fragte Liam und staunte über die luxuriöse Ausstattung.

»Ich war früher ein paar Mal mit meinem Onkel bei der Hütte jagen, da habe ich so einiges gelernt, was langes Warten angeht. Etwas Mückenspray gefällig?«, antwortete Byrne und reichte ihm eine kleine gelbe Sprühdose.

»Besten Dank«, erwiderte Liam und es wurde ihm bewusst, wie schlecht er eigentlich ausgestattet war.

Alles, was er in seinem Rucksack hatte, war eine Decke, eine Flasche Wasser und etwas Schokolade. Von ihrem Beobachtungsposten aus hatten sie einen guten Blick auf das Grundstück von Hannah und auch auf alle umliegenden Häuser. Die Straße vor Hannahs Haus, von der sie gekommen waren, konnten sie nur teilweise einsehen.

Es vergingen knapp drei Stunden, in denen sie nichts Auffälliges beobachten konnten. Hin und wieder huschte etwas Kleines durch die Gärten, was sich allerdings immer als Katze herausstellte. Unterbewusst achtete Liam mehr auf Hannahs Zimmerfenster als auf die Umgebung, doch nichts war zu sehen. Das Fenster blieb den ganzen Abend dunkel. Er fragte sich, ob sie überhaupt zu Hause war. Kurzzeitig spielte er sogar mit dem Gedanken, ihr eine Nachricht zu schreiben, doch dann ließ er sein Telefon in der Hosentasche.

Als es schon lange nach Mitternacht war, merkten sie, wie sie langsam immer müder wurden. Nach einer weiteren Stunde beschlossen sie, die Wache für diese Nacht zu beenden.

»Treffen wir uns morgen wieder hier?«, fragte Liam.

»Klar, ich finde es super hier oben«, antwortete Byrne begeistert und sie kletterten den Baum wieder hinunter.

Wieder im Park angekommen, verabschiedeten sich die beiden und fuhren mit ihren Mopeds in unterschiedlichen Richtungen nach Hause.

Als Liam wieder in seinem Bett lag, dachte er an Hannah. Es schien ihm irgendwie seltsam, dass sie offenbar den ganzen Abend nicht zu

Hause gewesen war. Doch da sie nichts davon mitbekommen durfte, dass die beiden ihr Grundstück ausspionierten, verdrängte er seine Gedanken und schlief schließlich ein.

Am nächsten Tag stand Liam auf und stieg aus seinem Bett. Er schaute auf die Uhr und stellte erschrocken fest, dass es bereits Mittag war.

Er wohnte zusammen mit seinen Eltern in einer typischen Reihenhaussiedlung am Stadtrand. Sie hatten nie sonderlich viel Geld besessen, denn obwohl beide einer Arbeit nachgingen, reichte es meist nur, um geradeso über die Runden zu kommen. Trotzdem versuchten sie, ihm stets seine Träume zu erfüllen, was er erst in den letzten Jahren wirklich zu schätzen gelernt hatte.

Sein Vater arbeitete als Einkäufer für eine große Baumarktkette und machte oft Überstunden. Seine Mutter hatte einen kleinen Friseursalon, der sie in manchen Jahren mehr Geld gekostet hatte, als er abwarf. Dennoch war es der große Traum seiner Mutter gewesen und mittlerweile lief das Geschäft auch wieder besser. Liam hatte sich schon als Kind das Ziel gesetzt, später einmal mehr Geld zu verdienen und da er die Zulassung für das College endlich sicher hatte, war er auf dem besten Weg dazu.

Er ging hinunter in die Küche, machte sich eine Schüssel Müsli und schaltete den kleinen Fernseher ein, der an der Küchenwand hing. Während er ruhig vor sich hin aß und eine Folge *Black Mirror* schaute, schrieb er Hannah eine Nachricht und fragte sie, wie ihr erster Praktikumstag gelaufen war. Zwar schaute er immer wieder auf sein Telefon, doch erhielt er keine Antwort. Nach einer Weile klingelte es und Liam sprang hastig auf. Als er Olivers Name auf dem Display las, war er irgendwie enttäuscht.

»Hey Liam, hast du Lust etwas zu unternehmen? Mir fällt hier langsam echt die Decke auf den Kopf«, sagte Oliver.

»Hallo Oli, klar, worauf hast du denn Lust?«

»Lass uns doch mal wieder in den Wasserpark gehen. Ein bisschen abgammeln und schauen, ob dort ein paar nette Mädels rumlaufen«, schlug Oliver vor.

»Klar, dann treffen wir uns in einer halben Stunde davor«, bestätigte Liam, legte auf und suchte seine Badehose.

Im Prinzip war ihm nicht wirklich danach, doch hatte er mit Oliver tatsächlich schon lange nichts mehr allein unternommen und ähnlich wie mit Byrne waren auch sie seit ihrer Kindheit gute Freunde.

Liam stieg auf sein Moped und fuhr rund zwanzig Minuten in den benachbarten Ort Stoke. Am Parkplatz des Wasserparks angekommen, begrüßten sich die beiden Freunde und gingen hinein. Da wieder Temperaturen von fast dreißig Grad herrschten, war das Freizeitbad von Menschen überfüllt. Sie suchten einen Platz auf der großen Wiese vor dem Schwimmbecken und legten ihre Sachen auf die Handtücher. Da sie ihre Badehosen bereits anhatten, zogen sie ihre T-Shirts aus und gingen zu den großen Becken.

Das Eintauchen ins kühle Wasser ließ Liam endlich den lang ersehnten Sommer spüren. Sie verbrachten den gesamten Nachmittag im Wasser, sprangen von den Sprungtürmen und sausten mehrmals die große Wasserrutsche hinunter.

Als sie am späten Nachmittag mit einer Tüte Chips in den Händen auf ihren Handtüchern saßen, fragte ihn Oliver, was er heute noch so vorhätte. Liam hatte schon fast vergessen, dass er später wieder mit Byrne Wache schieben wollte. Allerdings hielt er es nicht für ratsam, Oliver davon zu erzählen.

»Ich treffe mich abends kurz mit Byrne, ein wenig rumhängen und so«, antwortete er, ohne den Blick von seinen Chips abzuwenden. Oliver schaute ihn misstrauisch an, offenbar hatte er mit dieser Antwort nicht gerechnet.

»Ganz ehrlich, ich glaube immer noch nicht alles, was uns Byrne erzählt hat«, begann er schließlich zu erzählen. Liam schaute ihn irritiert an. »Ich denke außerdem, dass auch Hannah übertrieben hat«, fuhr er fort. »Dass sie verfolgt wird und der ganze Quatsch. Ich denke, sie hat sich da in etwas reingesteigert. Kein Wunder, bei all der Panik, die Byrne verbreitet hat.«

Liam überlegte einen Moment, wie er darauf antworten sollte. »Aber was ist, wenn da wirklich etwas dran ist? Sollten wir dann nicht lieber etwas vorsichtiger sein und herausfinden, mit wem wir es zu tun haben?«, erwiderte er vorsichtig.

»Mit wem sollen wir es denn zu tun haben? Mit irgendwelchen Verrückten, die uns aus dem Wald gefolgt sind? Sind wir mal ehrlich, Byrne ist ein Säufer und redet öfter solch einen Quatsch. Wie oft haben wir ihn damals aus der Scheiße geholt, weil er gegenüber irgendwelchen Leuten eine große Klappe hatte? Wie oft haben wir unseren Hals für ihn riskiert, als er niemand anderen hatte? Wenn wir wirklich verfolgt werden, warum war noch niemand bei mir oder bei dir zu Hause?«, fügte Oliver gereizt hinzu.

Während Liam überlegte, was er darauf antworten sollte, beobachtete er die Menschen, die nun langsam ihre Sachen packten und in Richtung Ausgang strömten. »Byrne ist sicher kein einfacher Mensch, doch stand er immer zu uns, wenn es darauf ankam. Ich glaube ihm, weil er unser Freund ist«, sagte Liam, worauf Oliver den Kopf schüttelte.

»Dann tu, was du für richtig hältst«, sagte er verständnislos. »Egal, ich lasse mir den Sommer jedenfalls nicht von solchen Hirngespinsten versauen«, fügte er entschlossen hinzu und merkte, dass er Liam nicht von seiner Meinung überzeugen konnte.

»Es wird langsam Abend. Ich würde sagen, wir machen uns langsam auf«, schlug Liam nun ebenfalls genervt von Olivers Andeutungen vor und sie standen ohne weitere Worte auf und packten ihre Sachen zusammen.

Als sie auf dem Parkplatz ankamen und ihre Sachen auf den Mopeds befestigten, wandte sich Oliver zu Liam um und gab ihm die Hand zum Abschied. »Das hat heute echt Spaß gemacht, Liam. War wie früher«, sagte er und schenkte ihm ein Lächeln.

»Auf jeden Fall, das müssen wir wieder öfter machen«, stimmte Liam zu.

Oliver schaute ihn mit ernstem Blick an. »Ich weiß, dass ihr vorhabt, diese angeblichen Verfolger zu stellen. Tu mir bitte nur einen Gefallen und steigere dich nicht in etwas rein, was nicht da ist. Auch wenn Hannah es so sieht«, sagte Oliver und Liam hatte das Gefühl, er konnte in seine Gedanken hineinsehen.

Als er davonfuhr, schaute er ihm noch einen Moment lang nach. Hatte er vielleicht sogar recht? Steigerten sie sich in etwas rein und verschwendeten sie ihren letzten gemeinsamen Sommer damit? Liam war sich nicht sicher, was er davon halten sollte. Er stieg auf sein Moped, fuhr nach Hause um sich umzuziehen und packte eilig seinen Rucksack. Dieses Mal wollte er besser vorbereitet sein als gestern. Er packte alles Nützliche ein, was er finden konnte. Als die Sonne langsam unterging, stieg er wieder auf sein Moped und fuhr zum Spielplatz in der Nähe von Hannahs Haus. Dort angekommen, wartete Byrne bereits auf ihn.

»Hey Liam, schau mal, was ich mitgebracht habe«, sagte er begeistert und zeigte Liam etwas, das wie ein Fernglas mit lauter Knöpfen aussah.

»Was ist das?«, wollte Liam wissen und schaute sich den Gegenstand genau an.

»Das ist ein Nachtsichtgerät, das habe ich in der Wohnung meines Bruders gefunden. Geil, oder?«, fügte er begeistert hinzu.

»Das könnte uns auf jeden Fall nützlich sein«, bestätigte Liam.

»Ich habe mir heute außerdem noch ein neues Telefon gekauft mit einer neuen Karte. So können wir uns wieder schreiben, ohne Gefahr zu laufen, dass jemand mitliest.«

»Super, dann gebe ich deine neue Nummer an die anderen weiter«, sagte Liam, und sie machten sich auf den Weg.

Sie gingen am Spielplatz entlang und erreichten schnell den Trampelpfad, der sie zwischen den Grundstücken zum Waldrand führte. Sie kletterten das Seil hoch, das noch vom Vorabend dort hing und legten sich in das Netz. Die Sonne verschwand am Horizont und beide schauten durch die offenen Stellen des Geästs auf die Umgebung. Byrne zog wieder zwei Sandwiches aus dem Rucksack und diesmal hatte Liam zwei kalte Bierdosen dabei.

»Sehr gut, mein Freund, langsam bringen wir dir die Manieren bei«, bemerkte Byrne zufrieden, während er das Bier entgegennahm. »So lässt es sich leben«, fügte er hinzu und lehnte sich entspannt zurück.

»Außerdem habe ich die hier mitgebracht«, sagte Liam und holte zwei kleine Funkgeräte aus dem Rucksack.

»Echt cool, die können wir bestimmt noch gebrauchen«, antwortete Byrne und nahm eines der Walkie-Talkies entgegen.

»Liam, kann ich dich mal was fragen?«, sagte Byrne nach einer Weile.

»Klar, schieß los«, antwortete Liam.

»Du glaubst mir doch, oder?«, fragte er und schaute mit mattem Blick zu ihm hinüber.

Liam überlegte, ob es ein Zufall war, dass er dies genau jetzt fragte. Schließlich hatte er gerade erst vor zwei Stunden mit Oliver genau deswegen eine Diskussion gehabt. »Würde ich sonst hier bei dir liegen?«, erwiderte Liam mit einem freundlichen Lächeln und wandte sich ihm ebenfalls zu.

»Ja, das ist richtig, aber machst du das nur, weil du mein Freund bist, oder weil du mir wirklich glaubst?«, wollte Byrne wissen.

»Ich glaube dir allein schon, weil du mein Freund bist«, sagte Liam entschieden. »Ich habe einmal etwas gelernt, was mir seitdem nie mehr aus dem Kopf gegangen ist.«

»Und was hast du gelernt?«, wollte Byrne wissen.

»Ein Freund hat vielleicht nicht immer recht, doch er ist immer dein Freund.«

Byrne schien sichtlich berührt und wusste nicht, was er darauf antworten sollte.

»Danke, Mann«, sagte er schließlich.

»Ich bin für dich da, Kumpel«, antwortete Liam und beide stießen mit ihren Bierdosen an.

Als es langsam dunkel wurde, fragte Byrne: »Glaubst du, dass wir hier wirklich etwas entdecken?«

»Keine Ahnung, aber nichts tun ist für mich auch keine Option«, sagte Liam bestimmt.

»Mal eine andere Frage«, fuhr Byrne fort. »Warum sagst du Hannah nicht, was du für sie empfindest?«

Liam drehte sich auf einen Schlag der Magen um. Mit dieser Frage hatte er überhaupt nicht gerechnet.

»Wie meinst du das?«, fragte er Byrne und begann, nervös im Netz hin und her zu schaukeln.

»Du weißt genau, wie ich das meine. Jeder weiß es. Wie du sie anschaust und wie du drauf bist, wenn sie in deiner Nähe ist«, sagte Byrne ziemlich unbeeindruckt. »Denkst du nicht, es wäre besser, du sagst es ihr, bevor irgendein Idiot dir zuvorkommt?«

Liam schaute verlegen auf die Blätter der Baumkrone über ihn, die sich leicht im abendlichen Wind bewegten. Ein solches Gespräch hatte er noch nie zuvor mit Byrne geführt.

»Was soll ich ihr denn sagen?«, antwortete er. »Ich spiele überhaupt nicht in Hannahs Liga ...«

»Bist du bescheuert?«, fragte Byrne mit hochgezogenen Augenbrauen. »Jeder weiß, ihr wärt das perfekte Paar. Ihr passt super zusammen und außerdem steht sie schon lange auf dich.«

Liam schaute ihn mit großen Augen an. »Wie kommst du darauf?«, fragte er und setzte sich dabei auf.

»Ich weiß es von Emily. Sie hat gesagt, Hannah sei schon seit der fünften Klasse in dich verliebt.«

Liam konnte nicht glauben, was er da gerade hörte. Noch nie hatte er solch ein Glücksgefühl erlebt.

Byrne sah es ihm sofort an und schaute grinsend in die Ferne, während Liam vor sich hinträumte und sich auf nichts anderes mehr konzentrieren konnte. Hannah war das einzige Mädchen, das ihn jemals interessiert hatte. Doch war er nie mutig genug gewesen, ihr das zu sagen.

Auf einmal bekam er von Byrne einen Stoß in die Rippen und wurde damit schlagartig aus seiner Traumwelt gerissen. »Liam, ich glaube, da unten ist etwas«, flüsterte er eindringlich und reichte ihm sein Nachtsichtgerät.

Liam schaute hindurch und konnte etwas erkennen, das unter ihnen im Dickicht umherschlich. Mit einem Schlag war er wach und wieder voll bei der Sache. Er beobachtete die Gestalt, ohne sie aus dem Blick zu lassen: »Ja, da ist tatsächlich jemand! Bleib du hier oben, ich versuche näher ranzukommen.«

»Was?«, fragte Byrne mit einem Kloß im Hals.

»Schalte das Funkgerät auf Kanal sechs«, flüsterte er noch energischer.

»Und wie geht das?«, fragte Byrne, doch Liam war schon dabei, das Seil hinunter zu klettern. Unten angekommen schlich er sich an die Stelle heran, wo er die Gestalt zuletzt gesehen hatte. Langsam ging er zwischen dem Waldrand und dem Zaun von Hannahs Garten entlang und versuchte etwas in der Dunkelheit zu erspähen.

»Byrne, siehst du etwas?«, sprach er leise in das Funkgerät, während er sich weiter von der Eiche entfernte, auf der Byrne Ausschau halten sollte. An der Grundstücksecke angekommen, schaute er den Trampelpfad entlang, von dem sie gekommen waren, doch nichts war zu sehen. »Byrne, kannst du mich hören?«, fragte er verzweifelt.

»Hallo?«, sprach Byrne in das Funkgerät. »Sorry, hab den Kanal nicht gefunden«, fuhr er fort.

»Ja ja, siehst du etwas?«, wollte Liam wissen.

»Nein, ich sehe nichts. Vielleicht haben wir ihn verloren«, sagte Byrne, während Liam schlagartig ein Geräusch hinter sich wahrnahm. Blitzschnell drehte er sich um und erhaschte gerade noch einen flüchtigen Blick auf eine Bewegung im Dickicht. Vorsichtig näherte er sich einem großen Busch, dessen Zweige noch leicht zitterten. Er war sich sicher, dass jemand gerade dort gestanden hatte. Mit einem Satz sprang er auf die andere Seite des Busches, doch niemand war zu sehen. Er blickte sich um, doch die Dunkelheit umgab ihn fast gänzlich.

Auf einmal vernahm er ein Geräusch, das wie das Brechen eines dicken Astes hinter ihm klang. Wieder schnellte er herum und sah in der Dunkelheit jemanden, der direkt vor ihm stand. »Byrne!«, rief er völlig außer sich. »Du solltest doch oben bleiben!«

»Tut mir leid, aber ich habe dich nicht mehr gesehen und dachte, du bist vielleicht in Gefahr«, erklärte er und senkte dabei den Kopf.

»Wir haben ihn tatsächlich verloren. Wie konnten wir nur so unfähig sein?«, rief Liam aufgebracht und fuchtelte dabei mit den Armen, während er weiterhin in alle Richtungen blickte.

»Was auch immer sich da bewegt hat, es war wahnsinnig schnell«, bemerkte Byrne mit hochgezogenen Augenbrauen und einem ungläubigen Blick.

»Komm, wir sollten gehen. Heute werden wir wohl nichts mehr finden«, sagte Liam mit gesenktem Kopf, und die beiden schlenderten den Trampelpfad entlang in Richtung Straße. Es war bereits mitten in der Nacht und die Rollläden der umliegenden Häuser waren alle geschlossen. Sie bogen auf den Schotterweg ein, der durch die Gärten zum Spielplatz im Park führte. Liam grübelte verzweifelt darüber nach, wie das passieren konnte. Trotz ihrer Überzahl und des Überraschungsmoments hatten sie es nicht geschafft, die Person zu stellen.

»Liam ...«, sagte Byrne mit zittriger Stimme.

»Hmm«, murmelte Liam, dessen Gedanken noch immer bei der gerade verpassten Chance verweilten.

»Da steht jemand bei unseren Mopeds«, sagte Byrne aufgelöst.

Liam blickte auf und tatsächlich, da stand ein Mann bei ihren Mopeds und untersuchte sie scheinbar. Er trug einen schwarzen Mantel, sein Gesicht konnten sie in der Dunkelheit nicht erkennen. »Hey!«, rief Liam sofort. Der Mann ließ sofort von den Mopeds ab, drehte sich um und rannte los. »Komm, den schnappen wir uns!«, schrie Liam Byrne zu und setzte ebenfalls zum Sprint an.

Der Mann hetzte vom Spielplatz in eine benachbarte Seitengasse, die zwischen den Wohnhäusern auf eine beleuchtete Straße führte. Liam folgte ihm so schnell er konnte. Weit und breit waren weder Autos noch Passanten zu sehen, nur der Mann vor ihm, dessen schwarzer Ledermantel im Wind flatterte.

Sie jagten eine lange, breite Straße entlang und Liam holte allmählich auf. Der Mann war nur noch wenige Meter von ihm entfernt, als er kurz vor einer Bushaltestelle ruckartig in einen unbeleuchteten Radweg einbog. Liam hatte Mühe, sein Gleichgewicht durch den schnellen Richtungswechsel nicht zu verlieren. »Stehen bleiben!«, rief er und spürte dabei, wie seine Brust anfing zu stechen.

Sie rannten weiter den Fahrradweg entlang. Links von ihnen erstreckten sich hohe Zäune, während rechts parallel zum Weg ein kleiner Bach verlief. Während ihm vor Anstrengung langsam schummrig vor Augen wurde, hörte er anhand der Schritte vor ihm, dass der Abstand zwischen ihnen größer wurde. Sie hatten die letzten Wohnhäuser hinter sich gelassen, und nachdem sie über eine kleine

Brücke den Fluss überquert hatten, preschten sie einen langen Feldweg entlang.

Der Abstand zwischen ihnen war jetzt so groß, dass Liam den Mann nur noch als vagen Umriss in der Ferne ausmachen konnte. Im Mondschein sah er, wie der Mann auf ein großes Gebäude zustürmte. Vor ihnen erhob sich eine verlassene Lagerhalle, düster und bedrückend in der Dunkelheit. Liam beobachtete verblüfft, wie er mit einer Geschwindigkeit, die er bei einem Menschen noch nie gesehen hatte, über einen Zaun kletterte und sich auf der anderen Seite blitzschnell entfernte.

Überraschend tauchte hinter Liam ein Licht auf. Er drehte sich um und sah Byrne mit seinem Moped den Feldweg angedonnert kommen, den er gerade entlang gerannt war. Byrne sprang vom Sitz und ließ das Moped seitlich ins Gras fallen. »Lass mich raten, der mysteriöse Typ ist in das unheimliche Gebäude gerannt?«, fragte er.

»Ist er …«, keuchte Liam, der völlig außer Atem war.

»Dann lass uns jetzt die Polizei rufen«, sagte Byrne und zog sein Telefon aus der Tasche.

»Mach, was du willst, aber ich lasse ihn nicht nochmal entkommen«, antwortete Liam, während er weiter nach Atem rang.

»Okay, dann machen wir es eben auf die harte Tour. Lass ihn uns schnappen«, sagte er, steckte sein Telefon weg und drückte Liam eine Taschenlampe in die Hand.

Gemeinsam halfen sie sich über den Zaun und warfen vorsichtige Blicke in ihre Umgebung. Eine weitläufige industrielle Lagerhalle breitete sich vor ihnen aus, mit zerbrochenen Fenstern und verstreuten Ziegelhaufen. Neben der Halle standen kleinere, ebenso vernachlässigte Gebäude. Die Türen waren aufgebrochen, überall lag alter Müll herum und die Wände waren mit Graffiti übersät. Byrne hob zwei Holzknüppel vom Boden auf und reichte Liam einen davon. Anschließend folgten sie dicht hintereinander. Vor ihnen befand sich ein großes Stahltor, das mit einer massiven Kette gesichert war.

»Lass uns da reingehen«, sagte Byrne und wies auf eine der offenen Türen des Nebengebäudes, das direkt an die Halle angebaut war.

»Pass auf das Loch auf«, entgegnete Liam, als sie über die Türschwelle in die Ruine einstiegen und er gerade noch bemerkte, dass dort, wo der Fußabtreter hätte sein müssen, eine tiefe Lücke im Beton klaffte.

Drinnen war es deutlich kühler als draußen und es roch stark nach Moder.

»Byrne, du schaust nach hinten und ich nach vorne«, wies Liam ihn an, und Schritt für Schritt gingen sie durch einen engen Gang, eines ehemaligen Bürogebäudes.

Mit ihren Taschenlampen leuchteten sie in jedes Zimmer, um sicherzugehen, dass sie in keinen Hinterhalt gerieten. Überall standen ramponierte Büromöbel herum und es war aufgrund der Scherben und des Schuttes auf dem Boden unmöglich, lautlos zu gehen. Sie öffneten die Tür am Ende des Ganges und spähten vorsichtig in die große Halle hinein.

Durch die kaputten Fenster am oberen Rand der Halle schien der Mond schwach hindurch und warf lange Schatten von großen Maschinen, die überall in der Halle verteilt standen und schon sehr viele Jahre nicht mehr benutzt wurden. »Kannst du etwas sehen?«, fragte Byrne, dem die Angst anzuhören war.

»Nein, es ist auch nichts zu hören.« Kaum hatte Liam den Satz beendet, zuckten beide zusammen. Ein klirrendes Geräusch hallte über sie hinweg, das offenbar aus einem Stockwerk über ihnen kam. Es klang wie ein Hammer, den man auf einen Amboss schlug. Beide drehten sich sofort um und schauten nach oben. Eine Tür, die über ein Treppengerüst mit der Halle verbunden war, führte in ein weiteres Stockwerk. »Komm mit!«, sagte Liam und stieg eilig eine Wendeltreppe hinauf.

Byrne folgte ihm, und als sie oben vor der Tür standen, stieß Liam sie mit einem Ruck auf. Sie schauten in einen weiteren Gang ohne Fenster, doch dieses Mal war dort eine Tür ganz am Ende, unter deren Türschwelle schwach ein gelbliches Licht flackerte. »Das gefällt mir nicht«, sagte Byrne nervös, doch für Liam gab es kein Zurück mehr. Er ging durch den Korridor und direkt auf die Tür zu. Byrne blieb hinter ihm und atmete so laut, dass es wirkte, als könne er jeden Moment ohnmächtig werden.

Als sie an der Tür angekommen waren und Liam sie vorsichtig aufstieß, stockte ihnen der Atem. Sie standen in einem großen Raum, der übersät war mit kreisförmig angeordneten Kerzen. In der Mitte stand eine Art Altar, auf dem ebenfalls Kerzen brannten. Von den Wänden blätterte die alte Tapete ab und hinterließ Flecken aus dunklem Beton. Sie schauten sich einen Moment lang panisch an, beide unfähig auch nur ein Wort heraus zu bringen. Vorsichtig gingen sie auf den Kerzenkreis zu und blieben davorstehen.

»Was zum Teufel ist das hier?«, fragte Byrne mit hoher Stimme.

»Keine Ahnung«, antwortete Liam entgeistert, »aber das sieht nicht gut aus.«

Sie schauten sich um, auf der anderen Seite des Raums gab es eine weitere Tür.

»Er muss entkommen sein«, bemerkte Liam, als er vor der Tür stand und kurz durch einen Spalt spähte, um herauszufinden, wohin sie führte.

»L-Liam?«, fragte Byrne mit einer hohen kratzenden Stimme, wie Liam sie noch nie zuvor bei ihm gehört hatte.

Er drehte sich um und sah Byrne vor dem Altar im Kerzenkreis stehen.

»Das solltest du dir mal anschauen.« Sein Gesicht war kreidebleich, und die Hand, mit der er auf etwas zeigte, zitterte wie verrückt.

Liam ging zu ihm und stand wie angewurzelt da. Auf dem Altar lagen zwischen den Kerzen Fotos verstreut. Liam nahm seine Taschenlampe und schlagartig wurde ihm übel.

»D-Das sind wir«, sagte Byrne und klang, als ob er gleich zusammenbrechen würde.

Und tatsächlich, auf dem Altar lagen Fotos von ihnen, als sie bei der Hütte von Byrnes Onkel waren. Auf einem Bild war zu sehen, wie sie um das Feuer herum auf der Veranda saßen. Das Foto sah aus, als sei es von weiter weg aufgenommen worden. Auf dem nächsten Bild waren die Umrisse von Byrne zu sehen, als er über die Lichtung in den Wald lief. Als Liam mit zitternden Händen das dritte Foto in die Hand nahm, schoss sein Puls in die Höhe.

Das Foto zeigte Hannah, als sie gerade auf der Couch in der Hütte schlief. Das war zu viel für Byrne, der sich prompt umdrehte und übergab. Sie waren ihnen in die Hütte gefolgt, ohne dass es einer von ihnen mitbekommen hatte. Auch auf den weiteren Fotos war nur noch Hannah zu erkennen. Wie sie in dem kleinen Supermarkt mit Emily an der Kasse steht, am Fenster im oberen Stockwerk der Hütte mit dem Dolch in der Hand und wie sie bei ihr zu Hause gerade dabei war, ihr Rollo vor dem Schlafengehen zu schließen.

»Da hast du deinen Beweis, lass uns jetzt sofort zur Polizei gehen«, flehte Byrne ihn an.

»Nein, wir müssen sofort zu Hannah gehen!«, erwiderte Liam, während er ihn an den Schultern packte, um ihn wieder zur Besinnung zu bringen.

»Wieso nicht zur Polizei?«, flehte Byrne ungläubig und seine Stimme ging von ängstlich in aggressiv über.

»Verstehst du denn nicht, die wissen jetzt, dass wir die Fotos gefunden haben! Auf fast allen Fotos ist Hannah drauf. Das heißt, die haben es auf sie abgesehen. Wenn sie ihr irgendetwas antun wollen, dann machen sie es jetzt!«

Byrne schien zu begreifen und in diesem Moment neuen Mut zu fassen. »Du hast recht, zuerst müssen wir zu Hannah.«

Sie eilten die Treppe hinunter, von der sie gekommen waren, rannten aus der Halle und kletterten so schnell es ging über den Zaun. Byrne startete sein Moped und Liam sprang auf den Rücksitz. So schnell es ging, rasten sie den Feldweg entlang und Byrne holte alles aus seiner Garelli heraus, was möglich war. Liam versuchte trotz des Fahrtwindes mit seinem Handy Hannah wachzuklingeln, doch sie ging nicht ran.

»Fahr schneller!«, rief er Byrne ins Ohr.

»Schneller geht es nicht, das sind nicht einmal vier Pferdestärken, auf denen wir hier sitzen«, gab Byrne zurück.

Liam war sich bewusst, ab jetzt zählte jede Sekunde.

Als sie endlich vor Hannahs Haus ankamen, war auf der Straße vor ihrer Einfahrt keine Menschenseele zu sehen. Liam sprang vom Moped, rannte zur Eingangstür und hämmerte wie wild dagegen. »Hannah, Hannah mach auf!«, rief er.

Das Licht im Flur ging an und nach einem kurzen Moment öffnete Hannahs Mutter im Morgenmantel die Tür. »Liam?«, fragte sie müde. »Was machst du denn …«

»Guten Abend, Mrs. Jones, ich muss unbedingt mit Hannah sprechen, können Sie sie bitte holen?«, unterbrach er sie.

»Liam, hast du mal auf die Uhr geschaut, es ist …«

»Ja, ich weiß, tut mir wirklich leid, aber ich muss unbedingt mit Hannah sprechen«, warf Liam sofort ein.

»Hannah ist nicht zu Hause, sie hat heute ihre erste Nachtschicht im Krankenhaus«, erklärte ihre Mutter verwundert, aber in einem ruhigen Ton.

»Danke, Mrs. Jones, ich muss los«, rief Liam ihr zu, während er sich bereits umdrehte und zu Byrne eilte. »Wir müssen ins Krankenhaus, Hannah hat Nachtschicht«, sagte Liam, und Byrne gab sofort Gas.

Die örtliche Klinik lag auf der anderen Seite des Williamson Parks und war somit nicht sehr weit von Hannahs Haus entfernt. Da es der schnellste Weg war, rasten sie mitten durch den Park und Liam ging durch den Kopf, was passieren könnte, wenn sie Hannah zu spät finden würden.

Als sie das weitläufige Klinikgelände erreichten, parkte Byrne sein Moped am Fahrradständer neben dem Haupteingang und beide eilten zum Empfang. Dort angekommen, wurden sie von einer jungen Dame freundlich begrüßt. »Guten Tag, kann ich euch helfen?«, fragte sie.

»Wir suchen meine Schwester, Hannah Jones, sie macht hier ein Praktikum über den Sommer«, erklärte Liam hastig, aber dennoch bemüht, nicht sonderlich aufzufallen.

Die junge Frau warf einen Blick in ihren Computer: »Miss Jones arbeitet in der U2, das ist im Gebäude vier, aber da können Sie jetzt nicht einfach …«

»Danke!«, rief Liam ihr hinterher, während er sich bereits auf den Weg dahin machte.

»Da vorne ist das Gebäude vier«, sagte Byrne und zeigte auf ein beleuchtetes Schild vor einem großen, mehrstöckigen Haus. »Wie sollen wir da reinkommen?«, fragte er, während sie sich umsahen.

»Da unten stehen zwei Leute«, sagte Liam und zeigte auf einen Mitarbeitereingang, der offensichtlich in die Kelleretage führte. Sie gingen an den beiden rauchenden Mitarbeitern vorbei, die scheinbar keine Notiz von ihnen nahmen.

»N‘ Abend, Kollegen«, sagte Byrne beim Vorbeigehen, doch die beiden Männer waren so in ein Gespräch vertieft, dass sie Liam und Byrne gar nicht richtig wahrnahmen. Einer hob sogar noch die Hand zur Begrüßung, ohne überhaupt hinzusehen.

Im Gebäude angekommen, rannten sie am Fahrstuhl vorbei in das Treppenhaus. An jeder Etage wiesen Schilder den Standort aus.

»Die U2 ist im dritten Stock, komm schon!«, sagte Liam und beide hasteten die Treppen hinauf.

»Hier ist es!«, rief Byrne, als sie an der Tür ankamen, auf der in großen Druckbuchstaben "U2" stand.

Beim Öffnen der Tür trafen sie auf eine ältere Krankenschwester, die gerade einen Stapel Bettlaken trug und sichtlich überrascht über ihr Erscheinen war. »Guten Abend, kann ich Ihnen helfen?«, fragte sie mit einer gerunzelten Stirn.

»Ich suche meine Schwester, Hannah Jones. Sie hat ihren Wohnungsschlüssel vergessen, den wollte ich ihr zurückbringen«, erklärte Liam, während er log.

»Ah, ich glaube, Mrs. Jones macht gerade eine Pause. Ich kann ihr den Schlüssel gerne geben, wenn Sie möchten«, schlug sie freundlich vor.

»Ich würde gerne kurz mit ihr sprechen, wenn das möglich ist. Es wird nicht lange dauern«, versicherte Liam und lächelte dabei gezwungen.

»Sie ist wahrscheinlich unten am Automaten. Sie können sie im Kellergeschoss E3 treffen. Einfach den Fahrstuhl nehmen«, antwortete sie.

»Vielen Dank«, erwiderten sie synchron und eilten zu den Fahrstühlen.

Als sie sich die Türen des Fahrstuhles schlossen, beugten sich beide vornüber und schnappten nach Luft. »Das ist nicht gut, wenn sie in diesem Moment auch noch irgendwo alleine im Keller rumläuft«, sagte Byrne und Liam nickte ihm zu.

»Wir müssen sie finden, und zwar schnell.«

Als sich die Fahrstuhltüren im untersten Kellergeschoss öffneten, war es dunkel. »Wo ist hier denn der Lichtschalter?«, fragte Byrne, als sie aus dem Aufzug gingen. »Benutz deine Taschenlampe«, antwortete Liam, und beide schalteten ihre Lampen ein.

Ein leerer Korridor mit zahlreichen Türen erstreckte sich vor ihnen. Stille und Dunkelheit herrschten, nur die flackernden Neonlichter der Notausgangsschilder tauchten den endlosen Flur in ein schwaches Licht. Der kalte, sterile Duft von Desinfektionsmitteln lag in der Luft, durchsetzt mit einem unangenehmen Hauch von Verfall. Den Schildern nach zu urteilen, die sich über den Türen befanden, waren hier unten hauptsächlich Heiz-, Lager- und Abstellräume.

»Da vorne leuchtet etwas«, sagte Byrne und tatsächlich, als sie ein paar Schritte gegangen waren, schien ihnen das schwache Licht mehrerer Snackautomaten entgegen. Sie gingen zu den Automaten, doch niemand stand davor.

»Verdammt, wo kann sie nur sein?«, fragte Liam und leuchtete mit seiner Taschenlampe die Gänge entlang.

»Liam, hier ist Blut«, sagte Byrne, der vor einem der Automaten stand und mit seiner Taschenlampe den Boden absuchte.

Liam kam hinzu und tatsächlich waren da Blutflecken auf dem Boden.

»Um Gottes Willen, was ist hier passiert?«, fragte Byrne, dessen Stimme wieder höher und kratziger wurde.

»Ich hoffe, wir sind nicht schon zu spät«, sagte Liam besorgt und suchte hektisch den Boden ab. Sie folgten den Blutspuren, die sie weiter den Gang entlangführten. Liam kämpfte gegen die aufsteigende Panik an, spürte, wie seine Augen glasig wurden und seine Knie nachgaben.

Mit einem Mal hörten sie ein Geräusch aus der Dunkelheit. Liam rannte los und Byrne folgte ihm auf dem Fuß. Beim Erreichen des Korridorendes bogen sie um die Ecke, doch plötzlich prallte Liam mit jemandem zusammen. Als er sich nach einem Moment sammelte und den Blick hob, schaute er in Hannahs Augen.

Kapitel 6: Das Totem

Liam rappelte sich auf und obwohl sein Kopf vom Aufprall schmerzte, fiel all die ganze Anspannung der letzten Stunden auf einen Schlag von ihm ab. Da stand Hannah, gesund und unversehrt, aber recht verwirrt vor ihm.

»Liam, Byrne, was macht ihr denn hier?« Liam konnte nicht anders und schloss Hannah in die Arme. Er drückte sie innig und genoss diesen Moment, der ihm wie eine Ewigkeit vorkam.

Hannah schien noch verwirrter und sah ihn mit einem verdutzten Gesichtsausdruck an. »Hey, alles okay bei euch?«, fragte sie mit einem verwunderten Lächeln im Gesicht.

»Wir haben das Blut gesehen und dachten, du seist angegriffen worden«, sagte Byrne, der jetzt dazu kam.

»Wieso sollte mich jemand angreifen? Das Blut hier stammt von einer Patientin. Sie ist gestürzt, weil hier im Keller das Licht ausgefallen ist«, erklärte sie ihnen. »Sie hat nachts wohl Hunger bekommen und wollte allein zum Automaten gehen. Ich habe die Patienten gerade zur Unfallchirurgie gebracht.«

»Wann genau ist das Licht ausgefallen?«, wollte Liam sofort wissen, und sah sie mit einem durchdringenden Blick an.

»Keine Ahnung, vor zwanzig Minuten schätze ich, wieso fragst du?«, wollte Hannah wissen und verstand nicht, was das Ganze zu bedeuten hatte.

Liam warf Byrne einen angespannten Blick zu. »Hannah, wir müssen hier weg. Sofort!«, sagte er hastig.

»Ich kann hier nicht weg, ich habe gerade einmal die erste Hälfte meiner Schicht hinter mir«, erklärte sie den beiden. »Was ist denn los?«, fragte sie jetzt mit hochgezogenen Augenbrauen und einer etwas tieferen Stimme.

»Hannah, du musst uns jetzt vertrauen. Hier ist es nicht sicher«, sagte Byrne und allmählich wirkte Hannah stark verunsichert.

»Ich verspreche dir, wir werden dir alles erklären, aber du musst mit uns mitkommen«, sagte Liam und schaute ihr dabei weiterhin tief in die Augen.

»Aber was soll ich meiner Vorgesetzten sagen?«, fragte Hannah.

»Lass mich das machen«, warf Liam ein. »Ich habe vorhin gesagt, ich sei dein Bruder. Ich behaupte einfach, du musst mit mir nach Hause kommen, weil es unserer Mutter nicht gut geht.«

Hannah schaute von Liam zu Byrne und schien in ihren Gesichtern langsam zu erkennen, dass die Lage ernst sein musste. »Na schön«, sagte sie schließlich. »Ich hoffe nur, ihr habt einen verdammt guten Grund dafür.«

Gemeinsam stiegen sie in den Fahrstuhl und während Byrne und Hannah im Erdgeschoss ausstiegen, fuhr Liam in den dritten Stock, um Hannahs Schichtleiterin von seiner Geschichte zu überzeugen. Nach ein paar Minuten kam Liam aus dem Fahrstuhl gerannt und sagte beiden, dass sie ihm die Geschichte abgekauft hätte.

»Nehmt den Hausschlüssel und fahrt los, ich komme nach«, sagte Byrne, während sie feststellten, dass sie nur ein Moped für drei Leute hatten.

»Okay, aber beeil dich«, warf ihm Liam zu, während er mit Hannah auf dem Rücksitz losfuhr.

Als sie in der Wohnung von Byrnes Bruder ankamen, schloss Liam die Haustür auf, und sie betraten die große Loftwohnung. »Kannst du mir jetzt erklären, was das alles zu bedeuten hat?«, fragte Hannah, noch bevor sie sich setzte oder ihre Jacke auszog.

»Sofort«, entgegnete Liam, während er eilig durch die Wohnung ging und alle Vorhänge zuzog.

Hannah setzte sich auf einen Stuhl neben dem Küchentisch und nachdem Liam sich vergewissert hatte, dass sie niemand von draußen beobachten konnte, setzte er sich ihr gegenüber auf die andere Seite des Tisches.

Er atmete tief durch und überlegte in diesem Moment, wie er das Gespräch am schonendsten beginnen konnte. »Byrne und ich hatten überlegt, was wir tun könnten, während wir auf den Brief von Thomas warten«, begann er und schaute dabei auf die Tischplatte vor ihm. »Das wird dir jetzt nicht gefallen, doch wir haben uns überlegt, vor deinem Haus Wache zu schieben.«

Mit einem Schlag entglitten Hannah sämtliche Gesichtszüge. »Ihr habt was?!«, sagte sie, doch Liam unterbrach sie sofort.

»Wir haben das nur zu deinem Schutz gemacht«, warf er sofort ein. »Du hast gesagt, jemand hat dich bis nach Hause verfolgt. Wir dachten, die besten Chancen hätten wir, wenn wir einen von denen auf frischer Tat ertappen und dann die Polizei rufen.«

»Ihr dachtet also, es sei in Ordnung, sich einfach vor meinem Zuhause niederzulassen, ohne mir Bescheid zu geben und mich zu beobachten?«, entgegnete sie laut werdend.

»Wir wussten nicht, wie wir dich fragen sollten, ohne dass du es ablehnst«, erklärte Liam ruhig.

»Wo habt ihr euch versteckt?«, fragte sie mit gerunzelter Stirn.

»In einem Baum vor deinem Garten«, antwortete Liam und wurde sich der Absurdität seiner Antwort in diesem Moment bewusst.

Hannah schien sprachlos. »Muss ich jetzt mein Badezimmer nach Kameras durchsuchen oder was?«, fragte sie sarkastisch.

»Es tut uns leid, wir haben einen Fehler gemacht. Aber bitte, lass mich erklären, was passiert ist«, bat Liam inständig.

»Ich höre …«, entgegnete Hannah mit verschränkten Armen und strengem Blick.

»In der ersten Nacht ist nichts passiert. Wir saßen im Baum, doch nichts war zu sehen. Aber in der zweiten Nacht …«

»Wie lange habt ihr mich denn beobachtet?«, warf Hannah dazwischen.

»Hör mir bitte zu«, unterbrach Liam sie und wurde in seinem Ton bestimmter. »In der zweiten Nacht schlich ein Mann um dein Haus.«

Hannah wurde blass im Gesicht und starrte ihn an. »Meinst du das ernst?«, fragte sie, während ihre Glieder zu zittern begannen.

»Leider ja. Wir haben versucht, den Mann zu stellen, doch er ist unglaublich schnell geflüchtet. Wir haben ihn bis zu einer alten Lagerhalle verfolgt, konnten ihn jedoch nicht mehr finden. Aber wir haben das hier gefunden …«, fuhr Liam fort und legte ihr die Fotos auf den Tisch.

Mit zitternden Händen nahm Hannah vorsichtig die Bilder in die Hand und ließ sie abrupt wieder fallen. »Liam …«, sagte sie und ihre Stimme verlor an Kraft. »Das sind ja wir.«

Liam schaute sie betrübt an: »Nicht nur das, schau dir die nächsten Fotos an.«

Hannah legte vorsichtig das erste Foto beiseite und ihre Augen wurden groß. Sofort wurden ihre Augen glasig und ihre Unterlippe begann zu zittern. »Das bin ich«, sagte sie in einem so hohen Ton, dass es kaum noch zu verstehen war. Sie betrachtete das Foto, auf dem sie in der Hütte schlief und konnte nicht fassen, was sie dort sah.

»Ja, das bist du«, erwiderte Liam. »Sie sind hinter uns her. Hinter dir her. Wir befinden uns in absoluter Gefahr und deshalb können wir uns nicht mehr allein irgendwo bewegen.«

Hannah stand unter Schock. Ihre Hände zitterten immer heftiger und wie in Trance starrte sie auf die Fotos. »Liam, was machen wir jetzt?«, fragte sie und Tränen liefen ihr über das Gesicht.

»Sobald die Sonne aufgeht, gehen wir mit den Fotos zur Polizei und erklären ihnen alles, was passiert ist«, sagte Liam und versuchte dabei möglichst selbstsicher zu klingen. Er wusste, dass er jetzt für sie beide stark sein musste.

»Was zum Teufel sind das für Leute?«, fragte Hannah, während sie sich zusammenreißen musste, um nicht völlig die Beherrschung zu verlieren.

»Das wissen wir nicht, nur, dass sie hinter uns her sind. Vielleicht hat die Polizei Antworten für uns. Aber solange darf keiner von uns mehr alleine sein.«

Hannah schaute zu den Fenstern, als ob sie in diesem Moment beobachtet werden könnten. Dann schaute sie Liam an und sagte: »Wenn die hinter uns her sind, müssen wir …«

In diesem Moment kam Byrne hereingeplatzt. »Sie waren im Krankenhaus«, sagte er völlig außer Atem.

»Was?«, riefen Liam und Hannah gleichzeitig.

»Ich habe zwei von denen gesehen, glaube ich.«

»Was genau hast du gesehen?«, fragte Liam und stand hektisch von seinem Stuhl auf.

»Als ihr losgefahren seid, habe ich versucht, ein Taxi zu rufen, aber es war keines mehr verfügbar. Ich dachte, ich gehe zu Fuß, und als ich gerade das Gelände verlassen wollte, sah ich zwei Männer mit schwarzen Umhängen und bleichen Gesichtern aus einem Kellereingang kommen. Sie sahen sich um, als suchten sie jemanden«, erklärte Byrne, und seine Worte kamen so schnell, dass man ihm kaum folgen konnte.

»Dann war es also kein Zufall, dass das Licht ausgefallen ist. Das waren die«, stellte Liam fest.

»Wir müssen Emily und Oliver anrufen«, sagte Hannah und kramte verzweifelt in ihrer Tasche, um ihr Telefon zu suchen.

»Das habe ich schon getan«, sagte Byrne, während er sich keuchend auf einen der Stühle neben sie setzte. »Emily ging nicht ran, aber Oliver schon. Zuerst dachte er, ich spinne mir etwas zusammen und er wurde sogar beleidigend, weil ich ihn so spät noch angerufen habe. Aber dann willigte er ein, morgen früh bei Sonnenaufgang Emily abzuholen und zur Polizeiwache zu kommen.«

»Na, hoffentlich macht er das auch«, sagte Liam, der ziemliche Zweifel daran hatte. Es wäre ihm lieber gewesen, er hätte Oliver selbst angerufen, doch war Byrne ihm zuvorgekommen. Schließlich wusste er, wie Oli über die ganze Sache und besonders über Byrne dachte. »Als ich heute mit ihm geredet habe, sagte er, dass er diesen ganzen Quatsch nicht glaubt«, erklärte er vorsichtig.

Byrne schaute ihn verständnislos an. »Aber ich habe ihm gesagt, dass wir Beweise haben. Er wird schon kommen, da bin ich mir sicher«, fuhr er fort.

»Wir werden sehen«, sagte Liam. »Auch wenn wir hier erst einmal sicher zu sein scheinen, müssen wir heute Nacht Wache halten.«

Da Hannah sowieso nicht mehr schlafen konnte, bot sie den anderen beiden an, die restliche Nacht wach zu bleiben. Immer wieder spähte sie vorsichtig an den Vorhängen vorbei auf die Straße vor dem Haus. Das gelbe Licht der Straßenlaternen warf bedrohliche Schatten, dennoch war nichts Außergewöhnliches zu erkennen. Als langsam die ersten Sonnenstrahlen auftauchten, weckte sie die beiden und alle drei machten sich ohne ein Frühstück eilig auf den Weg.

Draußen war es trotz der frühen Uhrzeit kühler als sonst. Sie gingen die Straßen entlang und aus den umliegenden Häusern schlenderten die ersten Berufstätigen müde zu ihren Autos. Hannah, die keine Minute geschlafen hatte, ging zügig voran und die anderen beiden hatten Mühe, Schritt zu halten.

Nach einem kurzen Fußmarsch erreichten sie die Thurnham Street, an der die Polizei von Lancaster ansässig war. »Wo sind Emily und Oliver?«, fragte Byrne, als sie auf dem Parkplatz des Polizeireviers standen und sich umschauten.

»Wie erwartet, nicht da«, antwortete Liam.

»Egal, wir können nicht warten«, sagte Hannah und ging zügig in Richtung Eingang.

»Hannah, warte!«, rief ihr Liam zu, während er sie an den Schultern zurückhielt.

»Was ist denn?«, fragte sie gereizt.

»Vielleicht sollten wir vorerst nichts von dem Dolch erzählen«, überlegte Liam und sah sie ernst an.

»Wieso nicht?«, wollte Hannah wissen und blickte fragend zurück.

»Überleg mal, der Dolch ist so gesehen eine Waffe. Theoretisch hätten wir ihn sofort bei der Polizei abgeben müssen, zumal du gesehen hast, wem er gehört.«

Hannah sah ihn weiter an und überlegte. »Das kann vielleicht sein, aber ich lüge ganz sicher nicht die Polizei an«, entgegnete sie.

»Wir lügen auch nicht, wir lassen diesen Teil der Geschichte vorerst weg, und sollte das jemals von Bedeutung werden, haben wir es eben vergessen. Es sind ja auch genügend andere Sachen passiert.«

Hannah wusste nicht so recht, wie sie mit diesem Vorschlag umgehen sollte.

»Liam hat recht«, warf Byrne von der Seite ein. »Du hast dich genau genommen strafbar gemacht, denn du hättest den Rucksack abgeben müssen.«

Hannah sah die beiden genervt an und willigte schließlich ein, den Dolch vorerst nicht zu erwähnen.

Sie betraten das Polizeirevier und gingen direkt zum Empfang. Hinter einer Glasscheibe saß ein alter, müde wirkender Beamter.

»Schon so zeitig auf den Beinen?«, fragte er lächelnd. »Dachte, die Jugend schläft gern aus.«

»Wir wollen eine Anzeige aufgeben«, unterbrach Hannah die nett gemeinte Begrüßung.

»In Ordnung, liebe Leute. Nehmt bitte dort vorne Platz, ihr werdet dann aufgerufen«, sagte er vollkommen entspannt und wies auf eine Stuhlreihe hinter ihnen.

»Vielen Dank«, sagte Liam und sie setzten sich auf die sonst leere Stuhlreihe.

Während sie warteten, waren alle drei ziemlich aufgeregt. »Warst du schon mal bei der Polizei?«, fragte Byrne Liam, während sie dasaßen und nervös mit ihren Fingern spielten.

»Nein, du?«, erwiderte er.

»Ja, das weißt du doch. Damals vor zwei oder drei Jahren, da bin ich mit dem Fahrrad in einen Streifenwagen gefahren.«

»Du bist was?«, fragte Liam und konnte sich ein Grinsen nicht verkneifen.

»Das habe ich dir erzählt. Ich hatte Kopfhörer im Ohr und neben mir fuhr eine Harley Davidson Street Glide, solch ein Teil, was ich schon immer mal fahren wollte. Hab nicht gemerkt, dass das Polizeiauto vor mir angehalten hat.«

Liam erinnerte sich daran und sah ihn grinsend an. »Sowas kann auch nur dir passieren«, sagte er und seine Anspannung war jetzt deutlich weniger zu spüren.

»Guten Morgen, Herrschaften, kommen Sie bitte mit«, sagte ein junger, gutaussehender Polizist, der gerade durch eine Tür in den Empfangsbereich gekommen war. Er hatte dunkles Haar und einen kurzen, sauber gestutzten Bart. Er schaute freundlich, aber sehr autoritär. »Folgen Sie mir bitte«, sagte er und ging voraus.

Er führte sie die Treppe hinauf in das zweite Stockwerk und öffnete die Tür eines kleinen Raumes. Der Raum wirkte kahl und wenig einladend, lediglich ein Tisch mit vier Stühlen stand in der Mitte und an der Wand hing eine leere Pinnwand. »Setzen Sie sich bitte«, sagte der Polizist und nahm ebenfalls auf einem der Stühle Platz. »Mein

Name ist Chief Inspector Connor. Sie möchten eine Anzeige aufgeben?«, begann er das Gespräch.

»Das ist richtig«, sagte Hannah.

»Dann beginnen Sie doch bitte mit ihrem Namen, ihrem Alter und worum es geht.«

Hannah atmete tief durch. »Mein Name ist Hannah Jones und ich bin sechzehn Jahre alt. Das sind Liam Williams und George Byrne«, sagte sie.

»Und wie alt sind die Herren?«, fragte Mr. Connor. »Wir sind beide ebenfalls sechzehn Jahre alt«, antwortete Liam.

»In Ordnung, warum sind sie heute hier?«

»Wir sind uns sicher, dass wir von einer Gruppe religiöser Leute verfolgt werden«, sagte Hannah und schaute den Beamten ernst an. »Ich weiß, das klingt seltsam aber ...«

»Machen Sie sich bitte keine Gedanken darüber, was für mich seltsam klingt. Fahren Sie einfach fort«, antwortete Mr. Connor und begann damit, Notizen auf einem vor ihm liegenden Zettel zu machen.

Hannah begann mit der Fahrt zur Hütte und dem seltsamen Mann im Supermarkt, ohne den Rucksack mit dem Dolch zu erwähnen. Byrne übernahm das Gespräch ab der Stelle, wo er allein in den Wald hineingegangen war und Liam erzählte ihm alles, was in der letzten Nacht passiert war. Mr. Connor stellte wenige Zwischenfragen und ließ die drei ausführlich berichten. Nachdem sie ihm alles erklärt hatten, machte er sich einige abschließende Notizen, legte dann langsam den Stift beiseite und schaute jeden von ihnen nacheinander an. Erwartungsvoll blickten sie ihn an und warteten auf seine Einschätzung.

»Ich bedanke mich für Ihren ausführlichen Bericht. Ich werde die Anzeige aufgeben und Sie über den Ermittlungsstand auf dem Laufenden halten. In der Zwischenzeit bitte ich Sie, absolut vorsichtig zu sein und ganz besonders darum, keine weiteren Nachforschungen auf eigene Faust zu unternehmen.«

Während er das sagte, schaute er die beiden Jungs mit einem ernsten Blick an.

»Und wie genau sollen wir uns jetzt verhalten?«, fragte Hannah, die mit den Aussagen von Mr. Connor nicht wirklich zufrieden schien.

»Bleiben Sie unauffällig und verlassen Sie nach Einbruch der Dunkelheit nicht Ihr Haus. Sollten Sie wieder verdächtige Personen vor Ihrem Grundstück sehen, rufen Sie umgehend die Polizei. Und bitten Sie Ihre Vorgesetzten, Sie aus der Nachtschicht zu nehmen. Alles weitere klären wir.«

»Was denken Sie, sind das für Leute?«, fragte Liam.

»Dazu kann ich noch nichts sagen, aber wir werden Nachforschungen zu alten Fällen anstellen und herausfinden, ob es ähnliche Vorfälle schon einmal in dieser Gegend gegeben hat. Vielleicht gibt es irgendeine Verbindung. Ich gebe Ihnen auch meine Karte mit, so können Sie mich zu jeder Tag- und Nachtzeit erreichen.«

»Wir danken Ihnen«, sagte Liam und stand als Erster auf.

»Das war alles?«, sagte Hannah, deren Geduldsfaden langsam riss. »Wir werden von Verrückten verfolgt. Sollten Sie da nicht etwas mehr unternehmen?«, blaffte sie Mr. Connor an.

»Es tut mir leid, Miss Jones, aber nach meinem jetzigen Kenntnisstand kann ich noch nicht viel ausrichten. Sie wurden nicht körperlich angegriffen oder direkt bedroht, was nicht heißen soll, dass wir die Sache nicht ernst nehmen. Ich versichere Ihnen, wir tun alles, damit Sie schnellstmöglich wieder in Ihren normalen Alltag zurückkehren können.«

Byrne war die Situation sichtlich unangenehm und er vermied jeden Blickkontakt, während er langsam aufstand. Hannah behielt ihren strengen Blick jedoch auf Mr. Connor gerichtet, bis auch sie sich schließlich geschlagen gab.

»Seien Sie versichert, wir gehen der Sache umgehend auf den Grund und haben sicher bald Ergebnisse vorzuweisen«, sagte er und verabschiedete die drei.

Als sie das Polizeirevier verließen, hielt Hannah nicht länger inne. »Will der uns eigentlich verarschen?«, donnerte sie sofort los. »Wir werden von irgendwelchen Psychopathen verfolgt und wir bekommen nichts als nett gemeinte Ratschläge?«

»Was hast du denn erwartet?«, entgegnete Liam. »Dass wir direkt in Polizeischutz kommen und mit Schusswaffen ausgerüstet werden?«

»Nein, aber dass man uns etwas ernster nimmt nach all dem, was vorgefallen ist.«

»Wir können die nächsten Tage auf jeden Fall nicht nach Hause gehen, wir sind nicht nur selbst in Gefahr, wir gefährden auch unsere Familien«, sagte Byrne und die anderen beiden kamen ins Grübeln.

»Da hat er nicht ganz unrecht. Habt ihr eigentlich etwas davon zu Hause erzählt?«, fragte Liam.

»Bist du verrückt?«, erwiderte Byrne. »Meine Mutter würde kein Auge mehr zu bekommen und ich nie wieder das Tageslicht sehen.«

»Ich habe auch nichts erzählt«, gab Hannah zu, die sich allmählich wieder beruhigte.

»Wie bei mir. Aber wo sollen wir jetzt hin?«, fragte Liam.

»Ist doch klar, in die Wohnung von meinem Bruder«, schlug Byrne vor. »Der kommt so schnell nicht wieder, die sind auf einem Kreuzfahrtschiff. In der Zwischenzeit wird seine Wohnung unser Hauptquartier«, fügte er begeistert hinzu.

»Was für ein Hauptquartier?«, fragte Hannah skeptisch.

»Ihr wollt mir doch nicht erzählen, dass wir jetzt untätig zu Hause rumsitzen, oder?«, fragte Byrne mit verwunderter Miene.

»Was können wir jetzt unternehmen?«, fragte Liam, der noch nicht so recht wusste, wie er diese Idee finden sollte.

»Wir forschen natürlich weiter«, sagte Byrne entschlossen. »Wir überlegen uns einen Plan und dann sehen wir weiter. Vielleicht können wir der Polizei unter die Arme greifen.«

Liam und Hannah sahen sich an. »Ich weiß, wir sollen eigentlich nichts machen, aber vielleicht hat Byrne recht«, sagte Hannah nachdenklich. »Nach den wenigen Informationen, die wir von der Polizei bekommen haben, sehe ich es auch nicht ein, einfach untätig zu bleiben«, ergänzte sie.

»Dann lasst es uns so machen. Jeder überlegt sich eine Ausrede für zu Hause. Wir holen unsere Sachen und dann treffen wir uns später in der Wohnung von Byrnes Bruder«, stimmte Liam den beiden schlussendlich zu. »Und achtet unbedingt darauf, dass ihr nicht verfolgt werdet!«

Die drei trennten sich auf dem Parkplatz und jeder machte sich allein auf den Weg. Auch wenn sie eigentlich zusammenbleiben wollten, schien ihnen die Gefahr mitten am Tag doch sehr gering zu sein. Als Liam vor seiner Haustür ankam, zögerte er einen Augenblick. Er spähte unauffällig die Straße der Reihenhaussiedlung entlang und vergewisserte sich, dass ihm niemand gefolgt war. Nur ein Müllwagen, der die Straße entlangfuhr, war zu sehen, sowie seine nette Nachbarin Mrs. Wimbledon, die vor dem Haus wieder alle möglichen Straßenkatzen fütterte und ihn freundlich grüßte.

Liam grüßte zurück und huschte eilig durch die Eingangstür hinein. Er ging die Treppe hoch in sein Zimmer, nahm seinen Schulrucksack und kippte den Inhalt auf seinem Bett aus. Hastig griff er in seinen Kleiderschrank und stopfte so viele Sachen in den Rucksack, wie er finden konnte. Dann stieg er auf sein Bett und holte eine kleine Spardose von einem Bücherregal. Er nahm die Ersparnisse der letzten Monate und steckte sie in seine linke Hosentasche.

Als er sein Zimmer gerade verlassen wollte, überkam ihn plötzlich eine unerwartete Zurückhaltung. Er wandte sich langsam auf dem Türabsatz um und ließ seinen Blick in den Raum zurückgleiten. Eine Woge der Nostalgie überfiel ihn, und er fühlte, wie die Erinnerungen der vergangenen Jahre ihn durchströmten. Ein eigenartiges Gefühl der Endgültigkeit breitete sich in ihm aus, als ob er gerade einen wichtigen Abschnitt seines Lebens hinter sich ließ. Sein Blick fiel auf das Bett, auf dem er als Kind lag und seiner Mutter lauschte, wie sie ihm Geschichten vorlas, während sein Vater ihm nach einem Tag voller Abenteuer eine gute Nacht wünschte.

Ein kurzer Augenblick des Innehaltens genügte, um sich seiner Entscheidung sicher zu sein. Er schloss die Tür behutsam hinter sich und machte sich auf den Weg in die Küche. Dort angekommen, begann er, Lebensmittel aus dem Kühlschrank in einen Stoffbeutel zu packen, sorgfältig darauf bedacht, nichts zu vergessen.

Als er damit fertig war, setzte er sich an den Küchentisch und verfasste einen Brief an seine Eltern. Er erklärte ihnen seine Pläne für die kommenden Tage, in denen er mit Byrne und dessen Vater zum Angeln aufbrechen würde.

Mit dem Brief in der Hand verließ er das Haus durch die Hintertür und machte sich auf den Weg zu seiner Kreidler, bereit für das Abenteuer, das vor ihm lag.

Als Liam vor der Wohnung von Byrnes' Bruder ankam, parkte er sein Moped im Hof und läutete an der Haustür. Mit leicht zittriger Stimme fragte Byrne, wer da sei. »Ich bin's, alles ist in Ordnung«, antwortete er. Als Byrne die Tür öffnete, eilte Liam zügig die Treppe im Hausflur hinauf.

Byrne stand bereits an der geöffneten Wohnungstür und warf einen vorsichtigen Blick die Treppe hinunter, bevor er die Tür wieder schloss. »Ich glaube nicht, dass wir mitten am Tag unerwarteten Besuch bekommen«, bemerkte Liam und stellte seinen Rucksack im Eingangsbereich ab.

»Vorsicht ist besser als Nachsicht«, entgegnete Byrne und schloss die Tür ab.

»Ist Hannah noch nicht da?«, erkundigte sich Liam, während er sich umsah.

»Nein, sie muss noch etwas erledigen«, antwortete Byrne.

»Ich habe etwas zum Essen mitgebracht«, sagte Liam und zeigte auf die Tasche.

»Sehr gut, anscheinend hat mein Bruder nicht mit unerwartetem Besuch gerechnet«, stellte Byrne fest.

Liam verstaute die Lebensmittel im Kühlschrank und setzte sich dann zu Byrne an den Küchentisch. »Willst du Tee oder Kaffee? Ich habe auch etwas Stärkeres da, allerdings ist es selbst für mich noch etwas zu früh dafür«, sagte er munter.

»Tee reicht völlig, dank dir«, antwortete Liam.

Sie redeten eine Weile und begannen damit, Pläne zu schmieden. Nach etwas mehr als einer Stunde klingelte Hannah an der Tür. Als sie die Wohnung betrat, hatte sie zwei große Taschen dabei.

»Hast du deinen Kleiderschrank mitgebracht?«, fragte Liam, während er auf seinen vergleichsweise kleinen Rucksack schaute.

»Nein, aber vieles, was uns später vielleicht nützlich sein könnte«, antwortete Hannah und zwinkerte ihm zu. »Ich war noch bei Emily, um sie zu verabschieden.«

»Wieso verabschieden?«, fragte Byrne.

»Sie fliegt heute Abend mit ihren Eltern nach Amerika.«

»Wow, läuft bei denen«, antwortete Byrne mit großen Augen.

»Und hast du sie über alles aufgeklärt?«, wollte Liam wissen.

»Nein, das habe ich nicht«, sagte Hannah und trank einen Schluck aus ihrem mitgebrachten Kaffeebecher.

»Warum nicht?«, fragte Liam verwundert.

»Ich wollte ihr erst alles erzählen, aber dann dachte ich, was soll das bringen? Sie verlässt heute Abend den Kontinent und kommt erst in drei Wochen wieder. Emily ist nicht länger in Gefahr, und wozu soll ich ihr Angst machen? Vielleicht ist bis zu ihrer Rückreise schon alles geklärt.«

Liam und Byrne schauten sich nachdenklich an. »Da ist was Wahres dran«, gestand Byrne und nahm einen Schluck aus seiner Tasse. »Musst du heute Abend nicht wieder zu deinem Praktikum?«, fragte er Hannah.

»Nein, ich werde da nicht mehr hingehen. Wir haben momentan andere Sorgen und außerdem brauche ich das Praktikum vorerst nicht. Ich wollte mich nur bestmöglich vorbereiten.«

»Na, dann können wir ja loslegen«, sagte Byrne mit einem Grinsen im Gesicht.

»Ganz genau. Also, wie sieht der Plan aus?«, fragte Hannah mit funkelnden Augen.

»Ich habe mir etwas überlegt«, sagte Byrne. »Ich denke, es wäre sinnvoll, noch einmal in die Lagerhalle zu gehen.«

Liam blickte ihn mit zusammengezogener Stirn und einem fragenden Gesichtsausdruck an. Die panische Angst der letzten Nacht, die beide dort erlebt hatten, war noch frisch in seiner Erinnerung. »Glaubst du nicht, die Polizei wird dort auch suchen?«, fragte er Byrne.

»Ja, aber nicht in der Nacht. Wenn wir heute Abend hingehen, werden wir unbemerkt bleiben«, erwiderte Byrne.

Liam zögerte einen Moment. »Bist du sicher, dass wir dorthin zurückkehren sollten? Angesichts dessen, was wir dort gesehen haben«, sagte er, spürend, wie die Angst in ihm hochstieg.

»Stimmt«, pflichtete Hannah bei, die ebenfalls überrascht von dem Vorschlag war. »Was könnten wir dort finden, was die Polizei nicht schon entdeckt hat?«

»Ich bin mir nicht sicher, aber ich glaube, beim Wegrennen habe ich etwas gesehen. Ein Symbol, das dem auf dem Dolch ähnelt, den du gefunden hast«, erklärte Byrne Hannah. »Da wir der Polizei nichts von dem Dolch erzählt haben, denke ich nicht, dass sie das Symbol beachten werden. Und ich bezweifle, dass diese Leute noch einmal dorthin zurückkehren werden.«

Liam und Hannah hatten keine weiteren Argumente gegen Byrnes Vorschlag. »Er könnte recht haben«, gab Liam schließlich zu.

»Es ist momentan unsere einzige echte Spur«, fügte Hannah hinzu.

»Also gut, wir prüfen die Sache heute Abend genauer«, schloss Byrne mit einem breiten Lächeln. Die anderen beiden nickten zustimmend, wenn auch mit einem unbehaglichen Gefühl.

Als die Sonne ihre letzten Strahlen über den Horizont warf, schnappten sie sich ihre Rucksäcke und machten sich auf den Weg. Im Schutz der Dunkelheit fuhren sie nahe an die Lagerhalle heran und parkten ihre Mopeds auf einem abgelegenen Waldweg. Byrne zog ein Tarnnetz aus seinem Rucksack und tarnte die Maschinen so geschickt, dass sie fast unsichtbar wurden.

Während die Dunkelheit hereinbrach, folgten sie dem Feldweg, der sie bereits in der vergangenen Nacht zur Lagerhalle geführt hatte. Hannah entdeckte ein paar Meter vom Tor entfernt ein größeres Loch im Zaun, sodass sie dieses Mal nicht darüber klettern mussten.

»Seht mal, die Polizei war offenbar schon hier«, sagte Liam und deutete auf viele Fußabdrücke, die im Sand vor ihnen zur Halle führten. Sie folgten den Fußspuren in Richtung der Lagerhalle und bemerkten, dass dieses Mal das große Haupttor offenstand. Am Boden lag die aufgebrochene Kette, die das Tor in der letzten Nacht noch versperrt hatte.

Nacheinander gingen sie vorsichtig in die Halle hinein, um sich umzuschauen. Liam leuchtete mit seiner Taschenlampe hinter jede der großen Maschinen, um sicherzugehen, dass sie wirklich allein waren. Nach wenigen Minuten rief Byrne die beiden zu sich: »Liam, Hannah, ich habe es gefunden.« Er deutete auf ein schwach erkennbares Symbol, dass jemand scheinbar mit Kreide auf den Fußboden hinter der Treppe gemalt hatte, die sie gestern hinaufgegangen waren.

»Das sieht wirklich so aus, wie eines der Symbole auf dem Dolch«, bestätigte Hannah.

»Kommt, lasst uns erst einmal oben nachschauen«, schlug Liam vor und beide folgten ihm die Wendeltreppe hoch, die zu dem seltsamen Raum mit den Kerzen führte.

Nachdem sie den Korridor entlang gegangen waren, öffneten sie langsam wieder die Tür, hinter der sie vergangene Nacht beide einen heftigen Schrecken erlebt hatten. Angespannt schauten sie hinein, doch dieses Mal war nichts zu sehen. Weder die Kerzen, noch der Altar waren noch da.

»Sie müssen noch einmal hier gewesen sein«, sagte Liam.

»Oder die Polizei hat alles mitgenommen«, überlegte Hannah.

Ausführlich untersuchten sie jeden Zentimeter des Raumes, aber außer ein paar alten Zeitungsberichten auf dem Boden war nichts zu finden. Liam öffnete die Tür auf der anderen Seite des Raumes, durch die der Mann gestern entkommen sein musste. Sie führte zu einem Außengeländer der Halle, das durch eine Leiter mit dem Dach verbunden war. Liam hatte den Fluchtweg des Mannes aufgrund der Fotos, die sie gefunden hatten, noch gar nicht näher untersuchen können. Sie stiegen auf das Dach und sahen sich um.

»Lasst die Taschenlampen aus, falls die Polizei hier noch in der Nähe sein sollte«, wies Liam die anderen beiden an.

»Wie um alles in der Welt ist der Typ von hier entkommen?«, fragte Byrne, als er sich vergewissert hatte, dass es keine weitere Leiter gab, die wieder nach unten führte. Und tatsächlich, Liam und Hannah suchten ebenfalls vergebens nach einer zweiten Leiter.

»Das ist eine gute Frage«, sprach Liam leise zu sich selbst.

»Vielleicht ist er auf das Vordach gesprungen«, sagte Hannah und wies auf das Dach des kleineren Bürogebäudes, von dem aus sie letzte Nacht die Halle betreten hatten.

»Das müssen mindestens fünf Meter sein«, entgegnete Byrne, während er den einzigen möglichen Fluchtweg begutachtete.

»Runter!«, rief Hannah plötzlich, als sie die Scheinwerfer eines herannahenden Autos sah.

Blitzschnell warfen sie sich hinter die Brüstung des Hallendaches und spähten dann vorsichtig darüber hinweg. Über den Feldweg, der zum Gelände der Halle führte, sahen sie eine schwarze Limousine näherkommen. Kurz vor dem Tor hielt sie an und jemand stieg aus. Die Umrisse einer großen Person waren vor den Scheinwerfern zu erkennen.

»Das ist Mike«, flüsterte Byrne den anderen beiden zu und reichte Liam sein Nachtsichtgerät, das er vorher leise aus seinem Rucksack geholt hatte.

»Ich glaube, er hat recht«, sagte Liam und reichte Hannah das Nachtsichtgerät weiter.

»Was hat der hier zu suchen?«, fragte sie ebenfalls mehr als erstaunt.

Mike blieb vor seinem Auto stehen und schien das Gelände abzusuchen. Mehrere Minuten lang bewegte er sich kaum.

»Was macht er da?«, fragte Byrne, kroch auf die andere Seite des Daches und schaute sich ebenfalls mit seinem Nachtsichtgerät auf dem Gelände um.

»Keine Ahnung, er scheint auf irgendetwas zu warten«, sagte Hannah und spähte durch ein Fernglas, dass sie ebenfalls aus ihrem Rucksack gekramt hatte. »Vielleicht hat er irgendwie erfahren, dass wir hier sind und sucht jetzt nach uns«, überlegte sie weiter.

»Da drüben ist jemand!«, rief Byrne ihnen leise zu und beide schnellten zu ihm auf die andere Dachseite.

Und tatsächlich, am anderen Ende des Geländes bewegte sich etwas. Die Tür eines alleinstehenden Gebäudes, ganz am äußersten Rand des Grundstückes, öffnete sich und zwei Personen traten heraus. Sie bewegten sich in Richtung des Tores, wo Mike stand, beleuchtet von den Scheinwerfern seines Autos.

Beide hatten schwarze Mäntel an und trotz der hochgezogenen Kapuzen konnten Liam, Hannah und Byrne ein Teil ihrer Gesichter erkennen. Die eine Person war ein Mann mittleren Alters mit einem grau-braunen Ziegenbart. Neben ihm ging eine Frau entlang, die schwarz geschminkte Augen hatte. Beide waren schlank und hatten einen grimmigen Blick, soweit sie das erkennen konnten.

Als sie am Tor ankamen, zog der Mann einen Schlüsselbund aus der Tasche seines Ledermantels und öffnete das Schloss des Eingangstores. Ohne Mike zu begrüßen, gingen sie zu seinem Auto, stiegen ein und fuhren mit ihm davon.

»Was zum Henker hat denn das jetzt wieder zu bedeuten?«, fragte Byrne, der nun keinerlei Erklärungen mehr für das Gesehene hatte.

»Das ist doch offensichtlich, oder? Der steckt mit denen unter einer Decke! Ich wusste doch gleich, dass mit dem Typen etwas nicht stimmt«, sagte Liam aufgebracht.

»Noch wissen wir nichts genaues«, erwiderte Hannah, obwohl auch sie keine Erklärung dafür hatte.

»Kommt mit, das sehen wir uns an«, beschloss Liam und rannte zur Leiter zurück.

»Warte auf uns!«, rief ihm Hannah hinterher, doch Liam war schon auf dem äußeren Geländer, das durch den seltsamen Raum zurück in die Halle führte. Sie rannten durch die alte Lagerhalle hinaus auf das Gelände und zu dem kleinen Gebäude, aus dem sie die verdächtigen Personen hatten kommen sehen.

»Ich bin mir sicher, da drinnen ist etwas«, sagte Liam, als ihn die anderen beiden vor der Tür eingeholt hatten.

»Trotzdem müssen wir vorsichtig sein«, sagte Hannah, die ziemlich außer Atem war.

»Sie hat recht«, fügte Byrne hinzu, als Liam gerade die Hand an den Türknauf legte.

»Mist, sie ist verschlossen«, sagte er ungeduldig und suchte nach einem Fenster, das nicht wie die anderen mit Brettern verschlossen war. »Habt ihr gesehen, dass sie die Tür wieder abgeschlossen haben?«, fragte er die beiden anderen und fuhr sich mit der Hand durch sein zerzaustes Haar.

»Nein, eigentlich nicht«, antwortete Byrne. »Aber keine Angst, das bekomme ich hin«, fügte er hinzu und kramte in seinem Rucksack. Schließlich zog er einen kleinen roten Werkzeugkasten heraus und öffnete ihn.

»Was ist das?«, wollte Hannah wissen.

»Mein Dietrich-Koffer«, antwortete Byrne.

»Dein was?«, fragte Liam und schaute ihm über die Schulter.

»Damit kann man Schlösser knacken«, antwortete Byrne gelassen und machte sich ans Werk. Liam war erstaunt, denn obwohl sie sich schon so lange kannten, hatte er keine Ahnung, welche Fähigkeiten Byrne besaß. Nach etwa einer Minute war ein klickendes Geräusch zu vernehmen, und die Tür war offen. Langsam drückten sie sie auf und betraten einen Raum, der noch modriger roch als die Halle, von der sie gekommen waren. Zudem wirkte der Raum noch dunkler und bedrohlicher. Überall waren alte Stühle und kaputte Tische verstreut.

»Sieht so aus, als ob das hier früher einmal ein Pausenraum war«, sagte Hannah und schaute auf einen alten Schichtplan, dessen Überreste noch an einer ramponierten Wand hingen.

»Was haben die hier drin gemacht?«, fragte sich Liam und konnte sich keinen Reim darauf machen. »Hier sind nur kaputte Möbel und Müll.«

»Leute, ich hab hier etwas!«, rief Byrne, der am anderen Ende des Raumes auf den Boden schaute. »Liam, hilf mir mal!«, sagte er, und gemeinsam schoben sie eine alte, schwere Kommode aus dem Weg.

Auf dem Boden darunter war auf einer Holzplatte dasselbe Symbol mit Kreide gemalt, das sie kurz zuvor auch in der Halle gefunden hatten. »Leute, ich glaube, das ist eine Falltür«, sagte Hannah nervös. Liam schob im Weg liegende Styroporreste beiseite und tatsächlich, an der Holzplatte war ein Griff befestigt. Alle drei schauten sich an, doch keiner sprach ein Wort. Liam bückte sich, um die Falltür zu öffnen, doch Hannah hielt ihn zurück.

»Liam, nicht! Wer weiß, was da unten ist«, warnte sie in einem flehenden Ton.

»Hannah, wir müssen wissen, mit wem wir es zu tun haben«, hielt Liam dagegen und öffnete mit einem Ruck die Falltür.

Alle drei hielten inne und leuchteten mit ihren Taschenlampen hinunter. Sie schauten auf eine Metallleiter, die mindestens acht Meter in die Tiefe hinab führte. Von oben aus war nicht viel zu sehen, nur das unten ein gelbliches Licht leuchtete. »Also gut, ich gehe voraus und ihr bleibt direkt hinter mir«, wies Liam die anderen beiden an.

»Ich will da nicht hinunter«, gestand Byrne, dessen Stirn vor Angstperlen glänzte. Hannah schien ebenfalls besorgt.

»Dann wartet eben hier oben und passt auf, dass niemand kommt«, entschied Liam und setzte seinen Fuß auf die erste Sprosse.

»Warte, du gehst auf keinen Fall allein dort runter!«, erwiderte Hannah und hielt ihn erneut am Arm fest. »Byrne, reiß dich zusammen. Wir sind gemeinsam hergekommen und wir bleiben auch zusammen«, sagte sie, als sie wieder neuen Mut gefasst hatte.

Byrne atmete tief ein. »In Ordnung, lasst uns gehen«, sagte er, und Liam stieg als Erster die rostige Leiter hinunter.

Unten angekommen, schaute er in einen flachen, unterirdischen Tunnel, der mit Holzbalken gesichert war. An den Wänden hingen kleine Laternen, die ein schwaches gelb-goldenes Licht abgaben.

Nachdem Byrne als Letzter die Leiter heruntergeklettert war, gingen sie vorsichtig weiter. Sie mussten geduckt laufen, um sich nicht die Köpfe an den Sicherungsbalken zu stoßen.

Es war sehr stickig und auf dem Boden unter ihnen huschten Ratten hin und her, was besonders Byrne zu schaffen machte. Nach etwas mehr als dreißig Metern machte der Gang eine Biegung, bevor er nach weiteren fünfzehn Metern an einer Stahltür endete.

Liam legte die Hand auf den Griff und öffnete langsam die schwere Tür. Die anderen beiden schauten ihm vorsichtig über die Schulter, doch sahen sie nichts als dunkle Leere. Liam nahm seine Taschenlampe aus der hinteren Hosentasche und leuchtete hinein.

Sofort schreckten alle drei zurück und Byrne stürzte rücklings zu Boden. Mitten im Raum stand eine Person in der Finsternis, deren Gesicht von einem Umhang verdeckt war.

Hannah schrie auf, und auch Liam stieß vor Schreck einen Schrei aus.

»Zeigen Sie ihr Gesicht!«, rief Liam in den Raum, doch die Person rührte sich nicht.

»Lasst uns schnell abhauen«, flehte Byrne, der sich gerade wieder auf die Beine gerappelt hatte.

»Wartet!«, sagte Liam, als sich die beiden anderen gerade zum Sprint umgedreht hatten.

»Liam, bleib hier«, bettelte nun auch Hannah, als er sich langsam der Person näherte.

Die Gestalt bewegte sich nicht und blieb völlig regungslos im Raum stehen. Liam ging vorsichtig auf sie zu, ohne sie auch nur für eine Sekunde aus den Augen zu lassen. »Das ist kein Mensch«, sagte er, als er nur noch wenige Meter davorstand. Er leuchtete unter die Kapuze und sah etwas Weißes darunter. Es schien eine Art Totenkopf zu sein. »Byrne, hilf mir mal!«, sagte er und drückte ihm seine Taschenlampe in die Hand, als er und Hannah ebenfalls näher herantraten.

Liam nahm die Kapuze dieser angsteinflößenden Skulptur in beide Hände und zog sie langsam herunter. Was sie dann sahen, ließ ihnen das Blut in den Adern gefrieren. Sie schauten auf ein menschengroßes Skelett, das scheinbar aus verschiedenen zusammengesetzten Tierknochen bestand. Der Kopf war der Schädel einer Ziege mit langen, schwarzen Hörnern. Der Rest des Körpers bestand aus vielen verschiedenen Knochen, die sie nicht identifizieren konnten. Die makabere Skulptur streckte beide Arme aus und am Ende ihrer langen Beine hatte sie Hufe.

»Leute, in was für eine kranke Scheiße sind wir hier reingeraten?«, fragte Byrne, dessen verbliebene Gesichtsfarbe sich endgültig davongestohlen hatte. Auch Liam und Hannah waren starr vor Angst.

»Das ist ein Totem«, sagte Hannah mit hoher Stimme.

»Ein was?«, fragte Liam und die Blicke der beiden Jungs ruhten auf ihr.

»Ein Totem«, wiederholte Hannah. »Das ist ein Wesen, das früher von primitiven Stämmen oder Naturvölkern als Gottheit verehrt wurde. Damals hat man geglaubt, diese Skulpturen besäßen Zauberkräfte. Allerdings gilt die Ziege als satanistisches Symbol und steht für die Anbetung des Teufels.«

Beide starrten sie weiterhin völlig desorientiert an.

»Woher weißt du das alles?«, fragte Liam, ohne den Blick von ihr abzuwenden.

»Als ihr letzte Nacht geschlafen habt, habe ich mir das schwarze Buch, das Byrne von seinem Onkel mitgebracht hat, genauer angesehen. Viele der Texte sind in Sprachen geschrieben, die schon seit Jahrhunderten nicht mehr gesprochen werden, allerdings sind einige auf Latein«, antwortete sie und musterte weiter die Skulptur.

»Und du kannst Latein lesen?«, fragte Byrne erstaunt.

»Nein, aber es gibt ein paar Übersetzungen im Internet. Ich habe ein wenig recherchiert und konnte eine Seite finden, die Texte von Latein ins Englische übersetzt. Und neben einer Skizze eines sehr ähnlichen Totems stand ein Text, der genau das beschrieben hat.«

»Und was hat dieses Totem zu bedeuten?«, wollte Liam wissen.

Hannah sah ihm in die Augen und sagte: »Es bedeutet, dass man Jagd auf uns macht. Das Totem mit dem Ziegenkopf dient dazu, ausgewählte Personen zu verfluchen.«

Alle drei starrten den Ziegenkopf an, dessen schwarze Hörner in der Dunkelheit absolut bedrohlich wirkten.

»Das müssen wir unbedingt der Polizei zeigen!«, sagte Byrne.

»Wir sollten eigentlich gar nicht hier sein«, erwiderte Liam.

»Trotzdem, er hat recht«, hielt Hannah dagegen. »Die müssen wissen, was wir hier gefunden haben.«

»Lasst uns das später entscheiden, erst einmal müssen wir hier weg«, entschied Liam.

Hannah nahm ihr Handy und machte schnell ein paar Fotos von dem Totem.

Danach eilten sie den unterirdischen Gang zurück zu der Leiter, die sie wieder ins Haus führte. Sie schauten vorsichtig aus der Tür hinaus auf das Gelände, um sicherzustellen, dass niemand anderes in der Nähe war. Schnell überquerten sie das Gelände, kletterten durch eine Lücke im Zaun und erreichten ihre Mopeds, die im Schutz des Waldweges versteckt waren.

Als sie wieder in der Wohnung von Byrnes Bruder ankamen, diskutierten sie sofort über ihre nächsten Schritte. Liam hielt weiter daran fest, nicht zur Polizei zu gehen, doch die anderen beiden überstimmten ihn. Aufgrund des Schlafmangels der letzten Nächte waren sich jedoch alle einig, damit bis zum nächsten Morgen zu warten. Hannah legte sich ins Doppelbett und schlief sofort ein.

Liam und Byrne grübelten noch eine Weile auf der Dachterrasse, ehe sie sich ebenfalls schlafen legten.

Kapitel 7: Das Rendezvous

Am nächsten Morgen standen sie auf und genehmigten sich ein eiliges Frühstück, das überwiegend aus Müsli und etwas Obst bestand. Nachdem sie fertig waren, gingen sie die Treppe hinunter und obwohl es zum Polizeirevier nicht weit war, bestanden die beiden Jungs darauf, mit den Mopeds zu fahren. Am Polizeirevier angekommen, gingen sie zum Empfang, wo sie von dem älteren Polizisten wieder freundlich begrüßt wurden.

»Guten Morgen, wir möchten gern zu Chief Inspector Connor«, sagte Hannah.

»Sie haben Glück, Chief Inspector Connor ist gerade im Haus«, antwortete der Beamte und bat sie, sich noch einen Moment zu setzen.

Nach wenigen Minuten wurden sie dieses Mal von einer jungen, blondhaarigen Polizistin abgeholt, die sie nicht in den Verhörraum, sondern direkt in das Büro von Inspector Connor brachte. Die Polizistin klopfte an die Tür und der Inspector bat sie herein.

»Guten Morgen, das ist ja ein schnelles Wiedersehen«, begrüßte er die drei.

»Guten Morgen Inspector Connor, wir haben etwas herausgefunden, dass wir Ihnen unbedingt erzählen müssen«, begann Hannah das Gespräch und sie erzählte ihm, was in der letzten Nacht vorgefallen ist.

Inspector Connor hörte sich alles an, was sie zu sagen hatten.

Als Hannah am Ende angelangt war, schaute er alle drei mit einem äußerst ernsten Gesichtsausdruck an. »Wie heißt dieser Mike weiter und wo kann ich ihn antreffen?«, fragte er.

»Ich glaube, er heißt mit Nachnamen Davies, wenn mich nicht alles täuscht«, sagte Byrne. »Aber ich kann Ihnen nicht sagen, wo er wohnt.«

»Danke, das reicht mir erst einmal. Und kann ich die Fotos von diesem Totem mal sehen?«, fragte er und Hannah gab ihm ihr Handy. Er begutachtete jedes einzelne Bild recht lange und gab ihr schließlich ihr Handy zurück. »Ich werde Sie bitten müssen, mir die Bilder schnellstmöglich zukommen zu lassen«, sagte er bestimmt. »Ansonsten danke ich Ihnen erneut für die Hinweise. Wir waren gestern ebenfalls in der Lagerhalle und haben auch Fotos von einem der Symbole machen können. Ich muss allerdings zugeben, dass wir keine Falltür gefunden haben. Ich werde umgehend erneut jemanden schicken, der das Ganze untersucht.«

»Danke, Chief Inspector ...«, wollte Hannah gerade erwidern, als Inspector Connor die Hand hob und ihren Satz unterbrach.

»Vielleicht habe ich mich gestern nicht deutlich genug ausgedrückt«, sagte er und schaute sie wieder einen nach dem anderen an. »Ich habe Sie angewiesen, keine weiteren Nachforschungen mehr anzustellen. Sie haben sich letzte Nacht strafbar gemacht, denn Sie haben einen schweren Hausfriedensbruch begangen.«

Die Stimmung kippte schlagartig und alle drei schauten verwirrt drein.

»Sollten Sie sich erneut in polizeiliche Ermittlungen einmischen, werde ich Sie alle vorübergehend festnehmen lassen. Ich hoffe, das war deutlich genug?«, fragte er in die Runde.

Die drei schauten verlegen zu Boden. »Das war es, wir entschuldigen uns dafür«, sagte Byrne schließlich, der als Einziger darauf antworten wollte. Niedergeschlagen verabschiedeten sie sich kurz und knapp von Inspector Connor und verließen sein Büro.

»Was habe ich euch gesagt?«, motzte Liam genervt auf dem Weg nach draußen.

»Ich bin dennoch der Meinung, wir haben alles richtig gemacht«, sagte Hannah, obwohl auch sie sehr geknickt war. Auf dem Parkplatz vom Polizeirevier angekommen, fragte Byrne, was sie machen sollten. Da keiner so wirklich wusste, was sie jetzt noch unternehmen konnten, einigten sie sich, wieder zurück zur Wohnung zu fahren.

Dort angekommen, setzte Byrne für alle erst einmal Tee auf. »Sowas bescheuertes! Wir haben auf Anhieb mehr gefunden als die«, sagte Liam und schlug mit seiner Faust auf den Tisch, als sie an diesem bewölkten Mittag zusammen auf der Dachterrasse saßen.

»Aber wir sollen unbedingt die Füße stillhalten«, ergänzte Byrne.

»Wir müssen ab sofort einfach vorsichtiger sein«, sagte Hannah, die schon eine Weile sehr in sich gekehrt war.

»Was können wir jetzt noch unternehmen?«, warf Byrne ein. »Habt ihr Inspector Connor nicht gehört? Wir können nichts mehr tun, ohne Gefahr zu laufen, im Knast zu landen!«

»Und wie wir etwas tun werden, jetzt erst recht«, entgegnete Liam. »Wir müssen Mike unter die Lupe nehmen. Er muss da irgendwie mit drinhängen«, sagte er entschieden.

»Das denke ich auch. Er scheint eine direkte Verbindung zu diesen Leuten zu haben«, stimmte Byrne zu.

»Und wie sollen wir das anstellen?«, warf Hannah ein, die den Enthusiasmus der beiden bezüglich Mike nicht wirklich teilen konnte.

»Hannah, ich glaube, dieser Mike steht auf dich«, sagte Liam und die anderen beiden sahen ihn mit hochgezogenen Augenbrauen an. »Er hat uns nicht gesehen und weiß somit auch nicht, dass wir da gewesen sind. Die einzige Chance haben wir, wenn du dich mit ihm triffst«, schlug Liam vor.

Hannah dachte, sie hätte sich verhört. »Das meinst du nicht ernst, oder?«, erwiderte sie ungläubig.

»Doch, meine ich«, sagte Liam und fuhr fort. »Er hat dir angeboten, wenn du mehr über dieses Thema wissen willst, kannst du ihn jederzeit fragen. Jedenfalls hattest du mir das neulich erzählt«, sagte Liam langsam.

»Ja, und?«, erwiderte Hannah, ohne zu wissen, auf was er genau hinauswollte.

»Das ist unsere Chance!«, fuhr er begeistert fort. »Du schreibst ihm eine Nachricht, dass dich das Thema seitdem sehr beschäftigt und du ein paar Fragen hast. Wir lassen es wie ein Date aussehen, und wenn er dir genug vertraut, wird er sich bestimmt verquatschen und dir mehr erzählen, als du wissen solltest.«

Hannah runzelte die Stirn und blickte ihn ungläubig an. »Du willst, dass ich mich mit jemandem treffe, der offensichtlich Verbindungen zu denen hat, die uns verfolgen?«

»Genau, aber du bist selbstverständlich nicht allein. Byrne und ich werden dich nicht aus den Augen lassen. Wenn es irgendwie komisch oder gefährlich wird, machst du eine bestimmte Geste und wir schreiten sofort ein«, erklärte er weiter.

»Ich weiß nicht. Sowas kann schneller schief gehen, als wir glauben«, sagte Hannah und spielte nervös mit ihren Händen.

»Das wird schon klappen, wir werden euch auf Schritt und Tritt verfolgen. Außerdem wird das Treffen irgendwo stattfinden, wo viele Menschen sind. In der Stadt zum Beispiel.«

Hannah wusste nach wie vor nicht, was sie von diesem Plan halten sollte. Doch ihr wollte selbst auf die Schnelle auch keine bessere Idee einfallen, wie sie sonst an Informationen kommen konnten. Mike war im Moment die einzige Spur, die sie hatten und so knickte sie allmählich ein und stimmte Liams Plan schlussendlich doch zu.

Sie schrieb Mike eine Nachricht und nach einer Weile bekam sie auch eine Antwort. Er bot ihr an, sie heute Abend zu treffen. Hannah fragte ihn, ob er damit einverstanden wäre, sie zum Abendessen in einem Restaurant in der Altstadt zu treffen.

»Der Fisch hat angebissen«, sagte Byrne grinsend. »Und was machen wir bis heute Abend?«, fuhr er fort.

»Wir gehen zu Oliver«, erwiderte Liam.

»Wieso zu Oliver? Ich dachte, er glaubt den ganzen Quatsch sowieso nicht«, sagte Byrne in einem abwertenden Ton.

»Ja, das hat er gesagt, allerdings weiß er nicht, was wir seitdem alles herausgefunden haben. Emily ist vorerst außer Gefahr, aber Oliver ist noch hier. Wir müssen ihn unbedingt warnen und das so schnell wie möglich«, sagte Liam.

»Und wenn er wieder nichts darüber wissen will?«, fragte Byrne.

»Dann haben wir es wenigstens versucht«, antwortete Liam. Hannah und Byrne nickten und die drei machten sich auf den Weg zu Oliver.

Wieder stiegen sie auf ihre Mopeds und fuhren in die Coulston Road am Stadtrand, wo Oliver zusammen mit seiner Mutter in einer ähnlichen Reihenhaussiedlung wie Liam wohnte. Sie klingelten an seiner Haustür und seine Mutter öffnete ihnen. »Hallo Liam, schön dich mal wieder zu sehen«, begrüßte ihn die kleine Frau herzlich. Sie hatte lockiges Haar und ein gütiges Gesicht. Körperlich war sie das genaue Gegenteil von Oliver, der eher nach seinem Vater kam.

»Hallo Mrs. Wilson, kann ich mit Oliver sprechen?«, fragte er mit einem freundlichen Lächeln im Gesicht.

»Oliver ist heute nach London gefahren, hat er dir das nicht erzählt?«, fragte sie verwundert.

»Nein, hat er nicht«, antwortete Liam ebenfalls erstaunt. »Darf ich fragen, wieso er in London ist?«

»Er hat dort ein Vorstellungsgespräch bei der Bank of England und besucht danach seinen Vater. Du weißt ja, er lebt auch in London und so nutzt er die Gelegenheit gleich aus«, erklärte Mrs. Wilson.

»Hat Oliver erwähnt, wann er wieder zurückkommt?«, fragte Liam.

»Er wollte ein paar Nächte bei ihm verbringen und dann zurückkommen, aber wir wissen ja, dass Oliver seine Pläne gerne kurzfristig ändert«, sagte sie lächelnd.

»Danke, Mrs. Wilson«, antwortete Liam.

»Lass dich doch mal wieder öfter blicken«, bat ihn Mrs. Wilson und schloss die Tür.

Er ging zurück zu den anderen beiden, die vor dem kleinen Gartentürchen an der Straße auf ihn warteten. »Oliver ist in London«, sagte er.

»Dann ist er erstmal auch außer Gefahr, nicht wahr?«, fragte Byrne.

»London ist nicht gerade am anderen Ende der Welt«, erwiderte Hannah.

»Das stimmt, aber vorerst können wir nichts machen. Ende der Woche sollte er wieder da sein, dann fahren wir nochmal zu ihm«, überlegte Liam.

»Ich würde sagen, wir nutzen die restliche Zeit und schauen uns mal bei dem Restaurant um, wo du dich heute Abend mit Mike triffst. Byrne und ich brauchen einen geeigneten Platz, von dem aus wir euch jederzeit im Blick behalten können«, schlug Liam vor.

Die drei fuhren in die Stadt und stellten ihre Mopeds auf einem kleinen Parkplatz ab. Sie gingen durch die Altstadt zu einem italienischen Restaurant, das schon zur Mittagszeit gut besucht war. Es lag inmitten einer belebten Promenade mit vielen Bars, Geschäften und anderen Restaurants.

Da sie seit dem Frühstück nichts mehr gegessen hatten, gingen sie zu einem nahegelegenen Imbissstand. Byrne bestellte drei Tacos, doch anders als von Liam und Hannah erwartet, waren alle drei für ihn selbst, sodass die anderen beiden noch einmal bestellen mussten.

»Wenn ihr euch dort in den Außenbereich setzt, könnten Byrne und ich euch von dort drüben beobachten«, sagte Liam und zeigte auf einen kleinen Pub, der auf der gegenüberliegenden Seite des Restaurants lag und ebenfalls einen kleinen Außenbereich hatte.

»Eff wäre wuper, wenn wir bei euren Gefprächen mithören könnten«, überlegte Byrne, während er sich einen Taco in den Mund stopfte. »Könnte fie nich einef der Funkgeräte mitnehmen?«

»Das fällt doch auf«, erwiderte Liam. »Aber wenn sie uns anruft und das Handy in ihrer Hosentasche lässt, könnten wir vielleicht verdeckt mithören«, überlegte er weiter.

»Hm, das könnten wir probieren«, sagte Hannah zögerlich. Ihr war anzusehen, dass sie noch immer nicht wirklich überzeugt von der Idee war.

»Wenn etwas schiefgeht, fährst du dir mit der Hand durchs Haar. Dann schreiten wir sofort ein und holen dich da raus, versprochen«, sagte Liam, dem auffiel, dass Hannah sehr verunsichert wirkte. »Vertrau mir, wir lassen dich nicht aus den Augen.«

Hannah atmete tief durch und nickte.

»Vielleicht sollten wir uns hier nicht allzu lange aufhalten«, sagte Byrne, nachdem er den dritten Taco heruntergeschluckt hatte.

»Er hat recht, wir sollten verschwinden«, bestätigte Liam und nahm die zwei Tacos für ihn und Hannah vom Verkäufer entgegen, ehe sie sich auf den Rückweg machten.

Als der Abend näher rückte, wuchs Hannahs Unbehagen. Ein Treffen mit jemandem, der offensichtlich Verbindungen zu ihren Verfolgern hatte, schien ihr riskant. Doch da die beiden Jungs fest von der Idee überzeugt waren, stimmte sie schließlich zu.

Sie gingen noch einmal genau durch, was Hannah ihn fragen sollte. Sie schaute auf die Uhr und eilte dann ins Badezimmer, um sich fertig zu machen.

Als sie nach einer Weile wieder herauskam, musste Byrne lachen. Er war es nicht gewohnt, Hannah so elegant gekleidet zu sehen. Sie trug ein beiges Sommerkleid und einen schwarzen Ledergürtel um die Taille. Strähnen ihrer braunen Locken hingen ihr ins Gesicht und sie hatte einen dunklen Lidschatten aufgetragen.

Liam schaute sie einfach nur an, unfähig etwas zu sagen.

»Leute, ich weiß echt nicht, ob das eine gute Idee ist«, sagte sie, als die drei schon auf dem Weg zur Tür waren.

»Mach dir keine Sorgen, falls du verloren gehst, lassen wir nach einer britischen Shakira für Arme suchen«, sagte Byrne lachend.

»Und wenn du verschwindest, melden wir einfach eine irische Harry Potter-Version als vermisst«, gab Hannah genervt zurück.

»Niemand wird verschwinden«, unterbrach Liam die beiden. »Du bist absolut sicher, versprochen! Wir lassen dich nicht aus den Augen«, versicherte er ihr, und so fuhren sie los in Richtung Innenstadt.

Dort angekommen, trennten sich die drei am Parkplatz, wo sie schon mittags ihre Mopeds abgestellt hatten. Liam und Byrne setzten sich Basecaps und Sonnenbrillen auf, sodass man sie schwerer erkennen konnte.

»Er sollte in einer halben Stunde da sein, am besten wartest du schon draußen auf ihn, damit er sich zu dir setzt. Achte unbedingt darauf, dass du uns sehen kannst. Sobald er kommt, rufst du mich an und lässt das Telefon die ganze Zeit in deiner Hosentasche«, fasste Liam nochmal zusammen und ging mit Byrne los.

Hannah wartete ein paar Minuten, bis die beiden Jungs außer Sicht waren und ging dann ebenfalls nervös in Richtung Restaurant. Es war ein warmer Sommerabend und die Stadt war voll mit Leuten. Hannah, der auffiel, dass sie gar keinen Tisch bestellt hatten, machte sich Sorgen, einen geeigneten Platz zu finden. Als sie am Restaurant ankam, wurde ihr einer der letzten zwei freien Tische zugewiesen. Von dort aus hatte sie zwar einen schlechten Blick auf den Pub gegenüber, allerdings hatte sie auch keine Wahl mehr. Sie setzte sich so hin, dass sie einigermaßen auf die gegenüberliegende Seite schauen konnte, doch die beiden Jungs waren noch nicht zu sehen.

Als der Kellner kam, bestellte sie sich einen Cappuccino, den sie aufgrund der kurzen Nächte in letzter Zeit dringend brauchte. Sie beobachtete die Leute um sie herum und ihr kamen paranoide Gedanken. Was, wenn auch Mike nicht alleine kommen würde? Nach all den Geschehnissen der letzten Tage hielt sie nichts mehr für unmöglich.

Als die beiden Jungs gerade im Pub ankamen, setzten sie sich in die Liegestühle, die draußen in Richtung Promenade zwischen einigen Stehtischen aufgestellt waren. »Kannst du Hannah sehen?«, fragte Byrne, als er versuchte, sie zu erspähen.

»Ich glaube, sie sitzt unter der großen Markise am äußeren Rand. Wahrscheinlich wäre es schlauer gewesen, wir hätten einen Tisch bestellt«, sagte Liam nachdenklich.

»Hey, kann ich euch etwas bringen?«, fragte eine junge Kellnerin freundlich von der Seite.

»Einen Pfirsicheistee bitte«, antwortete Liam.

»Für mich wie immer ein Cider, Rosie«, antwortete Byrne und Liam schaute ihn verdutzt an. »Was denn? Mein Bruder war hier früher Mitinhaber, deshalb genieße ich ein paar Vorzüge«, erklärte er und nach ein paar Minuten kam die Kellnerin mit einem Eistee und einer Flasche Cider zurück. »Glaub mir, nichts wäre auffälliger, als wenn wir hier mit Eistee sitzen würden«, sagte Byrne, als Liam den Kopf schüttelte.

Plötzlich vibrierte Liams Telefon in seiner Hosentasche. Als er Hannahs Name las, wurde er schlagartig nervös. »Es geht los«, sagte er zu Byrne, dessen Aufregung ebenfalls anstieg, und beide schauten möglichst unauffällig die Flaniermeile entlang.

»Da vorne kommt er«, sagte Byrne und zeigte auf Mike, der gerade vor ihnen die Promenade entlang gelaufen kam.

Beide drehten sich weg und Mike nahm keine Notiz von ihnen. Sie sahen zu, wie er in den Außenbereich des italienischen Restaurants ging und sich an vielen Menschen vorbei an einen Tisch setzte.

»Da ist Hannah!«, sagte Liam, als er ihren Hinterkopf während der Begrüßung mit Mike erkannte. Liam holte seine Kopfhörer aus der Hosentasche, steckte das Kabel in sein Telefon und beide setzten sich jeweils einen der Kopfhörer ins Ohr. Sie konnten Hannahs Stimme einigermaßen gut hören, die von Mike war jedoch kaum zu verstehen. Die Nebengeräusche der umliegenden Personen waren so laut, dass sie konzentriert hinhören mussten.

»Schön, dass du so kurzfristig Zeit hattest«, begann Hannah das Gespräch.

»Kein Problem, ich habe mich gefreut, als du geschrieben hast«, antwortete er freundlich.

»Ich wusste nicht so recht, ob du das ernst gemeint hattest, als du meintest, ich könnte mich jederzeit bei dir melden, wenn ich Fragen hätte.«

»Das habe ich selbstverständlich ernst gemeint, was möchtest du denn alles wissen?«, fragte er sie.

»Zuerst möchte ich gern wissen, wie es dir geht?«, antwortete sie, weshalb Mike schmunzeln musste.

»Mir geht es soweit ganz gut, und dir?«

»Naja, hatte schon bessere Sommer, um ehrlich zu sein, aber das Leben ist manchmal seltsam.«

»Wem sagst du das?«, entgegnete Mike und lächelte ironisch. »Bist du jetzt nicht auch mit der Schule fertig?«, wollte er wissen.

»Ja, ich bin mit der Secondary School durch aber ich werde nach dem Sommer aufs College gehen und danach hoffentlich zum Medizinstudium zugelassen. Das ist mein letzter Sommer, bevor ich Lancaster verlasse.«

»Wo gehst du denn hin?«, fragte er interessiert und Hannah zögerte einen Augenblick.

»Ich werde ein College in London besuchen und ich hoffe, danach einen Studienplatz in Berlin zu bekommen.«

Byrne schaute Liam verdutzt an, während sie zuhörten. »Seit wann will Hannah nach Deutschland?«, fragte er.

»Sie lügt ihn an. Überleg doch mal, er steckt mit den Leuten, die uns verfolgen, unter einer Decke. Da wäre sie schön blöd, wenn sie ihm die Wahrheit sagen würde«, erwiderte Liam.

Ehe sich Mike und Hannah weiter unterhielten, unterbrach sie der Kellner des Restaurants, indem er fragte, was sie gern essen wollten. Hannah bestellte sich ein Risotto und noch einen Cappuccino, während Mike sich für eine Pizza und ein Bier entschied.

»Wieso willst du eigentlich in Deutschland studieren? Ich habe gehört, in London gibt es auch gute Unis«, sagte Mike und Hannah fiel auf, dass er sie mit einem seltsamen, durchdringenden Blick ansah. Sie begann sich zu fragen, ob Mike vielleicht wusste, dass sie ihn gerade angelogen hatte.

»Ich habe mich zwar noch nicht endgültig entschieden, aber ich fand die deutsche Kultur schon immer sehr interessant«, sagte sie hastig, da ihr in diesem Moment keine bessere Ausrede einfiel. Mike musterte sie noch immer mit demselben Blick. »Was machst du eigentlich beruflich?«, warf sie eilig ein.

»Ich arbeite aktuell bei meinem Vater in der Werkstatt und mache nebenbei meinen Abschluss nach«, antwortete Mike. »Außerdem fahre ich hin und wieder Taxi, um mir etwas anzusparen.«

»Oh okay, dann hast du ja auch ordentlich zu tun«, sagte Hannah, die nicht so recht wusste, ob das eine sinnvolle Antwort war.

»Ja, ich musste die Schule zeitweise abbrechen, denn meine Mutter war sehr krank und mein Vater hatte Probleme mit seiner Werkstatt«, sagte er verlegen.

»Darf ich fragen, was deiner Mutter fehlte?«, fragte Hannah vorsichtig.

Mike zögerte und schien zu überlegen, was er ihr antworten wollte.

»Du musst natürlich nichts sagen, verstehe ich absolut«, warf Hannah sofort ein, als sie bemerkte, dass Mike bei diesem Thema scheinbar unwohl war.

»Nein, ist schon gut«, antwortete er schließlich. »Meine Mutter hatte Depressionen. Sie hatte starke Schlafstörungen und war ständig gereizt. Eine Zeit lang war es so schlimm, dass sie in eine Klinik musste, aber jetzt geht es ihr wieder besser«, erzählte er.

Hannah wünschte sich, sie hätte dieses Thema gar nicht erst angesprochen und überlegte, wie sie das Gespräch wieder in eine positivere Richtung lenken könnte. »Freut mich zu hören, dass es deiner Mutter besser geht. Ich denke, jeder macht mal eine schwierige Phase durch und da kommt es nur darauf an, wer hinter einem steht.«

Mike nickte und nahm einen Schluck aus seinem Bierglas, das der Kellner soeben gebracht hatte.

»Und was hast du nach deinem Abschluss vor?«, fragte Hannah und bemühte sich, möglichst positiv zu klingen.

»Ich weiß es noch nicht genau, mein Vater wollte immer, dass ich seine Werkstatt übernehme. Allerdings weiß ich nicht so richtig, ob das schon alles sein soll«, antwortete Mike.

»Wie meinst du das?«, wollte Hannah wissen.

»Naja, kennst du das, wenn man sich zurück erinnert an all die Träume, die man als Kind hatte? Und heute stellt man fest, dass das Leben dann doch nicht so ist, wie man es sich immer vorgestellt hat.«

Hannah schaute ihn an und verstand genau, was er meinte. »Klar, es kommt nie genau so, wie man es erwartet hat. Aber ich denke, man ist auch nie zu alt, um seine Träume zu verwirklichen«, sagte sie in einem ermutigenden Ton und Mike lächelte sie daraufhin an.

»Also, du hast ein paar Fragen bezüglich der Vorfälle, die ihr bei der Hütte im Wald hattet?«, sagte Mike, der offenbar das Thema wechseln wollte.

»Ja, genau«, antwortete Hannah, als sie sich wieder auf das eigentliche Ziel des Treffens besinnte. »Seit unserem letzten Gespräch sind mir einige Dinge nicht mehr aus dem Kopf gegangen«, sagte sie. »Du hattest gemeint, diese okkulten Sekten vollziehen verschiedene Rituale. Was genau sollen diese Rituale eigentlich bewirken?«

Mike überlegte einen Augenblick lang. »Das kommt ganz auf das Ritual selbst an«, sagte er. »Meistens dienen sie dazu, bestimmten Göttern zu huldigen. Es gibt allerdings auch andere, die benutzt werden, um Menschen zu verfluchen.«

Als Mike diese Worte ausgesprochen hatte, war Hannah schlagartig hellwach. »Was meinst du mit verfluchen?«, fragte sie und versuchte dabei, eher interessiert als nervös zu wirken.

»Diese Leute sind fest davon überzeugt, dass sie Menschen durch Zauberformeln oder bestimmte Rituale Schaden zufügen können. Meistens stehlen sie dem Opfer etwas Persönliches, das dann benutzt wird, um einen Fluch zu beschwören. Dieser Gegenstand wird dann benutzt, um einen Fluch zu beschwören. Ich weiß, das klingt alles sehr obszön, aber in diesen Kreisen ist das wohl nichts Ungewöhnliches«, erklärte er.

»Und kann man jemanden auch mit einem Gegenstand verfluchen?«, fragte Hannah.

»Ja, das ist auch nicht unüblich, meistens wird dabei ein Gegenstand angefertigt, der etwas mit der betroffenen Person zu tun hat. Eine Voodoo-Puppe oder sowas in der Art.«

»Oder ein Totem?«, fragte sie und schaute ihm jetzt direkt in die Augen.

Mike schien ein wenig überrascht. Er schaute sie einen Augenblick lang an, ehe er antwortete. »Ja, oder ein Totem. Diese gibt es schon seit Jahrtausenden, genau wie vieles andere, was von diesen Glaubensgemeinschaften verwendet wird.«

Hannah schaute ihn weiter direkt an, in der Hoffnung, irgendeine außergewöhnliche Reaktion bei ihm zu sehen, doch sie wurde enttäuscht. Mike erzählte weiter wie aus dem Lehrbuch, ohne nervös oder hastig zu werden. Scheinbar fühlte er sich in keiner Weise ertappt.

Als der Kellner kam, redeten sie weiter über alles, was Hannah noch beschäftigte. Sie bekam auf jede ihrer Fragen eine plausible Antwort, ohne dass Mike etwas Auffälliges von sich gab.

Liam hörte aufmerksam zu und notierte sich hin und wieder bestimmte Aussagen von Mike in einem kleinen Notizbuch, das er mitgebracht hatte. Nachdem Byrne im Pub auf die Toilette hatte gehen wollen, fiel Liam auf, dass er bereits seit einer ganzen Weile weg war. Allerdings ließ er sich davon nicht ablenken und hörte weiter konzentriert zu, soweit es ihm möglich war. Denn mit dem Voranschreiten des Abends wurden die Nebengeräusche immer lauter, sodass er die Stimme von Mike schon bald nicht mehr hören konnte.

Er versuchte immer wieder, von Hannahs Antworten auf die Aussagen von Mike zu schließen, ehe der Kontakt nach einer Weile endgültig abbrach. Er wusste nicht, ob es am Empfang lag, Hannahs Akku leer war oder ob sie gezwungen gewesen war aufzulegen, doch er konnte sie nicht mehr erreichen. Er stand auf und schaute zum Restaurant rüber, stets darauf bedacht, nicht zu dicht heranzugehen. Doch mittlerweile war der Außenbereich von Gästen überfüllt, die nun auch zwischen den Tischen umherliefen, tranken und sich unterhielten. Liam schaute auf die Stelle, wo Hannah und Mike ungefähr sitzen mussten, doch konnte er ihre Köpfe in dem Getümmel von Menschen nicht erkennen.

Unerwartet knallte die Tür des Pubs hinter ihm auf und Byrne stürzte rücklings hindurch, ehe er auf dem Boden der Promenade lag. Seine Nase blutete und er schaute benommen umher.

Als Liam zu ihm rannte, kam ein glatzköpfiger Mann mittleren Alters herausgetorkelt. Er hatte einen dicken Bierbauch, eine von der Sonne verbrannte Nase und sichtlich schlechte Laune. Sein weißes Achselshirt war klitschnass und er stürmte auf Byrne zu, ehe Liam sich zwischen die beiden warf.

»Was soll der Scheiß?!«, rief Liam und hielt beide Arme ausgestreckt zwischen sie.

»Der kleine Penner hat mich mit Bier bekippt, der kann was erleben!«, brüllte der kräftige Mann, der offensichtlich ordentlich angetrunken war.

»Lassen Sie ihn in Ruhe!«, rief Liam und baute sich vor seinem Freund auf.

»Was zum ... Das war ein Versehen, du Vollidiot«, erwiderte Byrne, der sich hinter Liam langsam wieder aufrappelte.

Der Mann tobte vor Wut und versuchte, an Liam vorbeizukommen, doch bevor ihm das gelang, stürmte ein anderer Mann aus dem Lokal und hielt ihn zurück. »Eddi, das sind Kinder! Willst du in den Knast kommen, Alter?«, sagte der zweite Mann und hatte Mühe, seinen Kumpel festzuhalten.

»Lass uns abhauen«, sagte Liam und zog Byrne von der Stelle weg.

»Spinnst du, was sollte der Scheiß?«, fragte er Byrne gereizt.

»Ich war noch kurz an der Bar, und als ich zur Toilette gehen wollte, bin ich mit dem Bier in der Hand gestolpert. Der Typ hat kaum drei

Tropfen abbekommen, ich weiß gar nicht, was der sich so aufregt«, rechtfertigte sich Byrne, während er weiter auf die zwei streitenden Männer hinter ihnen schaute.

»Egal, wir holen Hannah und verschwinden. Ich denke, wir haben erstmal genug Informationen«, sagte Liam, während sie zum Restaurant gingen. Sie drängten sich an den vollbesetzten Tischen vorbei, doch als sie an der Stelle angekommen waren, wo Hannah und Mike hätten sitzen müssen, war niemand mehr da. Sofort überkam Liam die blanke Panik. Er nahm sein Telefon und versuchte, Hannah nochmal zu erreichen, doch ihr Telefon war ausgeschaltet. »Das glaube ich jetzt nicht, wie konnten wir sie verlieren?«, rief Liam aufgebracht.

»Weit können sie nicht sein, lass sie uns suchen«, schlug Byrne vor und beide schauten in alle Richtungen der Flaniermeile. Da von Hannah und Mike jede Spur fehlte, beschlossen die beiden, sich zu trennen und in verschiedenen Richtungen nach ihnen zu suchen.

Hannah und Mike waren derweil noch eine Runde spazieren gegangen. Sie gingen auf eine Anhöhe in der Nähe der Altstadt, setzten sich auf eine Bank und blickten auf die Lichter der Stadt. Hannah schaute, ob Liam und Byrne ihnen gefolgt waren, denn schließlich wollten sie sie nicht aus den Augen lassen. Allerdings war sie sich in diesem Moment gar nicht mehr sicher, ob sie das überhaupt wollte, denn das anfängliche nervöse Gefühl vor ihrem Treffen war jetzt vollständig verflogen.

Obwohl sie wusste, dass Mike etwas mit diesen Leuten zu tun haben musste, wirkte er auf sie alles andere als bedrohlich. Das Gegenteil war sogar der Fall, denn Mike schien sehr vernünftig zu sein und sie teilten bei vielen Dingen dieselben Ansichten.

Sie hatten die Themen, wegen derer sie sich eigentlich getroffen hatten, schon eine Weile hinter sich gelassen und redeten nun über alle möglichen Dinge, die sie bewegten. Hannah vergaß mit der Zeit jede Vorsicht und redete mit ihm, als ob sie sich bereits seit Jahren kannten.

»Weißt du, eigentlich möchte ich gar nicht von hier weg«, sagte sie, als ihnen eine abendliche Brise in ihre Gesichter wehte. »Lancaster ist mein Zuhause, meine Heimat. Ich hatte mir mein halbes Leben lang vorgenommen, wenn ich älter bin und meinen Abschluss habe, werde ich die weite Welt erkunden. Doch jetzt, da es so weit ist, vermisse ich alles, was ich früher nie zu schätzen wusste.«

Mike schaute auf das Meer, das sie von weitem sehen konnten, und beobachtete die Schiffe, die am Leuchtturm vorbei in den Hafen fuhren. »Mein Opa hat einmal gesagt, Ebbe und Flut warten auf niemanden. Die Heimat ist kein Ort, sondern ein Gefühl. Sie lebt in dir oder nirgends.«

Hannah dachte über die Worte nach und irgendwie ergaben sie einen Sinn. Sie konnte das Gefühl, das sie in diesem Moment ergriff, nicht erklären, doch fühlte sie sich bei Mike sehr geborgen. Sie verweilten noch eine Weile und genossen den Anblick der untergehenden Sonne.

»Ist das da unten nicht Liam?«, unterbrach Mike nach einer Weile die Stille und Hannah schreckte sofort hoch. Und tatsächlich, auf einem Weg unter ihnen, der um die Anhöhe herumführte, lief Liam rasch entlang.

»Ich muss gehen«, sagte sie hastig, nahm ihre Strickjacke und ging zügig die Anhöhe herunter. Mike schaute ihr fragend hinterher, als sie in die Richtung ging, die Liam gerade entlanggelaufen war. Jetzt, da sie Liam sah, wurde ihr bewusst, dass sie in den letzten Stunden fast vollständig vergessen hatte, warum sie sich eigentlich mit Mike hatte treffen sollen.

Sie rannte den Weg entlang und holte ihn nach wenigen Minuten ein. »Liam, warte!«, rief sie ihm hinterher und er drehte sich zu ihr um.

»Hannah, da bist du ja!«, rief er ihr erleichtert entgegen. »Es tut mir so leid, Byrne hatte Stress in dem Pub angefangen und dann wart ihr auf einmal weg. Wir haben euch überall gesucht, konnten euch aber nirgends finden«, erklärte er hastig und der Schweiß lief ihm von der Stirn.

»Liam, beruhige dich. Alles ist gut, mir ist nichts passiert«, sagte Hannah, als Liam sie unerwartet fest an sich drückte.

»Wo wart ihr eigentlich?«, fragte er und sah sie besorgt an.

»Mike hat mich gefragt, ob wir vielleicht noch ein paar Schritte gehen wollen. Ich dachte, es wäre unhöflich, das abzulehnen.«

Liam schaute sie mit gerunzelter Stirn an. »Wer weiß, was dieser Typ vorhatte«, sagte er und schien sich in seiner Körperhaltung aufzubauen.

»Nichts Besonderes, ich glaube, er wollte einfach nur mit jemandem reden«, sagte Hannah und schaute auf ihre Füße. »Wo ist eigentlich Byrne?«, warf sie schnell dazwischen.

»Der sucht dich am Hafen, ich rufe ihn an. Komm, lass uns zurück zur Wohnung fahren.«

Als Liam und Hannah bei der Wohnung eintrafen, erwartete Byrne sie bereits. Hannah musste auch ihn beruhigen und erklärte ihm, dass nichts Schlimmes passiert sei.

»Nach einer Weile ist die Verbindung abgebrochen, wir haben nur das Anfangsgespräch mitbekommen«, sagte Liam.

»Ja, mein Akku war irgendwann leer«, erklärte Hannah und zeigte ihnen das ausgeschaltete Telefon. »Aber das Wichtigste habt ihr gehört, er wusste nicht wirklich viel Interessantes«, fügte sie hinzu.

»Naja, einen Versuch war's immerhin wert«, erwiderte Byrne.

»Wahrscheinlich war es zu naiv zu glauben, dass er so leicht etwas preisgibt. Immerhin sind das absolut verschwiegene Kreise, in denen er sich aufhält. Aber vielleicht haben wir einen guten Grundstein gelegt«, sagte Liam mit ermutigender Stimme.

Hannah überlegte, wie sie Liam und Byrne schonend ihre Zweifel an Mikes Schuld beibringen konnte. »Ich bin mir nicht mehr so sicher, dass Mike wirklich etwas mit diesen Leuten zu tun hat«, sagte sie und die beiden Jungs schauten sie wie erwartet äußerst ungläubig an. »Was soll denn das heißen?«, fragte Liam verwundert. »Wir haben ihn doch am Tatort gesehen!?«

»Ja, das stimmt schon, aber vielleicht hatte das einen anderen Grund. Er hatte mir erzählt, dass er manchmal auch als Taxifahrer arbeitet. Vielleicht hatte er an dem Abend einfach nur Dienst. Möglich wäre es immerhin«, sagte Hannah in einem bemüht ruhigen Ton.

Wieder schauten sich beide Jungs mit hochgezogenen Augenbrauen an, ehe Liam das Wort ergriff: »Wir waren uns doch einig, dass Mike etwas mit diesen Leuten zu tun haben muss. Es passt alles zusammen, er war mitten in der Nacht bei der Lagerhalle. Außerdem weiß er bestens Bescheid und ich denke, das übersteigt so ziemlich jedes Schulwissen, oder meinst du nicht?«

Hannah wusste nicht mehr, was sie denken sollte. Ihr war klar, dass Liam berechtigten Grund dazu hatte, Mike als Verdächtigen zu sehen. Aber unterbewusst wollte sie es nicht wahrhaben, dass er mit diesen Leuten unter einer Decke steckte. »Ich bin müde, lasst uns morgen weiterreden«, sagte sie, ehe sie ins Bett ging und die beiden Jungs fassungslos im Wohnzimmer zurückließ.

Als Hannah im Bett lag, dachte sie noch eine ganze Weile über die Worte von Mike nach. Er war schon etwas seltsam, aber auch viel zu offen für jemanden, der ihr etwas antun wollte. Allerdings sprachen die Beweise, die sie bis jetzt gesammelt hatten, deutlich gegen ihn. All diese Gedanken kreisten lange in ihrem Kopf herum, bevor sie die Augen schloss und einschlief.

Kapitel 8: Blackburn Krematorium

Als Hannah am nächsten Morgen aufwachte, regnete es in Strömen. Sie zog ihren braunen Morgenmantel an, den sie von zu Hause mitgebracht hatte, und stieg leise die Treppe in den Wohnbereich hinunter. Das schlechte Wetter draußen passte zu Hannahs Gemütszustand, denn sie fühlte sich an diesem Morgen gerädert und da sie keine besonders große Lust hatte, die Gespräche von letzter Nacht fortzuführen, schlich sie vorsichtig an den beiden Jungs vorbei, die noch auf der Couch seelenruhig vor sich hin schnarchten.

Sie ging hinüber in die Küche auf die andere Seite der Glaswand und setzte eine große Kanne Kaffee auf. Nachdem sie das Radio eingeschaltet hatte, träumte sie verschlafen vor sich hin und beobachtete die Regentropfen, die am Küchenfenster abperlten. Die Kaffeemaschine köchelte munter vor sich hin und als der Nachrichtensprecher etwas Seltsames berichtete, wurde sie hellhörig. Sie drehte das Radio lauter und hörte aufmerksam zu:

»[...] die Polizei hat am gestrigen Abend zwei verdächtige Personen in der Nähe von Blackburn verfolgt, die versucht haben sollen, eine ältere Dame zu bedrängen. Offenbar hatte die Frau die zwei Personen auf einem nahegelegenen Friedhof dabei erwischt, wie sie mehrere Grabsteine mit Symbolen beschmierten.

Als die Mitarbeiterin des Pleasington Cemetery and Krematoriums die jungen Männer zur Rede stellen wollte, gingen sie sofort auf die Frau los und versuchten, sie körperlich anzugreifen. Nur durch die Hilfe des Hausmeisters konnte sich die ältere Dame in Sicherheit bringen.

Die Polizei sucht zwei junge Männer im Alter zwischen zwanzig und dreißig Jahren, beide ca. einen Meter achtzig groß und schwarz gekleidet. Auffällig waren ihre vermutlich weiß geschminkten Gesichter und die langen dunklen Kapuzen-Roben, die sie trugen. Für Hinweise wenden Sie sich bitte an die Blackburn-Greenbank-Polizeistation unter +441772 [...]«

Während Hannah ihren Kaffee trank, dachte sie angestrengt nach. Normalerweise war eine solche Polizeimeldung heutzutage nichts wirklich Ungewöhnliches mehr. Allerdings passte die Beschreibung der Täter bedenklich genau zu ihren Verfolgern und Blackburn war keine Autostunde von Lancaster entfernt. Sie beobachtete weiterhin die Regentropfen, die am großen Küchenfenster langsam hinunterliefen und fasste schließlich den Entschluss, die Sache weiter zu verfolgen. Sie trank ihren Kaffee aus und ging rüber in den Wohnbereich, um die Jungs zu wecken.

Nachdem die beiden noch eine Weile auf der Couch liegen geblieben waren und Byrne immer wieder eingeschlafen war, kamen sie irgendwann dann ebenfalls in die Küche getrottet. Sie nahmen sich eine Tasse Kaffee und Hannah berichtete den beiden, was sie soeben im Radio gehört hatte.

Liam und Byrne schienen nicht wirklich viel mit den Informationen anfangen zu können, die von Hannah auf sie einprasselten. Beide schauten sie mit ihren ausdruckslosen Gesichtern und müden Augen an. Als Liam langsam begriff, fragte er Hannah, was sie vorhatte.

»Ich würde sagen, wir rufen Inspector Connor an. Er hatte gesagt, wir können uns jederzeit bei ihm melden und schließlich haben wir dieses Mal nichts Unrechtes getan«, sagte Hannah.

»Und was genau soll das bringen?«, fragte Liam, der mittlerweile kein gutes Gefühl mehr hatte, wenn es darum ging, mit der Polizei zu sprechen.

»Vielleicht erfahren wir, wer das Opfer war, und können mit ihr sprechen. Vergiss nicht, sie stand diesen Typen von Angesicht zu Angesicht gegenüber und hat ihre Gesichter gesehen. Vielleicht kann sie uns etwas Nützliches sagen«, überlegte Hannah.

»Na, dann versuch dein Glück«, erwiderte er skeptisch und nahm gelassen einen Schluck aus seinem Kaffeebecher.

Hannah kramte die Visitenkarte von Chief Inspector Connor heraus und während alle drei erwartungsvoll am Küchentisch saßen, wählte sie seine Nummer. Nachdem es mehrmals geklingelt hatte, nahm Mr. Connor ab: »Polizeidienststelle Lancaster, Sie sprechen mit Chief Inspector Connor. Wie kann ich Ihnen helfen?«

»Guten Morgen, Inspector Connor. Hannah Jones hier. Sie sagten, wir sollten uns melden, wenn wir etwas für Sie haben«, sagte sie. Inspector Connor überlegte einen Moment, ehe er Hannah zuordnen konnte.

»Ach, Miss Jones, guten Morgen. Ja, das ist korrekt, ist Ihnen noch etwas eingefallen?«

»Das nicht, aber ich habe heute Morgen Radio gehört und da fiel mir etwas auf. In der Nähe von Blackburn wurde gestern Abend eine ältere Frau angegriffen und die Beschreibung der Täter passt ganz genau auf die Typen, die uns verfolgen. Vielleicht sind das dieselben, mit denen wir zu tun hatten.«

»Davon gehe ich ebenfalls aus«, antwortete der Inspector. »Ich habe gestern Abend noch mit den Kollegen in Blackburn telefoniert. Sie haben mit der alten Dame gesprochen und sofort die Ermittlungen aufgenommen. Ich sollte im Laufe des Tages den Bericht dazu bekommen.«

»Und können Sie mir sagen, wer die Frau war?«, fragte Hannah vorsichtig. »Vielleicht gibt es eine Verbindung.«

»Tut mir leid, aber das sind vertrauliche Informationen, die nur die Polizei etwas angehen«, antwortete Inspector Connor entschlossen. »Ich gehe davon aus, dass es dieselben Täter wie bei Ihnen waren oder zumindest zum selben Personenkreis gezählt werden können. Allerdings werden wir erst die weiteren Ermittlungen abwarten müssen, um Klarheit zu bekommen. Am besten, Sie kommen übermorgen vorbei, dann weiß ich eventuell mehr.«

»Danke, Inspector, das machen wir«, sagte Hannah und versuchte, sich ihre Enttäuschung nicht anmerken zu lassen. Nachdem sie aufgelegt hatte, schauten sich die drei nachdenklich an.

»Und was machen wir jetzt?«, warf Byrne ein.

»Wir fahren nach Blackburn«, antwortete Hannah beherzt.

»Was soll das bringen, wenn wir nicht einmal wissen, wie die Frau heißt?«, entgegnete Byrne.

»Der Radiosprecher erwähnte, die Frau sei eine Mitarbeiterin des Pleasington Krematoriums. Ich würde vorschlagen, wir fahren dahin und sehen uns mal um. Ich denke nicht, dass dort so viele ältere Frauen arbeiten.«

»Und wie wollen wir dahin kommen?«, fragte Byrne mit hochgezogenen Augenbrauen und deutete aus dem Fenster.

»Wir fahren mit den Mopeds«, schlug Hannah vor und sah sofort die ablehnenden Blicke der Jungs. »Kommt schon, wir sind doch nicht aus Zucker und wenn wir Regensachen anziehen, werden wir die Fahrt schon überstehen«, sagte sie mit aufbauender Stimme.

Liam und Byrne schauten sich skeptisch an und überlegten. Scheinbar hatte keiner von beiden Lust, dorthin zu fahren, gerade bei dem schlechten Wetter. Aber da Hannah nicht lockerließ, willigten sie schließlich ein. Sie suchten sich in der Wohnung alle möglichen Regensachen zusammen, die sie finden konnten. Hannah nahm sich eine gelbe Regenjacke aus dem Kleiderschrank im Flur, die der Freundin von Byrnes Bruder gehörte. Liam zog ebenfalls eine große blaue Regenjacke an und da Byrnes Bruder offenbar nur eine davon besaß, quetschte sich Byrne in eine andere Jacke seiner Freundin.

Als sie an den Mopeds ankamen, wischten sie die nassen Sitze mit einem Baumwolltuch trocken und schulterten die Rucksäcke. Liam schaute Hannah noch einmal an und fragte, ob sie nicht doch einen Tag warten wolle. Aber Hannah schüttelte nur entschieden den Kopf, während sie sich den Helm aufsetzte. Die drei stiegen auf und starteten die Motoren. »Na, dann los«, sagte Byrne, und sie machten sich auf den Weg.

Sie fuhren aus der Stadt heraus auf eine Landstraße und hatten aufgrund des Regens, der gegen die Visiere ihrer Helme prasselte, Schwierigkeiten, etwas zu erkennen. Bereits nach wenigen Meilen spürten sie, wie ihre Sachen und vor allem die Schuhe nach und nach feuchter wurden. Als sie nach der Hälfte der Strecke den Ort Catterall durchquerten, verschlechterte sich das Wetter zunehmend. Der Wind peitschte den Regen mit voller Wucht gegen ihre Körper und trotz ihrer Regenjacken waren sie schon fast vollständig durchnässt.

»Wir müssen umkehren«, rief Byrne den anderen beiden zu, als sie neben ihm an einer roten Ampel hielten. »Der Regen wird immer stärker.«

»Nein, wir haben doch schon mehr als die Hälfte geschafft«, sagte Hannah von Liams Rücksitz aus. Auch sie war mittlerweile völlig durchnässt. »Ob wir jetzt umdrehen oder nicht, wir müssen sowieso noch einmal genauso lange durchhalten und dann war es wenigstens nicht umsonst«, rief sie.

Byrne schüttelte mit dem Kopf, sah aber ein, dass sie recht hatte. Sie fuhren weiter und als sie kurz hinter der Stadt *Preston* waren, wurde das Wetter noch schlechter. Die Baumkronen um sie herum schlugen wie wild umher und mittlerweile lagen viele kleinere Äste auf der Straße herum. Da sie aufgrund des Sturms immer langsamer fahren mussten, kam ihnen die Strecke wie eine Ewigkeit vor. Alle drei waren nun bis auf die Knochen durchnässt und froren bitterlich, als endlich das Ortseingangsschild von Blackburn erschien. Sie fuhren die kurvige Straße weiter entlang, bis nach einer kleinen Brücke ein weiteres Schild auftauchte.

»Da vorne ist es«, rief Liam und deutete auf das Schild, auf dem "Pleasington Cemetery & Crematorium" stand. Sie bogen von der befestigten Straße auf einen schmalen Schotterweg ab und fuhren diesen vorsichtig entlang. Obwohl sie fast Schrittgeschwindigkeit fuhren, hatten sie Mühe, nicht vom Weg abzukommen.

»Lasst uns da vorne Schutz suchen«, rief Hannah und zeigte auf einen kleinen Unterstand, der früher wohl einmal als Bushaltestelle gedient hatte. Die drei stiegen von ihren Mopeds ab und eilten zu dem überdachten kleinen Häuschen.

»Das war ja mal ein super Plan«, beklagte sich Byrne zitternd, während er versuchte, sich warm zu bewegen.

»Wir müssen schnell aus den nassen Sachen raus«, sagte Hannah und setzte ihren großen Rucksack ab. Sie verteilte die Wechselsachen, die sie zuvor eingepackt hatte, und jeder zog sich in einer anderen Ecke des kleinen Unterstands um.

»Ich habe Tee und Kekse eingepackt«, sagte Hannah und reichte den beiden jeweils einen Becher, den sie mit ihrer Thermoskanne auffüllte. Die drei wärmten sich schnell wieder auf und es dauerte nicht lange, bis die beiden Jungs ihr verziehen.

»Wo sind wir hier eigentlich?«, fragte Byrne, und versuchte etwas in der stürmischen Dunkelheit zu erkennen.

»Das ist das Gelände des Krematoriums. Den Hügel hinauf muss das Hauptgebäude sein«, sagte Liam.

»Das Krematorium ist über 100 Jahre alt und ziemlich geschichtsträchtig, habe ich gelesen«, fügte Hannah hinzu.

»Stellt euch mal vor, wie viele Leichen an diesem Ort wohl schon verbrannt wurden«, sagte Byrne ehrfürchtig. »Kein schöner Ort für einen Ausflug, noch dazu bei diesem Wetter. Ich hoffe nur, dass es nicht umsonst war.«

»Es ist eine wichtige Spur und ich denke, es ist richtig, dass wir hergekommen sind«, antwortete Hannah. »Wenn wir hier etwas herausfinden, das uns weiterhilft, werden wir froh sein, all die Strapazen auf uns genommen zu haben.«

Sie warteten noch eine Weile unter dem Dach des kleinen Unterstands am Wegesrand, denn keiner von ihnen war sonderlich scharf darauf, gleich wieder nass zu werden. Nach einer weiteren halben Stunde schien sich das Unwetter langsam zu beruhigen. Zwar regnete es immer noch, allerdings nicht mehr so stark und auch der Wind wurde allmählich schwächer.

»Kommt, lasst uns mal das Hauptgebäude suchen. Ich denke, so schnell wird es nicht aufhören zu regnen«, schlug Liam vor und die drei setzten ihre Kapuzen auf. Sie ließen die Mopeds stehen und gingen den Schotterweg zu Fuß entlang, der sie leicht bergauf in Richtung einer Anhöhe führte. Während sie den Weg entlangliefen, bemerkten sie um sich herum Unmengen von Grabsteinen, die kreisförmig das gesamte Gelände umschlossen.

»Das müssen Tausende sein«, stellte Byrne beeindruckt fest und versuchte, das Meer von Gräbern zu überblicken. Da der Regen die Sicht jedoch sehr einschränkte, war weder ein Anfang noch ein Ende in Sicht. Auch Hannah und Liam staunten über die Größe des Friedhofs.

Am Ende des matschigen Weges vor ihnen erschienen die Umrisse eines Gebäudes, das in der regnerischen Dunkelheit alles andere als einladend wirkte. Lange Schornsteine zierten das spitze Dach des dunklen Backsteingebäudes, das an höchster Stelle der Anhöhe erbaut wurde.

»Das muss es sein, lasst uns mal schauen, ob jemand hier ist«, sagte Hannah, ehe sie zum Gebäude ging und an der großen Holztür klopfte. Sie warteten einen Moment lang, aber niemand öffnete. Wieder klopfte Hannah kraftvoll gegen die Tür, während die beiden Jungs sich umsahen.

»Na super, was machen wir jetzt?«, fragte Byrne enttäuscht.

»Da vorne ist jemand«, sagte Liam und zeigte in Richtung der Gräber. Und tatsächlich, in der Ferne waren zwischen den vielen Grabsteinen die Konturen einer Person zu erkennen.

»Gute Idee, lasst uns am besten erst einmal zu der gruseligen Person gehen, die allein im Regen zwischen den Gräbern steht«, sagte Byrne sarkastisch.

»Wenn du einen besseren Einfall hast, lass hören«, sagte Hannah und ging voraus.

Die anderen beiden folgten ein wenig widerwillig in Richtung der im Regen stehenden Person.

»Guten Tag«, sagte Hannah zu der Person, die mit dem Rücken zu ihnen vor einem der vielen Gräber kauerte. Sie schien irgendetwas am Grabstein zu machen, allerdings konnten die drei nicht so recht erkennen, was. Die Person trug eine dunkelblaue Regenjacke, die Kapuze ebenfalls über den Kopf gezogen. »Guten Tag«, wiederholte Hannah, da die Person offenbar nicht reagierte. »Wir suchen jemanden, der hier arbeiten soll. Können Sie uns vielleicht weiterhelfen?«

Schlagartig schnellte die Person herum und stieß einen kurzen Schrei aus. Alle drei erschreckten sich ebenfalls und wichen ein paar Schritte zurück. »Um Gottes Willen, wer zum Teufel seid ihr denn?«, fragte die ältere Dame, während sie ihre Kopfhörer aus den Ohren nahm.

»Entschuldigen Sie bitte, wir wollten Sie nicht erschrecken«, sagte Hannah sofort. »Sie haben uns scheinbar nicht kommen hören.«

Die Frau atmete aufgeregt und musterte die drei von Kopf bis Fuß. »Ja, Jungchen, ich hatte meine Kopfhörer in den Ohren. Ohne Whitney Houston hält man es hier doch nicht lange aus«, schnaufte sie und rappelte sich auf. »Wie kann ich euch helfen?« Die Frau war recht klein und rundlich gebaut. Zudem hatte sie ein gütiges Gesicht und schien offenbar kein Blatt vor den Mund zu nehmen. Auf den ersten Blick hatte sie wenig von einer typischen englischen Dame an sich, was sie nur noch sympathischer machte.

»Wir haben gestern im Radio gehört, dass es hier einen Übergriff gab und würden gern mit der Frau sprechen, um die es dabei ging. Wir haben nämlich vor kurzem ganz ähnliche Erfahrungen gemacht«, erklärte Hannah.

»Na, da seid ihr bei mir genau richtig, Kinder. Ich habe diese Schmierfinken erwischt, als sie hier wilde Sau gespielt haben«, sagte sie und säuberte die Gläser ihrer beschlagenen Brille mit einem Taschentuch.

»Kinder? Wir sind fast volljährig«, flüsterte Byrne Liam zu.

»Ich heiße Magdalena und arbeite seit vierzig Jahren hier mit den Toten. Aber die meisten nennen mich nur Maggi und das dürft ihr natürlich auch«, sagte sie freundlich. »Also, wie kann ich euch denn weiterhelfen?«

»Wir haben gehört, hier wurden gestern Grabsteine beschmiert und es gab einen Angriff. Können Sie uns vielleicht genauer erzählen, was hier passiert ist und wie die Täter ausgesehen haben?«, fragte Hannah.

Maggi schaute sie einen Augenblick lang an, ehe sie antwortete. »Sie waren alle drei komplett in schwarz gekleidet, müssen solche Gruftis gewesen sein oder wie die heißen. Sie hatten seltsame bleiche Gesichter und waren unglaublich flink.«

»Drei Täter?«, warf Hannah sofort ein. »Im Radio sprachen sie nur von zwei Angreifern?«

»Das ist richtig, es waren auch nur zwei Angreifer. Die dritte Person stand weiter weg und beobachtete das Ganze aus sicherer Entfernung«, sagte Maggi und zeigte in eine Richtung weiter außerhalb des Geländes. »Ich machte gestern Abend meine tägliche Runde über das Gelände, um nach dem Rechten zu schauen, wisst ihr. Da fielen mir zwei dunkel gekleidete Personen auf. Erstmal ist das auf einem Friedhof natürlich nichts Ungewöhnliches und ich dachte auch erst, sie besuchten vielleicht ihre Angehörigen, die hier begraben liegen. Aber als ich näher herantrat, konnte ich sehen, dass sie etwas auf die Grabsteine malten.«

»Und als Sie sie ansprachen, gingen diese Typen auf Sie los?«, fragte Liam.

»Nicht sofort. Sie sagten mir zuerst, ich solle verschwinden. Obwohl es mehr wie ein Zischen klang, wenn ich so darüber nachdenke. Dachte, ich höre nicht richtig. Ich sagte: Jungchen, sieh zu, dass du Land gewinnst, sonst zeige ich dir mal so einen Grabstein von unten. Und dann rannte er auf mich zu und warf mich zu Boden. In diesem Moment kam glücklicherweise Eddy, unser Haus- und Gartenmeister angerannt und schlug mit einer Harke auf die beiden ein. Daraufhin sind sie in Richtung der dritten Person geflüchtet und wir müssen uns jetzt mit dieser Schweinerei hier herumärgern«, sagte sie aufgebracht und deutete auf den Grabstein vor ihnen, den sie offenbar gerade angefangen hatte zu reinigen.

Die drei schauten auf den Grabstein und ihre Augen wurden groß. Auf dem Stein war in schwarzer Schrift ein Symbol gemalt worden, das ihnen auf Anhieb bekannt vorkam. Es handelte sich um eines der Symbole, die auch auf dem Dolch und in dem schwarzen Buch vorkamen. Sie schauten sich gegenseitig an, doch keiner sagte etwas.

»Haben Sie hier noch mehr solcher Symbole gefunden?«, fragte Hannah energisch.

»Ich konnte natürlich noch nicht alle Grabsteine überprüfen, aber bis jetzt habe ich elf gezählt. Wisst ihr, wie viel Arbeit es uns macht, die wieder sauber zu bekommen? Und morgen früh findet hier eine Beisetzung statt, da wisst ihr Bescheid, was ich heute noch zu tun habe«, sagte Maggi und warf den gelben Putzlappen in ihrer Hand frustriert zu Boden. »Dachte, es geht leichter, wenn die Farbe noch nicht richtig getrocknet ist. Aber da habe ich mich wohl getäuscht.«

»Wie genau sahen die Täter eigentlich aus?«, wollte Liam wissen.

»Schwer zu sagen, wegen ihren bleichen Gesichtern. Dachte erst, die haben Masken auf, aber als der eine dann angefangen hat zu sprechen, wusste ich, das waren ihre Gesichter. Vielleicht hatten sie sich auch mit weißer Farbe geschminkt, keine Ahnung. Allerdings bin ich mir ziemlich sicher, dass sie jünger waren, Ende Zwanzig vielleicht.«

»Haben Sie diese Leute schon einmal gesehen oder kam so etwas in der Art hier schon einmal vor?«, fragte Byrne.

»Nein, noch nie. Normalerweise kommen hier nur die normalen Angehörigen, um ihre verstorbenen Verwandten zu besuchen«, antwortete sie. »Natürlich kleiden sich die Trauernden meist auch in schwarz, aber sie haben keine bleichen Gesichter und beschmieren auch nicht unsere Gedenkstätte.«

»Ist Ihnen sonst noch irgendetwas aufgefallen, vielleicht irgendein kleines Detail?«, fügte Hannah hinzu.

»Mal überlegen, ich glaube, einer von ihnen sagte so etwas wie *nox lunarum* oder sowas in der Richtung. Keine Ahnung, was das heißen soll. Wahrscheinlich waren diese Typen auf Drogen oder sowas, normal war das alles jedenfalls nicht«, sagte sie und schüttelte verständnislos den Kopf.

»Danke, Maggi, Sie haben uns sehr geholfen«, sagte Hannah.

»Und darf ich im Gegenzug erfahren, was ihr mit diesen Leuten zu schaffen habt?«, fragte sie skeptisch in die Runde.

»Wir sind diesen Leuten unabsichtlich über den Weg gelaufen und seitdem glauben wir, von ihnen verfolgt zu werden«, erklärte Byrne. Hannah und Liam warfen ihm einen scharfen Blick zu und er verstand auf Anhieb, dass er besser schweigen sollte. Maggi musterte die drei: »Wenn dem so ist, dann rate ich euch, ebenfalls zur Polizei zu gehen. Die wird euch sicher helfen.«

»Danke, das machen wir. Ist es in Ordnung, wenn wir uns hier noch eine Weile umschauen?«, fragte Hannah freundlich.

»Nur zu, bleibt so lange wie ihr wollt, wenn euch dieses Mistwetter nichts ausmacht. Ich gehe jetzt rein und trinke eine heiße Tasse Tee. Heute ist kein Wetter für solche Arbeiten, morgen früh mache ich weiter. Ihr seid natürlich herzlich willkommen, mir beim Tee Gesellschaft zu leisten«, sagte sie und verschwand in Richtung des Backsteingebäudes.

Die drei gingen über das Gelände und schauten sich um. »Ergab das für euch irgendeinen Sinn?«, fragte Byrne.

»Noch nicht so richtig, aber wenn es wirklich die gleichen Leute waren, die auch uns verfolgen, dann waren sie nicht grundlos hier«, antwortete Hannah nachdenklich.

»Und was, wenn es wirklich nur irgendwelche bescheuerten Jugendlichen waren?«, entgegnete Byrne.

»Das finden wir nur auf eine Weise heraus«, gab Liam zurück.

»Und wonach genau sollen wir jetzt suchen?«, wollte Byrne wissen.

»Am besten suchen wir nach weiteren Symbolen auf den Grabsteinen und machen Fotos davon. Vielleicht können wir herausfinden, was sie zu bedeuten haben«, schlug Hannah vor.

»Tolle Idee, hier stehen unzählige Grabsteine herum. Wie lange sollen wir denn suchen?«, sagte er und schlug die Hände über dem Kopf zusammen.

»Am besten, wir teilen uns auf. Jeder nimmt sich eine Richtung vor und dann arbeiten wir uns vom Hauptgebäude auf dem Hang nach unten vor.«

Widerwillig machten sich die beiden Jungs in verschiedene Richtungen auf und alle drei begannen damit, jeden einzelnen Stein nach Symbolen abzusuchen. Es vergingen mehrere Stunden und es wurde langsam dunkel, ehe sie sich nass und durchgefroren am unteren Rand des Geländes wieder trafen.

»Wie viele habt ihr gefunden?«, fragte Hannah ihre beiden sichtlich schlecht gelaunten Gefährten.

»Ich habe drei fotografiert«, antwortete Byrne.

»Ich habe fünf Symbole gefunden, sagte Liam.

»Und ich habe vier entdeckt«, fügte Hannah hinzu.

»Also mit dem Grabstein von Maggi sind es insgesamt dreizehn«, fasste Liam zusammen.

»Richtig, vielleicht hat diese Zahl etwas zu bedeuten«, sagte Hannah.

»Ich weiß nicht, wie es euch geht, aber ich habe die Nase gestrichen voll«, schnaufte Byrne genervt. »Ich habe Hunger, bin klatschnass und mir ist eiskalt.«

»Ich habe auf dem Hinweg ein Gasthaus gesehen. Das war nicht weit entfernt von hier«, entgegnete Liam. »In Ordnung. Ich denke, es macht heute keinen Sinn mehr, nach Hause zu fahren. Lasst uns etwas Warmes essen und dann schauen, ob wir irgendwo unterkommen können«, schlug Hannah vor.

»Das ist die beste Idee, die du heute hattest«, antwortete Byrne.

Die drei gingen zu ihren Mopeds und fuhren den Schotterweg zurück zur befestigten Straße. Der Regen hatte mittlerweile einen kleinen Bach gebildet, der neben ihnen den Abhang hinunterlief. Kurz darauf bogen sie in eine Seitenstraße ab, die über eine kleine Brücke zu einem alten Gasthaus führte. Eilig stellten sie ihre Mopeds ab und gingen hinein. Sie betraten eine urige Kneipe, die gut gefüllt mit Gästen war, und das Wasser tropfte ihnen aus allen Ritzen ihrer Kleidung. Offenbar war das Gasthaus sehr beliebt bei den Einheimischen, denn überall saßen Leute, teilweise in Arbeitskleidung, die gemütlich ihr Feierabendbier in geselliger Runde genossen. Die Gläser klirrten und ein wunderbarer Duft von deftigem Essen lag in der Luft.

Sie gingen zum Empfang und Liam läutete eine goldene Tischglocke, die auf dem Holztresen stand. Prompt kam eine ältere Dame aus einer Schwenktür geeilt, die zum Speisesaal führte. Sie hatte kurze, dunkelblonde Haare, die zu einem Zopf gebunden waren, trug eine dunkelgrüne Schürze und hatte sehr gütige Augen. Mit freundlicher Stimme begrüßte sie die drei durchnässten Neuankömmlinge: »Guten Abend und herzlich willkommen im Ploughman. Was kann ich für Sie tun?«

Byrne antwortete prompt: »Guten Abend, wir suchen ein Bett für die Nacht und etwas Warmes zu essen.«

Die Frau lächelte breit und erwiderte: »Dann sind Sie hier genau richtig. Wie viele Zimmer möchten Sie gerne beziehen und wie lange haben Sie vor, zu bleiben?«

»Wir würden gern zwei Zimmer für eine Nacht buchen«, sagte Hannah.

»Sehr gern, das macht dann zweiundvierzig Pfund bitte.«

Liam bezahlte die Zimmer und sie gingen in das obere Stockwerk, um sich etwas frisch zu machen.

Nach einer Viertelstunde trafen sie sich unten im Saal des Gasthauses wieder und setzten sich an einen Tisch am Fenster. Das ganze Haus schien aus Holz zu bestehen und überall hingen dekorative Krüge und alte Holzwerkzeuge von der Decke, die früher von den Bauern zur Feldarbeit genutzt worden waren. Auf den Tischen standen brennende Kerzen verteilt und hüllten den großen Raum in eine gemütliche Atmosphäre. Alle drei hatten einen Bärenhunger und so bestellten sie sich deftige, fleischreiche Gerichte.

Vielleicht lag es am Hunger oder an der Erschöpfung, aber sie hatten das Gefühl, nie etwas Besseres gegessen zu haben. Als sie fertig waren und satt in ihren Stühlen kauerten, bestellte Byrne für jeden ein großes Ginger Beer. »Nächstes Mal kommen wir gleich hierher und sparen uns den elendigen Friedhof«, sagte er zufrieden.

»Apropos Friedhof, lasst uns mal die Bilder anschauen, die wir gemacht haben«, sagte Hannah, die sich gerade wieder daran erinnerte, warum sie eigentlich hier waren. Alle drei zogen ihre Telefone aus der Tasche und sie schauten sich ein Bild nach dem anderen an. Auf jedem war ein anderes Symbol zu sehen, aber alle waren denen vom Dolch sehr ähnlich. »Es muss irgendeinen Grund geben, warum sie die Symbole genau auf diese Grabsteine gemalt haben«, überlegte sie angestrengt.

»Vielleicht hat es etwas mit den Leuten zu tun, die dort begraben liegen«, sagte Liam und versuchte, die eingravierten Schriftzüge auf den Steinen zu entziffern.

»Auf dem hier steht Godric Babington, auf dem anderen Aelfthryd Gorges und der dritte Name ist nicht zu erkennen«, sagte Byrne.

»Bei mir steht Winfrid Thwing, Margaret Wolff, Alfred Darcy und zwei sind ebenfalls nicht zu erkennen. Was steht bei dir, Hannah?«, fragte Liam.

»Draca Howard, Ceadda Chaworth und …« Hannah stockte kurz beim letzten Namen. »Und Adalar Jones«, sagte sie.

»Das sind alles uralte Namen, oder?«, fragte Byrne.

»Ich kenne jedenfalls niemanden, der heute noch so heißt«, überlegte Liam.

Hannah schwieg und schien zu überlegen. »Was ist los?«, fragte Byrne sie.

»Nichts weiter. Ich glaube, mein Urgroßvater hieß ebenfalls Adalar Jones. Ich frage mich, ob das etwas zu bedeuten hat.«

Die beiden Jungs schauten sie ebenfalls nachdenklich an. »Quatsch, vermutlich hatte halb England früher diesen Namen«, warf Byrne ein. »Überleg doch mal, wie viele Leute Jones heißen.«

»Er hat recht«, bestätigte Liam. »Der Name Jones ist in England mehr als häufig verbreitet, wir sollten jetzt nicht voreilig falsche Schlüsse ziehen.«

Hannah schien das nicht sonderlich aufzuheitern. Irgendwie ließ sie der Gedanke nicht mehr los, dass es etwas mit ihr zu tun haben könnte.

»Auf jeden Fall ergibt es für mich keinen Sinn, dass es etwas mit den Leuten zu tun hat, die da begraben liegen«, sagte Byrne und nahm einen kräftigen Schluck von seinem Ginger Beer.

»Vielleicht geht es um die Jahreszahlen«, überlegte Liam, während er sich nochmal alle Fotos nacheinander anschaute. »Fast alle sind Ende des achtzehnten bis Anfang des neunzehnten Jahrhunderts gestorben«, stellte er fest.

»Vielleicht hat es etwas mit der Pest zu tun«, überlegte Byrne.

»Die Pest wütete im 14. Jahrhundert, daran ist keiner von denen gestorben«, erwiderte Liam mit hochgezogenen Augenbrauen.

»Oder vielleicht haben die Todeszahlen einen mathematischen Hintergrund«, entgegnete Byrne und merkte an Liams Blick, dass seine Ideen scheinbar immer absurder wurden.

»Nein, das ist es nicht«, sagte Hannah geistesabwesend und die beiden Jungs unterbrachen ihre Ideenfindung schlagartig. »Ich glaube, es hat etwas mit der Anordnung der Grabsteine zu tun«, fuhr sie fort. »Es wurden nur bestimmte Steine mit Symbolen bemalt, die in einer bestimmten Richtung vom Haupthaus wegführen. Maggi sagte, dass eine Person weiter weg stand und die Sache beobachtet hatte. Ich denke, sie hat die anderen beiden koordiniert und ihnen gesagt, welche Steine sie markieren sollen.«

Liam und Byrne dachten einen Moment lang über Hannahs Annahme nach. Tatsächlich ergab Hannahs Theorie der Vorkommnisse mehr Sinn als ihre eigenen. »Wir müssen noch einmal zurück, und zwar sofort«, sagte sie zum Entsetzen der beiden Jungs, die sie mit offenen Mündern anschauten.

»Was? Wir gehen doch jetzt nicht wieder dahin«, protestierte Byrne sofort und umklammerte sein Glas, als wolle er es heute auf keinen Fall mehr loslassen. »Egal was du glaubst, das hat sicher Zeit bis morgen früh«, fügte er hinzu.

»Hat es nicht«, erwiderte Hannah barsch.

»Und wieso nicht?«, fragte Byrne verständnislos.

»Weil Maggi morgen bestimmt die meisten der Grabsteine gesäubert hat. Sie sagte, dass morgen früh eine Beisetzung stattfindet«, antwortete Hannah. »Anhand der Fotos lässt sich nicht mehr bestimmen, wo genau die Grabsteine standen. Wir müssen jetzt gehen, sonst war alles umsonst!«

Byrne schaute Liam hilfesuchend an, doch dieser starrte nachdenklich auf sein halbvolles Glas. »Ich denke, wir sollten nichts unversucht lassen, wenn wir schon einmal hier sind.«

Byrne schaute sie beide abwechselnd an und als er begriff, dass es keinen Sinn mehr ergab, nach weiteren Argumenten zu suchen, willigte er schlussendlich ein.

Die drei ließen ihre angefangenen Gläser stehen und verließen den Saal. »Geht schon mal vor und packt alles zusammen, ich bezahle noch schnell«, sagte Liam und ging zum Tresen, wo einer der Kellner gerade Bier zapfte. Während Liam ihr Essen bezahlte, hörte er neben sich die Stimmen von zwei älteren Herren, die zusammen am Tresen saßen und sich bei ihrem Feierabendbier unterhielten.

»Es wird immer seltsamer, erst diese komischen Wildkameras, die der alte Murphy hier überall in der Gegend gefunden hat und jetzt diese Schmierereien bei Maggi oben. Wer weiß, was als nächstes kommt«, sagte einer der beiden.

»Vor allem darf hier sowieso nirgendwo gejagt werden, die Strafen für Wilderei sind nicht ohne. Aber das geht uns nichts an. Wenn die Polizei hin und wieder mal was Nützliches machen würde, könnte so etwas nicht passieren«, erwiderte der andere.

Liam dachte über das nach, was er soeben am Tresen gehört hatte. Gedankenverloren verließ er den Saal und traf im Eingangsbereich vor der Rezeption Byrne und Hannah, die bereits auf ihn warteten.

»Hier deine Jacke«, sagte Byrne. »Wir haben unsere Wasserflaschen aufgefüllt und frische Batterien in die Taschenlampen getan, es kann also losgehen«, ergänzte er, und Liam fiel auf, dass seine schlechte Laune über ihren erneuten Aufbruch scheinbar von der Abenteuerlust verdrängt wurde.

Liam entschied sich, dass er das soeben Gehörte später mit den beiden besprechen würde. »Alle bereit?«, fragte er, worauf Hannah und Byrne zustimmend nickten. »Dann los«, ergänzte er, und sie verließen das Gasthaus durch die Eingangstür.

Der Regen hatte während ihres Aufenthaltes im Gasthaus nachgelassen, doch lag nun dichter Nebel auf den Straßen. Der Boden war von Pfützen gesprenkelt und so entschieden sie sich, das Stück zum Friedhof zu Fuß zu gehen. Sie nahmen einen Weg, der vom Gasthaus in Richtung des Krematoriums leicht bergauf führte. Bereits nach wenigen Metern mussten sie ihre Taschenlampen einschalten, um etwas sehen zu können, doch aufgrund des dichten Nebels beschränkte sich ihre Sichtweite dennoch auf wenige Meter.

Obwohl der Weg nur eine geringe Steigung hatte, merkten sie, wie ihre Ausdauer nachließ. Ihre müden Glieder und vollen Mägen waren nicht gerade vorteilhaft für eine nächtliche Wanderung. Nach einer knappen halben Stunde erreichten sie den Zaun des Friedhofsgeländes und standen vor einem kleinen Türchen, das sich auf der gegenüberliegenden Seite des Haupteinganges befand, von dem aus sie tagsüber gekommen waren. Sie öffneten den unverschlossenen Hintereingang und betraten das Gelände des Krematoriums.

»Ich würde sagen, wir arbeiten uns von unten nach oben durch«, schlug Hannah vor. »Aber dieses Mal bleiben wir zusammen.«

Byrne zog ein Notizbuch aus seinem Rucksack und sie begannen damit, eine grobe Skizze des Geländes zu zeichnen, in dessen Mitte sich das Hauptgebäude befand. Mit kreisförmigen Linien markierten sie die verschiedenen Reihen von Grabsteinen, die sich trichterförmig über das gesamte Gelände bis hoch zum Haus zogen. Jeder von ihnen zeigte den anderen, wo genau sich die Grabsteine befinden, die sie tagsüber gefunden hatten. Liam versuchte, den Standort möglichst genau in die selbstgezeichnete Karte einzutragen.

Hin und wieder schreckten sie auf, da die nächtlichen Geräusche durch den Nebel viel bedrohlicher wirkten, als ohnehin schon. Byrne konnte sich kaum noch konzentrieren und suchte bei jedem Geräusch in der Dunkelheit nach dessen Ursache, ohne fündig zu werden.

Nach einiger Zeit hatten sie die meisten Grabsteine auf der Karte markiert und kamen dem Haupthaus auf der Hügelspitze immer näher. Als sie am letzten, ihnen bekannten Grabstein direkt vor dem Krematoriumsgebäude ankamen, schauten alle drei auf die von Liam angefertigte Karte. »Die Anordnung sieht irgendwie ziemlich willkürlich aus, oder erkennt jemand von euch etwas darin?«, fragte Byrne, während sie weiter auf den Zettel starrten.

»Vielleicht lässt sich ein Muster erkennen, wenn man die Punkte irgendwie miteinander verbindet«, überlegte Liam und drehte die Karte langsam gegen den Uhrzeigersinn.

»Vielleicht ein Pentagramm oder so etwas in der Art?«, warf Hannah ein.

»Oder es hat doch nichts mit der Anordnung der Grabsteine zu tun«, sagte Liam langsam, während er weiter nachdachte.

»All das muss irgendeine Bedeutung haben, wieso macht sich sonst jemand solch eine Arbeit«, sagte Hannah aufgebracht und verlor mittlerweile jede Geduld.

»Vielleicht waren es wirklich nur irgendwelche bescheuerten Jugendlichen, all das ergibt bis jetzt absolut keinen Sinn«, sagte Byrne. »Lasst uns zurückgehen und uns ins Bett hauen, morgen sieht die Welt schon wieder anders aus.«

Als sich auch Liam keinen Reim mehr darauf machen konnte, was all das zu bedeuten hatte, stimmte er Byrne zu: »Er hat recht, wir haben sämtliche Standorte markiert, mehr können wir für heute nicht tun. Lasst uns schlafen gehen.«

Sie waren kaum ein paar Schritte bergab in Richtung Hinterausgang gegangen, als Liam abrupt stehen blieb und die anderen beiden neben sich mit jeweils einem Arm ebenfalls zum Stehen brachte.

»Was ist los?«, fragte Hannah.

»Da vorne steht jemand in der Dunkelheit«, sagte er leise. Und tatsächlich, als Hannah und Byrne aufschauten, stand da eine schwarz gekleidete Person regungslos im Mondschein, umhüllt von leichten Nebelschwaden, und starrte bedrohlich in ihre Richtung.

»Fuck!«, keuchte Byrne erschrocken, dem die Nackenhaare sofort zu Berge standen. Der Mann war keine zwanzig Meter von ihnen entfernt, doch stand er genau zwischen ihnen und dem kleinen Türchen auf der Rückseite des Friedhofs, durch das sie gekommen waren.

»Wer sind Sie?«, rief Liam und leuchtete ihn mit seiner Taschenlampe direkt an. Sein Gesicht war kreidebleich und seine Augen wirkten pechschwarz. »Was wollen Sie?«, rief Liam erneut, als der Mann keine Regung zeigte. Alle drei starrten ihn einen Moment lang an, als dieser plötzlich zu grinsen begann. Es war ein grauenvolles, von Wahnsinn geprägtes Grinsen, ähnlich wie das eines gruseligen Clowns.

»Shit, was machen wir jetzt?«, fragte Hannah panisch, während sie sich mit aller Kraft an Liams Arm klammerte.

»Geht langsam zurück, wir nehmen den anderen Ausgang!«, sagte Liam. »Lasst ihn nicht aus den Augen und wenn ich es euch sage, rennt so schnell ihr könnt.«

Doch bevor er den Satz beenden konnte, hatte sich Byrne bereits umgedreht und seine Schritte stark beschleunigt.

»Bleib ruhig Hannah, es ist nur ein einziger«, flüsterte Liam, da sie sich noch immer fest an ihn klammerte. Beide gingen langsam zurück und schauten weiter auf den Mann, der sie unentwegt grinsend anstarrte, sich jedoch nicht bewegte. Als sie weit genug entfernt waren, drehten auch sie sich um und rannten Byrne hinterher, der schon ein ganzes Stück vor ihnen in Richtung Haupteingang unterwegs war. Zu Liams und Hannahs Verwunderung holten sie Byrne am Krematoriumsgebäude auf der Hügelspitze ein. Byrne war schlagartig stehen geblieben und rührte sich keinen Schritt mehr.

»Was ist los? Komm schon, wir sollten abhauen«, sagte Liam und zog ihn am Ärmel. Doch Byrne hob nur langsam seinen rechten Arm und deutete in Richtung Haupteingang. Liam stockte der Atem, als er sah, dass von dort aus drei weitere Gestalten den Weg hinauf auf sie zukamen. Er bemühte sich trotz der Panik, die in ihm hochstieg, ruhig zu bleiben. »Sucht nach einem Ausgang!«, wies er die anderen beiden an, die sich daraufhin in alle Richtungen umschauten. Doch durch den Nebel und die Dunkelheit war es fast unmöglich, weitere Türen am hohen Zaun auszumachen.

»Lasst uns da lang gehen, zur Not klettern wir über den Zaun«, sagte Hannah und zeigte in die Richtung, die genau zwischen den Personen vom Haupttor und der, vom Hintereingang lag. Sie hasteten an den vielen Grabsteinen vorbei und hielten auf halber Strecke wieder an. Jetzt konnte auch Liam Angst nicht mehr zurückhalten. Nach und nach sahen sie um sich herum weitere Personen langsam aus dem Nebel herauskommen. Offenbar hatten sie das gesamte Gelände umstellt und zogen den Kreis langsam enger, ohne einen Fluchtweg offen zu lassen.

»Das müssen Dutzende sein«, wimmerte Byrne. »Was um Gottes Willen sollen wir jetzt machen?«

»Wir müssen zurück zum Hauptgebäude, kommt schon!«, rief Liam und alle drei hasteten den Hügel wieder hoch. »Wir müssen da irgendwie rein«, sagte er, als sie vor dem verschlossenen Gebäude standen. Doch die Tür war fest verschlossen. »Byrne, such nach einem Fenster, durch das wir reinkommen können, und Hannah, ruf die Polizei an und gib uns Bescheid, wenn diese Typen hier sind!«

Während Liam weiter versuchte, die Tür einzutreten, rief Byrne sie von der anderen Seite des Gebäudes heran: »Hier ist was, kommt her!«

Sofort rannten sie um das Haus herum zu Byrne, der ein angeklapptes Fenster hinter einem Busch weiter oben entdeckt hatte. »Das bekommen wir auf, los, hilf mir mal«, sagte er und Liam half ihm zum Fenstersims hoch. Nach wenigen Augenblicken hatte Byrne das Fenster aus den Angeln gerissen und kletterte mit dem Kopf voran hinein. Gleich danach half Liam Hannah hinauf und zum Schluss zog Byrne ihn an seiner Hand hinterher. Als es alle drei endlich ins Gebäude geschafft hatten, befanden sie sich in vollkommener Dunkelheit.

»Hockt euch hin und keinen Mucks!«, wies Liam die anderen beiden an. Sofort kauerten sie sich mit dem Rücken zur Wand direkt unter dem Fenster, durch das sie hineingeklettert waren. Regungslos saßen sie da und lauschten angestrengt jedem Geräusch, das sie durch das offene Fenster über ihnen wahrnehmen konnten. Zuerst war alles still und nur ihre eigenen aufgeregten Atemgeräusche waren zu hören.

Doch dann näherten sich leise Schritte dem Haus und schlichen langsam und bedrohlich um das Gebäude herum. Ihnen tropfte der Angstschweiß von der Stirn und sie fühlten sich wie Tiere in einer Falle. Dann hörten sie Schritte direkt auf der anderen Seite des aufgebrochenen Fensters hinter ihnen, die prompt verstummten. Jemand musste ihren Zugang zum Haus bemerkt haben, denn die Person schien nicht weiter zu gehen.

Auf einmal hallte ein lautes Bummern durch den Raum und ihr Herz schlug bis zum Hals. Offenbar versuchten die Angreifer, sich durch die Vordertür Zutritt zu verschaffen.

»Was machen wir jetzt?«, flüsterte Byrne mit zittriger Stimme.

»Wenn sie kommen, stellen wir uns Rücken an Rücken in die Mitte des Raumes. Schlagt mit euren Taschenlampen zu oder mit dem, was ihr zur Hand habt«, sagte Liam und bemühte sich, tapfer zu klingen. Er wusste, es gab keinen Ausweg mehr und ihre letzte Chance bestand nun darin, zu kämpfen. Sie mussten jetzt Stärke beweisen und wenn das ihr Ende war, dann würden sie nicht kampflos untergehen.

»Die Polizei ist schon auf dem Weg, wir müssen nicht mehr lange durchhalten«, sagte Hannah mit hoher Stimme, als das Bummern immer lauter wurde. Ein lauter Knall ließ sie zusammenzucken.

»Sie haben die Tür aufbekommen«, rief Liam. »Macht euch bereit!«

Sie schalteten ihre Taschenlampen ein und sprangen auf, zur Mitte des Raumes. Es war ein großer, mit weißen Fliesen gekachelter Raum, in dessen Mitte zwei große Seziertische standen. Es gab zwei Türen, auf jeder Seite des Raumes. »Hannah, du bleibst hinter uns«, sagte Liam. »Byrne, du nimmst die hintere Tür und ich nehme die andere. Leuchtet ihnen in die Augen, vielleicht blendet sie das!«

»Liam, hier liegen Werkzeuge!«, sagte Byrne und warf ihm eine metallisch glänzende Stange zu, deren Zweck sie nicht kannten. Er selbst nahm sich einen kleinen silbernen Hammer, der etwas filigraner war als ein richtiger Hammer. Hannah schaute sich um und griff nach einem Skalpell, das in einer Schale auf einem der Tische lag. »Sollen sie kommen, ich zeige denen, was es heißt, sich mit einem Iren anzulegen!«, rief Byrne, der all seinen Mut zusammennahm.

Nur noch ein kurzer Augenblick und dann geschah es, die erste der beiden Türen wurde mit voller Wucht aufgestoßen. Mehrere Personen stürmten unter lautem Gebrüll in den Raum und blieben kurz hinter der Türschwelle stehen. Byrne und Liam stießen einen Kampfschrei aus und wollten gerade zum ersten Schlag ausholen, da brüllte jemand durch den Raum: »Polizei, lassen Sie sofort die Waffen fallen!«

Die beiden Jungs hielten abrupt inne, ließen ihre provisorischen Waffen jedoch nicht fallen. Wild atmend und voller Adrenalin musterten sie mit weit aufgerissenen Augen die drei Personen, die mit gezogener Waffe im Raum standen und sie erkannten tatsächlich Polizeiuniformen. »Waffen fallen lassen!«, wiederholte einer der Männer mit einer tiefen Stimme.

»Liam nicht, das ist ein Trick!«, rief Byrne. »Diese Typen haben sich nur verkleidet, das sind keine echten Polizisten!«, flehte er Liam an, als dieser langsam die Metallstange in seiner Hand senkte und einen Schritt näher herantrat.

»Was? Wie?«, stammelte Liam vor sich hin. »Wie konnten Sie so schnell hier sein?«, sprach Hannah Liams verwirrte Gedanken aus.

»Doch die Polizisten zeigten keine Regung. Sie behielten die Pistolen weiter im Anschlag und rührten sich nicht. »Senkt die Waffen, Männer, ich kenne diese Jugendlichen«, sagte ein vierter Beamter, der soeben in den Raum gekommen war.

»Inspector Connor?«, rief Hannah verdutzt. »Was machen Sie denn hier?«

»Das sollte ich eigentlich Sie fragen, aber zuerst folgen Sie mir nach draußen!«, antwortete Mr. Connor. Alle drei waren so perplex, dass sie sich vorerst nicht rührten. »Alles ist gut, Sie sind außer Gefahr«, ergänzte er, als er sah, wie ungläubig sich die drei gegenseitig anschauten. »Ihr zwei sucht die restlichen Räume ab«, wies er die beiden Beamten hinter ihm an, während sie zusammen mit dem dritten Polizist nach draußen gingen.

»Da haben Sie sich ja wieder ganz schön was eingehandelt«, begann Inspector Connor das Gespräch, als sie wieder draußen vor dem Gebäude standen.

»Wir können alles erklären, Inspector«, warf Hannah sofort ein, die nun, genau wie die anderen beiden, unfassbar erleichtert war.

»Wo sind die schwarzen Männer hin?«, unterbrach Liam die beiden, während er sich umsah.

»Die sind geflohen, kurz bevor wir hier eingetroffen sind. Die sind verdammt gut organisiert, hatten wohl einige Späher im Umkreis postiert«, sagte Inspector Connor, während auch er sich umsah.

Liam und Byrne schauten sich an. »Sie haben keinen einzigen von denen erwischt?«, fragte Byrne ungläubig.

»Einige unserer Beamten haben die Verfolgung aufgenommen. Wir hoffen, dass wir heute Nacht noch Ergebnisse erzielen können«, sagte Inspector Connor scharf. »Aber nun zu Ihnen, erklären Sie mir bitte, was genau Sie hier zu suchen haben.«

Alle drei schauten sich unsicher an, ehe Hannah das Wort ergriff: »Ich hatte Ihnen doch von den Vorkommnissen erzählt, die hier stattgefunden haben. Uns hat das alles keine Ruhe mehr gelassen, und wir wollten uns die Sache einmal näher anschauen. Ich weiß, wir sollten uns in keine polizeilichen Angelegenheiten mehr einmischen, allerdings wollten wir uns hier auch nur einmal umsehen.«

»Wir haben keine polizeilichen Angelegenheiten behindert und wir leben in einem freien Land, Sie können uns nicht verbieten, wohin wir gehen und wohin nicht«, warf Byrne trotzig ein und Mr. Connor musterte ihn ernst.

»Da haben Sie recht, doch es geht mir auch um Ihre Sicherheit. Wer weiß, was passiert wäre, wenn wir nicht rechtzeitig hier aufgetaucht wären.«

Byrne dachte darüber nach und senkte daraufhin den Blick.

»Wie konnten Sie überhaupt so schnell hier sein?«, wollte Liam wissen.

»Sagen wir es mal so, wir waren in Alarmbereitschaft.«

Alle drei schauten ihn mit offenen Mündern an.

»Es mag Sie vielleicht überraschen, aber wir von der Polizei ermitteln ebenfalls zu diesem Fall«, sagte er mit einem ironischen Unterton. »Wir haben vermutet, dass diese Gruppe hier irgendwo demnächst wieder zuschlagen wird. Und ich habe ebenfalls vermutet, dass Sie herkommen würden«, sagte er und alle drei mieden seinen Blick. »Aber wie dem auch sei. Ich muss zugeben, in diesem Fall war es vielleicht sogar von Vorteil für uns.«

»Wieso denn das?«, fragte Byrne verwundert.

»Weil Sie uns quasi direkt auf ihre Spur geführt haben.«

Die drei Freunde schauten sich wieder einmal fragend an.

»Ich dachte, Sie haben niemanden von denen erwischt?«, sagte Liam.

»Das stimmt, allerdings können wir ihnen dieses Mal eine direkte Straftat nachweisen und wir werden mit Sicherheit Spuren finden, die uns weiterhelfen.«

»Wie meinen Sie das?«, wollte Liam wissen.

»Nun ja, bis jetzt haben sie sich mehr oder weniger bedeckt gehalten. Wir konnten ihnen noch keine tatsächliche Straftat anhängen, da sie stets verschwunden waren, bevor wir eintrafen, und sie haben auch keine Spuren hinterlassen. In der Lagerhalle zum Beispiel haben sie sämtliche Spuren sorgfältig beseitigen können, weil sie die Zeit dazu hatten. Hier und jetzt mussten sie schlagartig verschwinden und ich habe bereits die Spurensicherung angefordert. Ich bin mir sicher, wir werden etwas finden.«

»Das ist ja alles schön und gut, aber ich dachte, das hier ist ein öffentliches Gelände. Was für eine Straftat können Sie denen jetzt nachweisen?«, wollte Hannah wissen.

»Da wären einige: Bedrohung, Landfriedensbruch, Nötigung, Flucht vor der Staatsgewalt, und mehrere Beamte können das Ganze bezeugen. Das sind die Beweise, die wir brauchen, um weiteres veranlassen zu können.«

»Und was wollen Sie jetzt veranlassen?«, fragte Liam.

»Ich kann Ihnen dazu leider nicht mehr sagen, da es sich um laufende Ermittlungen handelt. Aber nach allem, was wir bis jetzt herausgefunden haben, ist die Sache größer als vorerst angenommen. Ich nehme an, Sie haben hier in der Nähe eine Bleibe gefunden. Ich bitte Sie, diese aufzusuchen und heute nicht mehr das Bett zu verlassen. Morgen rufe ich Sie an und gebe ihnen Bescheid, wie es weitergeht.« Inspector Connor wies alle weiteren Versuche ab, Fragen stellen zu können. Er befahl dem Polizisten neben ihm, die drei in ihre Unterkunft zu fahren und die Nacht dort Wache zu halten.

Am Gasthaus angekommen, war es still geworden. Der Speisesaal neben dem Eingangsbereich war dunkel und leer. Nur die Empfangsdame war noch da und wünschte ihnen einen guten Abend. Als sie die Treppe hoch zu ihren Zimmern stiegen, schossen Liam unfassbar viele Gedanken durch den Kopf und da alle drei noch viel zu aufgewühlt waren, um gleich schlafen zu gehen, begleitete Hannah sie noch in das Zimmer der beiden Jungs. Sie zogen die Vorhänge zu und schlossen die Tür von innen ab.

»Da sind wir aber um Haaresbreite entkommen«, sagte Byrne, als er sich auf das Bett fallen ließ. Liam setzte sich daneben und Hannah ließ sich auf dem Sessel in der Zimmerecke nieder. Das Zimmer hatte eine ebenso gemütliche Atmosphäre wie der Saal unten, es war nur um einiges kleiner. Doch auch hier stützten Holzbalken die Decke ab und der Boden bestand aus dunklem Eichenholz.

»Wie konnten diese Typen so schnell verschwinden?«, überlegte Liam.

»Das frage ich mich auch, scheinbar sind sie wirklich verdammt gut organisiert«, erwiderte Hannah.

»Ich staune, dass Inspector Connor uns nicht die Hölle heiß gemacht hat«, sagte Byrne trocken.

»Das hat mich auch gewundert, aber wer weiß, was da noch kommt«, antwortete Liam.

»Aktuell bin ich einfach froh, am Leben zu sein«, sagte Byrne zufrieden. »Ich weiß, das klingt verrückt, aber ich habe mich in dem Moment, als wir auf diese Penner gewartet haben, so lebendig gefühlt wie nie zuvor«, ergänzte er.

»Das hat man gemerkt«, sagte Liam lächelnd.

»Aber wie konnten die schon wieder wissen, dass wir da sind?«, sagte Hannah. »Beobachten die uns die ganze Zeit?«

In diesem Moment fiel Liam ein, was er zuvor an der Bar im Saal gehört hatte. »Wildkameras«, sagte er plötzlich.

»Was?«, fragte Byrne stirnrunzelnd.

»Ich habe heute im Saal zwei Männer reden hören, die sagten, hier wurden überall in der Gegend Wildkameras gefunden. Solche, die eigentlich zum Jagen verwendet werden.«

Byrne und Hannah schauten ihn mit großen Augen an. »Willst du damit sagen, diese komische Sekte beobachtet uns mit solchen Kameras?«, fragte Byrne angewidert.

»Ich weiß es nicht«, antwortete Liam nachdenklich. »Aber möglich wäre es.«

»Aber woher wussten sie, dass wir hierherkommen würden und wo sie die Kameras anzubringen hatten?«, warf Hannah ein.

»Vielleicht wussten sie es nicht. Es wäre möglich, dass wir zufällig in ihr Netz gegangen sind«, antwortete Liam.

»Oder sie haben uns eine Falle gestellt«, überlegte Hannah.

»Wie meinst du das?«, fragte Byrne.

»Überlegt doch mal, sie wissen seit geraumer Zeit, dass wir ihnen hinterher spionieren. Vielleicht haben sie absichtlich die Grabsteine beschmiert, weil sie wussten, wir würden hierherkommen. Zumal es nicht weit weg von Lancaster passiert ist, das würde alles zusammenpassen.«

»Wenn das tatsächlich so ist, sind wir in größerer Gefahr, als wir dachten«, antwortete Liam.

»Aber jetzt, wo die Polizei intensivere Maßnahmen einleitet, wird es doch hoffentlich nur eine Frage der Zeit sein, bis sie geschnappt werden. Meint ihr nicht auch?«, fragte Byrne hoffnungsvoll.

»Ganz ehrlich, auf die Polizei würde ich mich nicht verlassen«, erwiderte Liam. »Bis jetzt waren sie immer zu spät und ich bin mir nicht sicher, ob Inspector Connor uns tatsächlich nichts über laufende Ermittlungen sagen kann, oder ob er in Wirklichkeit noch gar nichts vorzuweisen hat. Bis jetzt waren wir der Polizei immer einen Schritt voraus und ich denke, das ist schon mehr als peinlich.«

Byrne und Hannah schauten nachdenklich an die Zimmerdecke. »Schon ein komisches Gefühl, wenn nicht mal auf die Polizei Verlass ist«, sagte Byrne.

»Lasst uns abwarten, was Connor uns morgen sagen wird. Dann sehen wir weiter«, schlug Hannah vor und verließ das Zimmer, nachdem sie beiden eine gute Nacht wünschte. Byrne und Liam redeten noch eine Weile über die Geschehnisse und stellten allerlei verrückte Theorien über die Methoden ihrer Verfolger an, ehe auch sie die Augen schlossen und einschliefen.

Kapitel 9: Ein neues Gesicht

Am nächsten Morgen klopfte es, noch bevor die Sonne richtig aufgegangen war, an der Tür der beiden Jungs. Liam öffnete verschlafen die Augen und brauchte einen Moment lang, um zu realisieren, wo er sich eigentlich befand. Er raffte sich auf und zog sich ein T-Shirt über, ehe er zur Tür ging und sie öffnete. Zu seiner Verwunderung stand nicht, wie er erwartet hatte, Hannah davor, sondern Chief Inspector Connor.

»Guten Morgen, Mr. Williams. Könnte ich Sie alle drei einmal sprechen?«

Liam schaute ihn verschlafen an und nickte.

»Wir treffen uns in fünf Minuten unten an der Rezeption«, sagte er und ging davon.

Liam weckte Byrne und als Hannah ein wenig später vor ihrer Tür stand, gingen sie gemeinsam hinunter zum Empfangsbereich, wo Mr. Connor bereits auf sie wartete.

»Guten Morgen«, begrüßte er die drei und bat sie in den Speisesaal, der um diese Zeit noch fast leer war. Lediglich zwei Montagearbeiter frühstückten in der Ecke des Raumes. Inspector Connor geleitete sie an einen Tisch, auf dem bereits ein üppiges Frühstück vorbereitet war und nachdem sie sich gesetzt hatten, begann Byrne sofort zu essen.

»Bitte, greifen Sie zu«, sagte er auch zu Hannah und Liam, die noch keinen besonders großen Hunger hatten. »Ich muss mich entschuldigen, Sie so zeitig geweckt zu haben. Allerdings muss ich gleich nach Lancaster zurück und ich wollte Sie noch persönlich über die Erfolge der letzten Nacht unterrichten.«

»Welche Erfolge?«, wollte Liam wissen.

»Wir haben zwei der Täter geschnappt«, sagte Mr. Connor.

Sofort schauten alle drei auf und schlagartig waren sie hellwach. »Sie haben was?«, fragte Hannah völlig überrascht.

»Wie ich Ihnen gestern mitteilte, haben mehrere unserer Beamten letzte Nacht die Verfolgung aufgenommen und konnten zwei der Täter wenig später an einem Bahnhof überführen. Sie wurden festgenommen und befinden sich aktuell in Polizeigewahrsam.«

Das erste Mal seit einer gefühlten Ewigkeit durchströmten Hoffnung und Zuversicht die drei Freunde. »Das ist ja zur Abwechslung mal eine richtig gute Nachricht, dann werden sie den Rest ja sicher auch bald hinter Gittern haben«, sagte Byrne euphorisch.

»Das wäre wünschenswert, allerdings muss ich Ihnen auch sagen, dass die beiden bis jetzt kein einziges Wort gesagt haben. Wir können die beiden noch ein paar Tage verhören, aber sollten sie weiter schweigen, können wir nur auf die Ergebnisse der Spurensicherung hoffen.«

Sofort verflog das gute Gefühl der drei wieder, was ihre verständnislosen Gesichter auch direkt zum Ausdruck brachten.

»Das verstehe ich nicht«, sagte Hannah enttäuscht. »Sie haben doch gesagt, mehrere Beamte waren Zeuge der Vorfälle?«

»Das ist richtig, wir waren Zeuge mehrerer Straftaten, die sie als Gruppe begangen haben. Jetzt müssen wir den beiden entweder eine Zugehörigkeit zur Gruppe nachweisen, oder beweisen, dass die zwei Männer tatsächlich in dieser Nacht vor Ort waren. Dies geht nur mit DNA-Spuren, Fingerabdrücken oder Ähnlichem. Aber auch das wäre eventuell nur ein Indiz und kein Beweis, da es sich beim Tatort um ein öffentliches Gelände handelt. Rein theoretisch hätten sie dort auch an einem anderen Tag aus einem ganz anderen Grund sein können.«

»Dann weiß ich nicht, warum sie das als gute Nachricht verbuchen«, sagte Liam frustriert. »Wenn die beiden nicht bald reden, müssen Sie sie doch wieder frei lassen, richtig?«

Inspector Connor nahm einen großen Schluck aus seinem Kaffeebecher. »Das ist richtig. Sollten wir ihnen keine Beteiligung nachweisen können, müssen wir sie wieder laufen lassen. Aber das wäre der schlimmste Fall. Momentan sieht es so aus, dass wir zwei Verdächtige gefasst haben, und wir sind zuversichtlich, sie auch verurteilen zu können. Mehr noch, wir hoffen, an die Informationen zu gelangen, die wir brauchen, um die Gruppe als kriminelle Vereinigung zu verbieten. Dazu müssen wir wissen, wer dazugehört, und wer die

Hintermänner sind. Außerdem ist uns noch nicht ganz klar, welchen Zweck diese Gruppe verfolgt und warum sie hinter Ihnen her ist.«

»Was würde es bringen, wenn sie als kriminelle Vereinigung eingestuft wird?«, wollte Hannah wissen.

»Eine ganze Menge, dann haben wir freie Hand bei der Bekämpfung der Gruppe. Wir bräuchten keine langen Antragsverfahren mehr bei Hausdurchsuchungen, wir könnten ihre Telefone abhören und so weiter. All das ist momentan noch kaum möglich, da auch diese Leute Rechte haben.«

»Na, dann hoffen wir mal, dass Sie das bald hinbekommen«, sagte Byrne.

»Seien Sie vergewissert, wir setzen alles daran.«

»Und wie geht es jetzt für uns weiter?«, fragte Liam.

»Gut, dass Sie das ansprechen«, entgegnete Inspector Connor. »Sollten wir Erfolg bei dem Verhör haben und es stellt sich heraus, dass Ihnen gegenüber tatsächlich eine akute Gefahr besteht, können wir für Sie so lange Personenschutz beantragen, bis die Täter verurteilt sind.«

»Und wie würde dieser Personenschutz aussehen?«, fragte Hannah.

»Die Art und der Umfang der Schutzmaßnahmen werden nach einer individuellen Gefährdungsanalyse bestimmt, aber im Prinzip sieht es so aus, dass sie dann zu jeder Tag- und Nachtzeit beschützt werden.«

Hannah warf Liam und Byrne einen vielsagenden Blick zu. »Ich denke, keiner von uns ist scharf darauf, auf Schritt und Tritt verfolgt zu werden«, sagte Byrne und sprach damit aus, was auch die anderen beiden dachten.

»Lassen Sie sich das bitte noch einmal in Ruhe durch den Kopf gehen und unterschätzen Sie die Situation nicht. Wie bereits erwähnt, wissen wir nicht, welchen Sinn und Zweck diese Gruppe verfolgt. Offensichtlich ist jedoch, dass sie Ihnen schaden will. Ich muss leider los, bitte lassen Sie sich das Frühstück schmecken.« Inspector Connor stand auf und schaute sie noch einmal ernst an. »Wenn ich Ihnen einen guten Rat geben kann, fahren Sie nach Hause und bleiben Sie da. Sie schweben alle in großer Gefahr, unterschätzen Sie das bitte nicht.«

Dann verließ er den Speisesaal und sie beobachteten durch das Fenster, wie er in den Wagen der Polizeistreife einstieg, die in der vergangenen Nacht vor ihrer Bleibe Wache geschoben hatte.

»Glaubt ihr, die beiden Verdächtigen werden auspacken?«, fragte Byrne.

»Im Leben nicht«, antwortete Liam in nüchternem Ton. »Wenn die Spurensicherung keine eindeutigen Beweise findet, sind die beiden in ein paar Tagen wieder frei.«

»Und dann war alles umsonst«, sagte Byrne ebenfalls mit geknickter Stimme.

»Lasst uns jetzt nicht gleich den Kopf in den Sand stecken, warten wir erst einmal ab, was passiert«, versuchte Hannah, die beiden zu ermutigen.

»Was haltet ihr von dem Vorschlag mit dem Personenschutz?«, wollte Byrne wissen, während er sich das dritte Brötchen schmierte.

»Absolut nichts«, sagte Hannah. »Ab dem Moment, wo wir Personenschutz bekommen, ist unser Leben quasi vorbei. Wir würden sämtliche Freiheiten aufgeben und rund um die Uhr von der Polizei bewacht werden. Und wer weiß, wie lange.«

»Ich sehe es auch so wie Hannah. Für mich ist das keine Option«, sagte Liam entschieden.

»Tja, dann müssen wir ihnen wohl vorher das Handwerk legen«, warf Byrne ein. »Und wie geht es jetzt weiter?«

»Ich weiß nicht, wie es bei euch aussieht, aber ich werde erst einmal nach Hause müssen. Meine Eltern haben schon mehrfach versucht, mich anzurufen, und mir gehen langsam die Ausreden aus, wo ich mich die ganze Zeit rumtreibe«, sagte Hannah.

»Und mir gehen langsam die Klamotten aus und außerdem haben wir nichts mehr zu Essen im Kühlschrank«, überlegte Byrne.

»Bei mir sieht es ähnlich aus, also lasst uns erst einmal nach Hause fahren. Es wird uns allen guttun, mal wieder im eigenen Bett zu schlafen«, entschied Liam.

Eine ganze Weile saßen sie noch am Frühstückstisch, ehe sie ihre Sachen packten und sich auf den Rückweg nach Lancaster machten. Auch dieser Tag begann recht trüb, doch da es dieses Mal nicht regnete, kam ihnen der Weg zurück wesentlich kürzer vor. Nach etwas mehr als einer Stunde erreichten sie Lancaster und nachdem sie Hannah nach Hause gebracht hatten, trennten sich auch die beiden Jungs. Nachdem Hannah die Haustür aufschloss, wurde sie von ihrer Mutter überrascht, die eilig den Flur auf sie zu gerannt kam. »Hannah, wo zum Teufel warst du?«, rief sie aufgebracht.

Hannah, die mit einer solchen Begrüßung nicht gerechnet hatte, wusste vorerst nicht, was sie ihr antworten sollte. Sie starrte ihre Mutter an und brachte kein Wort heraus.

»Hier war so ein komischer Polizist, der sagte, du wirst von irgendwelchen Leuten bedroht?«, erklärte sie panisch.

»Inspector Connor war hier?«, fragte Hannah verwirrt.

»Ja, so hieß er. Ich sagte ihm, das muss ein Missverständnis sein. Ich dachte, du bist bei deinem Praktikum. Was um Himmels Willen ist denn los?«

Hannah sah die blanke Furcht in den Augen ihrer Mutter. »Ich erkläre dir alles. Komm, lass uns ins Wohnzimmer gehen«, sagte sie ruhig und ihre Mutter folgte ihr den Flur entlang. Nachdem sie sich auf die große Couch gesetzt hatten, begann Hannah ihrer Mutter von den Vorfällen bei der Hütte im Wald zu erzählen. Dabei achtete sie stets darauf, alles möglichst harmlos klingen zu lassen. Sie wusste, wenn ihre Mutter jetzt noch mehr in Panik geriet, würde sie eine lange Zeit kein Tageslicht mehr zu sehen bekommen. Sie erzählte ihrer Mutter von den wichtigsten Ereignissen, ohne die wirklich gefährlichen Situationen zu erwähnen. Ihre Mutter hörte ihr aufmerksam zu, bis Hannah zu Ende erzählt hatte.

»Ich wollte nicht, dass ihr euch Sorgen macht und wir haben auch sofort die Polizei informiert«, sagte sie abschließend.

Ihre Mutter schaute sie besorgt an. »Liebling, du weißt doch, dass du uns alles erzählen kannst.«

Hannah schaute sie betrübt an: »Ich weiß, Mama, tut mir wirklich leid.«

Ihre Mutter nahm sie in den Arm und drückte sie fest, ehe sie das Wort ergriff: »Ich weiß, das wird dir nicht gefallen, aber ich möchte, dass du vorerst zu Hause bleibst.«

Hannah schaute sie an und bereute zugleich ihre Offenheit. »Wie lange soll ich denn hier eingesperrt bleiben?«, fragte sie deprimiert.

»Schatz, du kannst froh sein, dass dein Vater noch nichts davon weiß. Wenn er das herausbekommt, wirst du hierbleiben müssen, bis du volljährig bist«, sagte ihre Mutter mit einem ernsten Unterton. »Ich möchte nur, dass du ein paar Tage zu Hause bleibst, bis das alles geklärt ist. Und deinem Vater sagen wir erst einmal nichts davon.«

»Und was, wenn er das irgendwie herausbekommt?«, fragte Hannah.

»Das lass mal meine Sorge sein«, antwortete ihre Mutter. »Aber du musst mir versprechen, hier zu bleiben, ganz egal was kommt.«

Hannah überlegte einen Moment lang, was das für sie und die anderen bedeuten würde. Doch hatte sie vorerst keine Wahl. »Ja, versprochen«, sagte sie und wusste, sie würde dieses Versprechen mit Sicherheit bereuen.

Deprimiert ging Hannah die Treppe hoch in ihr Zimmer, schloss die Tür und ließ sich in ihr großes Bett fallen. Auch wenn sie keine Ahnung hatte, wie sie den beiden Jungs erklären sollte, dass ihre gemeinsamen Nachforschungen erst einmal vorbei waren, war es dennoch ein unglaublich schönes Gefühl, wieder im eigenen Bett zu liegen. Sie dachte über die vergangene Nacht nach und darüber, dass sie eigentlich noch recht gut davongekommen war, was ihre Mutter anging. Aber dass Inspector Connor ohne Ankündigung vor ihrer Haustür gestanden und ihrer Mutter alles erzählt hatte, was vorgefallen war, machte sie wütend. Zumal sie ihn erst vor weniger als zwei Stunden gesehen hatten und er mit keinem Wort erwähnt hatte, was er vorhatte.

Hannah nahm ihr Telefon aus der Hosentasche und schrieb in den gemeinsamen Gruppenchat, was vorgefallen war. Zuerst kam keine Antwort von den beiden Jungs, doch wenig später stellte sich heraus, dass Inspector Connor auch ihren Familien einen Besuch abgestattet hatte.

»Sollen wir diese miesen Verräter anrufen?«, schrieb Byrne.

»Also, ich werde kein Wort mehr mit dem reden«, antwortete Liam. *»Er hat unser Vertrauen missbraucht«, ergänzte* er.

»Wie haben eure Familien reagiert?«, wollte Byrne wissen.

»Ich befinde mich erst einmal in familiärem Gewahrsam«, schrieb Hannah.

»Bei mir war keiner zu Hause, Connor hat aber einen Brief dagelassen«, schrieb Byrne. *»Der wird es leider nur bis zum Mülleimer schaffen«*, fügte er mit einem grinsenden Smiley hinzu.

»Mein Vater war zu Hause. Ich habe ihm erklärt, worum es geht. Er war erst etwas aufgebracht, hatte sich aber dann schnell wieder beruhigt«, schrieb Liam.

»Na toll, und was machen wir jetzt?«, schrieb Byrne.

»Ich kann erst einmal gar nichts mehr machen. Wenn meine Mutter das alles meinem Vater erzählt, bin ich den restlichen Sommer hier gefangen«, antwortete Hannah.

»Lasst uns später mal telefonieren, vielleicht fällt uns etwas ein«, schrieb Liam und beendete damit die Unterhaltung.

Hannah war von den Ereignissen so erledigt, dass sie wenig später noch einmal einschlief. Es war ein tiefer, traumloser Schlaf und als sie ein paar Stunden später aufwachte, war es später Nachmittag. Die Sonne drängte sich hin und wieder durch den wolkenverhangenen Himmel und goldene Lichtstrahlen durchfluteten ihr Zimmer. Eine Weile starrte sie verträumt und gedankenverloren an ihre Zimmerdecke, als plötzlich ihr Telefon auf dem Nachttisch neben ihr vibrierte.

Sie warf einen Blick drauf und sah Liams Namen aufleuchten. Als sie abhob, sprach Liam sehr schnell: »Hannah, kannst du kurz rauskommen? Ich stehe mit Byrne vor deiner Haustür«, sagte er und klang dabei recht besorgt.

»Ähm, ja, wartet kurz«, sagte sie etwas überrascht und ging die Treppe hinunter. Vorsichtig schaute sie in das leere Wohnzimmer und erkannte durch die großen Terrassenfenster, dass ihre Mutter gerade draußen im Garten arbeitete. Sie ging zurück in den Flur und öffnete die Haustür. Noch bevor sie etwas sagen konnte, stürmte Liam gefolgt von Byrne hinein und beide begannen auf Hannah einzureden.

»Oliver ist in Gefahr!«, sagte Liam hastig. »Er hat mich vorhin angerufen und meinte, er wurde in London angegriffen.«

»Was?«, fragte Hannah und blickte fragend von einem zum anderen.

»Er hat gesagt, diese Typen sind ihm nach London gefolgt und haben ihm dort aufgelauert«, erklärte Liam. »Wir müssen sofort dahin!«

Hannah schaute die beiden an und versuchte, das Gehörte einzuordnen. »Jungs, ich habe euch doch geschrieben, was los ist. Ich kann hier erst einmal nicht weg, ich habe es meiner Mutter versprochen«, sagte sie entschieden.

»Aber ohne dich ist es nicht dasselbe. Ich dachte, wir stehen das zusammen durch?«, sagte Byrne und senkte dabei den Kopf.

»Wenn ich jetzt verschwinde, wird meine Mutter eine Großfahndung nach mir auslösen. Es tut mir wirklich leid, aber ich kann einfach nicht mitkommen.«

Liam verstand, dass es keinen Sinn mehr machte, weiter auf Hannah einzureden. Er sah ihr trauriges Gesicht und es zerriss ihm das Herz. »Kein Problem, ich fahre mit Byrne nach London und du gibst uns Bescheid, wenn hier irgendetwas passiert«, sagte er und legte dabei seine Hand auf ihre Schulter. »In ein paar Tagen sind wir wieder zurück, pass bis dahin bitte auf dich auf und wenn irgendetwas Seltsames passiert, ruf die Polizei.«

Für Hannah war es ein mehr als komisches Gefühl. Sie hatten in den letzten Tagen so vieles erlebt, so viele Gefahren gemeinsam bestritten und jetzt sollte sie allein zurückbleiben. Es fühlte sich so an, als ließe sie ihre Freunde im Stich. Doch wusste sie tief im Inneren, dass es fatal wäre, jetzt das Haus zu verlassen. Hannah sah Liam mit einem Blick an, wie sie ihn noch nie zuvor angesehen hatte.

Liam wusste nicht, was sie in diesem Moment dachte und fühlte, doch fühlte es sich für ihn so an, als wäre es ein Abschied auf Dauer. Einen kurzen Moment lang überlegte er ihr zu sagen, was in ihm vorging. Er hätte am liebsten zum Ausdruck gebracht, was er für sie empfand, doch er zögerte.

»Komm, wir müssen los«, sagte Byrne von der Seite und zog Liam am Arm. Er warf einen letzten Blick auf Hannah, ehe er sich umdrehte und beide aus der Tür hinaus verschwanden.

Als die Tür ins Schloss fiel, blieb Hannah wie angewurzelt stehen. Sie fühlte sich in diesem Augenblick so einsam wie schon lange nicht mehr. Ihre besten Freunde machten sich auf, um Oliver zu helfen, und sie konnte ihnen dieses Mal nicht beistehen.

»Und wie sollen wir nach London kommen?«, fragte Byrne, als sie gerade wieder auf ihre Mopeds stiegen.

»Ich denke, am schnellsten sind wir mit dem Zug«, antwortete Liam. »Pack dir das Nötigste ein und dann treffen wir uns um fünf am Bahnhof. Der letzte Zug müsste in einer halben Stunde abfahren.«

Liam raste so schnell er konnte nach Hause. Dort angekommen, tauschte er die gebrauchten Klamotten in seinem Rucksack durch frisch gewaschene Sachen aus seinem Schrank aus. Er schaute auf die Uhr und sah, dass er nur noch wenig Zeit hatte, bis der letzte Zug abfuhr. Damit sich sein Vater keine Sorgen machte, schrieb er ihm schnell einen Zettel und verpackte das Ganze so, dass er Oliver und dessen Vater in London besuchte, damit er der Gefahr hier aus dem Weg gehen konnte. Da sein Vater nicht wusste, dass die Verfolger bereits bis nach London gekommen waren, hielt er das für einen guten Plan. Er schloss die Haustür hinter sich, stieg auf sein Moped und fuhr so schnell wie möglich in Richtung Bahnhof.

Dort angekommen, stellte er seine Kreidler auf dem Parkplatz ab und eilte zum Gleis. Da Byrne scheinbar noch nicht da war, ging er zum Ticketautomaten, wo vor ihm eine ältere Dame Schwierigkeiten hatte, einen Fahrschein zu kaufen. Liam zeigte ihr, wie sie ein Ticket nach Birmingham buchen konnte und kaufte danach zwei Tickets nach London.

Am Gleis wartete bereits der Zug, vor dem sich viele Menschen tummelten. Manche verabschiedeten sich voneinander und andere schleppten schweres Gepäck, voller Vorfreude auf ihren anstehenden Urlaub. Liam schaute immer wieder nervös auf die große Uhr am Bahnhofsgleis. Es waren nur noch wenige Minuten, bis der Zug abfuhr, doch von Byrne fehlte weiterhin jede Spur. Liam versuchte ihn anzurufen, doch niemand hob ab. Entweder fuhr Byrne gerade mit seinem Moped oder er war verhindert, etwas anderes konnte nicht in Frage kommen.

Als die letzte Durchsage zur Abfahrt des Zuges durch den Bahnhof hallte, stieg Liam mit einem bedrückten Gefühl in den Zug. Die Tür hinter ihm schloss sich und wenige Sekunden später setzte sich die Bahn in Bewegung. Er konnte nicht fassen, was gerade passiert war. Byrne hatte es nicht rechtzeitig geschafft und nun musste er allein diese Reise antreten. Er wusste nicht, was er denken sollte. War Byrne in Gefahr oder war er einfach zu langsam gewesen? Er schaute aus dem Fenster der Tür und sah den immer schneller vorbeiziehenden Rest des Bahnhofes, doch Byrne war nirgends zu sehen. Enttäuschung und Sorge machte sich in ihm breit. Niedergeschlagen setzte er sich auf einen freien Platz und überlegte, was er machen sollte.

»Fahrkarten bitte, sonst gibt's einen Nackenklatscher«, sagte jemand hinter ihm und Liam schnellte herum.

»Byrne?«, sagte er ungläubig und sah seinen Kumpel an, der grinsend hinter ihm stand.

»Ja, wen hast du denn erwartet?«, fragte er verwundert.

»Wo warst du denn? Ich habe am Gleis auf dich gewartet!«, sagte Liam aufgeregt.

»Ich saß schon im Zug. Ich wusste nicht, wann du kommst und wollte nicht ewig draußen rumstehen«, sagte er und schien zu bemerken, dass Liam ziemlich aufgewühlt schien.

»Wäre eine kurze Nachricht zu viel verlangt gewesen? Dann hätte ich nicht ewig wie ein Trottel draußen warten müssen«, sagte Liam scharf.

»Tut mir leid, so weit hatte ich nicht gedacht«, antwortete Byrne verlegen.

»Egal, ich muss sagen, ich bin mehr als glücklich, dass du hier bist«, sagte Liam, und das meinte er ernst. Egal wie anstrengend Byrne manchmal war, in solchen Momenten fiel Liam auf, dass er sich immer auf ihn verlassen konnte. Sie setzten sich einander gegenüber an einen Viererplatz, in dessen Mitte ein kleiner Tisch war. Byrne holte zwei Dosen Bier aus seinem Rucksack und Liam nahm es dankend an.

»Was ist Oliver eigentlich passiert?«, fragte Byrne interessiert. »Ich weiß es nicht genau. Er hat mich vorhin ziemlich panisch angerufen und gesagt, er wurde angegriffen. Ich riet ihm, die Polizei zu verständigen und er meinte, genau das wäre ein Problem. Er hatte keine Zeit für ausführliche Erklärungen und sagte, wir treffen uns heute Abend am Haupteingang zur Westminster Abbey. Danach hat er aufgelegt und auch nicht mehr auf meine Rückrufe reagiert«, erklärte Liam.

»Klingt übel«, antwortete Byrne nachdenklich. »Wenn selbst Oliver, der das Ganze bis zuletzt nicht wahrhaben wollte, panisch wird, muss es ziemlich ernst sein.«

»Das dachte ich mir auch«, sagte Liam. »Aber das Ganze bestätigt leider, was ich befürchtet hatte«, sagte er nachdenklich.

»Und das wäre?«, fragte Byrne.

»Wir haben es mit einer Sekte zu tun, die landesweit vernetzt ist. Bis jetzt hatte ich gehofft, es wären nur ein paar verrückte Spinner. Aber mittlerweile denke ich, wir haben es mit etwas viel Schlimmerem zu tun.«

Byrne blickte ihn angstverzerrt an: »Und was genau soll das sein?«

»Das weiß ich noch nicht, aber ich fürchte, wir werden es bald herausfinden.«

Die Landschaft zog an ihnen vorbei und nach zwei Stunden Fahrt erreichten sie den Bahnhof von Birmingham, wo viele der Fahrgäste ein- und ausstiegen. Als der Zug einfuhr, beobachtete Liam die vielen Menschen, die zwischen den Gleisen umher eilten und fragte sich bei manchen, woher sie wohl kamen und wohin sie unterwegs waren. Einige trugen blaue Schals des Fußballclubs Birmingham City. Offenbar reisten sie nach London, da am Wochenende ein Spiel anstand. Es kam ihm seltsam vor, dass all diese Leute ihren normalen Alltag bestritten, ohne zu wissen, welche Gefahren sie umgaben. Er stellte sich die Frage, warum es gerade sie getroffen hatte. Warum wurden sie verfolgt und nicht einer der vielen anderen Menschen, die es auf der Welt gab? Doch er wusste, es hatte keinen Sinn, länger darüber nachzudenken. Sie hatten keine Wahl und mussten nun Stärke beweisen, egal was noch alles auf sie zukommen mochte.

Während der Zug am Gleis stand, beobachtete Liam weiter das Getümmel vor ihrem Waggon. Die letzten Gäste drängten sich in den recht vollen Zug und Liam war glücklich, dass sie einen Sitzplatz hatten. Durch die Lautsprecher des Bahnhofs erklang ein Signal und eine Stimme bat die Gäste, unverzüglich einzusteigen. In diesem Moment sah Liam jemanden die Treppen der Brücke, die sämtliche Gleise miteinander verband, hinuntereilen. Jedoch war diese Person aufgrund ihres körperlichen Umfangs recht langsam, sodass Liam daran zweifelte, ob sie es noch rechtzeitig zum Zug schaffen würde. Die Türen schlossen sich und Liam sprang auf, drückte den Knopf zum Öffnen der Tür und stellte sich dazwischen, damit sie sich nicht schließen konnte.

Es dauerte gefühlt eine Ewigkeit, bis der große, ziemlich korpulente junge Mann den Zug erreichte. »Bitte die Türbereiche freimachen«, hallte die Stimme des Lokführers durch den Zug, als er endlich schnaufend in den Wagon hastete.

»Vielen ... Dank ...«, keuchte er und beugte sich nach Luft ringend vornüber.

Liam befürchtete, dass er sich gleich übergeben musste. Als er sich wieder aufrichtete, bemerkte Liam, dass er einen ganzen Kopf größer war als er selbst. Er hatte ein verschwitztes, rundes Gesicht mit Doppelkinn und freundliche Augen. Sein mittellanges, zerzaust wirkendes Haar wurde von einer Baseballkappe überdeckt. Er trug einen breiten Kapuzenpullover, eine Jogginghose und Turnschuhe. Erschöpft streckte er Liam die Hand zum Dank aus. »Besten Dank, ohne dich hätte ich es nicht geschafft. Ich bin übrigens Oscar«.

Liam schüttelte seine verschwitzte Hand und stellte sich ebenfalls vor: »Freut mich, ich bin Liam. Da warst du aber spät dran, oder?«, fragte er schmunzelnd.

»Ja, da hast du recht. Normalerweise bin ich ein sehr pünktlicher Mensch, aber heute lief wirklich alles schief.«

Liam betrachtete Oscar und irgendwie fand er ihn auf Anhieb sympathisch. »Mein Kumpel und ich haben einen Viererplatz. Möchtest du dich zu uns setzen?«, fragte er und sah dabei noch immer zu, wie Oscar schnaufte.

Dankend nahm er das Angebot an, und gemeinsam gingen sie zu ihren Plätzen. Oscar begrüßte Byrne freundlich und stellte sich ihm kurz vor. Byrne war überrascht und fragte sich offenbar, warum ein völlig Fremder ihm plötzlich die Hand reichte.

»Das ist Oscar, ich habe ihm gesagt, er kann bei uns sitzen«, erklärte Liam, der Byrnes verwirrten Blick sah.

»Ah okay. Klar, wieso nicht?«, sagte er und setzte sich auf die andere Seite des kleinen Tisches zu Liam, da Oscar fast zwei Sitzplätze beanspruchte.

»Wo kommst du denn her?«, fragte Byrne, während der Zug gerade aus dem Bahnhof fuhr.

»Ich komme aus Birmingham und will meine Oma in London besuchen. Sie ist zwar schon etwas verwirrt in ihrem Oberstübchen, aber sie hat mich quasi großgezogen. Und wo kommt ihr beide her?«

»Wir sind aus Lancaster«, antwortete Liam.

»Und lasst mich raten, ihr wollt nach London zum Chelsea-Spiel?«

»Nein, wir wollen einen Freund besuchen, der etwas in Schwierigkeiten steckt«, sagte Byrne und spürte sofort einen leichten Tritt von Liam an seinem Bein. Oscar hatte offenbar bemerkt, dass diese Information nicht für ihn bestimmt war, denn nachdem er beiden einen misstrauischen Blick zugeworfen hatte, fragte er nicht weiter nach.

»Ganz schön voll, der Zug. Ich hatte schon befürchtet, die nächsten eineinhalb Stunden stehen zu müssen. Bei meinem Gewicht wüsste ich nicht, ob meine Knie das überleben«, sagte er grinsend.

»Na, da hast du ja Glück gehabt, dass du uns getroffen hast«, sagte Byrne freundlich. »Lust auf ein Bier?«, fragte er Oscar.

»Nein danke, Alkohol ist nicht so mein Ding«, lehnte er freundlich ab. »Aber falls ihr Hunger habt, kann ich euch ein paar Sandwiches anbieten«, sagte er und holte eine riesige Brotbüchse aus seinem Rucksack.

Byrne und Liam, die beide mittlerweile tatsächlich ziemlichen Hunger hatten, griffen dankbar zu. »Das schmeckt ja übertrieben lecker, hast du die selbst gemacht?«, fragte Byrne schmatzend.

»Das habe ich. Freut mich, wenn es euch schmeckt. Ich koche für mein Leben gern, wie man sieht«, sagte er belustigt. Byrne und Liam fanden es irgendwie sympathisch, wie sich Oscar ständig selbst auf den Arm nahm. Er schien ein entspannter Geselle zu sein, mit dem man Pferde stehlen konnte. Und so kam es, dass Liam ihm andeutungsweise erzählte, was sie wirklich in London wollten. Sie erzählten Oscar, dass sie von einer Art Sekte bedroht wurden, ohne zu sehr auf Details einzugehen, denn schließlich kannten sie ihn erst seit ein paar Minuten. Oscar hörte sehr interessiert zu und als Liam am Ende angelangt war, starrte er sie mit großen Augen an.

»Davon habe ich mein Leben lang geträumt«, sagte er und die beiden Jungs schauten ihn mit offenen Mündern an.

»Du hast davon geträumt, von Verrückten verfolgt zu werden?«, fragte Byrne ungläubig.

»Nein, das nicht, aber ich interessiere mich schon, seit ich ein kleiner Junge war, für das Übernatürliche. Ich habe alle Bücher darüber gelesen und kenne jeden Film in- und auswendig, der sich mit Okkultismus befasst.« Liam und Byrne schauten ihn weiter skeptisch an. »Bitte nicht falsch verstehen, ich glaube nicht, dass es Geister oder sowas gibt, aber mich faszinieren Menschen, die das tun.«

Nach dem ganzen Schrecken, den die beiden Jungs erlebt hatten, war die Begeisterung in Oscars Augen für sie nicht wirklich nachzuvollziehen. »Glaub mir, im echten Leben ist das etwas anderes als in einem Buch oder in irgendwelchen Filmen beschrieben«, sagte Byrne. »Diese Leute sind gefährlich und sie haben es auf uns abgesehen.«

Oscars überglücklicher Gesichtsausdruck wich einem sehr ernsten. »Leute, ich weiß genau, wie gefährlich solche Menschen sind. Ihr Glaube macht sie unberechenbar und wenn sie es auf euch abgesehen haben, schwebt ihr alle in höchster Gefahr.«

»Wenn du so viel über dieses Thema weißt, kannst du uns auch etwas darüber erzählen?«, fragte Liam und zeigte ihm die Fotos von den Symbolen auf den Grabsteinen.

Oscar nahm das Telefon in die Hand und schaute sich jedes der Fotos ausgiebig an. »Das sind Schattensymbole«, sagte er nachdenklich.

»Und was soll das sein?«, fragte Liam und beugte sich interessiert vor.

»Früher wurden Häuser von Leuten mit diesen Symbolen gekennzeichnet, die der Hexerei bezichtigt wurden. Oft fand man solche Symbole auch auf Gegenständen, um ihnen Kraft zu verleihen.«

»Dasselbe haben wir auch schon herausgefunden, aber wer hat diese Symbole gemalt?«, fragte Liam.

»Genau kann ich euch das nicht sagen, aber es muss jemand sein, der sich mit schwarzer Magie auskennt.«

»Mit schwarzer Magie?«, fragten Liam und Byrne im Chor.

»Ja, so bezeichnet man alles, was sich mit dunklen Beschwörungen und solchem Zeug beschäftigt.«

»Du scheinst ja wirklich viel darüber zu wissen«, staunte Byrne.

»Ich hatte früher nicht viele Freunde, da habe ich mich oft mit solchen Dingen befasst. Ich bin kein Freak oder so, ich fand solche Themen nur beängstigend und faszinierend zugleich. Vielleicht kann ich euch in London auch behilflich sein?«, fragte er vorsichtig.

Byrne und Liam tauschten sehr ernste Blicke aus und beide schienen zu wissen, was der andere dachte. Schließlich kannten sie Oscar nicht und sie mussten mehr denn je aufpassen, wem sie jetzt vertrauten. Andererseits schien er sich wirklich gut mit diesen Themen auszukennen und das könnte ihnen sehr von Nutzen sein. »Was ist mit deiner Oma?«, fragte Liam. »Sie wird doch sicher wissen wollen, was du machst und wo du bleibst?«

»Meine Oma hat sicher schon wieder vergessen, dass es mich gibt und dass ich sie besuchen komme. Das wäre wirklich kein Problem und so hätte die ganze Zeit, die ich damals mit solchen Dingen verbracht habe, endlich einen Sinn. Vielleicht war es Schicksal, dass wir uns heute hier getroffen haben.«

Byrne nickte Liam zu, und sie gestatteten ihm, sie eine Weile zu begleiten. Für Oscar schien ein Traum wahr zu werden, und er war eifrig darauf, die Einzelheiten zu erfahren. Während der restlichen Fahrt erklärten sie ihm alles, was sie herausgefunden hatten, und Oscar steuerte gelegentlich seine fachkundige Meinung zu den Geschehnissen bei.

Kapitel 10: Westminster Abbey

Währenddessen saß Hannah weiterhin zu Hause in Lancaster fest. Ihr unbehagliches Gefühl darüber, dass sie zurückgeblieben war, wich der blanken Wut über die gesamte Situation und besonders auf Inspector Connor. Wie hatte er sie nur so hintergehen können? Wegen ihm konnte sie nichts anderes tun außer abzuwarten. Während die Sonne langsam tiefer sank, saß Hannah deprimiert auf der Veranda und schaute auf das blaue Wasser des Pools. Da ihre Mutter einkaufen gegangen war und ihr Vater Spätschicht hatte, war sie allein zu Hause und hatte nun Zeit, über all die Dinge nachzudenken, die passiert waren.

Dann leuchtete der Bildschirm ihres Handys auf dem Tisch neben ihr. Sie nahm es in die Hand und sah, dass es eine Nachricht von Mike war. Eigentlich hatte sie keine besonders große Lust, die Nachricht zu lesen, da es sich nur um einen weiteren Versuch handeln konnte, sich mit ihr zu verabreden. Seit ihrem Treffen hatte sie immer mal wieder Nachrichten von ihm bekommen. Zwar mochte sie ihn, doch wusste sie auch, dass eine erneute Verabredung zu weiteren Fragen seinerseits führen würde, und sie konnte sich nach wie vor nicht entscheiden, ob sie ihm vertrauen sollte. Bei all dem, was momentan passierte, war sie sich nicht sicher, ob es überhaupt klug war, sich mit anderen zu treffen. Nach einer Weile öffnete sie die Nachricht und las den Text, der um einiges ernster klang, als erwartet.

Hey, Hannah, ich weiß, du vertraust mir nicht. Und das ist auch völlig okay, da ich weiß, was du momentan durchmachst. Ich habe etwas herausgefunden, das dir vielleicht helfen könnte. Falls du mehr wissen willst, melde dich. Falls nicht, ist das auch okay. - Mike.

Hannah dachte über die Nachricht nach. Wahrscheinlich war es nur ein Trick von ihm, sich mit ihr treffen zu können. Andererseits konnte sie momentan sowieso nichts anderes machen als abzuwarten, bis die beiden Jungs aus London zurück waren. Sie dachte noch einen

Augenblick lang nach und stimmte einem Treffen schließlich zu. Da sie das Haus nicht verlassen durfte, bat sie ihn, zu ihr zu kommen. Irgendwie war ihr auch wohler bei dem Gedanken, da ihre Mutter bald wieder nach Hause kommen würde und sie nicht allein mit ihm wäre.

Keine zwanzig Minuten später klingelte es bereits an der Tür, und Mike stand vor ihr. Sie gingen in den Garten und setzten sich auf die Hollywood-Schaukel auf der großen Veranda. Nachdem sie ein wenig über das Wetter und das Haus ihrer Eltern geredet hatten, das Mike äußerst beeindruckend fand, fragte Hannah ihn, was er herausgefunden habe.

»Als wir zusammen vom Jahrmarkt zu dir gelaufen sind, hatte ich dir doch erzählt, dass so etwas Ähnliches wie euch schon anderen in dieser Gegend zugestoßen war.«

Hannah überlegte kurz, ehe es ihr wieder einfiel. Mike hatte tatsächlich etwas in der Richtung erwähnt. »Ja, ich erinnere mich«, sagte sie.

»Ich habe herausgefunden, dass eine Person, die damals dabei war, in Lancaster lebt. Und ich weiß auch, wo sie wohnt. Wollen wir ihr einen Besuch abstatten?«

Hannah schien völlig verblüfft. Damit hatte sie nicht gerechnet. »Wer ist diese Person? Und wie hast du das herausgefunden?«, wollte sie sofort wissen.

Mike schien einen Moment lang zu zögern, ehe er antwortete: »Ich habe mit einem Bekannten gesprochen, der mir damals davon erzählt hat. Er gab mir einen Namen und den Rest habe ich im Internet herausgefunden. Es handelt sich um eine ältere Frau, die in den neunziger Jahren etwas in der Art erlebt hat. Es gab mal einen Bericht darüber, den wir in der Schule behandelt haben.«

Hannah schaute ihn mit zusammengezogenen Augenbrauen an. »Wer ist dieser Bekannte?«, wollte sie wissen.

»Ein Freund der Familie, ist das wichtig?«, fragte er in scharfem Ton.

Hannah wusste nicht, was sie davon halten sollte. »Ich darf hier vorerst nicht weg, ich habe Hausarrest bekommen. Frag bitte nicht weiter«, fügte sie hinzu, als sie Mikes fragenden Blick sah.

»Willst du dir diese Chance wirklich durch die Lappen gehen lassen?«, fragte er mit leicht geöffnetem Mund.

Sie erkannte, dass er recht hatte. Wenn Mikes Informationen stimmten, war dies tatsächlich die beste Gelegenheit, etwas Bedeutendes zu tun. »Gut, wir suchen die Frau auf. Aber nicht heute, meine Mutter muss sich erst beruhigen. Wir treffen uns morgen früh um neun vor meinem Haus, sie sollte dann beim Yoga sein. Und ich habe nur eine Stunde Zeit.«

»In Ordnung«, sagte Mike und stand auf.

Hannah brachte ihn zur Tür, und als sie sich gerade verabschieden wollten, schloss Hannahs Mutter die Haustür auf. »Oh, guten Tag. Wer sind Sie denn?«, fragte sie freundlich.

»Hallo, ich bin Mike. Ein Freund von Hannah.«

»Es freut mich, dich kennenzulernen. Meine Tochter hat offensichtlich einen guten Geschmack bei Jungs«, bemerkte sie freundlich.

»Mama, rede bitte nicht weiter«, sagte Hannah und wurde rot im Gesicht.

Doch Mike grinste nur, wünschte den beiden einen schönen Abend und verschwand.

Zur selben Zeit erreichten Liam, Byrne und Oscar gerade den Bahnhof King's Cross in London.

»Macht, was ihr wollt, ihr Muggel, aber ich mache erstmal einen Lauf durch die Wand zum Gleis neundreiviertel«, sagte Byrne begeistert, als der Zug zum Stehen kam.

»Sehr lustig, aber wir müssen uns beeilen«, sagte Liam und schaute auf die Uhr seines Handys. »Oliver muss schon eine Weile auf uns warten. Warum geht er nicht an sein verdammtes Telefon?«, sagte er seufzend.

»Am besten, wir nehmen uns ein Taxi«, schlug Oscar vor, und die drei eilten aus dem Bahnhof in Richtung Parkplatz. Liam, der schon ewig nicht mehr in London gewesen war, staunte über die vielen Menschen aus aller Welt. Überall waren Fußballfans zu sehen, die aus Birmingham angereist waren.

»Ist es nicht schon etwas spät für ein Fußballspiel?«, sagte Byrne, während er auf die große Bahnhofsuhr schaute.

»Das Spiel ist morgen, aber meistens reisen die Fans einen Tag eher an. Sie besuchen die Pubs, trinken Bier und stimmen sich auf das Spiel ein«, sagte Oscar.

»Wirklich? Anscheinend habe ich diesen Sport unterschätzt«, sagte Byrne begeistert.

»Mein Vater war ein großer Fußballfan, bevor er starb. Er hatte immer versucht, mich dafür zu begeistern. Aber Sport war nie so richtig mein Ding«, sagte Oscar, während sie auf schnellstem Weg den Bahnhof verließen.

Auf dem Parkplatz angekommen, hasteten sie zum ersten Taxi, das sie finden konnten. »Bringen Sie uns bitte zur Westminster Abbey«, sagte Liam zu dem älteren Taxifahrer und prompt fuhren sie los.

Während sie im Taxi saßen und durch die Innenstadt Londons fuhren, sahen sie unzählige Menschen, die in den beleuchteten Außenbereichen der Restaurants zu Abend aßen. Zwischen den Pubs tummelten sich Einheimische und Touristen und Liam ertappte sich bei dem Wunsch, sie wären nur hergekommen, um die Stadt zu besichtigen. Während der Fahrt versuchte er immer wieder, Oliver zu erreichen, jedoch vergeblich. Nach etwa zwanzig Minuten erschien die Themse zu ihrer Linken, und sie erblickten das London Eye im rötlichen Abendhimmel.

»Da vorne ist der Big Ben, wir sind gleich da«, rief Byrne und tatsächlich, sie bogen an der nächsten Kreuzung ab und standen vor der Westminster Abbey. Die Sonne war nun fast vollständig untergegangen. Oscar übernahm die Kosten für die Fahrt, und sofort machten sich die drei auf den Weg, um nach Oliver zu suchen. Sie standen vor der großen Kirche, deren Tore um diese Uhrzeit bereits geschlossen waren. Doch nichtsdestotrotz waren der Vorplatz und die umliegenden Gassen auf dem Gelände voll von Touristen.

»Kann ihn jemand von euch sehen?«, fragte Byrne die anderen beiden.

»Nein, aber ich würde sagen, wir teilen uns auf«, schlug Liam vor.

»Ich müsste aber mit einem von euch gehen. Ich habe leider keine Ahnung, wie euer Freund aussieht«, warf Oscar ein.

»Gut, dann kommst du mit mir. Wir nehmen die eine Seite und Liam die andere«, sagte Byrne.

»In Ordnung, seht auch auf den Bänken und in den umliegenden Straßen nach, irgendwo muss er ja stecken«, erwiderte Liam, und die drei teilten sich auf.

Sie suchten eine ganze Weile inmitten der Touristen, die im Verlauf des Abends allmählich weniger wurden. Von Oliver fehlte jedoch weiterhin jede Spur.

Als sich Byrne und Oscar wieder mit Liam trafen, überlegten sie, was sie tun könnten. Sie wussten weder, wo Olivers Vater in London lebte, noch wie sie den Kontakt zu ihm herstellen sollten.

»Ich denke, wir werden abwarten müssen, bis er sich irgendwann meldet«, sagte Oscar schließlich.

»Uns wird nichts anderes übrigbleiben. Ich würde sagen, wir gehen erstmal etwas essen«, schlug Byrne vor und die drei machten sich auf den Weg zu einem nahegelegenen Imbiss auf der anderen Straßenseite. Sie nahmen im Außenbereich Platz, von dem aus sie die Kirche weiter im Blick hatten und bestellten Fish and Chips, Chelsea Buns und Scotch Eggs.

Liam dachte unaufhaltsam darüber nach, wo Oliver nur stecken könnte. Es war nicht seine Art, sie irgendwo sitzen zu lassen, zumal er sie bis nach London hatte kommen lassen.

Byrne und Oscar schienen das Ganze nicht allzu sehr mitzunehmen. Sie unterhielten sich über das Essen, beobachteten vorbeilaufende Touristen und waren guter Dinge, dass sich Oliver schon irgendwann melden würde.

»So ein Job als Wachposten wäre auch etwas für mich«, sagte Byrne und zeigte auf die andere Straßenseite zur Kirche. »Den ganzen Tag in meinem kleinen Häuschen sitzen und Touristen den Weg zeigen. Es gibt bestimmt schlechtere Arten, Geld zu verdienen«, sagte er zufrieden.

Daraufhin kam Liam eine Idee. Er stand auf und ging wortlos über die Straße, direkt auf den Wachmann zu.

Byrne und Oscar, die nicht begriffen was er vorhatte, liefen ihm nach einem kurzen Moment der Verwirrung hinterher. »Liam, warte!«, rief Byrne, doch er ging weiter auf den Wachposten zu.

»Guten Abend«, sagte er zum Sicherheitspersonal.

»Einen schönen guten Abend, ist schon etwas spät für einen Rundgang, meinen Sie nicht?«, sagte der rundliche Mann freundlich.

»Können Sie uns vielleicht weiterhelfen?«, fragte Liam. »Wir suchen unseren Freund. Er muss heute hier gewesen sein. Er ist groß, in unserem Alter und trägt kurze dunkle Haare. Vermutlich war er alleine hier und hatte nicht viel Zeit.«

»Bist du Liam?«, fragte der Mann zum Erstaunen der drei. »Äh ja, das bin ich. Woher wissen Sie das?«

»Dein Freund hat mir etwas für dich gegeben. Er sagte, dass du auftauchen würdest«, erklärte der Wachmann und gab Liam einen kleinen, zusammengefalteten Zettel. Sofort öffnete Liam das Blatt und las zu den beiden anderen gewandt vor, was dort stand.

»Liam, ich konnte nicht länger hierbleiben. Wir treffen uns um Mitternacht auf der Tower Brigde. Benutzt keine Telefone mehr und achtet darauf, dass ihr nicht verfolgt werdet. Ich habe leider keine Zeit, ausführlicher zu schreiben. Oliver.«

Liam schaute in die entsetzten Gesichter der beiden, die offenbar ebenfalls begriffen, wie ernst die Lage war.

»Das klingt übel. Was sollen wir jetzt machen?«, fragte Byrne nervös.

»Wir suchen uns ein Lokal in der Nähe der Tower Bridge und halten uns bedeckt, bis es Mitternacht ist. Scheinbar verfolgen sie Oliver auf Schritt und Tritt, wir dürfen auf keinen Fall riskieren, ebenfalls entdeckt zu werden«, sagte Liam entschlossen.

»Wenn es dafür nicht schon zu spät ist«, warf Oscar ein und schaute sich unauffällig um. »Wir haben uns hier schon viel zu lange aufgehalten. Die wissen sicher ganz genau, dass wir hier sind.«

Liam und Byrne schauten sich ebenfalls um und fühlten sich auf einen Schlag so, als ob sie beobachtet wurden. »Wir müssen hier verschwinden, kommt!«, sagte Liam, und die drei gingen vom Platz in Richtung nächstgelegener Bushaltestelle. Obwohl sie nicht lange warten mussten, fühlte es sich wie eine Ewigkeit an. Jeder vorbeilaufende Passant könnte ein potenzieller Verfolger sein. Nach wenigen Minuten erschien ein roter Doppeldeckerbus, der vor ihnen zum Stehen kam. Nacheinander stiegen sie ein und kauften ein Ticket beim Busfahrer.

»Setzt euch nicht zusammen«, flüsterte Liam den beiden anderen zu, die taten, wie ihnen geheißen.

Der Bus war etwa zur Hälfte mit Fahrgästen gefüllt, sodass sie alle drei verschiedene Plätze fanden. Liam setzte sich auf die letzte Bank im hinteren Teil und als der Bus losfuhr, spähte er vorsichtig aus dem hinteren Fenster. Hinter ihnen fuhren dutzende Autos, doch die in der Dunkelheit blendenden Scheinwerfer machten es unmöglich, jemanden der Insassen zu erkennen. Jedes dieser Fahrzeuge könnte der Feind sein, dachte Liam, also ergab es vorerst keinen Sinn, sich weiter umzuschauen, und er richtete seinen Blick wieder nach vorn. Es kam ihm seltsam vor, wie schnell das anfänglich sichere Gefühl, das sie gehabt hatten, als sie in London angekommen waren, wieder der Angst wich. Es machte ihn für einen Augenblick lang unglaublich wütend, dass, egal wohin sie gingen, Gefahr drohte. Er schaute aus dem Fenster und sah die Lichter der Stadt an sich vorbeiziehen, während er einen Entschluss fasste. Ganz egal wie lange es dauern würde, egal welche Gefahren auf sie zukommen mochten, er würde nicht eher Ruhe geben, ehe diese Sekte endgültig vernichtet war. So wie jetzt wollte er auf keinen Fall weiterleben.

“Nächste Haltestelle: Tower of London”, war auf der rot-leuchtenden LED-Anzeige zu lesen. Oscar, der am weitesten vorne saß, stand auf und nickte den beiden kurz und unauffällig zu. Als der Bus zum Stehen kam und sich die Türen öffneten, stiegen die drei nacheinander aus und liefen ein Stück weit versetzt.

»Denkt ihr, uns ist jemand gefolgt?«, fragte Byrne, ohne die zwei anzuschauen, als sie nach ein paar Minuten wieder auf gleicher Höhe waren.

»Ich habe niemanden gesehen, der verdächtig aussah. Allerdings muss das nichts zu bedeuten haben, hier laufen zu viele Menschen herum. Jeder von denen könnte zu denen gehören«, antwortete Liam. »Es sind noch eineinhalb Stunden bis Mitternacht, ich würde vorschlagen, wir warten in der Bar dort drüben«, fuhr er fort und wies auf ein schickes Lokal, das zwar recht teuer aussah, jedoch optimal gelegen war.

Die Bar war zweistöckig und hatte einen großen Balkon auf der oberen Etage, von dem aus sie die Tower Bridge und auch den Tower of London recht gut einsehen konnten. Sie gingen in die gut besuchte Bar und nachdem sie sich einen Platz im Außenbereich gesucht hatten, kam auch schon die Kellnerin. Oscar und Liam bestellten alkoholfreie Getränke und zu Liams großer Verwunderung tat es Byrne ihnen gleich.

»Nennt mich verrückt, aber ich habe solch ein komisches Gefühl, dass ich heute Nacht nüchtern bleiben sollte«, erklärte er, als er Liams ungläubigen Blick sah.

»Abgesehen davon, würdest du überhaupt nichts bekommen, oder bist du bereits volljährig?«, fragte Oscar.

»Vertrau mir, an Alkohol zu gelangen war für mich noch nie ein großes Problem. Das ist quasi meine Superkraft«, erwiderte Byrne mit einem breiten Grinsen.

Liam inspizierte sehr akribisch die Gäste im Lokal, doch soweit er es feststellen konnte, waren sie tatsächlich nur von Touristen umgeben. Da es schon spät am Abend war, war die Lautstärke in der Bar recht laut. Viele der Gäste schienen schon reichlich getrunken zu haben, denn überall wurde gelacht und laut geredet. Auch die anderen beiden schauten vorsichtig umher und suchten nach verdächtigen Personen, doch konnten sie ebenfalls keine ausmachen.

»Okay, wie gehen wir vor?«, wollte Oscar wissen. »Hat jemand einen Plan oder gehen wir einfach auf die Brücke und suchen nach Oliver?«

»Ich schlage vor, wir gehen getrennt«, erwiderte Liam. »Falls etwas passieren sollte, können die anderen zwei Hilfe holen.«

Die Zeit verging rasend schnell. Bis sie ausgetrunken und bezahlt hatten, war es bereits kurz vor Mitternacht. Sie gingen aus der Bar in

Richtung Tower Bridge, die jetzt wunderschön beleuchtet war. Als sie kurz vor der Brücke standen, holte Liam die beiden Funkgeräte aus seinem Rucksack heraus und gab eines davon Byrne: »Ihr zwei wartet hier. Haltet Ausschau und gebt sofort Bescheid, wenn ihr etwas Ungewöhnliches seht.«

Byrne und Oscar nickten, und Liam machte sich auf den Weg. Vorsichtig ging er den Fußweg auf der Brücke entlang, der um diese Zeit nahezu menschenleer war. Auf der Straße neben ihm rauschte hin und wieder ein Auto entlang, jedoch hatte sich der Verkehr in den letzten Stunden deutlich beruhigt. Unter ihm war das Geräusch von fließendem Wasser zu hören, das an den mächtigen Säulen der Brücke brach. Als er in der Mitte der Brücke zwischen zwei großen Türmen angekommen war, blieb er stehen und schaute in alle Richtungen. Es war niemand zu sehen, außer ein paar Jugendlichen, die laut lachend die andere Seite der Straße entlangliefen. Vermutlich kam die Gruppe gerade aus einem Pub oder einem Club, dachte er. Liam schaute ihnen nach und wieder kam ihm in den Sinn, wie unbeschwert das Leben sein könnte, wenn alles anders gelaufen wäre.

»Liam«, rief plötzlich eine Stimme hinter ihm und er schreckte auf. Unweit von ihm, an einem der beiden Türme stand eine Person im Schatten, die ihn heranwinkte.

»Oliver!«, rief Liam und ging zu ihm herüber. Oliver wirkte sehr mitgenommen und ziemlich nervös, freute sich jedoch offensichtlich, seinen Freund wiederzusehen. »Oli, was ist mit dir passiert?«, wollte Liam sofort wissen, als er näher herantrat und erkannte, wie ramponiert sein Gesicht aussah.

»Nicht jetzt und nicht hier«, sagte Oliver knapp. Er schien sich laufend zu vergewissern, ob sie beobachtet wurden und spähte vorsichtig in beide Richtungen der Brücke.

»Hier ist niemand, wir haben extra Ausschau gehalten«, sagte Liam, als er bemerkte, wie aufgebracht sein Kumpel war.

Erneut fragte er, was passiert sei, doch Oliver winkte ab: »Nicht hier, wir dürfen uns nicht zu lange an einem Ort aufhalten. Wir müssen hier schleunigst verschwinden. Bist du allein?«, fragte er skeptisch und schaute die Brücke hinter ihm entlang.

»Nein, Byrne wartet dort drüben«, sagte Liam, und wies in die Richtung, aus der er gekommen war.

»Wir müssen auf die andere Seite der Themse. Dort kenne ich ein Versteck«, sagte Oliver.

»In Ordnung, ich funke Byrne an«, erwiderte Liam und sagte Byrne Bescheid, dass sie hinterherkommen sollten.

Als sie wenig später die Umrisse der beiden sahen, wurde Oliver plötzlich hysterisch. »Wer zum Teufel ist das?«, fragte er und zeigte auf Oscar.

»Ein Freund von uns. Keine Sorge, er ist auf unserer Seite«, sagte Liam sofort, als die beiden näher herantraten.

»Und woher kennt ihr ihn?«, fragte Oliver und schaute sich dabei hektisch um. »Wir haben ihn heute auf der Zugfahrt hierher kennengelernt, er kann uns helfen«, sagte Byrne, der nicht verstand, wo das Problem lag.

»Ihr bringt jemanden mit, den ihr überhaupt nicht kennt, obwohl ihr wisst, was auf dem Spiel steht?«, fragte Oliver und fuchtelte dabei aufgebracht mit seinen Armen umher.

»Ich weiß, wir kennen uns nicht und ihr habt auch keinen Grund, mir zu vertrauen, aber ich kann euch helfen«, sagte Oscar in einem beruhigenden Ton. Offenbar konnte er Olivers Zweifel bestens nachvollziehen.

Oliver nahm Liams Arm und zog ihn ein paar Schritte zur Seite. Ehe er anfangen konnte, fiel ihm Liam ins Wort: »Oli, ich weiß, was du denkst, und du hast vollkommen recht. Allerdings haben wir uns heute durch einen Zufall getroffen. Hätte ich ihm nicht die Tür vom Zug aufgehalten, hätten wir uns nicht kennengelernt. Und er scheint wirklich mehr Ahnung von all dem zu haben, was gerade passiert, als jeder von uns. Vertrau mir bitte, er ist keiner von denen.«

Oliver schien zu überlegen, was er darauf antworten sollte. Er schaute von Liam zu Oscar, der mit Byrne ein paar Schritte weiter wartete und ebenfalls Ausschau hielt. »In Ordnung, auf eure Verantwortung«, sagte er skeptisch.

Liam drehte sich zu den beiden um: »Kommt, Leute, weg hier«, und sie gingen in Richtung der anderen Flussseite. Kurz bevor sie das Ende der Brücke erreicht hatten, zuckten alle vier zusammen. Neben ihnen bremste ein schwarzer Transporter abrupt ab und sie hörten das laute Quietschen der Reifen. »Lauft!«, rief Oliver und sofort rannten die vier los. Liam starrte noch eine Sekunde zu den Fahrern des Vans, deren Gesichter er in der Dunkelheit jedoch nicht erkennen konnte.

»Hier lang!«, rief Oliver nach wenigen Metern und sie folgten ihm eine Wendeltreppe hinunter, die vom oberen Brückenabsatz auf die Uferpromenade führte. Plötzlich wurde es um sie herum laut. Die Glocken der umliegenden Kirche begannen zu läuten, da es nun Mitternacht war. Als sie die letzten Treppenstufen hinunter hasteten, konnten sie noch das Geräusch von zufallenden Autotüren über ihnen wahrnehmen. »Sie kommen!«, rief Liam und sie rannten so schnell sie konnten die Promenade entlang, auf der hin und wieder einzelne Passanten der vorbeirennenden Gruppe argwöhnisch hinterher schauten.

Oscar, dessen Körper offensichtlich nicht zum Langstreckenlauf gemacht war, hatte zwar Mühe mitzuhalten, blieb jedoch verblüffend dicht bei den anderen. Liam drehte sich kurz um und sah mehrere dunkle Gestalten die Treppe hinuntereilen, von der sie gerade gekommen waren. Die Verfolger holten schnell auf und der Abstand zwischen ihnen wurde immer kleiner. »Mir nach!«, rief Oliver erneut und sie bogen von der Uferpromenade in eine kleine Seitengasse ein, die zwischen zwei großen Häusern entlangführte. Immer wieder wechselte Oliver die Richtung und Liam begann sich zu fragen, ob er ein Ziel hatte oder einfach nur die Verfolger abschütteln wollte. Nach einigen Richtungswechseln überquerten sie die kleine Brücke eines Nebenarms der Themse und kurz danach kamen sie in den Hof eines großen Backsteingebäudes.

»Das ist eine Sackgasse«, krächzte Byrne.

»Nein, alles in Ordnung, hier sind wir richtig«, erwiderte Oliver und preschte zügig zu einer großen Holztür vor ihnen. Der Hof wirkte verlassen und überall lagen Schuttberge und kaputte Paletten herum. Offenbar war das Gelände früher industriell genutzt worden, was jedoch einige Jahre her sein dürfte.

Oliver öffnete die Holztür mit einem großen Schlüssel und winkte die anderen heran. Nacheinander stürmten sie in den dunklen Flur des verlassenen Gebäudes und Oliver schloss die große Tür hinter ihnen wieder ab. Zudem nahm er mehrere spitze Holzkeile und hämmerte sie mit einem danebenliegenden Hammer in die Fugen der Tür. »Das dürfte sie eine Weile aufhalten, los, die Treppe rauf«, sagte er und bevor einer von ihnen sein Telefon herausholen konnte, um etwas in der Dunkelheit sehen zu können, ergriff Oliver das Wort: »Keine Lichter, sonst sehen sie, dass wir hier drin sind.«

»Und wie sollen wir dann sehen, wo wir hintreten?«, fragte Byrne keuchend.

»Haltet euch aneinander fest, ich gehe voraus«, antwortete Oliver und vorsichtig folgten sie ihm mehrere Stockwerke hoch bis zur letzten Tür, die sie aufs Dach des Gebäudes führte.

Oben angekommen, leuchteten dort die Lichter der Londoner Innenstadt um sie herum. »Wo sind wir hier?«, fragte Liam.

»Das war mal eine Werft. Eine der wenigen Gebäude in London, die noch nicht zu schicken Eigentumswohnungen umgebaut wurden«, erklärte Oliver.

»Sind wir hier sicher?«, fragte Oscar.

»Nein«, antwortete Oliver knapp, worauf ihn die anderen fragend anschauten.

»Was machen wir dann hier oben?«, fragte Byrne nach einem kurzen Moment der Stille.

»Wir verstecken uns, was sonst?«, gab er zurück.

»Aber du sagtest gerade, wir sind hier nicht sicher?«, warf Liam ein und ging dabei ein paar Schritte auf ihn zu.

»Wir sind nirgendwo mehr sicher, ganz egal, wo wir uns aufhalten. Die Sache ist größer, als ihr denkt, das könnt ihr mir glauben.«

»Wie meinst du das?«, wollte Liam wissen.

»Jetzt ist nicht die Zeit dafür. Sie werden uns hier früher oder später finden«, erklärte er bestimmt. »Wir müssen Wache halten und darauf hoffen, dass sie uns heute Nacht nicht entdecken. Byrne, nimm unseren neuen Freund und sichert die Rückseite des Gebäudes ab, damit ihr den Hof und die umliegenden Straßen im Blick habt. Liam und ich übernehmen die andere Seite am Fluss. Bleibt unbedingt im Verborgenen und gebt sofort Bescheid, wenn ihr irgendetwas bemerkt.«

»Geht klar«, bestätigte Byrne und verschwand mit Oscar.

Liam folgte Oliver zur anderen Seite, wo sie sich flach auf den Boden legten und nach unten schauten. Von dort aus hatten sie einen relativ guten Blick auf die umliegenden Straßen und sie konnten auch ein Stück der Promenade sehen, die entlang der Themse verlief. Diese Situation kam Liam sehr bekannt vor, genauso hatten sie auch auf dem Dach der Lagerhalle in Lancaster gelegen, als sie die zwei Personen beobachtet hatten, die über das Gelände zu Mike gegangen und mit ihm davongefahren waren.

»Oliver, jetzt erzähl mir endlich, was dir zugestoßen ist«, sagte er leise und suchte dabei seinen Blick. Oliver antwortete nicht, sondern starrte weiter angestrengt in die Dunkelheit. »Da unten sind sie«, antwortete er jetzt und zeigte in Richtung der Promenade. Und tatsächlich, im Schein der Laternen sahen sie mehrere Personen, die langsam die Uferpromenade absuchten. Sie spähten in Fenster und Gassen und verteilten sich nach und nach. Es mussten mindestens ein Dutzend von ihnen sein.

»Wer sind die?«, fragte Liam, ohne den Blick von den Gestalten abzuwenden.

»Eine Schattengesellschaft«, antwortete Oliver. »Die Leute, die Byrne damals im Wald beobachtet hatte, waren keine Mitglieder einer beliebigen Sekte. Sie gehören zu einer landesweit vernetzten Geheimgesellschaft, die abgrundtief böse Dinge anrichtet. Dinge, die wir uns nicht einmal vorstellen können.«

Liams Blick wanderte zu Oliver und ruhte nun auf ihm. »Woher weißt du auf einmal so viel darüber?«, fragte er, als ihm bewusst wurde, dass Oliver weder bei ihren ganzen Gesprächen noch bei ihren Nachforschungen in den letzten Tagen dabei gewesen war.

»Ich war bei einem Priester, der hat mir einiges darüber erzählt«, sagte Oliver.

»Ein Priester?«, fragte Liam verwundert.

»Ja, da diese Leute, wie ihr sagtet, an das Übernatürliche glauben, dachte ich, es wäre sinnvoll mit jemandem zu sprechen, der ebenfalls an etwas glaubt.«

»Und wer ist dieser Priester?«, fragte Liam.

»Er heißt Chaworth und arbeitet in der St. Bartholomew-Church. Ich bringe euch morgen zu ihm, falls wir diese Nacht überstehen.«

Bei diesen Worten lief es Liam eiskalt den Rücken herunter. Wenn selbst Oliver, der noch vor wenigen Tagen die ganze Sache heruntergespielt hatte, die Gefahr nun so groß einschätzte, dass womöglich ihr Leben auf dem Spiel stand, musste es ernst sein. »Ich glaube, sie sind weitergezogen«, sagte er schließlich und gab Liam zu verstehen, ihm zu folgen.

Sie krochen ein paar Meter zurück, ehe sie aufstanden, sodass sie niemand von unten sehen konnte. Sie holten die anderen beiden und gingen zur Tür, die wieder nach unten in den Hausflur führte. Nachdem sie die Treppe ein Stockwerk tiefer herabgestiegen waren, öffnete Oliver eine Tür, die zu einem verlassenen, großen Raum führte. Durch die teilweise zerbrochenen Kachel-Fenster schien ein schwaches Licht von den umliegenden Gebäuden herein, sodass sie ihre Umgebung geringfügig wahrnehmen konnten. Um sie herum lagen aufgerollte Seile, alte Paletten und Stoffsäcke herum.

Oliver setzte sich auf einen alten Stuhl beim Fenster, während sich Liam, Byrne und Oscar in der Nähe Plätze suchten.

Byrne, der es sich auf einem Haufen Säcke mit mehlartigem Inhalt bequem gemacht hatte, unterbrach die Stille: »Also, willst du uns endlich erzählen, was passiert ist?«

Reihum schaute Oliver sie an, ehe er zu erzählen begann: »Zuallererst möchte ich mich bei dir entschuldigen, Byrne. Ich habe dir von Anfang an nicht geglaubt, als du uns erzählt hast, was du da im Wald gesehen hast. Ich bin davon ausgegangen, du hättest dich in etwas reingesteigert. Es tut mir leid.«

Byrne hatte mit dieser Reaktion offensichtlich nicht gerechnet und schien sehr überrascht. Da er auf Anhieb nicht wusste, was er darauf antworten sollte, nickte er Oliver verständnisvoll zu.

»Als ich vor drei Tagen in den Zug stieg, um meinen Vater zu besuchen, hatte ich von Anfang an ein seltsames Gefühl. Ich dachte, es sei Einbildung, aber es fühlte sich an, als ob ich verfolgt würde. Ich dachte, ihr hättet mich mittlerweile mit eurer Panikmache angesteckt und ich würde langsam auch durchdrehen. Doch dieses Gefühl wurde stärker, je länger ich im Zug saß. Ich sah seltsame Personen, die mich allem Anschein nach beobachteten. Ich wechselte mehrfach den Platz, doch diese Leute wichen nicht von meiner Seite. Ich konnte kaum ihre Gesichter erkennen, da sie tiefe Kapuzen trugen und ich weiß auch nicht genau, wie viele es waren. Manchmal taten sie, als ob sie schliefen, doch immer, wenn ich aufstand, blieben sie in meiner Nähe. Als ich mir sicher war, dass sie hinter mir her waren, schmiedete ich einen Plan. Kurz vor dem Bahnhof Charing Cross betätigte ich die Notbremse und flüchtete aus dem Zug. Ich konnte meine Verfolger abhängen, doch nur für kurze Zeit. Wenig später holten sie mich am Trafalgar Square wieder ein und dieses Mal waren sie nicht so zurückhaltend. Ich versuchte, sie zwischen den Touristen abzuschütteln, aber einer von ihnen sprang mir in die Beine, sodass ich stürzte und mir das Gesicht aufschlug. In diesem Moment kamen zwei Polizisten, die das Ganze gesehen hatten, auf mich zu und ich dachte, ich wäre gerettet. Doch da lag ich falsch. Die Polizisten nahmen mich und denjenigen, der mir in die Beine gesprungen ist, mit in eine Seitengasse, die anderen Verfolger blieben versteckt. Als ich ihnen erzählte, was passiert sei, nahmen sie mich und meinen Verfolger mit auf die Wache. Sie befragten mich noch einmal und wollten unbedingt wissen, wer ich bin und woher ich komme. Als ich ihnen gesagt hatte, dass ich nur ein Tourist bin, bat mich der Polizist zu warten. Er ging aus dem Befragungsraum und ich schlich ihm hinterher. Ich weiß nicht, wieso ich das tat, aber irgendwie kam mir seine Art seltsam vor. Als ich bemerkt hatte, dass er zu meinem Verfolger in einen anderen Befragungsraum ging, versuchte ich, sie zu belauschen. Ich musste immer wieder die Position wechseln, da ständig Beamte den Flur entlangkamen, aber ich hörte Bruchteile einer Unterhaltung, wie 'Nicht hier' oder 'Ihr seid zu auffällig geworden' vom Polizisten. Ich bin mir sicher, die zwei kannten sich.«

Liam, Byrne und Oscar saßen da und hörten Oliver wie gebannt zu. »Du willst uns also sagen, die Londoner Polizei steckt mit denen unter einer Decke?«, fragte Byrne und jetzt lief es auch ihm eiskalt den Rücken herunter.

»Ja, da bin ich mir sicher«, antwortete Oliver. »Wenig später sagten sie zu mir, ich könne gehen, ohne jede weitere Erklärung. Ich wusste, dass sie draußen auf mich warteten und so bat ich meinen Vater, mich abzuholen. Als er wenig später auf der Polizeiwache eintraf, erzählte ich ihm, dass ich beklaut wurde. Alles andere wäre zu viel für ihn gewesen. Wir fuhren mit seinem Auto Richtung Bromley, und auf der London Road wurden wir dann von einem Transporter gerammt.«

»Ihr wurdet gerammt?«, warf Liam fassungslos ein.

»Genau, und es würde mich wundern, wenn das ein Zufall war«, antwortete Oliver.

Seine drei Zuhörer tauschten besorgte Blicke aus. Oscar, der sich bei dem Gespräch zurückhielt, schien soeben zu realisieren, worauf er sich da eingelassen hatte. Dennoch blieb er entschlossen und hörte weiter aufmerksam zu.

»Was ist dann passiert?«, fragte Byrne.

»Mein Vater hat sich bei dem Aufprall das Schlüsselbein gebrochen und wurde ins Krankenhaus gebracht. Die Ärzte sagten mir, dass er noch ein paar Tage dort bleiben muss, also bin ich allein in seine Wohnung gefahren. Ich hatte überlegt, ob ich direkt wieder nach Hause fahren sollte, aber immerhin hatte ich am nächsten Tag ein wichtiges Bewerbungsgespräch, also blieb ich hier in London. Ihr könnt euch vorstellen, dass ich während des Gesprächs komplett neben der Spur war, also hätte ich theoretisch auch gleich nach Hause fahren können. Nach dem Vorstellungsgespräch hat es nicht lange gedauert, bis ich die ersten fragwürdigen Personen in meiner unmittelbaren Nähe wahrnahm. Ich wusste nicht, was ich machen sollte, also bin ich in eine nahegelegene Kirche gerannt. Ich dachte mir, wenn diese Leute eine Art Sekte sind und an Geister, den Teufel und sonst was in der Richtung glauben, dann müssten sie theoretisch auch an Gott glauben. Und es hat tatsächlich funktioniert, denn keiner von ihnen ist mir aufs Kirchengelände gefolgt. Ich habe mich auf eine Bank in der Kapelle gesetzt und bin vor Müdigkeit eingeschlafen, bis mich ein Priester fand. Er wollte wissen, was mich bedrückt und ich vertraute mich ihm an. Erstaunlicherweise wusste er einiges über diese Leute, und er hat mir vieles erzählen können.«

»Und was genau wusste er darüber?«, wollte Liam wissen.

»Das soll er euch am besten selbst erzählen. Ich würde vorschlagen, sobald die Sonne aufgegangen ist, gehen wir zu ihm«, antwortete Oliver.

»Sollten wir nicht lieber zusehen, dass wir nach Hause kommen? Anscheinend wollen uns diese Typen nicht nur Schaden, sondern umbringen«, sagte Byrne sichtlich nervös.

»Es macht keinen Unterschied, ob wir hierbleiben oder nach Lancaster zurückkehren. Diese Leute wissen nicht nur, wo wir wohnen, sondern auch, wo wir uns aufhalten, egal wohin wir gehen. Ich bin mir sicher, auch hier werden sie uns irgendwann finden, deshalb sollten wir gehen, sobald die Sonne aufgeht«, erklärte Oliver.

»Aber wie machen die das?«, warf Oscar ein. »Wie können die ständig wissen, wo wir sind? Ich meine, London ist groß und hier leben Millionen von Menschen. Wie konnten die uns in so kurzer Zeit finden?« Oliver sah aus, als ob er nur auf diese Frage gewartet hatte.

»Ich glaube, sie haben viele Späher in der Stadt verteilt, sie sind verdammt gut vernetzt und außerdem denke ich, dass sie uns orten können.«

»Was meinst du jetzt wieder damit?«, fragte Byrne mit weit aufgerissenen Augen.

»Ich bin mir noch nicht vollkommen sicher, aber ich gehe momentan davon aus, dass sie uns über unsere Telefone abhören und sogar unsere Standorte herausfinden können.«

Während Oliver diese Worte aussprach, schauten ihn die anderen vollkommen entgeistert an. Liam traute diesen Leuten auch viel zu, aber das ging selbst ihm zu weit. Dass sie über die technischen Fertigkeiten und Mittel verfügen sollten, die sonst nur Polizei und Geheimdiensten zugänglich waren, konnte und wollte er einfach nicht glauben.

»Wie kommst du darauf?«, fragte er und bemühte sich dabei, nicht abwertend zu klingen.

»Es ist die einzige Möglichkeit, die ich sehe, wie sie uns ständig auf der Fährte sein können. Wie Oscar gerade sagte, finden sie uns mit unfassbarer Schnelligkeit. Selbst wenn sie viele Späher und Kontakte haben, ist das ohne technische Hilfsmittel nicht zu schaffen.«

Liam dachte nach und irgendwie konnte Oliver mit dem, was er sagte, recht haben, auch wenn er diese Theorie nach wie vor für unwahrscheinlich hielt.

»Und wie sollen wir uns dahingehend jetzt verhalten?«, fragte Oscar nervös.

»Das wird euch nicht gefallen, aber ich schlage vor, ihr schmeißt eure Telefone weg«, sagte Oliver entschlossen.

»Ist das dein Ernst?«, fragte Byrne und suchte die Blicke der anderen beiden.

»Ja, es sei denn, ihr wollt riskieren, geschnappt zu werden«, antwortete er, ohne dabei die Miene zu verziehen.

»Ich habe mir gerade erst ein neues Handy gekauft, das schmeiße ich doch jetzt nicht einfach weg!«, sagte Byrne und lief hysterisch im Raum umher.

»Vielleicht hat er recht. Irgendwie ist es schon komisch, wie schnell sie uns jedes Mal finden«, sagte Oscar und nahm sein Telefon aus der Tasche. Er legte es auf den Boden und zerschlug es dann mit einem Ziegelstein, der in der Nähe lag.

Liam wunderte sich über Oscars Entschlossenheit, besonders da sie ihn erst vor wenigen Stunden kennengelernt hatten und ihre Verfolger wahrscheinlich noch nichts von ihm wussten.

»Klar, warum nicht? Es ist ja nicht so, als hätte ich mein letztes Geld für dieses Handy ausgegeben«, sagte Byrne genervt und nahm widerwillig denselben Stein, bevor er sein Telefon ebenfalls zerschmetterte.

Liam zögerte einen Moment lang, ehe auch er sich geschlagen gab. Er nahm den Stein und schlug, so fest er konnte, auf sein Telefon ein, das daraufhin vollständig zersprang.

»Jetzt können wir nicht einmal Hilfe rufen, wenn etwas passiert«, sagte Byrne und starrte auf die Trümmerteile ihrer Telefone.

»Wenn uns selbst die Polizei nicht helfen kann, wen willst du anrufen?«, fragte Oliver.

In diesem Moment schoss Liam etwas durch den Kopf. Er hatte Hannah völlig vergessen. Wenn jetzt etwas in Lancaster passieren sollte, hatte sie keine Möglichkeit mehr, die Jungs zu erreichen. Plötzlich stieg Panik in ihm hoch und er wünschte, er hätte nicht so voreilig gehandelt. Aber es nützte nichts, keiner von ihnen besaß ein funktionierendes Telefon und so war Hannah vorerst auf sich allein gestellt.

»Ich schlage vor, wir ruhen uns die restlichen Stunden etwas aus, bevor die Sonne aufgeht. Wer weiß, ob wir es ungesehen zur Kirche schaffen«, sagte Oliver und die anderen drei stimmten widerwillig zu.

Jeder von ihnen suchte sich eine Ecke im Raum, die halbwegs dazu geeignet schien, sich etwas auszuruhen. Nur Oliver blieb auf seinem Platz am Fenster sitzen und beobachtete weiterhin unablässig die Umgebung. Nach einer Weile begann erst Byrne und dann Oscar leise vor sich hin zu schnarchen. Liam, für den an Schlaf nicht zu denken war, dachte fortan nur noch an Hannah. Er konnte nicht fassen, wie rücksichtslos er war, in Anbetracht dessen, welche Gefahr ihnen drohte. Er hatte einfach nicht nachgedacht und jetzt war es zu spät. Aber nachdem sie in wenigen Stunden den Priester besucht hätten, würden sie den ersten Zug zurück nach Lancaster nehmen, so viel stand fest. Er blieb noch eine Weile auf den zwei Paletten liegen, die er zu einer Art Bett zusammengeschoben hatte und dachte nach, ehe auch ihn irgendwann die Müdigkeit übermannte.

Kapitel 11: St. Bartholomew-Church

»Wacht auf!«, flüsterte eine Stimme in Liams Kopf, während er noch schlaftrunken vor sich hinträumte. »Los, wacht auf!«, sagte die Stimme erneut, doch es war keine Stimme in seinem Kopf, sondern die von Oliver.

»Was ist denn los? Ist ja noch nicht mal richtig hell draußen«, jammerte Byrne verschlafen, während er in Richtung der Fenster blickte, wo die ersten schwachen Sonnenstrahlen rot am Horizont zu sehen waren.

»Sie haben uns gefunden«, sagte Oliver, während er hastig zwischen ihnen und den Fenstern hin und her ging.

Sofort sprangen die anderen auf. »Bist du sicher?«, fragte Liam, dessen Puls rapide anstieg.

»Ja, sie kommen«, erwiderte Oliver. »Wir müssen aufs Dach, sofort!«

Die Jungs folgten seinen Anweisungen und eilten nacheinander durch die Tür zum Treppenhaus. Liam hielt im Treppenflur einen Moment lang inne und blickte zwischen den Treppen durch einen schmalen Spalt hinunter in den Eingangsbereich. Er konnte schwache Schatten von Personen erkennen, die sich offenbar draußen vor den Fenstern im ersten Stockwerk bewegten. Dann ein lautes Klirren von zerbrochenen Glasscheiben.

»Sie sind im Haus, beeilt euch!«, sagte Liam mit gedämpfter Stimme, und alle vier rannten aufs Dach. Oben angekommen schloss Oscar die Tür und versuchte, sie mit einer großen verbogenen Eisenstange zu verkeilen.

»Wir sitzen in der Falle«, rief Byrne den anderen zu, nachdem er vorausgegangen war, um nach dem weiteren Fluchtweg zu suchen. »Es gibt keine Leiter, keine Treppe und keinen anderen Aufgang. Du hast uns in eine Sackgasse geführt!«, rief er panisch zu Oliver.

»Habe ich nicht, wir müssen springen«, antwortete er mit ernstem Blick.

Alle drei starrten ihn an und hofften, jeder für sich, sie hätten sich verhört. »Und wo sollen wir bitte hinspringen?«, fragte Byrne mit sarkastischem Unterton.

»Auf das andere Haus dort drüben«, gab Oliver zurück und deutete auf die gegenüberliegende Seite. Sie rannten hinüber und standen an der Kante des Daches, unter ihnen ein Abgrund von mindestens zwölf Metern.

»Jetzt willst du uns aber wirklich verarschen, oder?«, sagte Byrne kopfschüttelnd, während er zurückwich. »Wir haben keine andere Wahl, sie werden gleich hier sein!«, sagte Oliver eindringlich. »Das sind kaum drei Meter bis auf das andere Dach, und es liegt auch mindestens einen Meter tiefer als das hier. Los, das schaffen wir!«

In diesem Augenblick hämmerte etwas an die von Oscar versperrte Tür.

»Sie sind da, los jetzt!«, rief Oliver, nahm Anlauf und sprang von einem Dach auf das andere. Drüben angekommen, rollte er sich ab, um die Wucht des Aufpralls abzufedern und stand direkt wieder auf. »Kommt, Leute!«, rief er den anderen zu, während sie mit offenen Mündern zuschauten.

»Auf geht's«, sagte Liam und nahm all seinen Mut zusammen. Er wusste, es hatte keinen Sinn, länger nachzudenken. Sie mussten es einfach tun.

»Jungs, ich will euch nicht enttäuschen, aber ich bin nicht gerade ein Ninja-Krieger«, sagte Oscar mit feuchter Stirn, während er den Abgrund hinunterschaute. »Das schaffe ich niemals.«

»Und ob du das schaffst, wir lassen niemanden zurück«, erwiderte Liam eisern.

Währenddessen wurde das Bummern an der Tür immer heftiger. Nur noch wenige Augenblicke, und sie würden auf dem Dach sein.

»Wir springen zusammen, auf drei!«, rief Liam. »Eins ... zwei ... drei!«

Nebeneinander rennend hielten sie auf den Abgrund zu. Nur noch wenige Schritte bis zur Kante, und mit einem Satz sprang Liam, wie er noch nie in seinem Leben gesprungen war. Für einen kurzen Augenblick schloss er die Augen und dachte für den Bruchteil einer

Sekunde an absolut nichts mehr. Nach einem gefühlt ewig langen Moment spürte er, wie seine Füße auf dem harten Boden aufkamen. Genau wie Oliver ging auch er in die Knie und rutschte mit seinem Oberkörper über dem mit Dachpappe überzogenen Boden. Im Augenwinkel sah er neben sich Byrne aufkommen, der eine wesentlich schlechtere Figur beim Landen machte und hart zu Boden stürzte.

Als sie sich aufgerafft hatten und gerade weiter zu Oliver rennen wollten, der bereits an einer Feuerleiter auf sie wartete, merkten sie, dass jemand fehlte. Oscar stand noch auf dem Dach des anderen Hauses und wirkte wie versteinert.

»Du musst springen!«, rief Liam energisch, doch er schien sich nicht rühren zu können.

Oscar fixierte sie mit einem durchdringenden Blick und sagte völlig ruhig: »Lauft!« Ohne zu zögern, drehte er sich um und ging zurück zum Treppenaufgang, wo die Angreifer unermüdlich mit schweren Gegenständen gegen die Tür hämmerten.

Die anderen drei konnten ihn aufgrund des tieferliegenden Daches nicht mehr sehen und hörten nur, wie Oscar scheinbar seine ganze Kraft einsetzte, um die Angreifer aufzuhalten.

»Was machen wir jetzt?«, rief Byrne den anderen beiden zu.

»Wir müssen hier weg!«, sagte Oliver. »Wir können jetzt nichts mehr machen«, fügte er hinzu und versuchte, Liam am Arm zu ziehen.

»Wir lassen niemanden zurück!«, brüllte Liam kraftvoll, während er sich von Olivers Griff losriss und gedankenverloren umherlief. Er suchte verzweifelt nach einer Lösung, doch es wollte ihm einfach nichts einfallen. Sie konnten nicht mehr zurückspringen, und Oscar hatte im besten Fall noch eine Minute Zeit, bis sie die Tür eingeschlagen hätten. Was sollte er nur machen?

Dann zog Oliver ihn erneut am Arm. »Wir müssen hier weg«, sagte er eindringlich.

»Ich gehe nicht ohne Oscar«, hielt Liam weiter dagegen.

»Denk doch mal nach, er war bei der Hütte im Wald nicht dabei und wurde auch bis jetzt nicht verfolgt. Vielleicht ist er für sie uninteressant, und sie lassen ihn laufen.«

Liam hielt diese Theorie für sehr unwahrscheinlich, jedoch hatten sie in diesem Augenblick sowieso keine andere Wahl mehr. Er schaute ein letztes Mal zum anderen Dach, wo Oscar scheinbar weiterhin die Tür zuhielt, um ihnen Zeit zu verschaffen. Sie konnten in diesem Augenblick tatsächlich nichts mehr unternehmen.

»Komm, Liam, wir müssen hier weg«, flehte Oliver, und so gab er schließlich nach.

Sie rannten zu Byrne, der an der Feuerleiter auf der anderen Seite des Daches ungeduldig wartete, und sie stiegen, so schnell sie nur konnten, die Leiter hinab. Unten angekommen, schauten sie in alle Richtungen der schwach befahrenen Straße, doch schienen sie noch nicht entdeckt worden zu sein.

»Dorthin!«, rief Oliver, und sie sprinteten in die Richtung, aus der sie in der Nacht zuvor gekommen waren.

Liam schaute immer wieder zurück in der Hoffnung, etwas von Oscar auf dem Dach erkennen zu können. Doch es war nichts zu sehen. Er wusste, dass ihn dieser Moment womöglich ewig verfolgen würde, sollte Oscar wirklich etwas zustoßen.

Während Oliver sie weiter durch die Straßen und Gassen der morgendlichen Londoner Innenstadt führte, sah Liam, dass Byrne stark an den Armen blutete, und als er sich daraufhin seine eigenen anschaute, erkannte er ähnliche Blessuren. Die Sonne war mittlerweile schwach am wolkenlosen Horizont zu erkennen, als sie sich wieder der Themse näherten.

»Wir müssen irgendwie ungesehen auf die andere Seite kommen. Vielleicht beobachten sie die Brücken«, sagte Oliver, als sie wieder auf der Uferpromenade standen und in Richtung der London Bridge schauten.

»Da!«, sagte Liam und zeigte in Richtung eines kleinen Holzkutters, der von einem weißbärtigen Mann mittleren Alters gerade für die Touristenfahrten vorbereitet wurde.

»Guten Morgen, Matrosen«, begrüßte er die drei freundlich, als sie auf ihn zukamen. »Mein Name ist Edmund und ich bin der Kapitän der wunderschönen Althea. Falls ihr eine Tour buchen wollt, die erste beginnt in einer Stunde.«

»Guten Morgen«, sagte Liam. »Könnten Sie uns eventuell nur über die Themse bringen?«

Der Kapitän des ziemlich alt aussehenden Kutters schaute sie verwirrt an. Er trug eine blaue Kapitänsmütze und sein faltiges Gesicht war von endlos vielen Seefahrten gezeichnet.

»Wenn ihr nur über den Fluss wollt, geht doch einfach über die Brücke«, antwortete er und rollte derweil ein Tau zusammen.

»Hören Sie, es war schon immer mein Traum, einmal mit einem Schiff zu fahren«, sagte Byrne und klang dabei ziemlich bemitleidenswert. »Wir würden sehr gern eine Tour mitmachen, allerdings geht unser Flieger in einer Stunde und ich wollte nur ein einziges Mal wissen, wie das ist, mit einem solchen Schiff in See zu stechen. Selbstverständlich bezahlen wir Sie auch für die Fahrt«, ergänzte er hastig, als ihn der Kapitän weiter musterte.

»Das ist kein Schiff, sondern ein Boot, mein Junge«, erklärte er.

»Wo liegt denn der Unterschied?«, fragte Byrne neugierig.

»Nun, ein Schiff ist ein seetüchtiges Fahrzeug, das länger als fünfzig Meter ist. Alles darunter nennt man Boot.«

»Aha, das wusste ich nicht. Wieder was dazugelernt«, sagte Byrne und grinste.

Der Kapitän fixierte ihn immer noch skeptisch und Liam hatte das Gefühl, er hätte bei ihm für den Bruchteil einer Sekunde ein leichtes Zucken seiner Lachmuskeln erkannt. Irgendwie schien er Byrne zu mögen. »Und du bist noch nie mit einem solchen Boot gefahren?«, fragte er ungläubig.

»Nein, mein Vater wurde immer so schnell seekrank, obwohl er mir versprochen hatte, einmal mit mir auf einem solchen Boot zu fahren, bevor er starb.«

Liam hörte sich Byrnes Blödsinn an und wäre die Lage nicht so ernst, hätte er lachen müssen.

»Gebt mir ein paar Minuten. Ich mach das hier schnell fertig, und dann drehen wir eine kleine Runde. Geht schon mal an Bord«, sagte Edmund, der Byrnes Geschichte offenbar geglaubt hatte.

Liam und Oliver waren erstaunt über seinen blitzschnellen Einfallsreichtum. Sie schritten über eine kleine Planke auf den Kutter und setzten sich auf die Bänke am Heck. Nach ein paar Minuten war der Kapitän mit seinen Vorbereitungen fertig und stellte sich an ein großes Steuer aus Holz.

»Meine Herren, es geht los. Genießen Sie die Fahrt und vermeiden Sie es, vorzeitig auszusteigen.« Mit diesen Worten startete er den Motor, und das gluckernde Geräusch der anlaufenden Bootsschraube erfüllte die Luft.

Sie fuhren in westlicher Richtung die Themse entlang und Kapitän Edmund erklärte ihnen allerhand interessante Fakten zu den Londoner Wahrzeichen um sie herum, die sie aber aktuell nicht im Entferntesten interessierten. Alle drei schauten sich ständig um und suchten dabei die Flussufer und Brücken nach mutmaßlichen Spähern ab. Eigentlich wollten sie nichts mehr als unauffällig auf die andere Seite der Themse gelangen, doch Kapitän Edmund schien unbekümmert seine Tour fortzusetzen.

»Glaubt ihr, Oscar geht es gut?«, flüsterte Byrne den anderen beiden zu.

»Ich denke schon. Er ist groß und kräftig und ich kann mir nicht vorstellen, dass sie ihm etwas antun wollen. Immerhin weiß er nicht das Geringste von uns«, sagte Oliver.

Byrne und Liam tauschten betroffene Blicke aus, denn das stimmte so nicht wirklich. Im Zug hatten sie ihm schon einiges erzählt, natürlich sehr kurz gehalten und ohne die wichtigsten Details, jedoch war es nicht so, dass Oscar überhaupt nichts wusste.

Als sie am Palace of Westminster vorbeikamen, machte Edmund wieder Kehrt und sie machten sich auf den Rückweg. Als sie etwa auf halber Strecke zwischen London Bridge und London Eye waren, bat Oliver den Kapitän, sie an einer Bootsanlegestelle auf der nördlichen Seite der Themse herauszulassen. Als Byrne Edmund kurz nach dem Anlegen am Crown Pier bezahlen wollte, winkte er ab. »Jeder sollte mindestens einmal in seinem Leben in den Genuss gekommen sein, in See zu stechen. Auch wenn es nur kurz ist.«

Byrne bereute in diesem Moment sehr, ihn belogen zu haben. »Vielen Dank, Kapitän, Mast- und Schotbruch!«, antwortete er und die drei sprangen vom Boot.

»Kommt schnell in Deckung, das Ufer hier ist zu offen«, sagte Liam, und die drei huschten in einen nahegelegenen Park.

»Es ist nicht mehr weit zu der Kirche, vielleicht schaffen wir es ungesehen dahin«, sagte Oliver und tatsächlich, egal wie oft sie sich umdrehten, es war niemand zu sehen, der in irgendeiner Weise verdächtig wirkte.

Nach rund fünfzehn Minuten Fußweg erreichten sie endlich die St. Bartholomew-Church, unweit vom traditionsreichen Smithfield-Markt. Sie gingen zum Eingang der Kirche, vor der sich trotz der frühen Morgenstunden viele Menschen tummelten.

»Gibt's hier was umsonst?«, fragte Byrne verwundert.

»Es ist Sonntag, der Tag, an dem die Leute in die Kirche gehen«, antwortete Oliver.

»Das hatte ich nicht bedacht«, sagte Byrne, während er sich umschaute.

»Hoffentlich hat Pater Chaworth Zeit, um mit uns zu reden«, überlegte Liam, als er die vielen Menschen sah.

»Seht euch mal an, wie schick die alle angezogen sind«, warf Byrne ein. »Und wir sehen aus, als wären wir aus einer Episode von 'Alaska-Bush-People' entkommen.«

»Dem Herrn ist es egal, wie ihr gekleidet seid. Einzig euer Herz sollte von Gott erfüllt sein«, sagte plötzlich eine beruhigende Stimme hinter ihnen und sie drehten sich um.

»Guten Morgen, Pater Chaworth«, sagte Oliver.

»Guten Morgen, Oliver. Schön, dass du deine Freunde mitgebracht hast«, antwortete er und musterte die drei freundlich. Pater Chaworth hatte ein gütiges Gesicht, das jedoch von den Spuren eines reichhaltigen Lebens gezeichnet war. Sein kurzes graues Haar verlieh ihm eine würdevolle Ausstrahlung, und er trug eine klassische schwarze Robe mit einem weißen Kragen, wie es bei Priestern üblich war. Liam schätzte ihn auf etwa fünfzig Jahre.

»Pater, das sind meine Freunde, von denen ich erzählt habe. Können wir mit Ihnen reden?«, fragte Oliver

»Sicher, aber erst nach der Messe. Kommt rein und macht es euch bequem«, sagte er und die drei folgten ihm durch die Menschenmenge zum Eingangstor. Nachdem er es geöffnet hatte und die Menschen in die Kirche strömten, setzten sich die drei auf eine Bank möglichst weit hinten, direkt beim Eingangstor. Das Gebäude war recht klein im Vergleich zu anderen Kirchen, doch wirkte es sehr alt.

Die Kapelle füllte sich schnell und schon begann Pater Chaworth mit der Sonntagspredigt. Sie wussten nicht, ob Olivers Theorie stimmte, dass sich ihre Verfolger hier nicht hineinwagten, aber aus irgendeinem Grund fühlten sie sich während Pater Chaworths Rede unfassbar sicher. Er sprach über das Leben und seine Herausforderungen, über die unergründlichen Pläne Gottes und über viele Dinge, mit denen gerade junge Erwachsene oft zu kämpfen hatten. Liam, der zum ersten Mal in seinem Leben eine Predigt hörte, fand es gar nicht so schlecht, wie er erwartet hatte. Während Byrne neben ihm leise zu schnarchen begann, hörte er aufmerksam zu, und die Worte des Priesters gaben ihm tatsächlich Kraft. Auch Oliver hörte konzentriert zu, allerdings war seine Mutter auch sehr gläubig.

Vielleicht war es an der Zeit, sich etwas Neuem zu öffnen, dachte Liam. Etwas, wovor er sein ganzes Leben lang die Augen verschlossen hatte. Vielleicht hatte ihn sein Weg genau hierhergeführt, weil es so sein sollte. Er hörte die Stimme des Priesters, wie sie am kalten Gemäuer vorbei hallte und in diesem Augenblick durchströmte ihn ein Gefühl von Geborgenheit, wie er es lange nicht mehr gefühlt hatte. Er schloss die Augen und in ihm wuchs das unbändige Verlangen zu kämpfen. Er wollte nicht mehr davonlaufen, denn schließlich hatten sie es nicht mit Geistern oder Dämonen zu tun, es waren Menschen. Gefährliche und unberechenbare Menschen, aber dennoch aus Fleisch und Blut.

Er schaute hoch zur beeindruckenden Gewölbedecke und sein Blick wanderte zu den großen Mosaik-Fenstern, durch die nun die ersten Sonnenstrahlen ein schwaches Licht warfen. Als ungefähr eine Stunde vergangen war, beendete Pater Chaworth den Gottesdienst. Er sprach noch kurz mit einigen Gemeindemitgliedern, ehe er die drei zu sich heranwinkte. »So, jetzt habe ich ein paar Minuten Zeit, ehe der nächste Gottesdienst beginnt. Kommt, wir gehen am besten in mein Büro«, sagte er und die drei folgten ihm durch eine kleine Tür neben dem Haupteingang, durch den sie gekommen waren.

»Das ist eine wirklich schöne Kirche«, bemerkte Liam.

»Das stimmt, und sie gehört mit ihren neunhundert Jahren zu einer der ältesten Gotteshäuser Londons. Doch leider ist sie nicht die größte Kirche, weshalb ich die Sonntagsmessen in Schichten abhalten muss«, erwiderte Pater Chaworth, während sie einen schmalen Gang entlangliefen, der sie zu einer steinernen Wendeltreppe hinauf in ein weiteres Stockwerk führte.

»Über uns befindet sich der Glockenturm, also erschreckt bitte nicht, wenn es zwischendurch etwas laut wird«, erklärte Pater Chaworth, als sie einen Korridor entlangliefen, der an einer recht kleinen Holztür endete.

Pater Chaworth schloss die Tür auf, und sie betraten ein überraschend großes und gemütlich eingerichtetes Büro, in dessen Mitte ein Schreibtisch aus massivem Eichenholz stand. Die Wände waren von großen Bücherregalen verdeckt, in denen zahllose uralt aussehende Einbände aneinandergereiht waren. Zwischen den Regalen standen Vitrinen, in denen offensichtlich sehr kostbare kirchliche Artefakte ausgestellt waren. Hier und da schimmerten silberne und goldene Gegenstände durch die Glastüren und verliehen dem Raum eine ganz eigene Atmosphäre.

»Setzt euch bitte«, sagte Pater Chaworth und wies auf eine große smaragdgrüne Couch, direkt neben ihnen. Er ging zu einem großen Schrank in der Ecke des Büros und öffnete ihn. Zur Verwunderung der drei holte er mehrere Flaschen kalter Limonade aus einem Kühlschrank und reichte sie den Jungs, die dankend annahmen. Nachdem er selbst auf einem großen Ledersessel gegenüber der Couch Platz genommen hatte, schaute er die drei wieder mit einem freundlichen Gesichtsausdruck an. »Also, Freunde, wie kann ich euch denn helfen?«

Liam, der gerade einen großen Schluck von der Limonade genommen hatte, stellte die Glasflasche auf den kleinen Tisch zwischen ihnen und begann zu erklären: »Erst einmal vielen Dank, dass Sie uns heute empfangen haben, Pater. Wie Sie bereits von unserem Freund Oliver erfahren haben, werden wir von seltsamen Leuten verfolgt. Wir glauben, diese Leute wollen uns etwas antun. Und vor ein paar Stunden haben sie einen Freund von uns an der alten Werft nahe der Tower

Bridge geschnappt. Die Polizei kann uns nicht helfen und wir wissen nicht, was wir tun sollen. Diese Menschen sind böse, sie glauben an den Teufel und solche Sachen.«

»Das tue ich auch«, entgegnete Pater Chaworth mit einem breiten Lächeln. »Aber ich weiß, worauf du hinaus möchtest. Nach dem, was Oliver mir kurz erzählt hat, glaube ich, ihr werdet von einer satanischen Sekte verfolgt. Einem Zusammenschluss von Leuten, die mit dem Teufel im Bunde stehen. Ich habe mich in der Vergangenheit schon ab und zu mit ein paar dieser Sekten beschäftigen müssen und ich glaube, es gibt kaum gefährlichere Leute auf der Welt.«

Liam, Byrne und Oliver tauschten angespannte Blicke. Ihnen war mittlerweile klar, dass mit diesen Leuten nicht zu spaßen war, doch die Bestätigung einer akuten Bedrohung von jemandem, der sich damit sehr gut auskannte, ließ ihnen die Nackenhaare zu Berge stehen.

»Diese Menschen sind so gefährlich, weil sie ihren Glauben über jedes Gesetz stellen und nicht davor zurückschrecken, das zu tun, was ihrer Ansicht nach getan werden muss. Koste es, was es wolle«, fuhr er fort.

»Was um alles in der Welt wollen die von uns?«, brach es aus Byrne heraus. »Wieso gerade wir?«

Pater Chaworth hielt einen Moment lang inne. »Oliver sagte mir, ihr hättet im Wald etwas beobachtet. Etwas, das mit diesen Leuten zu tun hat, und dass ihr seitdem verfolgt werdet.«

»Das stimmt«, bestätigte Liam. »Byrne ist scheinbar in ein Ritual oder sowas reingeplatzt. Seitdem verfolgen uns diese Leute auf Schritt und Tritt. Offenbar hat er etwas gesehen, was er nicht hätte sehen dürfen.«

Pater Chaworth schien kurz zu überlegen. »Nun, ich denke nicht, dass ihr zufällig in ein Ritual geplatzt seid. Wenn ich eines über diese Leute gelernt habe, dann, dass sie nichts dem Zufall überlassen. Habt ihr mal darüber nachgedacht, dass ihr vielleicht genau dort sein solltet, wo ihr wart?«

»Wie meinen Sie das?«, warf Oliver ein.

»Es besteht die Möglichkeit, dass sie euch dorthin gelockt haben, weil sie wollten, dass ihr das seht. Denkt mal nach, ist euch im Vorfeld vielleicht irgendetwas seltsam vorgekommen?«

Liam begann darüber nachzudenken und sofort fiel ihm etwas ein: »Die Fotos«, sagte er leise mehr zu sich selbst als zu den anderen.

»Was meinst du?«, fragte Oliver sichtlich irritiert.

Liam schaute auf und sah Byrne und Oliver direkt an: »Wir haben in der Lagerhalle diese Fotos von uns gefunden. Da waren Bilder dabei, wo wir zusammen am Feuer saßen, noch bevor Byrne in den Wald gegangen war. Und dann diese Tasche mit dem Dolch, die Hannah auf dem Parkplatz des Supermarktes gefunden hat. Das alles war geplant, sie hatten es von Anfang an auf uns abgesehen.«

Jetzt schienen auch die anderen beiden zu überlegen. »Wenn das wirklich so ist, klärt es aber noch nicht die Frage, was sie von uns wollen«, sagte Byrne hitzig. »Wozu haben sie uns dahin gelockt?«

»Es kann verschiedene Gründe haben«, warf Pater Chaworth ein. »Ich will euch keine Angst machen, aber ich denke, ihr wisst selbst, dass sie euch womöglich etwas antun wollen.«

»Und was genau sollen wir jetzt machen?«, fragte Byrne mit einem hilfesuchenden Blick Pater Chaworth.

»Es gibt jemanden, der euch vielleicht weiterhelfen kann. Jemanden, der wesentlich mehr Erfahrung mit der Bekämpfung solcher Gruppen hat als ich«, sagte Chaworth und die drei Freunde schauten hoffnungsvoll auf.

»Und wer soll das sein?«, wollte Liam wissen.

»Ein alter Freund der Kirche. Ich werde sofort versuchen, ihn zu kontaktieren.«

»Ist er auch ein Priester?«, fragte Oliver.

»Nein, nichts dergleichen. Ihr müsst wissen, Priester oder Exorzisten, die sich mit der Bekämpfung religiöser Gruppen befassen, sind stets an die Gesetze und Vorschriften der Kirche gebunden. Daher sind sie auch etwas eingeschränkter, was ihren Handlungsspielraum betrifft. Ehe sie wirklich etwas unternehmen können, benötigen sie die Erlaubnis der Kirche und bei größeren Fällen sogar die vom Vatikan. Es müssen Beweise vorgelegt werden und ihr wisst bestimmt besser als ich, dass es meist nicht so einfach ist, diese zu liefern. Der Mann, den ich euch vorstellen möchte, handelt eigenständig. Seine Methoden sind etwas unkonventionell, aber ich kenne niemanden, der besser geeignet ist, um euch zu helfen.«

»Und wie heißt der Mann?«, fragte Liam hoffnungsvoll.

»Seinen richtigen Namen kenne ich nicht, aber er nennt sich selbst Silas.«

»Und wie finden wir diesen Silas?«, fragte Oliver.

»Gar nicht, denn er muss euch finden«, antwortete Pater Chaworth.

»Was soll denn das wieder heißen?«, fragte Byrne mit hochgezogenen Augenbrauen.

»Silas ist ein Reisender, er bleibt nie lange an einem Ort und ist deshalb sehr schwer zu finden. Aber hin und wieder kommt er in die Kirche, bittet um Rat und teilt seine neuesten Beobachtungen bezüglich der Schattengesellschaften mit. Sobald er hier erscheint, werde ich ihm von eurer Sache berichten. Er wird sicher unverzüglich Kontakt zu euch aufnehmen, und bis dahin kann ich euch nur empfehlen, zusammen zu bleiben. Seht zu, dass ihr nach Hause kommt und wartet auf meine Antwort. Traut niemandem, auch nicht der Polizei. Ich werde außerdem Leute schicken, die nach eurem Freund suchen. Ich muss gleich die nächste Messe abhalten. Es tut mir leid, dass ich vorerst nicht mehr für euch tun kann, aber solltet ihr dringend eine Zuflucht benötigen, ihr seid hier und in jedem anderen Haus Gottes stets willkommen. Gott wird euch in jedem Kampf beistehen, dessen seid gewiss.«

Die drei standen auf und bedankten sich bei Pater Chaworth. Oliver gab ihm die Telefonnummer seiner Mutter, damit er sie benachrichtigen konnte, sobald er etwas von Silas oder Oscar gehört hatte. Sie verließen das Büro und gingen die steinerne Wendeltreppe hinunter zum Haupteingang, wo bereits die nächsten Gläubigen zur Sonntagsmesse hineinströmten. Ratlos standen sie auf dem mittlerweile von Sonnenlicht durchfluteten Kirchenvorplatz und schauten sich um.

»Und was machen wir jetzt?«, fragte Byrne die beiden.

»Wir machen das, was Pater Chaworth uns geraten hat. Wir fahren nach Hause«, antwortete Liam. »Auch wenn wir nirgends wirklich sicher sind, kennen wir uns in Lancaster wenigstens aus. Hoffen wir, dass wir schnell eine Antwort von Pater Chaworth wegen Silas erhalten.«

»Und was ist mit Oscar?«, fragte Byrne. »Sollen wir ihn hier einfach zurücklassen in der Hoffnung, dass ihm nichts geschieht?«

»Wir können hier leider absolut nichts mehr für ihn tun«, sagte Oliver.

»Er hat recht«, bestätigte Liam und Byrne schaute ihn verwundert an.

»Oscars Schicksal liegt nicht mehr in unseren Händen. Wir können nur hoffen, dass es ihm gut geht und Pater Chaworths Leute ihn schnell finden. Wir müssen zurück zu Hannah. Hoffentlich ist ihr in der Zwischenzeit nichts zugestoßen.«

Auch Oliver wunderte sich über Liams Sinneswandel, doch war er im Grunde froh darüber, denn er sah es genauso. Schließlich stimmte auch Byrne zu und so machten sich die drei eilig zum nächsten Bahnhof auf.

Kapitel 12: Das Haus am Meer

Es war kurz nach neun Uhr, als es bei Hannahs zu Hause in Lancaster klingelte. Sie öffnete vorsichtig die Haustür und sah Mike, der sie freundlich anschaute.

»Morgen, Hannah, können wir los?«, fragte er und wies auf sein Auto, das mit laufendem Motor in der Einfahrt vor ihrem Haus stand.

Hannah erkannte den Wagen sofort, denn sie hatte ihn schon einmal gesehen, als sie die zwei merkwürdigen Personen auf dem Gelände der Lagerhalle beobachtet hatten, wie sie zu Mike ins Auto gestiegen waren. Sofort bekam sie wieder ein mulmiges Gefühl bei der Sache und fragte sich, ob es eine gute Idee sei, zu ihm ins Auto zu steigen. Auch wenn sie ihn im Grunde mochte, musste er etwas mit diesen Leuten zu tun haben. Doch ihr war ebenfalls bewusst, dass, wenn Mike die Wahrheit sprach und er jemanden gefunden hatte, der ihnen vielleicht helfen konnte, sie diese Chance wahrnehmen musste.

»Ja, meine Mutter ist gerade losgefahren. Nach dem Yoga geht sie noch einkaufen, wir sollten also zwei Stunden haben«, sagte sie und schloss die Tür hinter sich. Beinahe unbewusst schaute sie vorsichtig in beide Richtungen der Straße vor ihrem Haus entlang, um sicherzustellen, dass sie nicht beobachtet wurden. Sie stiegen in sein Auto und als Hannah die Tür schloss, überkam sie erneut ein flaues Gefühl im Magen.

Mike fuhr los und Hannah versuchte, sich ihre Nervosität nicht anmerken zu lassen. »Wie weit ist es bis zu der Frau?«, fragte sie ihn.

»Nicht weit, sie lebt in einem Haus in der Nähe der Küste«, antwortete Mike.

»Und weiß sie, dass wir kommen?«, fragte Hannah.

»Ja, ich habe sie gestern angerufen. Sie schien etwas perplex zu sein und wollte ganz genau wissen, wer wir sind und was wir von ihr wollen. Aber nachdem ich ihr erzählt hatte, worum es geht, stimmte sie einem Treffen zu. Sie bat mich allerdings, nicht direkt vor ihrem Haus zu parken und unbedingt darauf zu achten, dass uns niemand folgt. Anscheinend ist sie immer noch sehr vorsichtig nach all den Jahren.«

»Aus gutem Grund«, sagte Hannah kühl und beobachtete weiter die vorbeiziehende Landschaft aus dem Autofenster.

»Sie lebt kurz hinter der Stadtgrenze, in ein paar Minuten sollten wir da sein«, sagte Mike.

Hannah reagierte nicht und schaute weiter stumm aus dem Fenster. Ihr gingen so viele Dinge durch den Kopf und sie fragte sich, wie es Liam, Byrne und Oliver wohl gerade ging. Seitdem sie gestern nach London aufgebrochen waren, hatte sie keine Nachricht mehr von ihnen erhalten. Sie begann sich zu fragen, ob sie keine Zeit hatten, ihr zu schreiben oder ob ihnen etwas zugestoßen war. Mike schien ihre zurückhaltende Art zu bemerken, denn immer wieder suchte er ihren Blick.

Sie fuhren weiter in Richtung der Küste und als sie nach einer Weile den Stadtrand erreichten, tauchte allmählich das Meer vor ihnen auf. Auch wenn momentan noch die Sonne schien, waren von weitem dunkle Wolken zu erkennen, die langsam über dem offenen Meer zusammenzogen. Kurz nachdem sie aus der Stadt herausgefahren waren, bogen sie von der befestigten Straße auf einen schmalen Feldweg ab und Mike hielt an.

»Irgendwo da vorne muss es sein. Ich schlage vor, wir lassen das Auto hier stehen und gehen zu Fuß weiter.«

Hannah nickte und die beiden stiegen aus dem Wagen. Sie folgten dem Feldweg, der sie zuerst zum Meer und dann entlang der Küste zu einer recht abgelegenen Siedlung führte. Der Wind, der vom Meer aus Richtung Küste wehte, wurde zunehmend stärker und Hannah war klar, dass ein Unwetter aufzog. Nach ein paar Minuten Fußweg durch die sandigen Dünen erreichten sie die kleine Häusergruppe, die umringt von einigen Bäumen und Sträuchern vollkommen geschützt vor der Außenwelt war. Die wenigen Holzhäuser, die dort standen, waren in knallig bunten Farben angestrichen worden und die dazugehörigen kleinen Gärten wurden sichtlich liebevoll gepflegt.

Hannah betrachtete die vielen Tomaten- und Erdbeerpflanzen, die in den Beeten vor den Häusern wunderbar gediehen. Sie kam sich vor wie in einer anderen Welt, fernab von all dem Schrecken der letzten

Wochen. Es wunderte sie sehr, dass sie diesen Ort noch nie zuvor gesehen hatte.

»Es muss das rote Haus mit den weißen Fenstern dort drüben sein«, sagte Mike und zeigte auf ein rustikales Haus, das scheinbar schon viele Stürme überstanden hatte und dennoch sehr einladend aussah. Fast die Hälfte des Hauses war von Efeu bedeckt und vor dem kleinen Gartenzaun stand eine Bank aus Holz. Sie öffneten die kleine Tür am Zaun und gingen zur Eingangstür. »Na, dann los«, sagte Mike und klopfte dagegen.

Sie warteten einen Moment lang, ehe sie erneut gegen die Tür klopften, doch drinnen gab es keine Regung. »Ich dachte, sie weiß, dass wir kommen?«, sagte Hannah.

»Ja, ich habe gestern mit ihr telefoniert. Zwischen neun und halb zehn war ausgemacht, das verstehe ich nicht«, sagte Mike, der tatsächlich verwirrt schien. »Vielleicht hat sie es sich anders überlegt«, sagte Hannah nachdenklich.

»Hat sie nicht«, sagte plötzlich eine Stimme hinter ihnen. Beide drehten sich um und sahen eine schlanke Frau mittleren Alters, die in einem gelben Regenmantel gekleidet war. »Ich wollte wissen, wie ihr ausseht, bevor ich euch in mein Heim lasse«, sagte die Frau mit einer rauchigen Stimme. Sie hatte kurzes, dunkelbraunes Haar und musterte die beiden mit einem skeptischen Blick von oben bis unten. Ihr Gesicht wirkte gütig, aber bestimmt, wie das einer Lehrerin. Auch ihre Art zu sprechen wirkte sehr autoritär. Offenbar war sie jemand, der problemlos alleine klarkam.

»Kommt mit«, forderte sie die beiden auf, ihr in die entgegengesetzte Richtung zu folgen.

»Wollen wir uns nicht lieber drinnen unterhalten?«, fragte Hannah verunsichert und deutete auf die Eingangstür.

»Ja, schon, aber das ist nicht mein Haus. Es wird als Ferienhaus vermietet, ich wohne dort drüben«, sagte sie und deutete auf ein saphirblaues Holzhaus gegenüber, das ein wenig liebloser gestaltet war als die anderen Grundstücke.

»Hatten Sie nicht gesagt, wir sollen zum roten Haus kommen?«, fragte Mike.

»Das habe ich«, sagte sie und ging voran. »Kommt rein und tretet euch bitte vorher die Schuhe ab. Ich habe erst gestern Staub gesaugt«, sagte sie, während sie die Tür aufschloss.

Hannah und Mike folgten ihrer Bitte und nachdem sie sich die Schuhe ausgezogen hatten, folgten sie ihr hinein. Sie betraten das Wohnzimmer und Hannah war überrascht, wie gemütlich es wirkte. Auch wenn es von außen nicht so gepflegt wie die anderen Häuser aussah, war es von innen mit viel Liebe eingerichtet. Es erinnerte sie ein wenig an die Hütte im Wald von Byrnes Onkel, denn auch hier gab es große Terrassenfenster und Dachbalken aus Holz. Die Möbel waren allesamt im Vintage-Stil ausgesucht worden, mit blau-grauen Akzenten, ähnlich wie der äußere Anstrich des Hauses. Der Raum wurde von selbstgebastelten Lampen ausgeleuchtet, die aus zusammengebundenen Stöckern und Zweigen bestanden, in die große Glühbirnen eingearbeitet wurden. Hannah fühlte sich auf Anhieb wohl.

»Setzt euch, ich bin sofort bei euch«, sagte die Frau und verschwand aus dem Wohnzimmer in Richtung Küche.

»Seltsam, dass sie uns zu einem anderen Haus hat kommen lassen, meinst du nicht?«, fragte Mike, während er sich in einem großen Ledersessel vor den Fenstern niederließ.

»Sie ist bloß vorsichtig, was absolut verständlich ist, wenn sie dasselbe durchgemacht hat wie wir.«

»Ich bin gespannt, was sie weiß. Wenn das stimmt, was ich im Internet gefunden habe, hatte sie mit sehr ähnlichen Leuten zu tun wie ihr.«

»Es können aber nicht dieselben Leute sein. Immerhin sagtest du, das Ganze war bei ihr vor fast dreißig Jahren.«

»Vor neunundzwanzig Jahren, um genau zu sein«, sagte die Frau, als sie mit einem Tablett in den Händen wieder erschien. Sie stellte drei Tassen und eine Teekanne auf dem kleinen Wohnzimmertisch ab und nahm dann auf einem Stuhl Platz.

Hannah, die noch stand, setzte sich ihr gegenüber auf eine kleine Couch. »Hallo, mein Name ist Hannah und das ist Mike. Vielen Dank, dass Sie uns heute empfangen haben. Wir hätten ein paar Fragen bezüglich der Erlebnisse, die Sie vor neunundzwanzig Jahren hatten, denn uns passieren gerade sehr ähnliche Sachen«, begann Hannah das Gespräch.

Die Frau musterte Hannah und Mike ausgiebig, ehe sie antwortete. »Mein Name ist Grace. Tut mir leid, wenn ich euch zu einem falschen Haus geschickt habe, aber ihr werdet sicher verstehen, dass ich lieber zurückgezogen lebe. Ich habe in meinem Leben viel erlebt und gelernt, Fremden gegenüber besser mit einem gewissen Misstrauen zu begegnen«, sagte sie mit strengem Blick.

»Das verstehen wir nur zu gut. Könnten Sie uns vielleicht etwas darüber erzählen, was Ihnen damals zugestoßen ist?«, fragte Hannah bemüht verständnisvoll. Grace nahm die Teekanne und füllte die drei Tassen mit heißem Wasser auf, dann lehnte sie sich zurück und musterte Hannah erneut. »Bitte, wir haben nichts Böses vor. Wir hoffen einfach nur, Sie können uns ein paar Informationen geben, die uns weiterhelfen«, sagte Hannah und hatte dabei etwas Flehendes in ihrer Stimme.

Grace schaute hinüber zu Mike und dann wieder zu Hannah, ehe sie zustimmend nickte. »Ich war sehr jung und mit meinem damaligen Freund unterwegs, als wir eine Begegnung machten, die alles verändern sollte. Wir waren zum Wandern in den Forest of Bowland gefahren, als wir den Kadaver eines Hirsches im Wald fanden.«

»Was ist an einem Kadaver so ungewöhnlich?«, warf Mike ein.

»Es war ungewöhnlich, dass dieser Hirsch nicht etwa irgendwo auf dem Boden lag, sondern aufgehängt wurde. Nicht von Jägern, sondern von etwas Bösem.«

»Und wie kommen Sie darauf?«, fragte Hannah.

»Dieser Hirsch wurde nicht nur ausgeweidet, sondern regelrecht zerstückelt. Er wurde an allen vier Läufen zwischen zwei Bäumen fixiert und sein Kopf durch den Schädel einer Ziege ersetzt. Außerdem wurden ihm seltsame Zeichen ins Fleisch geritzt, so etwas habe ich noch nie gesehen.« Hannah und Mike starrten sie fassungslos an.

Grace schaute aus dem Fenster und ihr Blick verriet, dass sie diesen grauenhaften Anblick noch immer genau vor Augen hatte.

»Was ist dann passiert?«, fragte Mike und unterbrach die kurze Stille.

»Da es bereits dunkel wurde und ich panische Angst bekam, wollten wir so schnell wie möglich zum Auto zurück. Auf dem Weg dahin fühlte ich mich ständig beobachtet, als ob etwas im Wald uns verfolgen würde. Immer wieder glaubte ich, zwischen den Bäumen etwas umherschleichen zu sehen, doch mein Freund Daniel nahm an, ich würde anfangen, mir nach diesem Schreck etwas einzubilden. Schließlich sei ich verängstigt gewesen, aber ich war mir sicher, dass da etwas war. Und ich sollte recht behalten. Als es dann dunkel wurde und wir endlich am Auto ankamen, waren die Reifen aufgeschlitzt worden. An den Scheiben klebte Blut und in uns brach die blanke Panik aus. Ich wusste, das war kein harmloser Streich von irgendwelchen Hinterwäldlern, sondern etwas anderes.«

»Und haben Sie dann die Polizei verständigt?«, fragte Hannah.

»Wie denn?«, gab Grace schmunzelnd zurück. »Handys waren damals noch nicht so verbreitet wie heute und außerdem sehr teuer. Nein, wir waren auf uns gestellt. Ab diesem Moment begann ein Wettlauf gegen die Zeit. Ich wusste, sie mussten noch in der Nähe sein, denn das Blut an den Autoscheiben war frisch. Wir rannten so schnell wir konnten die Straße entlang, von der wir gekommen waren, in der Hoffnung, irgendeinem Auto zu begegnen. Wir liefen so schnell unsere müden Beine uns tragen konnten und irgendwann sahen wir von weitem die Lichter eines Hauses, das allein auf einem Hügel stand. Wir hätten es fast geschafft, doch ehe wir das Haus erreichten, wurden wir angegriffen.«

Hannah starrte sie wie gebannt an und auch Mike schien mitgenommen zu sein von dem, was er da hörte.

»Wie wurden Sie angegriffen?«, fragte Hannah mit angespannter Stimme.

»Zuerst wurde Daniel von hinten zu Boden gerissen und danach ich. Wir dachten zuerst, ein Tier greift uns an, denn in der Dunkelheit bewegte sich etwas sehr schnell um uns herum. Ich griff nach meiner Taschenlampe und dann sah ich es.«

»Was haben Sie gesehen?«, fragte Hannah wie versteinert.

»Ein bleiches Gesicht mit schwarzen, toten Augen. Ich schrie wie verrückt und schlug wild um mich, es war zum Fürchten. Nach einer

Weile ließen sie von uns ab und verschwanden in der Dunkelheit. Daniel war schwer verletzt und ich versuchte ihn zu dem Haus zu schleifen. Als wir dort ankamen, half uns der Bauer und verständigte Polizei und Notarzt. Als wir dann im Krankenhaus ankamen und sich die Ärzte Daniels Wunden anschauten, bemerkten sie etwas Ungewöhnliches. Überall waren Symbole in seine Haut geritzt worden, die keinen Sinn ergaben.«

»Was für Symbole waren das?«, wollte Hannah wissen.

»Es waren Symbole, die ich nie zuvor gesehen hatte. Ich habe später herausgefunden, dass diese Symbole sehr alt waren und vor Hunderten Jahren benutzt wurden. Sie hatten wohl etwas mit der Verfolgung von Hexen oder sowas zutun. Jedenfalls glaubte man das.«

Hannah zog ihr Telefon aus der Tasche und öffnete die Bilder von den bemalten Grabsteinen in Blackburn. »Sahen diese Symbole ungefähr so aus?«, fragte sie und reichte Grace das Telefon. Sofort weiteten sich ihre Augen. Es schien, als ob die grauenhaften Erinnerungen von damals wieder stärker denn je in ihr hochkamen. Sie blickte Hannah direkt in die Augen und nickte.

»Haben Sie heute noch Kontakt zu ihrem damaligen Freund?«, fragte Hannah.

»Nein, denn kurz darauf ist er verschwunden«, sagte Grace, während sie erneut aus dem Fenster schaute. Es war ihr anzusehen, dass sie noch immer darunter litt.

»Er ist verschwunden?«, fragte Mike mit hochgezogenen Augenbrauen.

»So ist es«, sagte sie leise. »Da ihm strikte Bettruhe verschrieben wurde, übernachtete ich bei meinen Eltern und er in seiner Wohnung. Ich ging jeden Tag hin und kümmerte mich um ihn, doch eines Morgens war er spurlos verschwunden. Ich wusste, es hatte etwas mit dem Angriff zu tun, denn er würde niemals einfach so weggehen, ohne mir etwas zu sagen.«

»Und die Polizei konnte ihn auch nicht finden?«, fragte Mike.

»Nein, sie haben ihn nie wieder gefunden. Es gab keine Spur eines Kampfes und auch seine Sachen wie Portemonnaie, sein Ausweis und selbst sein Auto waren noch da. Es war, als hätte er sich in Luft aufgelöst. Ich habe lange nach ihm gesucht, viel länger als die Polizei es tat. Doch ich habe ihn nie wieder gesehen.«

Es trat eine lange Pause ein. »Es tut uns sehr leid, was Ihnen zugestoßen ist, Grace. Doch wir haben es jetzt mit denselben Leuten zu tun, da bin ich mir sicher.«

Grace warf Hannah einen sehr ernsten Blick zu. »Kind, wenn das wirklich der Fall ist, verschwindet. Geht so weit weg, wie ihr nur könnt und kehrt nicht zurück. Sonst werdet ihr es euer restliches Leben bereuen, so wie ich es tue.«

Hannah sah ihr in die Augen und konnte spüren, wie ernst sie es meinte. »Konnten Sie sonst noch etwas herausfinden, das uns weiterhelfen könnte? Vielleicht irgendein Detail, egal wie unwichtig es scheint?«, fragte Hannah.

Grace überlegte, ehe sie antwortete. »Ja, eine Sache beschäftigte mich noch ziemlich lange. Die Polizei hat es nicht für sonderlich wichtig erachtet, aber auf der Autoscheibe wurde etwas mit Blut geschrieben. Wenn ich mich recht erinnere, stand dort *nox lunarum*. Ich habe ein wenig recherchiert, diese Worte stammen aus dem Lateinischen und bedeuten so viel wie *Nacht der Monde*«, erklärte Grace. »Aber viel mehr konnte ich dahingehend nicht herausfinden.«

Hannah überlegte angestrengt, denn sie hatte diese Worte schon einmal gehört und schlagartig fiel es ihr wieder ein.

»Dasselbe hat einer der Angreifer zu Maggi auf dem Friedhof gesagt«, murmelte sie zu sich selbst.

»Was sagst du?«, fragte Mike, der sie nicht richtig verstand.

»Ach, nichts«, antwortete Hannah und kehrte gedanklich in die Wirklichkeit zurück. »Danke für Ihre Offenheit, Grace. Sie haben uns sehr weitergeholfen. Wir werden Sie nun nicht weiter belästigen«, sagte Hannah und stand auf. Grace und Mike schienen ein wenig überrascht über Hannahs plötzlichen Wunsch aufzubrechen, doch standen beide nach kurzem Zögern ebenfalls auf.

»Gebt gut auf euch acht, ihr schwebt in höchster Gefahr«, sagte Grace und reichte beiden die Hand.

Hannah eilte aus dem Haus und Mike hatte Mühe, ihr zu folgen. »Was ist denn los?«, fragte er, während er ihr den Küstenweg hinterherlief, von dem sie gekommen waren.

»Nichts, ich muss nachdenken«, antwortete sie gedankenverloren.

»Okay, vielleicht kann ich dir ja dabei helfen.«

Hannah blieb stehen und drehte sich zu Mike um. »Diese Worte, nox lunarum, habe ich vor kurzem erst gehört. Einer dieser Typen hat so etwas während des Angriffs beim Friedhof in Blackburn gesagt.«

Mike schaute sie verwirrt an, denn er verstand kein Wort von dem, was Hannah erzählte. »Okay, und was willst du damit sagen?«, fragte er.

»Dass es sich definitiv um dieselbe Gruppe handelt und sie bereits seit Jahrzehnten ihr Unwesen treibt. Sie greifen Leute an und entführen sie. Es ist schlichtweg unmöglich, dass die Polizei nie einem von ihnen etwas nachweisen konnte.«

»Also willst du damit sagen, die Polizei hängt da mit drin?«, fragte Mike verwirrt.

»Absolut. Keine Gruppe der Welt kann dreißig Jahre lang schwere Straftaten verüben, ohne jemals aufzufallen. Sie werden gedeckt. Wir können niemandem mehr vertrauen«, sagte Hannah und ging weiter in Richtung Auto.

»Nacht des Mondes, dreizehn Monde«, murmelte sie weiter vor sich hin.

»Kannst du kurz mal langsamer laufen, was soll das alles bedeuten?«, sagte Mike, der wieder Mühe hatte, mitzuhalten.

»Erkläre ich dir ein anderes Mal, du musst mich jetzt nach Hause bringen. Meine Mutter wird bald zurück sein.«

»Hannah!«, rief Mike und blieb abrupt stehen. Sie drehte sich zu ihm um und hielt ebenfalls inne. »Ist alles okay zwischen uns?«, fragte er und blickte ihr dabei tief in die Augen.

Hannah merkte sofort, dass es ihm wichtig war. »Ja, wieso fragst du?«

»Ich habe einfach das Gefühl, du verhältst dich mir gegenüber komisch und ich weiß einfach nicht, wieso«, erklärte er mit bedrückter Stimme.

Hannah schaute in seine tiefblauen Augen und atmete den salzigen Meereswind ein. »Mike, ich mag dich wirklich sehr, aber es sind in letzter Zeit so viele Dinge geschehen. Dinge, die ich mir einfach nicht erklären kann, und ich weiß momentan nicht, wo mir der Kopf steht.«

»Dann lass mich dir helfen«, antwortete er ruhig. »Du bist mir wichtig. Egal, welche Gefahr dir droht, ich werde nicht zulassen, dass dir irgendetwas Schlimmes widerfährt.«

Hannah spürte die Entschiedenheit in seinen Worten. Er wollte ihr tatsächlich beistehen, auch wenn sie nicht wusste, ob sie ihm vertrauen konnte. Und wieder durchströmte sie ein unfassbares Gefühl von Geborgenheit. Sie sah seinen ernsten Blick und fühlte, dass es richtig war, genau in diesem Moment hier zu sein. Noch ehe sie sich ihre eigenen Gefühle erklären konnte, ging sie einen Schritt auf Mike zu und küsste ihn. In diesem Moment wurde alles um sie herum still, als ob die Welt aufgehört hätte, sich zu drehen. Nach einem schier unendlich langen Moment öffnete sie die Augen und vernahm wieder das Rauschen des Meeres. »Und du bist mir wichtig«, flüsterte sie leise.

Mike schien es die Sprache verschlagen zu haben, denn er brachte kein Wort mehr heraus.

»Lass uns gehen«, sagte sie schließlich und beide gingen mit gesenktem Blick zum Auto.

Während sie schweigend im Auto saßen, dachte Hannah an das, was gerade geschehen war: Sie hatte jegliche Vorsicht fallen lassen und ihn geküsst. Obwohl sie nicht gewusst hatte, ob sie ihm vertrauen konnte, hatte sie ihn so nah an sich herangelassen wie keinen anderen. Doch es war ihr vollkommen egal. Sie mochte ihn wirklich, und das wenige Gute, das ihr zurzeit noch passierte, wollte sie nicht mehr durch blindes Misstrauen verlieren. Es dauerte einen Moment, doch Hannah entschied sich dazu, ihren Gefühlen zu vertrauen. Sie fuhren durch die Stadt und Hannah schaute erneut aus dem Fenster. Ihr fiel nichts ein, worüber sie hätten reden können, denn der Kuss machte alles noch komplizierter, als es ohnehin schon war.

Nach ein paar Minuten klingelte Mikes Telefon. »Hey, Papa, ich bin gerade unterwegs ... Ich komme nachher gleich vorbei ... Ja gut, bis gleich«, sagte er und rollte mit den Augen.

»Alles in Ordnung?«, fragte Hannah, die mehr als froh war über diese Unterbrechung des langen Schweigens.

»Ja, ich muss ganz kurz bei der Werkstatt meines Vaters anhalten, dauert nur einen Moment und sie liegt auch auf dem Weg«, antwortete Mike.

»Kein Problem«, sagte Hannah. Mike bog von der Hauptstraße, die in Hannahs Wohngegend führte, in eine kleine Nebenstraße ab. Vorbei an heruntergekommenen Lagerhallen fuhr er auf ein eingezäuntes Grundstück, auf dessen großen Hof viele alte Autos standen. »Ich bin sofort wieder hier«, versicherte er ihr, bevor er ausstieg und in Richtung eines flachen Bürogebäudes ging.

Hannah schwirrten noch immer so viele Gedanken durch den Kopf, dass sie sich dazu entschied, sich kurz die Beine zu vertreten. Sie lief über den großen Hof und schaute sich die vielen Karosserien an, die dort verteilt waren. Als sie um einen großen Container herumging, blieb sie stehen. Sie schaute in Richtung einer Garage und sah Mike, wie er sich offenbar mit jemandem stritt, der sein Vater sein musste. Sie blieb hinter der Containerecke stehen und beobachtete, wie beide wild gestikulierten. Der Mann, der mit dem Rücken zu ihr gewandt stand, wedelte mit den Armen und schien wegen irgendetwas sehr aufgebracht zu sein. Schließlich sah Hannah sein Gesicht, und in diesem Moment wurde ihr etwas klar. Sie hatte diesen Mann schon einmal gesehen. Er war einer der beiden Personen, die auf dem Gelände der Lagerhalle zu Mike ins Auto gestiegen waren. Sein Vater war einer von ihnen.

Schlagartig wurden ihre Knie weich und die Angst überkam sie. Sofort drehte Hannah sich um und rannte los. Als sie gerade an Mikes Auto vorbeigehetzt war, kam ihr etwas in den Sinn. Wenn sie jetzt weglaufen würde, wüsste Mike womöglich Bescheid. Noch hatte er keine Ahnung, dass sie ihn gesehen hatte und das musste vorerst so bleiben. Obwohl es jeglichem Verlangen in ihr widersprach, setzte sie sich zurück in sein Auto. Ihr Puls raste und sie war sich nicht sicher, ob sie so tun könnte, als wäre nichts geschehen. In diesem Moment erschien Mike wieder und lief auf sie zu. Hannah musste sich nun zusammenreißen, koste es was es wolle. Zu ihr nach Hause waren es nur noch wenige Minuten Fahrtweg, sie konnte es schaffen. Mike stieg ein und entschuldigte sich für die Wartezeit.

»Kein Problem, aber meine Mutter müsste jeden Moment nach Hause kommen«, sagte sie bemüht ruhig.

»Du bist gleich zu Hause«, antwortete Mike und fuhr los.

Hannah fiel es während der restlichen Minuten unglaublich schwer, ruhig da zu sitzen. Mike, der sie ein paar Mal anschaute, merkte offenbar, dass irgendwas nicht stimmte. »Geht es dir gut?«, fragte er mit zusammengezogenen Augenbrauen.

»Ja, alles gut. Ich hoffe nur, meine Mutter ist nicht schon zu Hause.«

Mike schien sich mit dieser Antwort abzufinden, denn er fragte nicht weiter nach.

»Dein Vater spannt dich wohl ziemlich ein«, sagte sie, um irgendwie dieser seltsamen Stimmung zu entkommen.

»Ja, manchmal kann er ganz schön nerven, aber welche Eltern tun das nicht?«, erwiderte Mike.

Endlich bogen sie in die Straße zu Hannahs Haus ab und Mike hielt vor ihrer Tür. »Ist wirklich alles okay?«, fragte er erneut und sah sie mit demselben entlarvenden Blick an, wie bei ihrem Date im Restaurant, als Hannah ihm hatte auftischen wollen, dass sie bald in Deutschland studieren würde.

»Ja, alles okay«, antwortete sie wieder und versuchte, sich ein Lächeln abzugewinnen.

»Sehen wir uns bald wieder?«, fragte Mike.

»Klar, am besten schreiben wir einfach«, antwortete Hannah knapp und stieg zügig aus dem Auto. Ohne sich umzudrehen, ging sie auf die Haustür zu, steckte den Schlüssel ins Schloss und drehte ihn. »Verdammt, geh auf«, sagte sie zu sich selbst, denn ihre nervösen Hände hatten Schwierigkeiten, die Tür zu öffnen. Plötzlich packte sie eine Hand an der Schulter. Hannah schrie vor Schreck und schnellte herum.

Vor ihr stand ihre Mutter, die sie fragend anschaute. »Fräulein, was machst du hier draußen?«, fragte sie wütend.

»Ich ... wollte nur ...« Hannah schaute auf die Straße, doch Mike war fort.

»Was wolltest du?«, fragte ihre Mutter erneut.

»Ich wollte nur schauen, ob etwas im Briefkasten ist. Ich erwarte noch ein Schreiben vom College.«

»Da ist nichts. Ich habe den Briefkasten geleert, als ich losgegangen bin. Da wirst du noch etwas warten müssen«, sagte ihre Mutter bestimmt. »Los, rein mit dir.«

Hannah ging ins Haus, gefolgt von ihrer Mutter. Kaum fiel die Haustür ins Schloss, spürte sie, wie eine unglaubliche Last von ihr abfiel. Noch nie war sie so froh gewesen, ihre Mutter zu sehen.

Kapitel 13: Der Brief

Es war bereits Nachmittag, als Liam, Byrne und Oliver auf dem Bahnhof in Lancaster ankamen. Sie stiegen aus dem Zug und waren allesamt müde und erschöpft.

»Ich habe mich noch nie so auf eine Dusche und ein Bett gefreut«, seufzte Byrne, als sie mit ihren Rucksäcken das Gleis entlang Richtung Parkplatz trotteten.

»Ich schlage vor, jeder erholt sich etwas und dann treffen wir uns morgen in der Wohnung von Byrnes Bruder, was meint ihr?«, sagte Liam.

»Gute Idee!« – »Einverstanden«, bestätigten die anderen beiden Liams Vorschlag.

»Vielleicht fällt uns über Nacht etwas ein, wie es weitergehen soll«, ergänzte Byrne, während sie in Richtung des Parkplatzes gingen.

»Seid trotzdem vorsichtig und denkt daran, wir sind auch hier nicht sicher«, ermahnte sie Oliver.

»Wie verständigen wir uns eigentlich, falls etwas passiert?«, fragte Byrne.

»Festnetz«, antwortete Liam.

»Stimmt, so etwas gibt es ja heutzutage auch noch«, schmunzelte Byrne.

»Ich werde noch einmal kurz zu Hannah fahren und schauen, ob alles in Ordnung ist. Bis später, Leute«, sagte Liam auf dem Parkplatz und stieg auf sein Moped. Byrne und Oliver hoben die Hand zum Abschied und fuhren ebenfalls in verschiedene Richtungen nach Hause.

Als Liam wenig später vor Hannahs Haustür ankam, stellte er sein Moped ab und klingelte. Doch nicht Hannah öffnete die Tür, sondern ihre Mutter, die nicht sonderlich erfreut über seinen Besuch wirkte.

»Hallo Mrs. Jones, könnte ich kurz mal mit Hannah sprechen?«, fragte er freundlich.

»Hallo Liam, Hannah hat leider keine Zeit und um ehrlich zu sein, möchte ich, dass sie sich erstmal auf ihre Schule konzentriert.«

Liam schaute sie ungläubig an, ehe ihm wieder einfiel, dass Inspector Connor ihren Familien einen Besuch abgestattet hatte. »Darf ich sie wenigstens kurz fragen, ob alles in Ordnung ist?«, bat er freundlich.

»Es ist alles in Ordnung, Liam, ihr geht es gut. Ich würde vorschlagen, du fährst jetzt wieder nach Hause.« Kurz darauf verschwand Mrs. Jones wieder hinter der Tür und ließ Liam an der Türschwelle stehen.

Für einen kurzen Moment stieg Frust und Wut in ihm hoch, ehe ihm klar wurde, wie sich ihre Mutter nach einem solchen unangekündigten Besuch von der Polizei wohl fühlen musste. Also stieg er wieder auf sein Moped und fuhr nach Hause. Dort angekommen, nahm er eine lange heiße Dusche, fiel in sein Bett und schlief so schnell ein, dass er nicht mal darüber nachdenken konnte, was alles geschehen war.

Am nächsten Morgen wurde er schlagartig wach. Irgendein Geräusch von draußen hatte ihn geweckt und er brauchte einen Moment, um klarzustellen, wo er sich überhaupt gerade befand. Draußen war noch finstere Nacht und er schaute auf die kleine Uhr neben ihm auf dem Nachtschrank. Obwohl es erst halb fünf war, hatte er über zehn Stunden geschlafen. Er ging zum Fenster und spähte die von Laternen ausgeleuchtete Straße entlang. Nichts und niemand war zu sehen, doch er war sich sicher, er hätte so etwas wie ein Klirren gehört. Vorsichtig stieg er die Treppe hinunter in den Flur und schaltete das Licht ein. Sofort schreckte er zurück, denn direkt vor ihm lag ein schwarzer toter Rabe, umringt von Scherben auf dem Boden. Liam schaute auf und sah, dass die kleine Scheibe neben der Hauseingangstür zersplittert war.

»Was ist denn hier passiert?«, fragte eine Stimme von hinten.

»Liam drehte sich um und sah seinen Vater, müde gähnend, auf dem oberen Treppenabsatz stehen. »Ich habe ein Geräusch gehört und als ich herunterkam, sah ich diesen Vogel hier liegen«, antwortete Liam.

»Da hat sich das Vieh aber das falsche Haus ausgesucht«, sagte sein Vater und stieg ebenfalls die Treppe herunter. »Na super, jetzt kann ich auch noch eine neue Scheibe kaufen.

Fass das nicht an, ich entsorge den Patienten gleich«, sagte er zu Liam, der sich den Vogel genau anschaute. »Wo warst du gestern überhaupt?«, wollte sein Vater wissen.

Liam brauchte einen Moment, ehe ihm wieder einfiel, was er seinem Vater auf den Zettel geschrieben hatte. »Ich war doch in London bei Oliver und seinem Dad«, antwortete er, ohne ihn anzusehen.

»Stimmt«, sagte sein Vater. »Ich habe versucht dich anzurufen, aber dein Telefon war irgendwie aus.«

»Ja, es ist kaputt gegangen«, sagte Liam hastig.

»Was? Wie ist denn das passiert?«, fragte sein Vater ungläubig.

»Ähm, es ist mir ins Wasser gefallen, als wir eine Bootstour auf der Themse gemacht haben«, sagte Liam, dem auf die Schnelle nichts Besseres einfiel.

»Na super. Dann fang schon mal an zu sparen, mein Lieber«, antwortete sein Vater und hob den toten Vogel mit einer kleinen Schippe auf. »Ich brauch jetzt erstmal einen Kaffee«, fügte er hinzu und verschwand in der Küche. Liam betrachtete noch eine Weile die zerbrochene Glasscheibe, ehe auch er in die Küche ging, um endlich mal wieder in Ruhe zu frühstücken.

Als sich sein Vater später am Morgen zur Arbeit verabschiedete, verbrachte er einen seltsam ruhigen Vormittag. Er schaute fern und versuchte, all das zu verarbeiten, was geschehen war. Auch die Begegnung mit Hannahs Mutter ließ ihm keine Ruhe, und er fragte sich, ob sie ihr den Umgang mit ihm und den anderen endgültig verbieten würde. Doch Hannah war kein Kind mehr und sie konnte ihre eigenen Entscheidungen treffen, zumindest redete sich Liam das immer wieder ein.

Nachdem er eine Weile auf der Couch herumlag, klingelte gegen Mittag das Telefon. Liam stand auf und nahm ab: »Hallo, hier bei Williams?«

»Liam, ich bin's«, sagte die vertraute Stimme von Byrne. »Ihr müsst sofort zur Wohnung meines Bruders kommen, es ist wichtig. Und bring Hannah mit.«

»Ich bin mir nicht sicher, ob wir Hannah so schnell wiedersehen. So wie es aussieht, glaubt ihre Mutter, wir wären ein schlechter Umgang für sie«, erklärte er.

»Sie muss aber kommen«, sagte Byrne verzweifelt.

»Was ist denn los?«, fragte Liam, der nun merkte, dass irgendetwas nicht stimmte.

»Der Brief ist angekommen!«

»Welcher Brief?«, fragte Liam verwirrt.

»Die Antwort von Thomas, dem Freund von meinem Onkel, der damals im Wald dabei war«, erklärte Byrne hastig. Liam hatte bei all dem Trubel tatsächlich vergessen, dass sie überhaupt einen Brief abgeschickt hatten.

»Okay, und hat er etwas Wichtiges geschrieben?«, fragte er Byrne.

»Auf jeden Fall! Hol Hannah ab und kommt vorbei, Oliver ist auch schon unterwegs.«

»Ich weiß nicht, wie ich das anstellen soll«, sagte Liam verzweifelt.

»Dir wird schon etwas einfallen, bis gleich«, entgegnete Byrne und legte auf.

Liam hatte tatsächlich keine Ahnung, wie er Hannah überhaupt kontaktieren sollte, ohne dass ihre Mutter davon Wind bekam. Geschweige denn, sie mit zur Wohnung zu nehmen. Doch er musste es versuchen. Er zog sich an und schnappte seinen Helm.

Während der Fahrt überlegte er hin und her, doch selbst als er schon kurz vor Hannahs Straße war, wollte ihm nichts Sinnvolles einfallen. Also stellte er sein Moped unweit von ihrem Haus ab und ging den schmalen Weg in Richtung Wald, den er und Byrne benutzt hatten, um ihr Haus zu observieren. Und er hatte Glück, denn er konnte Hannah durch die Hecken hindurch erkennen, wie sie mit ihrer Mutter am Blumenbeet arbeitete. Doch wie sollte er sie nur von ihrer Mutter weglocken? Er schaute sich um und schlagartig kam ihm eine Idee. Er ging den Weg zurück zur Haustür und klingelte, kurz darauf rannte er wieder zurück zum Gartenzaun.

Sein Plan ging auf, denn Hannahs Mutter war ins Haus verschwunden. »Hannah!«, rief er durch einen kleinen Spalt in der Hecke. »Hier drüben!«

Hannah, die verwundert die Umgebung absuchte, erkannte Liam und eilte zum Zaun, während sie sich nervös nach ihrer Mutter umdrehte. »Liam, was machst du hier?«, fragte sie lächelnd.

»Ich habe gehört, du wurdest im Schloss eingesperrt?«, grinste Liam.

»Meine Mutter ist völlig von der Rolle, seitdem Connor hier war. Sie lässt mich keine Sekunde mehr unbeobachtet.«

»Du musst es irgendwie schaffen zu entkommen. Der Brief von Thomas, dem Freund von Byrnes Onkel, ist angekommen. Byrne sagte, wir sollen alle sofort zur Wohnung seines Bruders kommen«, erklärte Liam.

»Aber wie soll ich das anstellen?«, fragte Hannah und schaute dabei immer wieder über ihre Schulter in Richtung Haus.

»Du schaffst das, ich warte auf dem Spielplatz«, sagte Liam und sah, wie die Silhouette ihrer Mutter auf der Terrasse erschien. Liam holte sein Moped und schob es zum Spielplatz, unweit von Hannahs Haus. Während er wartete, schaute er immer wieder auf seine Uhr und fragte sich, ob sie noch kommen würde. Da er kein Telefon mehr hatte, konnte sie ihm nicht einmal Bescheid geben, falls sie es nicht schaffen würde.

Liam wartete noch eine ganze Weile, doch schließlich erschien Hannah hinter ihm. »Wie hast du das geschafft?«, fragte er sie freudestrahlend.

»Ich habe ihr gesagt, ich bin müde und lege mich hin. Dann bin ich aus dem Fenster geklettert wie eine Zwölfjährige«, erwiderte Hannah lächelnd.

Liam schloss sie in die Arme und war unglaublich froh, sie wiederzusehen, auch wenn sich kaum zwei Tage getrennt waren. »Was habt ihr in London erlebt?«, fragte sie wissbegierig.

»Erzähle ich dir alles später, jetzt müssen wir erst einmal los«, antwortete Liam und beide stiegen auf sein Moped.

An der Wohnung angekommen, standen bereits die beiden Mopeds von Byrne und Oliver nebeneinander auf dem Hof. Liam und Hannah eilten die Treppen hinauf, wo Byrne sie an der Tür empfing. »Kommt rein«, sagte er und die beiden betraten die große Wohnung. Sie setzten sich neben Oliver auf die Couch und warteten auf Byrne, der mit einem Brief in der Hand hinterherkam.

»Na dann, lies mal vor, was er so schreibt«, sagte Oliver und Byrne begann den Brief laut vorzulesen:

Hallo Byrne,

danke für deinen Brief. Wie ihr sicher bereits herausgefunden habt, schwebt ihr in höchster Gefahr. Euch bleibt nur wenig Zeit, darum tut genau das, worum ich euch jetzt bitte. Ihr müsst auf schnellstem Weg zu mir nach Nordirland kommen. Tut ihr dies nicht, wird mindestens einer von euch sterben, noch ehe der nächste Vollmond scheint. Nehmt die Fähre nach Larne. Wir treffen uns am Leuchtturm, dem Chain Memorial Tower, unweit vom Hafen. Ich werde die nächsten Tage bei Sonnenaufgang dort auf euch warten. Achtet unbedingt darauf, dass ihr nicht verfolgt werdet.

T. R.

Alle vier schauten sich skeptisch an. Trotz der Umstände hätte keiner von ihnen mit einer solch ernsten Nachricht gerechnet.

»Was meint er mit: einer von uns wird sterben, bis der nächste Vollmond erscheint?«, ergriff Oliver das Wort.

»Ich vermute genauso, wie er es geschrieben hat«, antwortete Liam.

»Wie kommt er darauf, dass einer von uns stirbt?«, fragte Hannah vollkommen aufgelöst.

»Das werden wir nur herausfinden, wenn wir mit ihm sprechen«, sagte Oliver.

»Du willst doch nicht wirklich nach Irland fahren?«, fragte Hannah und suchte die Blicke der anderen beiden.

»Wir müssen«, antwortete Oliver. »Denkt mal drüber nach, wir haben nicht die geringste Chance gegen diese Typen. Seit Tagen versuchen wir, etwas zu unternehmen, doch sie sind uns immer einen Schritt voraus und die Polizei hat uns bis jetzt absolut nichts gebracht.

Ich für meinen Teil will, dass das alles irgendwann endet. Byrne, Liam, was meint ihr?«

»Ich würde auch sagen, wir folgen seinem Rat. Nach Irland ist es eine Tagestour. Wir können mit den Mopeds nach Cairnryan fahren und von dort aus die Fähre nach Larne nehmen«, schlug Byrne vor.

»Denkt ihr, das ist eine gute Idee?«, fragte Hannah angespannt. »Immerhin werden wir von dieser Sekte verfolgt. Ich denke, so eine Tour wäre die perfekte Gelegenheit für sie, um uns anzugreifen.«

»Das stimmt«, bestätigte Liam. »Aber was haben wir für eine Wahl? Oli hat recht, wir können uns hier nicht ewig verstecken und wir müssen uns an jede Hilfe klammern, die wir kriegen können. Wenn wir im Schutz der Dunkelheit aufbrechen, haben wir die besten Chancen, ungesehen aus Lancaster zu verschwinden. Und da wir unsere Telefone zerstört haben, werden sie uns dieses Mal vielleicht nicht so schnell aufspüren.«

»Wieso habt ihr eure Telefone zerstört?«, warf Hannah ein und die drei schauten sie an. Bei all dem Stress hatten sie völlig vergessen, dass sie nichts von all dem wusste, was ihnen in London passiert war. Und so begannen sie damit, ihr alles zu erzählen, angefangen von der Zugfahrt und der Begegnung mit Oscar, bis zu seinem Verschwinden und dem Gespräch mit Pater Chaworth.

»Noch einmal ganz langsam, bitte. Dieser Oscar, den ihr zufällig im Zug getroffen habt, wurde von diesen Leuten verschleppt?«, fragte sie, vollkommen aufgelöst.

»Das wissen wir nicht«, antwortete Liam. »Wir konnten nicht mehr sehen, was genau geschehen ist. Wir hoffen, dass es ihm gut geht und Pater Chaworth hat Leute geschickt, die nach ihm suchen.«

»Ahja, und dieser Priester will für uns den Kontakt mit einem Satanisten-Jäger herstellen, dessen echten Namen er nicht einmal weiß?«

Die drei Jungs sahen sich an und merkten, wie absurd das alles klang, wenn man selbst nicht dabei gewesen war. »Ja, ganz genau«, antwortete Byrne.

Hannah warf Liam einen Blick zu und er wusste sofort, was sie darüber dachte. »Wenn ihr nach Irland fahren wollt, macht das. Ich kann euch leider nicht begleiten«, sagte sie kühl.

»Warum nicht? Wir müssen zusammenbleiben, das hat Pater Chaworth auch gesagt«, warf Byrne ein.

»Es geht einfach nicht. Meine Mutter ist seit dem Besuch von Connor völlig anders. Wenn sie wüsste, dass ich gerade nicht in meinem Zimmer schlafe, würde sie sofort die Polizei alarmieren, fürchte ich.«

»Entweder fahren wir alle oder keiner«, sagte Liam bestimmt. Ihm war klar, wie schwer es für Hannah sein musste, erneut zurückzubleiben und außerdem wollte er sie nicht noch einmal schutzlos zurücklassen.

Dann stand Oliver auf und schaute aus dem Fenster zur Straße hinunter. »Ich weiß nicht, wie es euch geht, aber unser Leben hat sich in den letzten Wochen vollkommen verändert. Wir wissen nach wie vor nicht, mit was wir es hier wirklich zu tun haben, und die wenige Hilfe, die uns angeboten wird, auszuschlagen, weil sich unsere Eltern Sorgen machen, wäre mehr als dumm«, erklärte er ruhig. »Hannah, wir müssen dahin, ganz egal wie. Es wird nur eine Frage der Zeit sein, bis sie uns hier finden«, fuhr er fort und schaute sie direkt an.

»Aber wie soll ich das anstellen?«, fragte Hannah verzweifelt.

»Ich hätte da eine Idee«, warf Liam ein und die anderen drei schauten ihn erwartungsvoll an.

»Oliver, du hast die tiefste Stimme von uns allen. Du rufst bei Hannah zu Hause an und gibst dich als Dekan der Hochschule von London aus. Du fragst, warum Hannah heute nicht zu den letzten entscheidenden Auswahltests erschienen ist und erwähnst, dass sie einen Brief bekommen haben müsste. Ihre Mutter wird dir versichern, dass kein Brief ankam und du gibst ihr die Chance, die Tests nachzuholen. Allerdings müsse sie dafür umgehend nach London kommen.«

»Denkst du, das funktioniert?«, fragte Byrne und schaute sie abwechselnd an.

»Die Idee ist super!«, sagte Hannah voller Euphorie. »Meine Eltern sind die Woche beide arbeiten, also wird keiner von ihnen Zeit haben, mich nach London zu fahren. Und das College ist meiner Mutter verdammt wichtig, das kann nur funktionieren!«

»Also gut, wir probieren es«, sagte Liam. »Ich bringe dich jetzt schnell nach Hause. Deine Mutter wird sofort mit dir reden wollen, sobald Oliver aufgelegt hat. Der letzte Zug nach London geht um fünf, wir müssen uns also beeilen.«

Hannah und Liam standen sofort auf und eilten in Richtung Tür.

»Wartet!«, rief Byrne. »Was ist, wenn dich deine Eltern zum Bahnhof bringen wollen?«

»Guter Einwand«, sagte Liam. »Dann steigst du am nächsten Bahnhof aus und ich hole dich da wieder ab.«

»Und wie kommunizieren wir, wenn ihr eure Telefone zerstört habt?«, warf Hannah ein.

»Nehmt die mit«, sagte Byrne und reichte ihnen die Funkgeräte, die er noch von ihrem letzten Einsatz im Rucksack hatte.

»Sehr gut!«, rief Liam. »Aber jetzt müssen wir los. Oliver, überleg dir etwas Gutes und ruf in genau fünfzehn Minuten an, dann sollte Hannah wieder in ihrem Zimmer sein.

»Äh, okay«, erwiderte Oliver planlos und die beiden verschwanden eilig durch die Tür.

Als Liam und Hannah gerade wieder in die Straße einbogen, die zu ihrem Haus führte, schaute Liam auf seine Armbanduhr. »Wir haben ungefähr noch drei Minuten«, sagte er zu Hannah gewandt, die unter ihrem Helm Schwierigkeiten hatte, ihn zu verstehen. Liam stellte sein Moped in Sichtweite zum Haus ab und Hannah sprang vom Rücksitz. Kurz vor ihrer Haustür hörte sie auf zu rennen und ging zügig vorbei, um nicht aufzufallen. Dann verschwand sie auf die gegenüberliegende Hausseite, wo ihr Zimmer lag. Liam hätte gern gesehen, wie sie an dem Haus hochkletterte, denn er konnte es sich partout nicht vorstellen. Doch er blieb auf seinem Moped sitzen, ohne den Helm abzunehmen.

Er beobachtete das Haus und fragte sich, ob sein Plan aufgehen würde. Immer wieder überprüfte er sein Funkgerät und hoffte, Hannah würde ihres bedienen können, denn in der Eile hatte er ihr vergessen zu erklären, wie genau es funktionierte. Er saß lange auf seiner Maschine und wartete, als langsam schon die ersten Leute aus den umliegenden

Häusern seine Anwesenheit wahrnahmen. Liam konnte aus dem Augenwinkel erkennen, wie eine ältere Frau immer wieder den Vorhang ihres Wohnzimmerfensters beiseiteschob und ihn beobachtete. Ihr kam sein Verhalten offenbar sehr verdächtig vor und er fragte sich, wie lange er hier noch stehen konnte, bevor sie die Polizei rief. In einer solchen Gegend waren die Leute vorsichtiger, denn sie hatten mehr zu verlieren, dachte er sich.

Als Liam langsam die Hoffnung aufgab und es schon kurz nach halb fünf war, stürmte plötzlich Hannahs Mutter mit einer Tasche in jeder Hand aus der Haustür heraus und stolperte in Richtung Auto. Kurz darauf kam Hannah mit einem Rucksack hinterher, warf ihm einen warnenden Blick zu und setzte sich auf den Beifahrersitz. Liam wusste, sie würden in wenigen Augenblicken an ihm vorbeikommen und so startete er sein Moped und fuhr voran in Richtung Bahnhof.

Als er dort ankam, stellte er sich an den Rand des Parkplatzes und beobachtete die Einfahrt. Nachdem er mehrere Minuten dort gestanden hatte, war das Auto von Hannahs Mutter noch immer nicht in Sicht. Mit einem Schlag überkam ihm der Gedanke, dass ihre Mutter sie vielleicht doch bis nach London fahren würde. Er hatte keinen Schimmer, was er tun sollte, wenn dies der Fall war. Und er konnte sie dann auch nicht erreichen, denn die Funkgeräte hatten nur eine sehr begrenzte Reichweite von wenigen hundert Metern. Er schaute auf die Uhr und sah, dass es nur noch fünf Minuten waren, bis der letzte Zug abfuhr. »Komm schon, Hannah«, sagte er zu sich selbst und sah sich weiter hektisch um.

Und dann erschien mit quietschenden Reifen doch noch das Auto, in dem Hannah und ihre Mutter saßen. Liam hätte in diesem Moment am liebsten vor Freude geschrien, solch eine Last fiel von seinen Schultern. Das Auto bremste ruckartig vor dem Bahnhofseingang und Hannah stieg aus. Sein Plan ging auf. Ihre Mutter blieb im Wagen sitzen, sodass er ihr nach wenigen Minuten in den Bahnhof hineinfolgen konnte.

Hannah stand am menschenleeren Gleis, als der letzte Zug nach London den Bahnhof bereits verlassen hatte. Als sie Liam sah, winkte sie ihm freudestrahlend zu: »Na, das hat doch wunderbar funktioniert, nicht wahr?«, sagte er zu Hannah.

»Das hat es, Oliver muss echt überzeugend gewesen sein, aber es wäre fast schief gegangen. Meine Mutter wollte vorher für mich noch unbedingt Pfefferspray kaufen. Sie ist echt besorgt, dass mir etwas zustößt«, sagte sie schmunzelnd und zeigte Liam eine kleine rote Flasche, ungefähr so groß wie eine Dose Haarspray. »Und hätten wir es nicht mehr rechtzeitig geschafft, hätte sie mich tatsächlich nach London gefahren.«

»Na dann haben wir ja noch einmal Glück gehabt und vielleicht kannst du das Pfefferspray noch gebrauchen«, antwortete Liam mit einem Lächeln. »Komm, wir fahren zurück zur Wohnung.«

Sie stiegen auf Liams Moped und Hannah klammerte sich fest an ihn. Während der Fahrt zu Oliver und Byrne überkam Hannah ein unglaublich schlechtes Gewissen. Nicht weil sie ihre Mutter derart belogen hatte, sondern wegen Liam. Immer wenn sie ihn brauchte, war er zur Stelle, ganz egal, was andere sagten. Und obwohl sie schon eine ganze Weile etwas für ihn empfand, hatte sie Mike geküsst. Ausgerechnet denjenigen, der offenbar zu den Leuten gehörte, die ihr etwas antun wollten. Dass sie Mikes Vater wiedererkannt hatte, war genau der Beweis, den sie gesucht hatten. Und doch war Hannah sich nicht sicher, ob sie den anderen davon erzählen sollte. Wenn herauskam, dass sie Mike geküsst hatte, würde das alles für immer ändern, fürchtete sie. Doch vorerst war das alles unwichtig. In Kürze würden sie sich auf nach Irland machen und alles andere musste sowieso warten, bis sie zurück waren. Also verdrängte sie jeden weiteren Gedanken und konzentrierte sich auf das, was vor ihnen lag.

Wieder parkte Liam im Hof und beide gingen die Treppe hinauf. Als sie in der Wohnung eintrafen, waren Byrne und Oliver bereits eilig dabei, zu packen.

»Was willst du denn damit?«, fragte Hannah bestürzt, als sie sah, wie Byrne diverse Schlagwerkzeuge einpackte. Neben einem Hammer lagen ein alter Radschlüssel und zwei kleinere Holzknüppel.

»Keine Ahnung, was ihr erwartet, aber ich habe das Gefühl, dass wir in den Krieg ziehen«, antwortete er so ernst, wie lange nicht mehr.

»In den Krieg?«, wiederholte Hannah fassungslos.

»Wir haben keinen Schimmer, was uns auf dem Weg nach Irland erwartet und wir sollten vorbereitet sein, falls uns jemand angreift«, pflichtete ihm Oliver bei.

Hannah warf Liam einen bestürzten Blick zu, doch er sah es allem Anschein nach ähnlich wie die anderen beiden.

»Morgen früh um fünf fährt die erste Fähre. Wenn wir gegen Mitternacht losfahren, sind wir rechtzeitig in Cairnryan und haben die besten Chancen, ungesehen aus Lancaster zu verschwinden«, erklärte Byrne, der in der Zwischenzeit alles schon durchgeplant hatte.

»Ihr wollt sofort los?«, fragte Liam, der davon ausgegangen war, dass sie sich noch einen Tag mehr Zeit ließen, um alles genau zu planen.

»Ja, wir sollten sofort verschwinden«, antwortete Oliver. »Aktuell scheinen sie uns noch nicht auf der Spur zu sein. Vermutlich denken sie, wir befinden uns noch immer in London, aber jeden Tag, den wir warten, wächst die Gefahr.«

»Da wäre ich mir nicht so sicher«, unterbrach ihn Liam gedankenversunken.

»Wie meinst du das?«, fragte Byrne.

»Heute Morgen, als es draußen noch dunkel war, ist etwas Seltsames passiert. Ich wurde durch ein lautes Geräusch geweckt und als ich nachschaute, lag da ein toter Rabe in unserem Flur. Eine Scheibe war zerbrochen und es wirkte, als sei der Rabe durch das Fenster geflogen.«

»Das ist doch aber nichts Ungewöhnliches, oder? Ich meine, es kommt doch öfter mal vor, dass Vögel die Orientierung verlieren und durch eine Scheibe krachen«, sagte Hannah.

»Schon, aber wie viele Vögel sind mitten in der Nacht unterwegs und fliegen dann auch noch so tief?«, sagte Liam nachdenklich.

»Denkst du, das hat mit dieser Sekte zu tun?«, fragte Oliver.

»Ich weiß es nicht, aber allem Anschein nach wurde der Rabe durch das Fenster geworfen.«

»Warum sollte das jemand machen?«, fragte Byrne mit runzliger Stirn.

»Vielleicht um zu schauen, ob jemand zu Hause ist oder wer genau dort wohnt«, überlegte Liam.

»Ein Grund mehr, sofort aufzubrechen«, entgegnete Oliver. »Habt ihr eure Sachen dabei?«, fragte er, an Hannah und Liam gewandt.

»Also, ich bin ausgerüstet«, antwortete Hannah und hielt ihre Reisetasche hoch. »Zwar eher für die Londoner City als für das regnerische Irland, aber das wird schon gehen.«

»Und du, Liam?«, fragte Oliver.

»Ich habe noch ein paar Sachen hier rumliegen, aber am besten wäre es, wenn ich nochmal nach Hause fahre und meinen Rucksack packe.«

»Nein, du kannst Sachen von mir haben«, warf Oliver ein. »Je mehr wir uns bewegen, desto wahrscheinlicher finden sie uns. Wir sollten erst wieder rausgehen, wenn wir Lancaster verlassen. Selbst dieser Thomas schrieb in seinem Brief, wir sollten darauf achten, nicht verfolgt zu werden.«

»In Ordnung«, sagte Liam. »Packt alles ein, was ihr braucht. Heute Nacht brechen wir auf.«

Kapitel 14: Ein erhofftes Wiedersehen

Draußen war es bereits dunkel, als die vier Freunde ihre Sachen fertig gepackt hatten. Byrne plünderte die restlichen Lebensmittel aus der Wohnung seines Bruders und teilte sie gleichmäßig auf. Da der Kühlschrank bereits seit Tagen leer war und keiner von ihnen einkaufen gewesen war, bestand ihr Proviant aus Konservendosen, Keksen, Riegeln und anderen lang haltbaren Lebensmitteln.

»In zwei Stunden fahren wir los. Ruht euch am besten alle aus, solange ihr noch könnt«, sagte Oliver und verschwand in der Küche.

Hannah stieg die schmale Holztreppe hoch zum Schlafzimmer, wo sie bereits ein paar Nächte verbracht hatte. Zwar war sie überhaupt nicht müde, doch wollte sie den anderen, und besonders Liam, erst einmal aus dem Weg gehen. Sie hatte sich dazu entschieden, das Geschehene mit Mike vorerst für sich zu behalten, doch befürchtete sie, dass nun Fragen aufkommen könnten, die sie zwingen würden, die anderen zu belügen.

»Denkst du, dieser Thomas ist vielleicht genauso verrückt wie mein Onkel?«, fragte Byrne, als er sich in einem Sessel neben der Couch niederließ.

»Schon möglich, immerhin hatte er ja genau das Gleiche erlebt«, antwortete Liam, der es sich auf der Couch daneben bequem gemacht hatte. »Seine Nachricht liest sich zwar sehr ernst, aber nicht so, als hätte er einen Sprung in der Schüssel«, ergänzte er, als er den Brief von Thomas vom Couchtisch nahm und erneut überflog.

»Ja, da hast du vielleicht recht. So oder so, wir werden es bald herausfinden.«

»Ich mache mir eher Sorgen um Oscar. Ich würde alles dafür geben, um zu wissen, ob er es geschafft hat, zu entkommen«, sagte Liam.

»Er hat es geschafft, da bin ich mir sicher«, antwortete Byrne. »Sag mal, ist zwischen dir und Hannah irgendetwas vorgefallen?«, flüsterte Byrne.

»Wie kommst du darauf?«, wollte Liam wissen und sah Byrne an.

»Ich weiß nicht warum, aber es kommt mir so vor, als ob sie uns gegenüber distanzierter ist, seitdem wir aus London zurück sind, meinst du nicht auch?«

Liam warf einen Blick hoch zum Schlafbereich und überlegte. Es war ihm bis jetzt nicht aufgefallen, aber Byrne konnte damit durchaus recht haben. Sie verhielt sich tatsächlich ein wenig anders als sonst.

»Vielleicht ist sie auch nur gestresst, so wie wir alle. Komm, lass uns noch ein paar Minuten die Augen zu machen, bevor es losgeht«, sagte Byrne, der Liam direkt ansah, wie er darüber zu grübeln begann.

Die restliche Zeit bis Mitternacht verging wie im Flug. Liam gingen Byrnes Worte nicht mehr aus dem Kopf und je mehr er darüber nachdachte, desto offensichtlicher wurde für ihn, dass er recht haben könnte. Doch blieb ihm nicht mehr viel Zeit, darüber nachzugrübeln. Kurz vor Mitternacht kam Oliver aus der Küche in den Wohnbereich. »Kommt, wir müssen los«, sagte er und weckte damit Byrne auf, der als einziger von ihnen geschlafen hatte.

»Was hast du da eigentlich die ganze Zeit drin gemacht?«, fragte Liam.

»Die Karte studiert«, antwortete er.

»Welche Karte?«, fragte Liam mit hochgezogenen Augenbrauen.

»Die Landkarte«, erwiderte Oliver. »Ohne Telefone haben wir auch kein Navi dabei und ich wollte mir wenigstens grob einprägen, wo wir lang müssen. Da fällt mir ein, Hannah, du solltest dein Telefon auch loswerden.«

Hannah kam gerade die Treppe hinunter und schien erleichtert, dass es endlich losging. »Das geht nicht, wenn mich meine Mutter anruft und ich nicht erreichbar bin, dreht sie völlig durch.«

»Dann mach wenigstens die SIM-Karte raus und schalte es aus«, erwiderte Oliver.

Byrne, der sich gerade aufraffte, drehte sich langsam zu ihm um. »Willst du mich verarschen?«, fragte er, während ihm sämtliche Gesichtszüge entglitten. »Wozu haben wir unsere Telefone kaputtgeschlagen, wenn wir sie auch hätten ausschalten können?«

»Weil es bei weitem nicht so sicher ist, wie sie zu zerstören. Allerdings fühle auch ich mich unwohl dabei, das Land zu verlassen, ohne ein funktionierendes Telefon dabei zu haben«, antwortete Oliver.

»Apropos das Land verlassen, schaut bitte alle noch einmal nach, ob ihr auch eure Ausweise dabeihabt«, sagte Liam.

Die vier überprüften ein letztes Mal ihre Sachen, ehe sie sich ihre Jacken anzogen und ihre Rucksäcke schulterten.

»Na, dann los«, sagte Liam, und sie gingen die Treppe hinunter in den Hof zu ihren Mopeds.

»Ich fahre voraus«, sagte Oliver. »Lasst ein wenig Abstand zwischen euch und verhaltet euch möglichst unauffällig. Das heißt, keine dummen Sachen machen, Byrne!«, ermahnte er ihn, als sie sich gerade ihre Helme aufsetzten.

»Zu Befehl, Captain«, antwortete er salutierend.

»Dreht euch regelmäßig um und gebt ein Zeichen, wenn euch etwas seltsam vorkommt. Unser erster Tankstopp wird Dumfries sein.« Hannah setzte sich wie immer auf Liams Rücksitz, während die anderen beiden getrennt fuhren. Sie starteten die Motoren und die Gruppe setzte sich in Gang.

Die Straßen waren menschenleer und sie begegneten nur sehr wenigen Autos, als sie die Stadt in nördlicher Richtung verließen. Alle vier achteten akribisch darauf, ob ihnen ein Auto folgte, doch scheinbar konnten sie tatsächlich Lancaster unerkannt verlassen. Als sie die letzten Häuser der Stadt hinter sich gelassen hatten, wurde es dunkel. Es gab keine Straßenlaternen und keine Lichter von Häusern mehr, nur die Scheinwerfer ihrer Mopeds beleuchteten schwach den schwarzen Asphalt vor ihnen. Es war eine kühle, sternenklare Nacht, und Liam bereute, nicht mehr Sachen angezogen zu haben. Trotzdem wollte er die Gruppe nicht gleich wieder zum Anhalten bewegen, um sich eine zusätzliche Jacke aus dem Rucksack zu holen, denn schließlich waren sie gerade erst losgefahren.

Nach einer Weile gewöhnten sich ihre Augen an die Dunkelheit und der Mond über ihnen, der beinahe voll war, ließ sie die Wiesen und Felder um sie herum erkennen. Genau wie bei ihrer Fahrt zur Hütte von Byrnes Onkel durchquerten sie viele kleine Ortschaften, doch es war ein völlig anderes Gefühl. Statt Vorfreude, Glück und ein unbändiges Gefühl von Freiheit, wurden sie nun von Angst und Unwissenheit begleitet. Auch wenn die Straßen ruhig wirkten, konnten sie jederzeit angegriffen werden, und keiner von ihnen hielt das für sonderlich unwahrscheinlich.

Nach knapp zwei Stunden Fahrt erreichten sie die Stadt Dumfries. Oliver führte sie zu einer Tankstelle, die jedoch geschlossen war. Er hatte sich zwar eingeprägt, wo sie lang mussten, hatte jedoch vergessen, nachzuschauen, wie lange die eingeplanten Tankstellen geöffnet hatten. So klapperten sie die halbe Stadt ab, bis sie eine Tankstelle fanden, die durchgängig geöffnet war, was sie einiges an Zeit kostete. »Lasst uns zusehen, dass wir schnell weiterkommen«, sagte er und die anderen verkniffen sich ihr Kommentar zu der Sache.

»Es geht sofort weiter, aber ich brauche jetzt erstmal dringend einen Kaffee«, sagte Byrne, worauf ihm Liam und Hannah zustimmten. Oliver ließ sich widerwillig darauf ein, bat sie jedoch, nicht unter der beleuchteten Tankstelle Pause zu machen, sondern in einer dunkleren Ecke des Parkplatzes.

»Wenn sie uns bis hierher gefolgt wären, hätten wir es mitbekommen, Oli«, sagte Byrne und schlürfte aus seinem Kaffeebecher. Doch Liam, der die Gelegenheit gleich nutzte, um sich etwas Dickeres anzuziehen, sah es wie Oliver. Es wunderte ihn sogar, dass bis jetzt nichts geschehen war, denn tief im Inneren hatte er fest damit gerechnet. Vielleicht hatten sie endlich etwas Glück nach all den Strapazen der letzten Tage.

Sie tranken ihren Kaffee aus und Byrne stopfte sich das Sandwich in den Mund, welches er sich gerade gekauft hatte. Als sie ihre Reise wieder fortsetzten, durchquerten sie viele Ortschaften und nachdem sie eine Weile durch das Landesinnere gefahren waren, tauchte nach einigen Hügeln und Tälern wieder das Meer vor ihnen auf. Der helle Mond ließ die niedrigen Wellen vor sich hin glitzern und Hannah kam es vor, als wäre sie in einem Traum. Genau das hatte sie sich die ganze Zeit erhofft. Sie wollte einfach weg von allem, was ihr vertraut war. Weg, um zu vergessen, was geschehen war. Sie fuhren einige Meilen an der Küste entlang, ehe sie endlich den Ort Stranraer erreichten, an dem die Loch-Ryan-Bucht begann, von der aus sie nach Irland überfahren würden. Noch ein paar Meilen nördlich, und sie hatten den Hafen von Cairnryan erreicht.

Oliver, der noch immer vorne weg fuhr, deutete ihnen, sich zu beeilen. Liam schaute auf seine Armbanduhr und tatsächlich hatten sie nicht mehr viel Zeit, bis die erste Fähre ablegen würde. Sie fuhren in den Hafen und in Richtung der einzigen Fähre, die dort stand. Sie stiegen von den Mopeds und zeigten ihre Ausweise einem Wärter an einem kleinen Häuschen vor, der ihnen einen guten Morgen wünschte. An einem weiteren, etwas größeren Häuschen kaufte Hannah für sie die Tickets, da sie von ihrer Mutter etwas Geld für London bekommen hatte.

»Wenn Sie die erste Fähre nehmen wollen, bitte ich Sie, umgehend an Bord zu gehen. Wir legen in wenigen Minuten ab«, sagte die Frau an der Kasse, und sie schoben ihre Mopeds eilig die große Laderampe hinauf zum Parkdeck, auf dem schon einige Autos standen.

Byrne sicherte die Mopeds an einer dafür vorgesehenen Stelle mit Gurten und als sie bemerkten, dass sich die Fähre in Gang setzte, stiegen sie eine schmale Metalltreppe hoch auf das obere Deck.

»Doch noch rechtzeitig geschafft«, stöhnte Oliver, als sie an der Reling standen und beobachteten, wie das Schiff langsam aus der Bucht fuhr. »Sorry wegen der Tankstelle, hatte ganz vergessen, nach den Öffnungszeiten zu schauen.«

»Kein Problem, du hast uns gut geführt, und wir haben es ja noch pünktlich geschafft«, sagte Liam zufrieden.

»Ich war schon ewig nicht mehr auf dem Meer unterwegs«, sagte Byrne glücklich und schaute sich alles genau an.

»Und das, obwohl es dir dein falscher Vater versprochen hatte?«, sagte Liam grinsend, und erinnerte sich an Byrnes Lüge in London, als sie die Themse auf einem Kutter überquert hatten.

»Die Geschichte hat uns unbemerkt auf die andere Seite gebracht. Ich denke, das war eine kleine Lüge wert gewesen«, antwortete er ebenfalls grinsend.

Sie hatten die Bucht hinter sich gelassen und fuhren über das offene Meer. Am Horizont stieg langsam die Sonne auf und der ganze Himmel begann sich golden zu verfärben. »Ich habe noch nie einen so schönen Sonnenaufgang gesehen«, sagte Hannah ehrfürchtig, und auch die anderen, die sich gerade energisch über ihre Weiterfahrt unterhielten, bestaunten jetzt mit großen Augen das Naturspektakel. Immer mehr Menschen sammelten sich an der Reling und machten Fotos. Es war, als würde der gesamte Horizont in Flammen stehen, und der rote Schein wurde von der gesamten Wasseroberfläche reflektiert.

»Freunde, ganz egal was noch auf uns zukommt, das Wichtigste ist, wir halten zusammen«, sagte Liam, der, genau wie bei Pater Chaworths Predigt, von einem unwahrscheinlich ermutigenden Gefühl gepackt wurde. Byrne, der zwischen ihm und Hannah stand, legte seine Arme auf ihre Schultern und sie beobachteten weiter, wie die Sonne langsam am Horizont aufstieg, während ihnen der kühle Meereswind entgegenwehte.

Nachdem sie eine gute Stunde über das Meer gefahren waren, begann sich das erst so verheißungsvolle Wetter schlagartig zu ändern. Der Wind nahm immer mehr zu und auch die Wellen um sie herum wurden allmählich größer. Dunkle Wolken zogen sich am Himmel zusammen und die ersten Regentropfen prasselten auf das Deck.

»Lasst uns reingehen«, sagte Liam, und sie setzten sich im Innenbereich an einen Tisch am Fenster.

»Alles in Ordnung, Hannah?«, fragte Oliver und auch den anderen beiden fiel nun auf, dass sie ziemlich blass im Gesicht war.

»Mir ist ein wenig übel, seitdem das Boot so doll schwankt«, antwortete sie bedrückt.

»Das ist kein Boot, sondern ein Schiff«, erklärte Byrne stolz.

»Klappe, Byrne«, sagten Liam und Oliver beinahe gleichzeitig.

»Es ist nicht mehr weit, wir sollten gleich da sein«, beruhigte Oliver sie.

»Schau auf den Horizont, das soll helfen«, fügte Liam hinzu und Hannah starrte angestrengt aus dem Fenster. Doch es wurde nicht besser. Die restliche halbe Stunde war für Hannah eine Qual. Der Wellengang wurde so stark, dass das Schiff meterhohe Auf- und Abbewegungen machte. Sie rannte immer wieder zur Toilette, um sich zu übergeben, und die anderen drei wussten nicht, wie sie ihr hätten helfen können.

Plötzlich schrie Byrne: »Land in Sicht!« durch den Raum, worauf sich andere Fahrgäste zu ihnen umdrehten und Liam peinlich berührt die Hand vor sein Gesicht hielt.

»Byrne, wir wollten doch unauffällig bleiben!«, sagte er leise, aber in einem strengen Ton.

»Stimmt, tut mir leid. Aber das wollte ich schon immer mal sagen.«

»Zieht euch eure Regensachen drüber, das wird gleich ungemütlich da draußen«, sagte Liam. »Ich hole Hannah und dann treffen wir uns unten auf dem Parkdeck. Macht schon mal die Mopeds los«, fügte er hinzu und eilte zur Damentoilette.

»Hannah, wir sind da«, rief er durch den schmalen Türspalt, worauf Hannah ihm ein gequältes *»Ganz toll«* zurückgab.

Nach ein paar Minuten schleppte sie sich aus der Toilette und sah noch blasser aus als zuvor. »Jetzt kann nichts mehr passieren, alles ist raus«, sagte sie und Liam musste schmunzeln.

Als sie auf dem unteren Parkdeck ankamen, hatte die Fähre bereits am Hafen von Larne angelegt. Byrne und Oliver warteten bei den Mopeds auf sie, als die große Laderampe gerade herunterfuhr. »Jetzt müssen wir nur noch diesen Leuchtturm finden«, rief Byrne, der durch den starken Wind kaum zu verstehen war, während sie ihre Mopeds vom Schiff schoben.

»Da müssen wir nicht lange suchen. Das da vorne müsste er sein«, rief Oliver zurück und deutete auf eine kleine Insel im Meer, unweit von der Küste entfernt. Auf der Insel war ein großer schmaler Leuchtturm in der Ferne zu erkennen, der über einen langen Steg mit dem Festland verbunden war. Der Turm, der nicht wie üblich in rot und weiß gestrichen war, ragte wie eine graue Nadel aus dem Meer und wirkte alt und bedrohlich, während die Wellen eine meterhohe Brandung um ihn schlugen.

»Ich würde sagen, wir lassen die Mopeds hier irgendwo am Hafen zurück«, rief Liam den anderen zu. »Der Sturm ist zu stark, es hat keinen Zweck zu fahren.«

Die anderen stimmten ihm zu und so stellten sie die Mopeds unter einem kleinen Fahrradständer am Hafen ab. Sie setzten ihre Kapuzen auf und machten sich zu Fuß in Richtung des Leuchtturms auf. Die Insel wirkte zuerst nicht sehr weit entfernt, doch schien es, als ob sie sich mit jedem Schritt weiter von ihnen entfernte. Alle vier zogen die Köpfe ein und versuchten, dem starken Wind, der vom Meer aus auf sie zu donnerte, möglichst wenig Angriffsfläche zu bieten. Byrnes Brille war so beschlagen, dass er sie absetzen musste, um etwas zu erkennen.

Sie kämpften sich die Bucht entlang bis zum Rand der kleinen Hafenstadt. Etwas abseits der letzten Häuser führte ein Trampelpfad über eine kleine Anhöhe zum Leuchtturm, der nun hoch vor ihnen aus dem Meer ragte.

»Sieht ja einladend aus«, sagte Byrne. »Und was jetzt?«

»Vielleicht ist er da drin, wartet hier«, wies Liam die anderen an und ging allein auf den schmalen Steg zu.

»Ich denke, das ist keine gute Idee!«, rief Hannah ihm hinterher, doch Liam stand bereits auf dem ersten Abschnitt der morschen Überführung. Zwischen den Holzdielen sah er unter sich die weiße Gischt der Wellen und er fragte sich, wie kalt das Wasser wohl sein würde. Schritt für Schritt ging er vorsichtig auf den Turm zu und je näher er ihm kam, desto unwahrscheinlicher wurde es für ihn, dass dort jemand drin sein könnte. Es gab keine Fenster und die kleine Holztür wirkte, als wäre sie schon viele Jahre nicht mehr benutzt worden.

Kurz bevor er die Tür erreichte, erwischte ihn eine Böe so stark, dass er sich am rostigen Geländer festklammern musste. Von hinten hörte er die anderen etwas rufen, doch kam es für ihn nicht in Frage, auf den letzten Metern umzudrehen. Er nahm all seinen Mut zusammen und ging die letzten Schritte über den wackligen Steg, ehe er mit einem Satz auf der Steininsel landete.

Als er direkt vor der Tür des Turmes stand, hämmerte er mit der Faust, so doll er konnte, dagegen. Da der Wind und das Meer um ihn herum so laut waren, konnte er nicht hören, ob sich drinnen etwas bewegte. Wieder schlug er mit ganzer Kraft gegen die Tür und langsam stieg die Nervosität in ihm auf. Vielleicht wartete hier niemand auf sie und dieser Thomas war vielleicht genauso verrückt wie Byrnes Onkel.

Vielleicht gab es noch einen anderen Leuchtturm, den sie übersehen hatten. Liam schaute sich um, doch war seine Sicht aufgrund des Sturms ohnehin nicht sonderlich gut. Gerade als er sich umdrehen wollte, öffnete sich die Tür und eine Hand streckte sich aus der Dunkelheit heraus, die ihn hineinwinkte. Wieder nahm er seinen Mut zusammen und zog den Kopf ein, ehe er durch die kleine Holztür in den Turm ging.

»Was ist mit deinen Freunden?«, sagte eine tiefe Männerstimme und Liam schaute in das schwach von einer Kerze angeleuchtete Gesicht eines stämmigen Mannes. Er trug einen grau-braunen Bart und eine schwarze Fischermütze. Sein ernstes Gesicht war von Narben durchzogen und sein olivfarbener Regenmantel wirkte, als ob er schon viele Fahrten auf hoher See überstanden hatte.

»Sind Sie Thomas Roberts?«, fragte er zögerlich.

Der Mann nickte. »Du musst Liam sein«, antwortete er, und seine braunen Augen musterten ihn eindringlich.

»Woher wissen Sie das?«, fragte er stirnrunzelnd.

»Ich werde euch später alles in Ruhe erklären. Aber da es das Schicksal wohl so eingefädelt hat und ich dich hier alleine vor mir habe, möchte ich die Gelegenheit nutzen und vorerst ein Wort der Warnung an dich richten. Einer von euch ist ein Verräter.«

Liam entglitten sämtliche Gesichtszüge. Jetzt war er sich beinahe sicher, dass dieser Thomas verrückt sein musste. »Wie meinen Sie das?«, fragte er mit einer gewissen Distanz in seiner Stimme.

»Es mag euch so vorkommen, dass die, die euch jagen, übernatürliche Kräfte besitzen. Es scheint, als ob sie euch immer einen Schritt voraus sind. Doch das ist eine Illusion. Einer von denen, die dir am nächsten stehen, berichtet ihnen. Vielleicht sogar, ohne es zu wissen.«

Liam wusste nicht, was er davon halten sollte. Zwar hatte Thomas nicht ganz unrecht mit dem, was er sagte, doch konnte er sich nicht ansatzweise vorstellen, dass einer von ihnen mit diesen Leuten unter einer Decke stecken könnte. Er schaute Thomas an und wusste nicht, was er darauf antworten sollte.

Plötzlich klopfte es an die Tür. »Liam, geht's dir gut?«, hörte er mit dumpfen Tönen Byrnes nervöse Stimme.

»Denk mal darüber nach«, ermahnte ihn Thomas, ehe er die Tür öffnete.

Mit großen Augen standen Byrne, Hannah und Oliver vor der Tür und versuchten, genau wie Liam zuvor, etwas in der Dunkelheit etwas zu erkennen. »S-Sind Sie Mr. Roberts?«, fragte Hannah, die sich in die überraschten Blicke der anderen über seine dunkle Erscheinung einreihte.

»Der bin ich, und ihr seid hier nicht sicher«, antwortete er kühl.

»Sie haben uns doch hierhergebeten«, warf Oliver trotzig ein.

»Um euch zu finden, aber wir können hier nicht bleiben. Wir sollten umgehend aufbrechen«, fügte er hinzu und schaute angespannt aus der Tür die Küste entlang.

»Wo gehen wir denn hin?«, wollte Liam wissen und folgte ihm über den Absatz hinaus zu den anderen.

»An einen sicheren Ort. Folgt mir«, antwortete er, schloss die Tür hinter Liam und ging voraus den Steg entlang Richtung Küste.

»Lasst uns abhauen, der Typ sieht völlig verrückt aus«, sagte Byrne angespannt.

»Wir können nicht umkehren, wir sind extra hierhergereist«, sagte Hannah eindrücklich.

»Er sieht vielleicht finster aus, aber ich habe das Gefühl, er ist der erste Mensch, der uns wirklich helfen kann«, pflichtete Liam ihr bei.

»Ich denke auch, wir sollten nichts unversucht lassen«, ergänzte Oliver und so gab sich Byrne schließlich geschlagen.

Sie folgten ihm auf die kleine Anhöhe zurück, doch zu ihrer Verwunderung bog er nicht in Richtung Stadt ab, sondern folgte einem Trampelpfad die Küste entlang. Weit und breit war nichts in der Ferne zu erkennen, auf das er zusteuern könnte. »Was soll der Scheiß?«, flüsterte Byrne den anderen zu und auch Liam wurde etwas mulmig bei dem Gedanken, mit diesem vollkommen fremden Mann in die Wildnis aufzubrechen. »Haltet einfach die Augen offen«, sagte er zu den anderen und folgte Thomas eilig, der weiter zügig voranschritt.

Nach ein paar Minuten blieb Thomas stehen, schaute sich um und bog dann in ein nahegelegenes Waldstück ab. »Wartet hier«, sagte er zu den anderen und besonders Byrne kam seiner Anweisung dankend nach.

»Da wäre ich ihm sowieso nicht hineingefolgt«, sagte er mit angespannter Miene und auch die anderen drei beobachteten aufmerksam, wie er im Dickicht des Waldes verschwand.

»Seltsamer Typ«, sagte Hannah.

»Seltsam? Wohl eher unheimlich. Worüber habt ihr eigentlich im Leuchtturm geredet?«, fragte Byrne und auch die anderen beiden schauten interessiert zu Liam.

»Nichts weiter, er wollte nur sichergehen, dass wir nicht zu denen gehören«, sagte er hastig.

»Woher wissen wir eigentlich, dass er keiner von ihnen ist?«, fragte Hannah.

»Ich denke, uns bleibt nichts anderes übrig, als ihm zu vertrauen«, antwortete Liam.

»Was macht er da jetzt eigentlich im Wald?«, fragte Byrne nervös.

»Sieht aus, als würde er etwas holen«, erwiderte Oliver, und tatsächlich, schien sich etwas im Wald zu bewegen.

Einen Augenblick später kam ein großer Geländewagen aus dem Unterholz gekracht und die vier schreckten ein paar Schritte zurück. »Los, steigt ein«, sagte Thomas, der am Steuer eines fleckig getarnten Jeeps saß, der seine besten Jahre schon lange hinter sich hatte. Aus dem Auspuffrohr qualmte pechschwarzer Rauch und die Stoßstange sah aus, als ob sie jeden Moment abfallen könnte.

»Kommt, Leute«, sagte Liam schließlich, da keiner von den anderen eine Regung zeigte.

»Habt keine Angst. Wäre ich einer der Feinde, wärt ihr schon tot«, sagte Thomas und brachte ein seltsam aussehendes Grinsen hervor. Es wirkte, als ob sein Gesicht verlernt hätte zu lächeln.

»Na, das klingt ja wirklich beruhigend. Erstaunlich, dass die Karre noch fährt«, sagte Byrne, und die vier stiegen ins Auto. Liam nahm auf dem Beifahrersitz Platz, während die anderen drei sich auf die Rücksitzbank quetschten, und Thomas fuhr mit einem Ruck los.

Sie fuhren viele Meilen über unwegsames Gelände, immer tiefer ins Landesinnere hinein. Gelegentliche Fragen seiner Passagiere über ihr Ziel ignorierte er und irgendwann gaben sie es auf zu fragen. Generell brachte er während der gesamten Fahrt kaum ein Wort heraus.

Sie waren sich nicht sicher, wie lange sie genau unterwegs waren, doch es mussten mehrere Stunden gewesen sein. Die schmalen Straßen und Wege, die sie passierten, wurden zunehmend schlechter. Da sich der Sturm scheinbar auf die gesamte Region erstreckte, bestanden die vielen Schotterwege, die sie immer wieder nahmen, größtenteils aus Matsch.

Während die anderen trotz der ruckeligen Fahrt irgendwann auf der Rücksitzbank eingeschlafen waren, blieb Liam wach. Er war sich sicher, dass es auch befestigte Hauptstraßen in diese Richtung geben musste, doch bevorzugte Thomas offenbar die abgelegenen Wege. Hin und wieder kamen sie an Abschnitten vorbei, die mit einem normalen Auto nicht befahrbar gewesen wären. Liam war sich sicher, dass dieser Umstand ebenfalls nicht unbeabsichtigt von Thomas war. Als das Gelände um sie herum etwas bergiger wurde, kamen sie auf eine gewundene Passstraße, die am Fuße eines Berges in ein bewaldetes Tal führte.

»Wir sind da«, sagte er und die anderen drei erwachten aus ihrem unfreiwilligen Schlaf.

»Wo sind wir?«, fragte Byrne, der genau wie die anderen beiden jede Orientierung gänzlich verloren hatte.

»In Srahmore«, antwortete Thomas.

»Und was zum Teufel machen wir hier?«, fragte Byrne scharf, der langsam jede Geduld über Thomas' spärliche Auskünfte verlor.

»Uns formieren und einen Plan schmieden, falls ihr weiterleben wollt«, antwortete Thomas ebenfalls in einem harschen Ton, wobei er sich umdrehte und Byrne finster anschaute. Byrne blickte finster zurück, sagte jedoch kein Wort mehr. »Da vorne ist meine Hütte«, erklärte er und bog von der Straße in einen Waldweg ab.

Langsam fuhren sie einige Minuten durch den Kiefernwald, bis sie schließlich an einem breiten Fluss ankamen. Mittlerweile musste es um die Mittagszeit sein, dachte sich Liam. Er schaute auf die Uhr im Jeep, die allerdings nicht funktionierte und bemerkte, dass er langsam heftigen Hunger hatte.

»Steigt aus«, wies Thomas sie an und alle vier kletterten erleichtert aus dem Geländewagen. Im Wald war es nahezu windstill und auch der Regen wurde durch die dichten Baumkronen deutlich abgeschwächt. Thomas, der noch im Auto sitzen geblieben war, parkte den Wagen ein paar Meter hinter ihnen zwischen zwei großen Büschen und nachdem auch er ausgestiegen war, öffnete er den Kofferraum und nahm ein großes Tarnnetz heraus, welches er über das gesamte Auto spannte. Die vier Freunde sahen sich um, doch war weit und breit kein Gebäude zu erkennen.

»Ähm, sehen andere Menschen diese Hütte auch?«, fragte Byrne, worauf Hannah ihm von der Seite einen Tritt mit dem Fuß gab.

Thomas antwortete nicht, sondern ging an ihnen vorbei in Richtung des Flusses. Am Ufer angekommen beugte er sich vornüber und griff mit einer Hand in das plätschernde Wasser, während die vier fragende Blicke tauschten. Als er wieder aufstand, hielt er ein dickes Tau in den Händen, das von einer Flussseite zur anderen gespannt war. »Haltet euch daran fest, während ihr durch den Fluss geht«, sagte er und schaute sie dabei an. Byrne lachte kurz, ehe er begriff, dass es sich um keinen Scherz handelte.

»Ernsthaft?«, fragte er mit einem unglaubwürdigen Blick.

Thomas drehte sich um, griff das Seil mit beiden Händen und watete langsam durch den Fluss. Er musste diese Stelle zur Überquerung ausgewählt haben, weil der Fluss hier nicht besonders tief war. Doch auch wenn das Wasser ihm nur bis zu den Knien reichte, war die Strömung recht stark. Sie schauten ihm zu, wie er Schritt für Schritt weiterging, bis er schließlich an der anderen Flussseite ankam.

»Beeilt euch!«, rief Thomas ihnen zu, doch standen sie noch immer wie angewurzelt da.

»Ach, was soll's, nasse Füße werden uns nicht umbringen«, sagte Hannah endlich und schnappte sich als erste das Tau. Die drei Jungs waren erstaunt, wie gekonnt sie den Fluss überquerte, und fast ebenso schnell wie Thomas hatte sie das andere Ufer erreicht.

»Na, dann los«, sagte Liam, und griff sich als nächster das Tau, gefolgt von Oliver und Byrne.

Das eiskalte Wasser kroch blitzschnell in ihre Schuhe und weckte ihre müden Geister in Sekundenschnelle auf.

Auch wenn es bei Thomas und Hannah ziemlich leicht ausgesehen hatte, fiel es den Jungs schwerer. Immer wieder kamen sie ins Straucheln, da der Grund des Flusses von größeren Steinen übersät war. Oliver musste sich sogar kurz bei Liam festkrallen, da er sonst abgerutscht und in den Fluss gestürzt wäre.

Als alle drei nass aber heil am anderen Ufer angekommen waren, ging Thomas erneut voran. Sie gingen durch den Wald auf der anderen Seite des Flusses und folgten einem schwachen Wildtierpfad, der zum Hang eines Berges führte, den sie von weitem durch die Baumkronen gesehen hatten. Auch wenn sie ihre nassen Füße gerade kaum noch spürten, fiel ihnen auf, wie unglaublich schön diese Gegend eigentlich war. Alles um sie herum wirkte magisch im Regen. Der moosbedeckte Waldboden glänzte im schwachen Licht und an vielen Stellen kreuzten kleine Bäche ihren Weg.

Thomas änderte immer wieder die Richtung und führte sie im Zickzack durch den Wald. »Wir müssen den Fallen ausweichen«, sagte er auf Nachfrage von Byrne, doch keiner von ihnen konnte auf ihrem Weg eine Falle erkennen.

Nach einer Weile kamen sie wieder auf einen Pfad, dem sie leicht bergauf folgten und nach einem fünfzehnminütigen Fußmarsch sahen sie durch die letzten Bäume am aufsteigenden Waldrand eine massive Felswand, die vor ihnen aufragte. »Bleibt stehen«, sagte Thomas kurz bevor sie den Hang erreichten. Er ging zu einem der letzten Bäume vor ihnen und bückte sich. Nach einem klickenden Geräusch winkte er die anderen zu sich. »Ihr könnt hier durch, aber passt auf den Draht auf«, sagte Thomas und zeigte auf ein dünnes Drahtseil, das um die letzten Bäume gespannt war.

»Was ist das denn?«, fragte Hannah und schaute sich ebenso verwundert wie die anderen drei das leicht übersehbare Konstrukt an.

»Nur eine Sicherheitsmaßnahme«, antwortete Thomas, als sie an ihm vorbei zum Berghang gingen.

Als sie die Felswand hoch zur Bergspitze schauten, trauten sie ihren Augen nicht. In mindestens acht Metern Höhe war dort eine Hütte auf einem schmalen Überhang in den Felsen eingearbeitet, die teilweise auf Stelzen, teilweise mit Seilen am Gestein befestigt war. Die wenigen Gräser und kleinen Büsche, die hier und da an der Felswand wuchsen, wurden auch auf die hölzerne Fassade der Hütte aufgebracht. Sie war nahezu perfekt mit ihrer Umgebung verschmolzen, sodass sie aus einiger Entfernung leicht zu übersehen war.

Thomas ging vor und zog an einer kaum sichtbaren Leine, die an der Felswand herunterhing, worauf sich eine lange Hängeleiter herunterrollte. Liam und die anderen waren sprachlos, denn so etwas hatten sie noch nie zuvor gesehen.

»Ich hoffe, ihr seid schwindelfrei«, sagte Thomas und begann, die Leiter empor zu klettern.

Nach einem kurzen Moment des Staunens besannen sich die vier wieder und folgten ihm einer nach dem anderen die Leiter hoch. Und das war weitaus schwieriger, als es den Anschein gehabt hatte. Da die Leiter überwiegend frei hing, war es ziemlich kräftezehrend, die Stufen hochzuklettern. Doch einer nach dem anderen schaffte es trotz Gepäck und eiskalter Füße auf den Absatz vor der Haustür.

Sie standen auf einer kleinen Holzterrasse, die mit einem Geländer gesichert war. Der Ausblick von dort oben war atemberaubend, denn sie konnten über die Baumkronen hinweg in das weite Tal blicken. »Kommt und wärmt euch auf«, sagte Thomas, nachdem er die Hängeleiter wieder sorgfältig aufgerollt und mit einer Schnur an dem kleinen Vorsprung fixiert hatte. Er öffnete mehrere Schlösser der Tür und sie betraten nacheinander die Hütte, die zwar recht klein, aber dennoch sehr gemütlich eingerichtet war. Für Liam hatte es den Anschein, sie würden einen größeren Jägerstand betreten.

Ihre Blicke schweiften von einer Raumseite zur anderen und zu ihrer großen Verwunderung bemerkten sie, dass die Hütte nicht leer war. Eine Person saß in der gegenüberliegenden Ecke am Kamin und schaute sie an.

Liam, Byrne und Oliver trauten ihren Augen nicht, denn dort saß Oscar und lächelte ihnen zu.

Kapitel 15: Die Auserwählte

»Ich werde verrückt, Oscar! Was um alles in der Welt machst du denn hier?«, rief Byrne völlig euphorisch durch den Raum.

»Na, auf euch warten, was denn sonst?«, antwortete er lachend. »Hat ja lang genug gedauert, ich habe Thomas fast sämtliche Notrationen weggefuttert.« Oscar sah im Gesicht ziemlich ramponiert aus, doch alles in allem wirkte er ziemlich lebendig.

Liam, Byrne und Oliver starrten ihn weiterhin völlig fassungslos an, als hätten sie einen Geist oder eine Illusion vor sich. Damit hätte keiner von ihnen auch nur im Entferntesten gerechnet. Seit ihrer erzwungenen Abreise aus London hatten sie nichts mehr von ihm gehört. Nun fanden sie ihn in einer Hütte wieder, die an einem Berghang in den tiefsten Regionen Irlands auf Stelzen und mit Seilen befestigt war. »Ähm, ich verstehe nicht, w-was machst du hier? Und wie bist du entkommen?«, stammelte Liam fassungslos.

»Das werden wir euch gleich erzählen, kommt und setzt euch erst mal. Ihr seht mitgenommen aus. Aber das war ich nach der langen Fahrt mit dieser alten Rumpelkiste auch. Und dann noch dieser nervige Fluss«, sagte Oscar lächelnd und wies auf eine mit Decken und Tierfellen gepolsterte Holzbank neben ihm. Thomas hockte vor einem kleinen Kaminofen in der Ecke des Raumes und zündete ein Feuer an.

»Das ist dieser Oscar, von dem du mir erzählt hattest?«, flüsterte Hannah Liam ins Ohr, der genau wie die anderen beiden weiter wie angewurzelt dastand und geistesabwesend nickte.

»Was ist passiert?«, fragte Oliver, der eher skeptisch als enthusiastisch wirkte.

»Jetzt setzt euch doch erstmal hin, dann erzähle ich euch alles«, wiederholte Oscar und dieses Mal kamen sie seiner Bitte zögerlich nach.

Die vier setzten sich auf die Stühle und Bänke im Raum und als das Feuer im Kamin zu lodern begann, erzählte Oscar, was passiert war: »Als ihr vom Dach gesprungen seid, konnte ich die Tür noch eine Weile zuhalten. Ich stemmte mich mit meinem gesamten Gewicht wie ein Stier dagegen, doch irgendwann ließ meine Kraft nach. Sie traten die

Tür ein und gingen sofort auf mich los. Ich wurde zu Boden geworfen und spürte nur noch die Schläge und Tritte überall an meinem Körper, doch schneller als erwartet ließen sie von mir ab. Sie rannten zu der Dachkante, von der ihr gesprungen seid und unterhielten sich aufgeregt in einer Sprache, die ich nicht verstand. Dann kamen sie wieder zurück und fesselten mir die Hände. Sie schleppten mich wieder in den Raum, in dem wir die Nacht verbracht hatten und setzten mich auf einen Stuhl. Ich saß dort mehrere Stunden und hörte, wie sie immer wieder in dieser komischen Sprache miteinander diskutierten. Es wirkte, als ob sie sich unsicher waren, was sie mit mir anstellen sollten. Ich war mir sicher, sie würden mich töten und irgendwo verscharren, wo mich niemand jemals finden würde, doch dann geschah etwas Seltsames. Urplötzlich schnitten sie mir die Fesseln durch und verschwanden allesamt. Wie unter Schock blieb ich noch eine Weile auf dem Stuhl sitzen, denn ich war mir sicher, das musste eine Falle sein. Doch sie kamen nicht zurück und irgendwann schlich ich mich vorsichtig aus der alten Werft. Vollkommen planlos irrte ich durch die Straßen Londons und überlegte, was ich tun könnte, um euch zu finden. Zuerst wollte ich direkt zur Polizei gehen, doch dann fiel mir ein, was Oliver gesagt hatte. Und so beschloss ich, sämtliche Orte abzuklappern, an denen wir am Tag zuvor gewesen waren, doch nirgends wart ihr zu finden. Und als der erste Schock langsam nachließ, fiel mir etwas auf. Ich wurde verfolgt.«

»Du wurdest verfolgt?«, fragte Byrne und auch die anderen hörten ihm aufmerksam zu, während sie ihre nassen Füße von Socken und Schuhe befreiten.

»Richtig«, antwortete Oscar. »Je mehr ich darauf achtete, desto offensichtlicher wurde es. Überall schlichen diese Typen um mich herum und beobachteten jeden meiner Schritte. Sie waren auf den Dächern, auf den gegenüberliegenden Straßenseiten und auch direkt hinter mir. Dann wurde mir klar, ich wurde nur aus einem Grund freigelassen, nämlich um sie auf eure Fährte zu führen. Ich tat, als ob ich sie nicht bemerken würde und versuchte immer wieder, sie abzuschütteln. Doch ich hatte keine Chance. Wo ich auch hin ging, blieben sie an mir dran. Mir war bewusst, ich konnte nicht ewig so tun, als ob ich ein bestimmtes Ziel hätte und wenn sie bemerken würden, dass ich euch überhaupt nicht mehr finden konnte, würden sie mich erneut angreifen und dieses Mal würden sie mich vermutlich nicht mehr freilassen.«

Während Oscar weiter erzählte, stellte Thomas fünf Tassen und eine große blaue Teekanne mit etwas Gebäck auf den Tisch. Langsam bekamen sie wieder Gefühl in ihren Füßen und so stieg auch ihre Laune allmählich wieder an.

»Und was hast du dann gemacht?«, wollte Liam wissen.

»Ich bin stundenlang durch die Londoner Innenstadt geirrt, auf der Suche nach einem Ausweg und habe mich dort aufgehalten, wo möglichst viele Menschen waren. Und als ich gerade dachte, ich hätte sie endlich abgeschüttelt, wurde ich von hinten gepackt und in ein Auto gezerrt, mitten in Whitechapel. Ich dachte, mein letztes Stündlein hätte geschlagen, doch kam alles anders. Die zwei Männer, die mich gefunden hatten, gehörten der Kirche an. Sie wurden von Pater Chaworth geschickt, um mich zu suchen. Oliver hatte uns in der Nacht zuvor von dem Priester erzählt, deswegen wusste ich, dass es keine Falle war. Sie brachten mich in die St. Bartholomew-Church und Pater Chaworth erzählte mir, dass ihr wenige Stunden zuvor noch da gewesen wart. Und dann stellte er mir Thomas vor, oder sollte ich besser Silas sagen?«, sagte Oscar schmunzelnd und blickte zu Thomas rüber, der am Fenster stand und über die Baumwipfel hinweg in die weite Ferne spähte.

Auch die anderen drehten sich erstaunt zu ihm um. »Habe ich das gerade richtig verstanden?«, fragte Liam perplex. »Sie sind dieser Silas, von dem Pater Chaworth gesprochen hatte?«

»Diesen Namen hat mir die Kirche vor langer Zeit einmal verliehen. Ich habe ihn oft dazu genutzt, meine Identität geheim zu halten, doch eigentlich bevorzuge ich Thomas«, antwortete er, ohne sich dabei umzudrehen.

»Wie ist das alles möglich?«, sagte Oliver, während er versuchte, das Gehörte einzuordnen. »Ich dachte, Sie wären der Freund von Byrnes Onkel, der damals dabei war, als er im Wald etwas Schlimmes erlebt hatte. Und jetzt stellt sich heraus, Sie sind jemand, der diese Typen jagt?

Zufälligerweise genau derjenige, der uns von einem Priester in London wenige Stunden zuvor empfohlen wurde.«

Thomas schwieg einen Moment und schaute weiter aus dem Fenster. »Deine Skepsis ist berechtigt. Im Leben gibt es selten solche Zufälle und ich glaube auch nicht, dass das hier einer ist. Ich werde euch meine Geschichte erzählen. Es ist wichtig, damit ihr versteht, welche Gefahr euch droht. Nicht einmal die Kirche weiß, was ich euch nun erzählen werde.«

Endlich wandte er sich vom Fenster ab, um ein paar Holzscheite in den kleinen Kamin zu legen, ehe er sich den letzten freien Stuhl aus einer Ecke heranzog und sich zu ihnen setzte.

»Wie ihr sicher schon herausgefunden habt, werdet ihr von einer äußerst gefährlichen satanischen Sekte verfolgt. Es sind böse Kreaturen, die das Wort Mensch nicht verdienen. Sie huldigen dem Teufel und vertreten eine bizarre Weltanschauung. Ihr müsst wissen, Sekten wie diese sind keine Seltenheit, auch wenn ihr vorher vielleicht noch nie etwas davon gehört habt. Es gibt tausende weltweit, doch diese gehört zu den größten und organisiertesten, die es je gegeben hat. Sie hat viele Namen in unterschiedlichen Sprachen. Die häufigste Bezeichnung bedeutet in unserer Sprache übersetzt so viel wie *Nachtschatten* und es gibt sie bereits seit Jahrhunderten. Ähnlich wie bei staatlichen Einrichtungen gibt es viele verschiedene Ableger auf der ganzen Welt, jede mit eigenem Anführer und manche haben auch ganz individuelle Regeln festgelegt. Aber alle halten sich an den Kodex des Schwarzen Buches.«

»Das schwarze Buch«, wiederholte Hannah sofort mit aufgerissenen Augen. »Byrnes Onkel, Jacob, hatte dieses Buch und auch die seltsame Frau auf dem Jahrmarkt in Lancaster. Es war voller seltsamer Texte und Symbole, die wir nicht entziffern konnten.«

»Das können nur wenige«, antwortete Thomas. »Das schwarze Buch ist eine Niederschrift von Beschwörungen und Ritualen, deren Ursprünge bis in das elfte Jahrhundert zurückreichen. Einige der darin enthaltenen Sprachen sind schon vor langer Zeit ausgestorben. Die Kirche hatte im Laufe der Geschichte immer wieder versucht, sämtliche Exemplare zu vernichten, und doch tauchte es im Laufe der

Jahrhunderte immer wieder auf. Ihr müsst wissen, dieses Buch verändert sich immer wieder, denn die darin enthaltenen Texte werden mit der Zeit angepasst, verändert oder ergänzt. Deshalb ist auch jedes Exemplar ein Unikat. Je nachdem, wer es vorher hatte, kann der Inhalt mehr oder weniger gefährlich sein.«

»Ich verstehe nicht, was dieses Buch so wichtig macht«, warf Hannah ein. »Ich meine, es ist doch vollkommen egal, was dort drinsteht. Das ist alles nur Aberglaube und keine Beschwörung darin funktioniert doch tatsächlich.«

Thomas schaute nachdenklich zur Tür und betrachtete zwei über Kreuz hängende Äxte, die an der Wand darüber befestigt waren. »Ich habe in den letzten Jahren viele seltsame Dinge gesehen. Vieles davon kann ich mir bis heute nicht erklären, doch ob es wahr ist oder nicht, bleibt vollkommen irrelevant. Denk mal an die letzten Jahrhunderte unserer Geschichte. Von den Kreuzzügen über die Hugenottenkriege Frankreichs bis hin zu den heutigen Konflikten im Nahen Osten hat der fanatische Glaube der Menschen unzählige Blutopfer gefordert. Nichts ist so gefährlich wie ein Mensch, der von seinem eigenen Glauben geblendet ist.«

»Was ist damals im Wald eigentlich mit meinem Onkel passiert?«, fragte Byrne, während er angespannt mit seinen Händen spielte.

Thomas wandte den Blick jetzt direkt zu ihm: »Ich war mit deinem Onkel in den Wäldern von North Pennines unterwegs. Wir waren damals oft zum Angeln und Jagen draußen in der Natur, doch eines Tages wurden wir von ihnen angegriffen. Sie kamen in der Nacht und haben Jacob mitgenommen. Es passierte alles so schnell und es waren Dutzende von ihnen. Wir konnten gar nicht schnell genug reagieren, um irgendeinen Widerstand zu leisten«, erzählte Thomas wild gestikulierend und es schien, als ob er sich für irgendwas rechtfertigen würde.

»Und was haben Sie dann gemacht?«, fragte Hannah mit großen Augen.

»Ich habe das getan, wofür ich mich bis heute schäme, denn ich habe nichts getan. Ich war so geschockt und von Angst zerfressen, dass ich mich in eine Ecke kauerte und wartete, bis es hell wurde. Dann habe ich die nächste Polizeistelle aufgesucht und Anzeige erstattet.«

Als Thomas das erzählte, sah man ihm an, wie sehr ihn das Ganze noch heute mitnahm.

»Aber dann haben Sie doch alles richtig gemacht«, sagte Liam. »Ich meine, was hätten Sie in diesem Moment anderes tun können?«

Thomas schaute auf und sah Liam mit durchdringendem Blick an. »Ich hätte nach ihm suchen sollen. Ich hätte meinen Freund nicht im Stich lassen dürfen, als er nur noch mich hatte. Doch ich kann das Geschehene nicht rückgängig machen, also muss ich mit dieser Schuld leben. Ein paar Tage später hatte ihn die Polizei gefunden, doch er war vollkommen verändert. Ich fragte mich, wann die Polizei endlich die Verantwortlichen fassen würde, doch sie schienen kaum ernsthaftes Interesse daran zu haben. Später fand ich heraus, dass auch die Polizei von der Sekte unterwandert war.«

Als Thomas das aussprach, wanderten ihre Blicke zu Oliver. Auch wenn es keiner von ihnen so wirklich wahrhaben wollte, hatte er mit seiner Vermutung die ganze Zeit recht gehabt.

»Ich habe alles Mögliche unternommen, um zu erfahren, was genau passiert war, doch ohne Erfolg«, fuhr Thomas fort. »Jacob hat nie wieder ein Wort darüber verloren und so beschloss ich, mein Leben dem Kampf gegen diese niederen Kreaturen zu verschreiben. Ich habe alles in meinem Besitz verkauft und sämtliche Kontakte zur Außenwelt abgebrochen, selbst zu meiner Familie.«

»Wieso haben Sie das getan?«, fragte Liam mit ernstem Blick.

»Um denen keine Angriffsfläche zu bieten. Alles, was uns wichtig ist, kann genutzt werden, um uns zu schaden. Man kann einem solchen Feind nur begegnen, wenn man unsichtbar bleibt. Das heißt, keinen festen Wohnsitz, keine Technik und weder Freunde noch Familie. Erst, wenn du nichts mehr hast, können sie dir auch nichts mehr nehmen.«

Sie schauten Thomas betrübt an. Vor ihnen saß ein Mann, der alles aufgegeben hatte, was er besessen hatte. Er hatte sein gesamtes Leben dieser Sache verschrieben und besonders Hannah wurde von Mitleid gepackt.

»Und konnten Sie diese Sekte bekämpfen?«, fragte Oliver in die Stille.

»Es war nicht immer leicht, aber ich denke, ich konnte ihnen oft das Leben schwer machen. Das Wichtigste waren jedoch die Informationen, die ich über die Jahre hinweg über sie sammeln konnte.«

»Apropos Informationen, wir waren vor kurzem auf einem Friedhof in Blackburn. Dort wurde erst eine Frau von Mitgliedern dieser Sekte angegriffen und später wir selbst. Sie haben Grabsteine mit komischen Symbolen beschmiert, ähnliche Symbole haben wir auch in dem schwarzen Buch gefunden. Können Sie uns etwas darüber sagen?«, fragte Liam.

»Wie genau sahen diese Symbole aus? Könnt ihr sie vielleicht zeichnen?«, fragte Thomas interessiert.

»Nein, aber wir können es Ihnen zeigen«, erwiderte Hannah und zog ihr Telefon aus der Tasche. Genau wie Oliver schien auch Thomas nicht sonderlich begeistert davon zu sein, dass sie eins dabei hatte. Doch noch ehe er etwas sagen konnte, erklärten sie ihm, dass die SIM-Karte vorsichtshalber entfernt worden war.

Hannah suchte die Bilder von den Grabsteinen heraus und gab Thomas das Handy. Er schaute sich ein Bild nach dem anderen ganz genau an, ehe er antwortete: »Bei diesen Symbolen handelt es sich um Runen. Für jede dieser Untergruppen haben sie eine andere Bedeutung, so kann praktisch niemand genau wissen, was dort geschrieben steht, außer die Mitglieder selbst. Es ist einer von vielen Wegen, wie sie kommunizieren.«

»Kurze Frage, warum benutzen sie keine Telefone oder wenigstens Briefe wie normale Leute? Ich meine, diese Art der Kommunikation ist nicht gerade unauffällig«, warf Byrne ein.

»Das stimmt, allerdings können Telefone abgehört und Briefe abgefangen werden. Diese Art des Informationsaustausches ist also gar nicht so dumm. Dabei wählen sie ganz bestimmte Orte aus und die anderen Mitglieder wissen, wo sich diese Orte befinden.«

»Wir haben den Verdacht, dass die Grabsteine nicht zufällig ausgewählt wurden. Sie müssen irgendeine Bedeutung haben«, sagte Hannah.

»Der Meinung bin ich auch«, antwortete Thomas und schaute sich weitere Bilder an. »Wartet kurz«, sagte er und stand auf. Er ging zu einer kleinen Kommode unter einem der Fenster und begann darin zu kramen. Kurz darauf kam er mit Zettel, Bleistift und einem kleinen GPS-Gerät wieder und begann sich etwas zu notieren.

»Wir vermuten, es könnte etwas mit der Anordnung der Grabsteine zu tun haben oder mit den Jahreszahlen«, sagte Liam, während die anderen ihm gespannt zuschauen.

»Beides könnte korrekt sein«, sagte Thomas nach einer Weile. »Es sind dreizehn Grabsteine, wenn wir die letzte Zahl des Sterbedatums nehmen, könnten das Koordinaten sein.«

Verblüfft schauten sie ihm dabei zu, wie er angestrengt verschiedene Kombinationen auflistete und sie dann immer wieder überprüfend in sein GPS-Gerät eingab.

»Warum hat es Sie eigentlich nach Irland verschlagen?«, fragte Oliver nach einer Weile interessiert.

»Weil sich hier das Herz der Sekte befindet«, antwortete er, während er weiter die Ziffern kombinierte.

»Wie meinen Sie das?«, fragte Hannah.

»Wie ich euch bereits erzählt habe, gibt es viele kleinere Untergruppen mit eigenen Regelwerken, aber die mächtigste befindet sich hier in Irland. Und das ergeben auch eure Grabsteine.« Er hob das Blatt hoch und zeigte ihnen die Koordinaten:

54°18'50"N 9°49'01"W

»Und was für ein Ort soll das sein?«, fragte Oscar, der sich genau wie die anderen keinen Reim darauf machen konnte.

»Das ist der Ort Carrowteige. Ich vermute schon länger, dass die alte Burg an der Küste ihr Hauptsitz ist.«

»Eine Burg?«, fragte Oliver.

»Eine alte Festungsruine aus dem dreizehnten Jahrhundert, abgelegen und teilweise sehr schwer zugänglich. Ich habe dort in der Nähe einige seltsame Dinge beobachtet und verdächtige Gegenstände gefunden.«

Bei dem Wort *Gegenstände* fiel Hannah etwas ein. Sie begann in ihrem Rucksack zu kramen und zog den Dolch heraus, den sie auf dem Parkplatz vor dem Supermarkt gefunden hatte. Thomas' Augen weiteten sich und er schaute Hannah direkt an. »Woher hast du den?«, wollte er sofort wissen.

»Ich habe ihn auf dem Weg zur Hütte auf einem Parkplatz gefunden«, sagte Hannah.

Thomas nahm den Dolch in die Hand und begutachtete ihn genau. »So etwas findet man nicht zufällig auf der Straße«, sagte er gedankenversunken.

»Was genau ist das?«, fragte Byrne.

»Ein dunkles Relikt aus der alten Zeit«, antwortete er und zog den Dolch langsam aus der Scheide. »Ich vermute, kurz nachdem du den Dolch gefunden hast, habt ihr sie zum ersten Mal gesehen?«

»Ja, richtig, noch in derselben Nacht hatte Byrne sie bei einem Ritual im Wald beobachtet und so begann alles«, antwortete Hannah.

»Hat man dir in jener Nacht irgendetwas abgenommen? Einen Gegenstand oder ein Kleidungsstück, irgendetwas?«, fragte Thomas nun hitziger.

»Nein, nicht dass ich wüsste«, sagte Hannah, ohne zu wissen, worauf er hinauswollte. »Obwohl«, begann sie zu überlegen.

»Ja?«, fragte Thomas prompt.

»Als ich wieder zu Hause war, ist mir etwas Komisches aufgefallen«, überlegte sie angestrengt. »Da war eine kahle Stelle auf meinem Kopf. Es hatte den Anschein, als ob mir jemand eine Haarsträhne abgeschnitten hätte, aber das kann nicht sein«, sagte Hannah und wurde nervös.

Thomas' Blick verriet, dass sich das bestätigt haben musste, was er vermutet hatte. »Es wird euch nicht gefallen, was ich euch jetzt sagen werde, aber du wurdest auserwählt.«

»Auserwählt?«, wiederholten Hannah und Liam gleichzeitig.

»Lass mich weiter raten, Byrne, du hast bei dem Ritual im Wald ein Licht gesehen, nicht wahr?«

Alle fünf blickten ihn erneut verblüfft an und Thomas entnahm ihren Gesichtern, dass er recht hatte.

»Dieses Ritual nennt sich die Nacht der dreizehn Monde und es ist eine von drei aufeinanderfolgenden Zeremonien.«

»Das habe ich schon einmal gehört! Je mehr man sich mit dieser Thematik befasst, desto öfter taucht diese Bezeichnung auf«, sagte Hannah sofort.

»Ja, die Nacht der dreizehn Monde ist eines der bedeutendsten Rituale dieser Sekte. Es findet immer nur dann statt, wenn das Jahr dreizehn Vollmonde hat. In einer dieser Vollmondnächte, meist kurz nach der Sommersonnenwende, versammeln sie sich im Schatten des Waldes.«

»Was genau passiert denn bei diesem Ritual?«, warf Liam ein, dem genau wie die anderen ein eiskalter Schauer über den Rücken jagte.

»Während der ersten Zeremonie wird eine Person ausgewählt, die der Sekte aufgrund verschiedener Kriterien zusagt«, erklärte Thomas und warf Hannah einen bedeutungsvollen Blick zu. »Dabei wird dieser Person etwas Persönliches entwendet, das dann dazu verwendet wird, um die Dämonen auf das Opfer aufmerksam zu machen. Außerdem erhält sie immer einen heiligen Gegenstand von ihnen, in deinem Fall der Dolch.«

»Aber wie kann ich ausgesucht worden sein?«, unterbrach ihn Hannah. »Ich habe diese Menschen vorher noch nie in meinem Leben gesehen und nur weil mich einer von ihnen kurz im Supermarkt gesehen hat, kann das doch unmöglich reichen.«

»Weil du es nicht mitbekommen hast«, erklärte Thomas ruhig. »Sie nennen sich nicht umsonst *Nachtschatten*, denn sie agieren im Verborgenen.« Während er das sagte, stand er auf und ging zum kleinen Küchenbereich hinüber. Er drehte den Wasserhahn auf und befüllte einen kleinen Topf, den er an einem Bügel über den Kamin hängte. Erneut schaute er aus dem Fenster in die Ferne und blickte auf die Sonne, die langsam immer tiefer in Richtung Horizont wanderte. Es wirkte, als ob er auf irgendetwas warten würde.

»Was passiert denn bei der zweiten Zeremonie?«, fragte Oscar, der sich während des gesamten Gesprächs zurückgehalten hatte, nun aber sehr mitgerissen wirkte.

Es schien, als hätte er Thomas aus einem tiefen Gedanken gerissen, der sich daraufhin wieder zu ihnen umdrehte und sich zurück auf seinen Stuhl setzte. »Bei der zweiten Zeremonie wird ein Kreis aus Feuer entzündet. Dabei sollen die Dämonen der Unterwelt beschworen werden, um sie bei der dritten Zeremonie zu führen.«

»Der Kerzenkreis in der Lagerhalle«, sagte Liam aufgeregt zu den anderen. »Wir haben Bilder von uns allen gefunden, während wir im Wald waren, und auf mehreren davon war Hannah zu sehen. Sie sind sogar in die Hütte eingestiegen, ohne dass wir es bemerkt haben.«

Thomas schaute sie nachdenklich an. »Leider passt das alles zusammen. Vermutlich haben sie dir da auch die Haarsträhne abgenommen«, sagte er zu Hannah gewandt. »Mit der Haarsträhne und diesen Bildern wollen sie euch verfluchen. Warum es gerade euch getroffen hat, kann ich nicht sagen. Aber es muss einen Grund dafür geben.«

»Und was passiert bei der dritten Zeremonie?«, fragte Hannah, die kreidebleich im Gesicht war. Thomas schaute sie an und zögerte einen Augenblick, ehe er antwortete. »Beim dritten Ritual muss, bevor der nächste Vollmond wieder erscheint, das Opfer …«

Noch bevor er den Satz voll aussprechen konnte, ertönte hinter ihnen plötzlich ein schrillendes Signal. Sofort sprang Thomas auf und eilte zu einem Regal über der Küchenzeile. Er griff nach einem etwa handflächengroßen, schwarzen Gegenstand und begutachtete ihn.

Liam, der versuchte zu erkennen, um was es sich genau handelte, konnte lediglich eine Art Taschenrechner mit vielen kleinen LED-Lichtern darauf ausmachen. Zwei der kleinen Lichter blinkten rot auf, und Thomas' Gesichtsausdruck ließ nichts Gutes erahnen.

»Zwei der Stolperfallen am Fluss wurden ausgelöst, ich muss nachsehen, was das war«, sagte Thomas angespannt. Er ging zu dem größten Schrank im Raum und öffnete die beiden Türen. Sie gingen davon aus, dass er dort Jacken und andere Kleidungsstücke aufbewahrte, doch zu ihrem Schreck holte er eine Armbrust heraus und ging damit zur Tür. Bevor er sie öffnete, nahm er eine der beiden Äxte von der Wand und befestigte sie an seinem Gürtel.

»Was sollen wir jetzt machen?«, fragte Liam aufgebracht, als ihm klar wurde, dass Thomas jeden Moment verschwinden würde.

»Nichts, bleibt hier. Du weißt, was zu tun ist«, sagte er zu Oscar gewandt, der nickend zustimmte. Kurz darauf verließ er die Hütte und kletterte eilig die Hängeleiter hinunter. Oscar stand sofort auf, ging ebenfalls aus der Tür auf den kleinen Absatz und rollte die Leiter wieder auf. Die anderen schauten verwirrt aus dem Fenster und sahen dabei zu, wie Thomas unter den Baumkronen verschwand.

»Was meinte er damit, du weißt, was zu tun ist?«, fragte Oliver.

»Er hat mir Anweisungen hinterlassen, falls er die Hütte kurzfristig verlassen muss«, erklärte Oscar, während er zum Kamin ging.

»Und wie sehen die aus?«, fragte Liam.

»Leiter zusammenrollen, Tür absperren und sämtliche Feuer und Lichter löschen«, antwortete Oscar, während er einen kleinen Riegel am Kamin zuschob und das Feuer nach wenigen Augenblicken erstickte.

»Was glaubt ihr, passiert bei der dritten Zeremonie?«, fragte Hannah mit blassem Gesicht.

Liam drehte sich zu ihr um und erkannte, dass sie vollkommen aufgelöst war. »Das spielt absolut keine Rolle«, sagte er entschieden. »Dir wird nichts passieren, darauf gebe ich dir mein Wort!«

»Denkt ihr, sie haben uns gefunden?«, fragte Byrne, während er weiter aus dem Fenster schaute.

»Sind bestimmt wieder nur ein paar Rehe, macht euch keine Sorgen. Thomas hat unglaublich viele Fallen im Wald aufgestellt. Ich bezweifle, dass irgendjemand Ungebetenes es hier raufschaffen würde«, erklärte Oscar in einem beruhigenden Ton und tatsächlich entspannte sich die Stimmung nach einer Weile wieder. Doch Liam dachte sich, wenn selbst Thomas nervös wirkte, bestand definitiv Grund zur Sorge.

Die Sonne versank, und in der nun unbeleuchteten Hütte wurde es langsam dunkel. Es war ein seltsames Gefühl, so hoch zwischen den Baumkronen die nächtlichen Geräusche des Waldes wahrzunehmen. Sie fragten sich, wann Thomas wohl zurückkommen würde, doch

Oscar beruhigte sie immer wieder. »Kommt, wir legen uns hin. Es kann gut möglich sein, dass Thomas erst morgen früh wiederkommt«, sagte er und holte mehrere Decken unter der gepolsterten Sitzbank hervor. Auch wenn ihnen gerade alles andere als zum Schlafen zumute war, wurden sie allmählich von der Erschöpfung gepackt.

Die Jungs drängten Hannah auf dem einzigen wirklich bequem aussehenden Platz, einem alten Ledersessel in der Ecke, zu schlafen. Die anderen vier nahmen sich jeweils eine Decke und legten sich in der Hütte verteilt auf den Boden. Wie immer war es Byrne, der am meisten Bedenken darüber äußerte, jetzt zu schlafen, und dennoch als erster anfing zu schnarchen wie ein Bär. Liam, der neben dem Sessel bei Hannah lag, achtete auf jedes Geräusch, das er von außerhalb der Hütte wahrnehmen konnte. Doch außer ein paar Eulenrufe und dem leichten Brausen des Windes in den Baumkronen war nichts Verdächtiges zu hören.

Als es schon mitten in der Nacht war und alle anderen schliefen, bemerkte er, wie Hannah vor sich hin murmelte: »*Nacht des Mondes, dreizehn Monde*«, nuschelte sie undeutlich vor sich hin.

»Was sagst du?«, fragte Liam, doch er bekam keine Antwort. Hannah schien im Schlaf zu reden und Liam versuchte, die Wortfetzen zu verstehen. »*Bevor der nächste Vollmond erscheint, muss die Tat vollbracht sein …*«

Auch wenn Liam wusste, dass sie schlief, erschienen ihm Hannahs Worte sehr seltsam. Er kroch um den Sessel herum und zog ihr Telefon aus der Innentasche ihrer Jacke, die über der Lehne hing. Er öffnete die Kamera und begann, das Gesprochene aufzuzeichnen. Langsam wurden Hannahs Sätze immer undeutlicher. Erst ging er davon aus, dass sich die Worte im Traum verloren, doch dann klang es für ihn so, als würde sie eine andere Sprache sprechen: »… *Cum venerit crux ardens in caelo, diabolus venit ad te …*«

Noch nie hatte er sie solche komische Dinge sagen hören, und er wusste auch nicht, welche Sprache das sein könnte. Immer schneller und lauter sprach sie die Sätze aus: »… *Luna tertia decima portam gehennam aperit angelo lapso … Sie sind hier!*«

Plötzlich gab es einen lauten Knall, und alle wurden schlagartig aus dem Schlaf gerissen. »Was war das?«, rief Byrne durch den dunklen Raum, und Liam sprang sofort auf.

»Ich weiß nicht«, antwortete er hastig und lauschte angestrengt.

»Seid leise, ich höre etwas«, sagte Oliver und tatsächlich vernahmen sie ein knarrendes Geräusch unter ihnen.

»Was ist das?«, fragte Hannah mit zitternder Stimme.

»Ich glaube, da kommt jemand die Leiter hochgeklettert«, antwortete Oscar, und seine schnelle Atmung verriet, dass auch er angespannt war.

»Ist das Thomas?«, fragte Liam.

»Keine Ahnung, möglich wäre es«, erwiderte Oscar.

Liam rannte zur Tür und nahm sich die zweite große Axt, die noch über der Türzarge hing, herunter. Er umklammerte sie fest mit beiden Händen und stellte sich in die Mitte des Raumes. »Bleibt hinter mir!« Eine Sekunde später sprang die Tür auf und Liam holte instinktiv zum Schlag aus.

»Ich bin's!«, rief Thomas gerade noch rechtzeitig, bevor Liam auf ihn einschlagen konnte. Thomas wirkte ungewohnt hysterisch, er schloss die Tür hinter sich und schob sämtliche Riegel zu. Dann legte er seine Armbrust auf dem Sessel ab, wo Hannah gerade noch geschlafen hatte, ehe er sich ihnen zuwandte: »Sie sind hier, macht euch kampfbereit!«

Kapitel 16: Die Schatten des Waldes

Alle fünf starrten ihn im schwachen Schein des Mondes mit offenen Mündern an, ehe sie begriffen, was er da eigentlich gerade gesagt hatte. »Wie meinst du das, sie sind hier?«, ergriff Oscar das Wort.

»So wie ich es sage«, gab Thomas hitzig zurück.

»Das kann doch nicht sein, wie haben die uns schon wieder so schnell finden können?«, fragte Liam und seine Atmung beschleunigte sich.

»Nicht ohne Hilfe«, antwortete Thomas und schaute ihm für einen kurzen Augenblick direkt in die Augen.

Liam erinnerte sich an seine Warnung beim Leuchtturm, doch war er sich nach wie vor sicher, dass keiner von ihnen ein Verräter sein konnte. Und da er jetzt sowieso keine Zeit mehr hatte, um darüber nachzudenken, verdrängte er den Gedanken auch gleich wieder.

Thomas ging zu dem Schrank, aus dem er auch die Armbrust herausgeholt hatte, und kramte erneut darin rum.

»Sollten wir nicht schleunigst abhauen?«, fragte Byrne panisch.

»Dafür ist es jetzt zu spät, sie sind schon zu dicht dran. Wir haben bessere Chancen, wenn wir hierbleiben. Nachts im dunklen Wald sind wir ihnen schutzlos ausgeliefert«, antwortete Thomas, während er mehrere große Taschenlampen aus dem Schrank herausholte und sie verteilte. »Wenn sie kommen, blendet sie. Ihre Augen sind auf die Dunkelheit trainiert und grelles Licht mögen sie gar nicht. Das kann euch einige wertvolle Sekunden verschaffen.«

»Wertvolle Sekunden, wofür?«, fragte Byrne besorgt.

»Um zurückzuschlagen«, erwiderte Thomas und schaute in ihre ungläubigen Gesichter. »Ich habe nicht damit gerechnet, dass sie uns so schnell finden würden. Doch nun haben wir keine andere Wahl, als zu kämpfen.«

Liam atmete tief ein. Ihm war schon lange bewusst gewesen, dass dieser Tag kommen würde. Seit einer gefühlten Ewigkeit waren sie schon auf der Flucht und er wusste, so konnte es nicht ewig weitergehen. Als ob sich ein Schalter in ihm umgelegt hätte, durchdrang ihn ein Gefühl unbändigen Mutes und der Kampfeslust. »Byrne, hol deine Schlagwerkzeuge aus der Tasche und verteile sie an Oscar und Oli«, wies er ihn an und Byrne hastete sofort zu seinem Rucksack in der Ecke. »Hannah, du hast doch noch das Pfefferspray von deiner Mutter dabei und ich nehme die Axt.«

Liams Entschlossenheit ging schlagartig auf die anderen über, und auch Thomas war überrascht.

»Sehr gut«, sagte er. »Wir haben nicht mehr viel Zeit. Sie wissen zwar noch nicht genau, wo wir uns befinden, aber da dürfte nicht mehr lange dauern.«

»Und wie genau sieht der Plan aus?«, fragte Oscar, als Byrne ihm einen Holzknüppel in die Hand drückte.

»Die zwei Schnellsten von euch kommen mit mir«, antwortete Thomas. »Ich habe einen kleinen Unterstand im Wald, etwa einhundert Meter den Hügel hinab. Wir warten, bis sie zwischen uns sind, dann greifen wir sie von zwei Seiten an. Sie kommen in deutlicher Überzahl, nur so haben wir eine Chance, sie abzuwehren«, erklärte er weiter.

»Komm, Liam, wir gehen mit Thomas«, entschied Oliver, der mit einem großen Hammer in der Hand ebenfalls entschlossen wirkte.

»In Ordnung, dann bleibt ihr drei in der Hütte«, sagte Thomas zu Byrne, Oscar und Hannah. »Unternehmt nichts, bis ihr mein Signal hört, und schützt das Mädchen mit aller Kraft«, sagte er und schaute dabei Byrne und Oscar an, die sich instinktiv vor Hannah stellten.

Während er sprach, leuchteten immer mehr der kleinen roten Lampen auf dem selbstgebauten Warnsystem in seiner Hand und es blieb keine Zeit mehr für die zahllosen offenen Fragen, die ihnen auf der Seele brannten.

»Wir müssen los, viel Glück!«, sagte er und wandte sich um.

Byrne und Oscar schoben hastig sämtliche Möbel durch den Raum, um eine Barrikade zu bauen. Oliver folgte Thomas zur Tür hinaus und bevor Liam es ihm gleichtat, hielt er einen Moment inne, drehte sich um und ging zu Hannah, die vollkommen aufgelöst im Raum stand.

Er sah ihre feuchten Augen im schwachen Mondlicht, das durch die offene Tür in den Raum hineinschien. »Hannah, ich wollte dir schon immer sagen, was ich für dich empfinde. Leider fehlte mir bis heute der Mut dazu, doch bevor ich aus dieser Tür gehe, will ich, dass du eins weißt. Ich liebe dich. Ich habe dich schon immer geliebt und es wird nie eine andere außer dir geben. Ganz egal, was gleich passiert, ich werde für dich bis zum Tod kämpfen.«

Hannah starrte ihn an, doch sie bekam kein einziges Wort heraus. Obwohl sie einige Augenblicke zuvor noch am ganzen Körper zitterte, war sie vollkommen ruhig. Tränen rollten ihr über die Wangen und noch bevor sie ihm antworten konnte, drehte Liam sich um und verschwand aus der Tür. Wie in Zeitlupe bewegte sich alles um sie herum, während sie weiter aus der offenen Tür starrte. »Und ich liebe dich«, flüsterte sie, doch er konnte sie nicht mehr hören.

»Folgt mir!«, sagte Thomas zu Liam und Oliver, während er in den Wald vorausging. »Bleibt direkt hinter mir, hier sind überall Fallen.«

Während sie den Hügel bergab liefen, hörten sie von weitem das Geräusch von brechenden Ästen und das dumpfe Auftreten von vielen Füßen, die über den Waldboden liefen. »Schnell, klettert hier rauf!«, sagte Thomas, als sie an drei eng stehenden Bäumen ankamen. Einer der drei Bäume war mit einer schmalen Leiter versehen, die aus kleinen Holzbrettern bestand, welche in den Stamm genagelt wurden. Liam und Oliver kletterten, so schnell sie konnten, den Baum hinauf.

Oben angekommen, befand sich dort ein Plateau aus Holz, das direkt unter den Baumkronen befestigt war. Anders als bei einem Baumhaus gab es weder Wände noch ein Dach. Lediglich eine Fläche aus Holz, in deren Mitte die drei Baumstämme emporragten und in die vielen kleineren Äste der Baumkronen mündeten. Aufgrund der Dunkelheit in der Hütte hatten sich ihre Augen mittlerweile gut an die Finsternis gewöhnt. Doch da es nur wenige Lichtstrahlen des zunehmenden Mondes durch das enge Geflecht der Baumkronen schafften, hatten sie dennoch Schwierigkeiten, alles um sie herum zu erkennen.

»Nehmt euch die Bögen!«, wies Thomas sie leise an. Tatsächlich erkannten sie drei große Holzbögen, die an den Baumstämmen befestigt waren und direkt darunter befanden sich mehrere mit Pfeilen bestückte Köcher. Außerdem lagen dort mehrere Seile, zwei Kisten und ein aufgerolltes Tau, das an einem Ast befestigt war und offenbar dazu diente, die Plattform im Notfall schnell verlassen zu können.

Thomas musste sich schon seit Jahren auf diesen Fall vorbereitet haben, dachte Liam. Er nahm sich einen der Bögen und drückte Oliver ebenfalls einen in die Hand.

Dann winkte Thomas die beiden zu sich heran: »Wir haben nur noch wenige Augenblicke, deshalb hört gut zu, was ich euch jetzt sage«, flüsterte er zügig. »Verteilt euch auf der Plattform. Wir warten, bis der erste Schwung an uns vorbeigelaufen ist. Ich werde mit einer Leuchtpistole zwischen sie schießen, das sollte sie kurzzeitig blenden. In diesem Moment fangt ihr an zu schießen. Zielt auf ihre Oberkörper und bleibt so lange ihr könnt unerkannt. Nach den ersten Schüssen werde ich mich abseilen und von unten weiterkämpfen. Sobald sie euch entdeckt haben, verteidigt einer von euch beiden die Leiter und der andere schießt weiter. Viel Glück ... Ach, und wenn möglich, versucht bitte, mich nicht zu treffen!«

Leise schlich er zu einer Seite der Plattform und legte die gespannte Armbrust behutsam auf den Boden. Aus der Innentasche seiner Jacke holte er eine orangefarbene Leuchtpistole und legte sich dann ebenfalls flach auf den Boden, das Gesicht zum Abgrund gerichtet.

Liam und Oliver atmeten tief ein, warfen sich einen kurzen Blick zu und taten es ihm dann gleich. Für einen Moment war es völlig still geworden. Beide hofften so sehr, dass sich ihre Angreifer vielleicht abgewandt hatten und in eine andere Richtung verschwinden würden. Immerhin wussten sie nicht genau, wo sich die Hütte befand.

»Hast du schon mal mit einem Bogen geschossen?«, fragte Liam leise.

»Einmal in der fünften Klasse, allerdings nicht auf Menschen«, flüsterte Oliver zurück, der etwa zwei Meter neben ihm lag.

Nie zuvor hatte ein Wald so bedrohlich gewirkt. Die Dunkelheit war erdrückend, und das spärliche Mondlicht, das durch die Baumwipfel drang, malte lange, unheilvolle Schatten auf den Boden. Liam kämpfte gegen die aufsteigende Anspannung an, doch dann durchzuckte erneut das Knacken eines Astes die Stille des Waldes. Dieses Mal jedoch war es nicht weit entfernt, sondern schien direkt unter ihnen zu sein. Eine

Gänsehaut überzog seinen ganzen Körper, und er konnte nicht ausmachen, woher genau das Geräusch kam. Noch ein Knacken, diesmal von irgendwo hinter ihnen. Hin und wieder zeichneten sich vage Bewegungen ab, doch keiner von ihnen vermochte zu sagen, wie viele es genau waren.

Ein lauter Knall ertönte neben ihnen und sie fuhren am ganzen Körper zusammen. Ein rotes Licht schoss durch den Wald und landete unweit von ihnen auf dem Waldboden. Bewegung trat los und die beiden Jungs sprangen auf. Das Licht der Leuchtmunition tauchte den ganzen Wald in ein Feuer aus Licht und Schatten. Als sie die Bögen zum Schießen spannten, entglitten ihnen sämtliche Gesichtszüge. Unter ihnen befand sich eine Armee. Unzählige Schatten sprangen im Unterholz umher und versuchten die Schussquelle ausfindig zu machen.

Liam und Oliver ließen die Sehnen los und feuerten einen nach dem anderen Pfeil in die rote Hölle hinab. Der Wald war schlagartig von Schreien und Rufen erfüllt. Zu zielen war nicht möglich, denn alles unter ihnen bewegte sich so schnell, dass sie die Pfeile einfach blindlings hinab schossen. Unter ihnen hörten sie Kampfgeräusche, die von schweren Gegenständen verursacht wurden. Offenbar hatte sich Thomas bereits an ihnen vorbei abgeseilt und kämpfte nun mit seiner Axt gegen die Angreifer.

Plötzlich schossen kleine Gegenstände zu ihnen hinauf. Liam hörte, wie sie an der Unterseite der Plattform einschlugen und stecken blieben. Es musste sich um Messer oder Wurfsterne handeln, dachte er. »Oli, wir sind aufgeflogen, bewach die Leiter!« rief er ihm zu und Oliver sprang zurück. Liam schoss weiter Pfeile hinab und dann spürte er, wie sein Arm auf einmal brannte. Ein spitzer Gegenstand hatte ihn gestreift und nach einem starken stechenden Schmerz merkte er, wie Blut an seinem Arm herunterlief.

Schlagartig wurde es wieder stockfinster, denn die Leuchtmunition war erloschen. Sofort schoss Thomas einen zweiten Schuss ab und Liam erkannte im grellen Licht, dass die meisten von ihnen gar nicht gegen sie kämpften, sondern in Richtung der Hütte rannten. »Hannah!«, rief Liam und sprang zu dem Tau.

»Liam, sie kommen!«, schrie Oliver, der keine Pfeile mehr hatte und jetzt mit dem Hammer in der Hand darauf wartete, dass sie jeden Moment oben sein würden. Liam eilte zu der Öffnung und noch bevor er sah, was dort hochkletterte, schoss er einen Pfeil hinunter. Ein dumpfes Aufprallgeräusch drang an ihre Ohren. Es schien, als hätte er einen von ihnen erwischt.

»Da kommen noch mehr!«, rief Oliver. Liam blickte sich um und entdeckte die beiden Kisten, die in der Mitte der Plattform standen. Sofort griff er nach einer und reichte sie an Oliver, der sie über den Kopf hob und auf den richtigen Moment wartete. Mit aller Kraft schleuderte er die Kiste hinunter, und sie hörten die tiefen Schmerzensschreie der Angreifer, als sie getroffen wurden.

»Eine haben wir noch«, rief Liam und griff nach der zweiten Kiste. Sie schauten durch die Öffnung, doch waren nur zwei bleiche Hände in der Dunkelheit zu erkennen, die den Baumstamm umklammerten. Anstatt die Leiter zu benutzen, hangelten sich die Angreifer auf der anderen Seite des Baumstammes hoch, sodass sie nicht mehr abgewehrt werden konnten.

Ohne es bemerkt zu haben, war einer von ihnen bereits von hinten auf die Plattform geklettert und schlich an die beiden Jungs heran, die immer noch die Leiter hinunter starrten. Gerade noch rechtzeitig bemerkte Oliver die Person, schnellte herum und duckte sich ab. Mit voller Wucht schlug er mit dem Hammer gegen die Kniescheiben der anrennenden Kapuzengestalt, die im Sprint zusammenbrach und von der Plattform stürzte.

Liam warf die zweite Kiste hinunter und sah noch, wie die dunklen Schatten, die sich vor dem Baum versammelt hatten, wieder zurückwichen. »Ich habe nur noch zwei Pfeile«, sagte Liam. »Liegt hier sonst noch irgendetwas rum, was wir gebrauchen können?«

»Nein, wir sind am Arsch!«, gab Oliver hitzig zurück.

Liam schoss noch einen Pfeil durch die Öffnung, ohne zu sehen, ob er etwas traf. Dann legte er den letzten Pfeil auf die Auflage, fixierte den Nockpunkt an der Sehne und trat ein paar Schritte von der Öffnung zurück.

Oliver stellte sich neben ihn, den Hammer fest in der Hand. »Kommt doch!«, rief er voller Adrenalin. Sie hörten, wie die Angreifer die Leiter hochkletterten, und kurz bevor der erste von ihnen oben ankam, durchdrang ein lautes Hornsignal den Wald. Plötzlich herrschte absolute Stille, als ob die Zeit eingefroren wäre. Ein zweites Mal durchzog der Klang des Horns den dunklen Wald, und daraufhin geschah etwas Seltsames: Die Angreifer zogen sich zurück. Liam konnte die Schatten durch den Wald bergab flüchten sehen – vielleicht hatten sie es tatsächlich überstanden.

»Was passiert hier?«, fragte Oliver und schaute dabei verwirrt umher.

»Das Horn muss das Signal zum Rückzug gewesen sein, sie verschwinden wieder!«, rief Liam und nun sah auch Oliver die vielen Schatten unter ihnen den Berghang hinunter flüchten.

Beiden fiel schlagartig die größte Last ihres Lebens von den Schultern. »Und ich dachte, wir sterben hier«, sagte Oliver laut lachend, dessen Anspannung jetzt in ausschweifende Freude überging.

»Wir müssen zu den anderen, hoffentlich haben sie es auch so gut überstanden«, sagte Liam und eilte zur Öffnung und die Leiter hinunter. Als er unten ankam, spürte er erstmals, wie sehr seine Wunde am Arm schmerzte. Doch er hatte keine Zeit, sich darum zu kümmern. Sie mussten schnellstmöglich zu den anderen.

Sie rannten wieder bergauf in Richtung Hütte und als sie die letzten Bäume vor der Felswand erreichten, hockte dort Thomas und stützte sich auf seiner Axt ab. »Thomas, du lebst noch!«, rief Oliver.

»Sie haben sie«, stöhnte er vor Schmerzen.

»Was? Wovon redest du?«, fragte Liam verwirrt und warf einen Blick zur Hütte. Dann griff er hastig nach der halb zerfetzten Hängeleiter und kletterte so schnell wie möglich hinauf. Oben angekommen, bot sich ihm ein Bild der Verwüstung dar. Die Fenster waren eingeschlagen, sämtliche Möbel zerstört, und sogar im Holzboden klaffte ein großes Loch. Oscar lag blutverschmiert am Boden, den Kopf in Byrnes Schoß gebettet. »Was ist passiert? Wo ist Hannah?«, fragte Liam panisch.

Byrne hob den Blick und sah ihn an. »Sie haben Hannah mitgenommen.«

Sämtliche Euphorie über ihren vermeintlichen Sieg wurde im Bruchteil einer Sekunde erneut von der Angst verdrängt. Liam stand wie angewurzelt da, unfähig auch nur ein einziges Wort heraus zu bringen. Der Bogen in seiner Hand fiel zu Boden und es fühlte sich an, als ob jedes gute Gefühl und jede positive Erinnerung gerade in ihm starb. Er hatte versprochen, dass ihr nichts geschehen würde, und doch hatte er sein Versprechen nicht halten können.

Gerade erschien Oliver neben ihm, der kurz die Zerstörung betrachtete und dann zu Oscar eilte. »Wir brauchen Verbandszeug!«, rief er.

»Schaut in der Ecke nach«, keuchte Thomas, der nun ebenfalls in den Raum gehumpelt kam, den Arm an seine linke Seite gepresst.

»Wie konnte das passieren?«, murmelte Liam geistesabwesend mit vollkommen leerem Blick.

»Du wirst es nicht glauben, es war, als wollte sie mit ihnen gehen«, erklärte Byrne, der immer noch Oscars Kopf stützte, während Oliver und Thomas seine stark blutende Bauchwunde versorgten.

Liam, der immer noch wie angewurzelt dastand, sah seine Freunde am Boden kauern und sofort kam ihm der Gedanke, dass sie sich vollkommen überschätzt hatten. Was konnten sie gegen einen solchen Feind schon ausrichten? Und das Schlimmste, was er sich hätte vorstellen können, war nun eingetreten. Hannah wurde verschleppt. Auf einmal wurde ihm schwarz vor Augen und das Letzte, was er hörte, war der dumpfe Aufprall seines Körpers auf dem Boden.

Als er wieder zu sich kam, blendete ihn das helle Sonnenlicht, das durch die kaputten Fenster der Hütte schien und dessen Strahlen sich im herum schwebenden Staub reflektierten. »Hannah!«, sagte er sofort, doch gerade als er sich aufraffen wollte, drückte ihn eine Hand in ein provisorisches Kissen aus Jacken zurück.

»Bleib liegen, du hast viel Blut verloren«, sagte Thomas ruhig.

Liam schaute auf seinen linken Arm, der von der Schulter abwärts bis zum Ellenbogen verbunden war. Benommen versuchte er sich zu erinnern, was geschehen war. »Thomas, wo ist Hannah?«, fragte er ihn mit flehender Stimme.

»Es ist wahr, sie haben sie mitgenommen. Aber ich weiß vermutlich, wo sie sie hinbringen«, antwortete er.

»Wohin?«, fragte Liam und sein Herz raste.

»Zur alten Burgruine in Carrowteige.«

»Wie weit ist es bis dahin?«

»Knappe zwei Stunden, wenn wir schnell sind. Allerdings kommen wir nur in die Nähe der Burg, ein ganzes Stück müssen wir dann noch zu Fuß gehen«, erklärte Thomas.

»Dann müssen wir sofort los!«, entgegnete Liam.

»Wenn sie den Jeep nicht gefunden und zerstört haben«, gab Thomas mit skeptischer Stimme zurück. »Aber keine Sorge, ich bekomme alles repariert. Wir machen uns noch heute auf den Weg, versprochen. Doch wir müssen warten, bis es dunkel wird«, ergänzte er und es war offensichtlich, dass Liam am liebsten sofort loslaufen würde. »Dein Freund Oscar wurde übrigens ziemlich stark verletzt. Ich bin mir nicht sicher, ob wir ihn mitnehmen können.«

Liam hob den Kopf und schaute sich im Raum um. Ihm gegenüber, in der anderen Ecke der Hütte, lag Oscar, der in Decken eingehüllt schlief. »Wie geht es ihm?«, fragte er.

»Er hat ganz schön was abbekommen. Wir haben ihn notdürftig zusammengeflickt, aber er muss schnellstmöglich in ein Krankenhaus«, antwortete Thomas ruhig.

»Wo sind Byrne und Oli?«, wollte Liam wissen.

»Ich habe sie runter in den Wald geschickt, vielleicht haben die Sektenmitglieder Waffen oder Gegenstände verloren, die wir gebrauchen können. Ich werde jetzt nach dem Auto sehen. Hoffen wir, sie haben es nicht entdeckt. Ruh dich noch ein wenig aus, in ein paar Stunden brechen wir auf.« Dann stand er auf und verschwand aus der Tür.

Liam betrachtete Oscar noch eine Weile, wie er ruhig auf dem Boden lag. Er war eigentlich ein vollkommen Fremder, den sie vor einer Woche noch nicht einmal gekannt hatten. Es erschien ihm jedoch undenkbar, dass Oscar der Verräter war, von dem Thomas gesprochen hatte.

Warum sollten sie ihn dann fast getötet haben? fragte sich Liam. Er grübelte noch eine Weile darüber nach und dachte dann unentwegt an Hannah, bis ihn die Erschöpfung erneut übermannte und er einschlief.

»... das muss doch etwas zu bedeuten haben, gerade jetzt!«

Liam öffnete die Augen. Ihm gegenüber auf der anderen Seite des Raumes standen Thomas, Byrne und Oliver, die wild miteinander diskutierten. Zuerst verstand er nicht, worum es ging, bis er sah, dass Oliver mit Hannahs Telefon in der Hand umher fuchtelte.

»Was ist hier los?«, fragte Liam benommen und sie drehten sich zu ihm um.

»Liam!«, rief Byrne. »Du wirst nicht glauben, was wir gefunden haben«, sagte er und nahm Oliver das Telefon aus der Hand. »Hannah hat mit ihnen geschrieben.«

Liam, der nicht das Geringste verstand, schaute ihn perplex an. »Was meinst du?«, fragte er.

»Hannah hat mit dieser Sekte geschrieben!«, wiederholte Oliver energischer als Byrne.

Liam nahm das Telefon, das Byrne ihm viel zu nah ans Gesicht hielt und las, was dort stand. Es war eine Unterhaltung mit einer nicht gespeicherten Nummer.

»*Wo seid ihr?*«, begann das Gespräch.

»*Sind auf der Fähre nach Irland, sollten bald ankommen.*«

»*Hat jemand von ihnen Verdacht geschöpft?*«

»*Ich glaube nicht, alles läuft wie geplant. Kann jetzt nicht weiterschreiben, ist zu auffällig.*«

Liam las die Nachrichten mehrfach durch. Er verstand nicht, was das zu bedeuten hatte, doch er war sich sicher, dass es ein Irrtum sein musste. »Wir wissen gar nicht, mit wem sie da geschrieben hat. Das beweist doch noch gar nichts«, sagte er trotzig.

»Mit wem, außer uns, hätte sie einen Grund gehabt, darüber zu schreiben? Sie wurde gefragt, ob jemand von uns Verdacht geschöpft hat, eindeutiger geht's doch gar nicht«, warf Oliver ein.

»Als sie hier hereingestürmt sind, ist Hannah einfach mit ihnen mitgegangen, ohne jeden Widerstand. Als ob sie auf diese Leute gewartet hätte. Sie wurde auch nicht angegriffen oder gepackt, sie spazierten mit ihr einfach aus der Tür hinaus«, erklärte Byrne, der Liams Haltung ebenfalls nicht nachvollziehen konnte.

»Das stimmt«, pflichtete Oscar ihm bei, der noch immer auf dem Boden lag. Liam hatte gar nicht bemerkt, dass er ebenfalls aufgewacht war.

»Sie hatte Angst, genau wie wir alle. Immerhin ist sie eine Frau, und was soll sie denn für einen Widerstand leisten, wenn maskierte Männer hier reinkommen?«, antwortete Liam und wurde laut.

Oliver schritt vor und schaute ihm jetzt direkt ins Gesicht. »Liam, wir wissen alle, was du für Hannah empfindest. Aber die Beweise sind eindeutig, das musst du doch erkennen!«

Ohne zu antworten, drehte sich Liam von ihm weg und schritt im Raum auf und ab. Sein Puls stieg und damit auch die Schmerzen seiner Armwunde. Angestrengt suchte er nach einer glaubhaften Erklärung für Hannahs Verhalten.

»Na gut, und was ist mit dem Video?«, warf Oliver unerwartet ein.

Liam drehte sich wieder zu ihm um. »Welches Video?«, fragte er, obwohl er eigentlich genau wusste, um was es geht.

»Das Video, das du letzte Nacht kurz vor dem Angriff von Hannah gemacht hast!«, entgegnete Oliver. »Wir haben es gesehen, sie spricht die gleiche komische Sprache wie diese Typen und außerdem wusste sie, dass sie gleich kommen würden.«

»Leute, ich verstehe, wie verdächtig das alles aussieht, aber es gibt einfach keine konkreten Beweise dafür, dass Hannah irgendetwas mit diesen Leuten zu tun hat. Sie hat im Schlaf etwas Unverständliches gemurmelt, wer hat das nicht schon mal gemacht? Ich weiß, ihr sucht nach einem Schuldigen für all das, aber solange ihr keine eindeutigen Beweise habt, weigere ich mich zu glauben, dass Hannah darin verwickelt ist!«

»Liam, hör mir bitte genau zu«, sagte Thomas, der bis gerade eben schweigend auf dem ramponierten Sessel gesessen und zugehört hatte. »Hannah hat Latein gesprochen. Das ist eine der Sprachen, die auch häufig von der Sekte verwendet wird. Übersetzt sagte sie so viel wie, *wenn das Kreuz am Himmel brennt, wird der Teufel dich holen. Der dreizehnte Mond öffnet dem gefallenen Engel das Tor zur Hölle.*«

»Und was genau soll das heißen?«, fragte Liam und wirkte jetzt ziemlich angespannt.

»Das kann ich noch nicht genau sagen, aber die dreizehn Monde stehen im Okkultismus fast immer für dafür, dass ein Unheil bevorsteht. Man sagt, wenn in einem Mondjahr dreizehn Neumonde erscheinen, geschehen oft unabwendbare, dunkle Ereignisse. Und genau solch ein Jahr haben wir gerade. Deshalb sind sie genau jetzt hinter euch her. Ich will damit sagen, all das passiert nicht aus Zufall. Es wurde über lange Zeit geplant und auch Hannah wurde schon vor langer Zeit auserwählt. Diese Satanisten verfügen über die ausgeprägtesten Fähigkeiten der Manipulation. Es wäre möglich, dass Hannah in irgendeiner Weise beeinflusst war.«

»Wie meinst du das?«, fragte Oscar mit hochgezogenen Augenbrauen.

»In der Vergangenheit ist es oft vorgekommen, dass ihren Opfern unerklärbare Dinge zugestoßen sind. Vollkommen gesunde Menschen wurden nach der ersten Begegnung mit ihnen unheilbar krank oder begingen plötzlich Selbstmord, auch wenn es vorher nicht die geringsten Anzeichen dafür gegeben hatte. Es wäre möglich, dass sie einem Bann unterlag.«

»Du meinst eine Art Zauberkraft?«, fragte Oliver skeptisch.

»So in der Art. Nicht immer müssen solche Dinge auf Magie zurückzuführen sein. Es gibt allerhand bewusstseinsverändernde Drogen, die sie ihr untergejubelt haben könnten. Zum jetzigen Zeitpunkt müssen wir alles in Betracht ziehen.«

»Thomas, was passiert eigentlich beim dritten Ritual?«, warf Oscar ein und auch die anderen schauten ihn gebannt an.

Wieder zögerte Thomas, offenbar unschlüssig, was er ihnen antworten sollte. Er atmete tief ein, ehe er sprach. »Am Ende des Rituals wird sie geopfert.«

»Geopfert?«, rief Liam, dessen schlimmste Befürchtungen sich nun bewahrheiteten.

»Ja. Sie schneiden ihr die Kehle durch und übergeben sie den Dämonen als ein Blutopfer.«

Das war zu viel für Liam. Er sprang auf und begann hysterisch, nach allem zu greifen, was er als eine Art Waffe gebrauchen konnte. In diesem Moment kümmerte ihn nichts mehr – weder die Schmerzen, noch die Angst, noch die anderen Personen im Raum. »Das werde ich nicht zulassen, wir müssen sie zurückholen, sofort!«, rief er, mit Tränen in den Augen.

»Beruhige dich, das werden wir!«, gab Thomas zurück. »Aber dieses Mal brauchen wir einen Plan, denn noch so einen Angriff überleben wir vielleicht nicht! Wir können sie nur befreien, wenn wir besonnen vorgehen.«

»Gut, wie sieht der Plan aus?«, fragte Liam ungehalten.

»Wir brechen noch heute Abend nach Carrowteige auf«, antwortete Thomas. »Glücklicherweise haben sie das Auto nicht gefunden und ich denke auch nicht, dass sie mit einem Angriff von uns rechnen werden. Es ist davon auszugehen, dass sie überall in der Nähe der Ruine Wachposten aufgestellt haben. Wir werden also ein ganzes Stück zu Fuß gehen müssen, um unerkannt zu bleiben. Und das wird für uns überlebenswichtig sein, denn sollten sie uns vorher entdecken, haben wir keine Chance mehr, sie zu befreien. Im schlimmsten Fall töten sie uns vielleicht auch.«

Bei Thomas' Worten stieg erneut die Anspannung aller an, besonders Byrnes Gesichtsausdruck wirkte alles andere als motiviert. »Normalerweise wäre das eine Mission für ein Sondereinsatzkommando und nicht für uns«, warf er ein.

»Ich weiß, wir können niemandem mehr trauen, aber sollten wir in diesem Fall vielleicht nicht wirklich zur Polizei gehen?«

»Das bringt mich zu meinem zweiten Punkt«, fuhr Thomas fort. »Oscar, ich denke, es wäre das Beste, wenn du nicht mit zur Burg kommst.« Noch bevor Oscar protestieren konnte, hob Thomas die Hand. »Du bist zu stark verletzt und würdest uns aufhalten. Uns ist am meisten geholfen, wenn du uns dort in der Nähe rauslässt und dann zur nächsten Polizeistelle fährst. Erkläre ihnen nicht alles, was passiert ist, denn das wird dich unglaubwürdig machen. Erzähl ihnen von einer einfachen Entführung, die du beobachtet hast.«

»Warum fahren wir nicht gleich zur Polizei?«, fragte Byrne.

»Weil uns die Zeit davonläuft und außerdem wissen wir nicht, ob die örtliche Polizei involviert ist. Wir dürfen nicht vergessen, dass wir uns hier im Gebiet der Sekte befinden und wenn sie selbst die Londoner Polizei infiltriert haben, könnte es hier genauso sein.«

»Und was, wenn die Polizei sie warnt, während wir in der Burg sind?«, warf Liam ein.

»Dieses Risiko müssen wir eingehen«, antwortete Thomas entschlossen. »Sind alle mit diesem Plan einverstanden?«, fragte er und schaute jeden von ihnen nacheinander an. »Gut, dann lasst uns aufbrechen«, sagte Thomas entschieden, als niemand einen Einwand äußerte.

Byrne und Thomas halfen Oscar wieder auf die Beine, während Liam und Oliver ihre Bögen wieder aufnahmen. Thomas griff nach seiner Axt und zur Verwunderung der drei schlug er mit ganzer Kraft auf eine Stelle im Boden ein, unweit des Loches, das die Angreifer verursacht hatten. Er packte ein beschädigtes Holzbrett und riss es heraus. Dann griff er in den Spalt und zog mehrere Pfeile und Bolzen heraus, die er an Liam und Oliver weiterreichte. Dann nahm er seine Armbrust vom Sessel und kletterte, gefolgt von den anderen, die Hängeleiter hinab.

Die Nachmittagssonne, die durch die Baumwipfel schien, nahm dem Wald sämtlichen Schrecken der vergangenen Nacht. Überall waren Kampfspuren an den Baumstämmen und auf dem Boden zu erkennen, doch nirgends lag auch nur einer von ihnen herum. »Sie haben ihre Toten und Verletzten mitgenommen«, sagte Thomas, als Liam ihn darauf ansprach.

»Wir haben welche von ihnen getötet?«, fragte Byrne mit offenem Mund.

»Ich habe mindestens drei mit der Axt erschlagen, die nicht mehr am Leben sein dürften«, antwortete er emotionslos. »Und ich habe auch gesehen, wie Liam und Oliver einige von ihnen mit den Pfeilen getroffen haben.«

Liam wurde in diesem Augenblick erst bewusst, dass er recht haben könnte. Auch wenn er in der Dunkelheit nur wenig hatte erkennen können, war es durchaus möglich, dass er einige von ihnen lebensgefährlich verletzt hatte. Umso mehr wunderte es ihn, wie wenig es ihn berührte. Schließlich waren sie angegriffen worden und hatten sich daraufhin gewehrt, dachte er, nicht andersherum. Warum sollte er Mitleid mit denen haben, die ihr Leben seit Wochen zur Hölle machten? Doch vielleicht war es auch nur ein Schutzmechanismus, den sein Kopf entwickelte, um jede Schuld von sich zu weisen.

Sie gingen weiter durch den Wald und überall waren ausgelöste Fallen zu sehen. Manchmal war es ein großes Loch, das vorher mit Ästen bedeckt war, und ein anderes Mal an Bäumen befestigte Schlingen, die durchgeschnitten wurden. Hier und da waren auch Blutspuren an den Fallen zu erkennen und sie fragten sich, wie viele Thomas wohl aufgestellt hatte.

Als sie den Fluss erreichten, wies er die anderen an, am Waldrand zu warten. Vorsichtig spähte er in alle Richtungen, ehe er sie herbeiwinkte. Erneut wateten sie durch den Fluss und Thomas, der als erstes auf der anderen Seite ankam, ging zum Gebüsch, wo er das Auto versteckt hatte. Einen Augenblick später kam er mit dem Jeep, der laut aufheulte, aus dem Unterholz gedonnert und nachdem Liam und Oliver die Bögen im Kofferraum verstaut hatten, machten sie sich auf den Weg.

Während der Fahrt gingen sie immer wieder den Plan durch und überlegten sich Alternativpläne, falls etwas schief gehen sollte. Thomas fuhr sehr schnell auf den unbefestigten Straßen, die sie durch das irische Ödland führten, sodass sie ordentlich durchgeschüttelt wurden. Doch weder Oscar noch Liam ließen sich ihre Schmerzen anmerken. Thomas verteilte Wasser und Kekse, die er aus einer kleinen Box unter seinem Sitz hervorkramte.

Die Zeit verging rasend schnell und mit der untergehenden Sonne stieg auch ihre Nervosität. Immer wieder dachten sie darüber nach, wie gefährlich dieser Plan eigentlich war. Sie wollten einfach so in die Höhle des Löwen hinein, ohne zu wissen, was dort auf sie warten würde. Doch es gab kein Zurück mehr. Hannah schwebte in Lebensgefahr und sie mussten alles dafür tun, um sie zu retten.

Nach etwa zwei Stunden wurde die Landschaft um sie herum kahl. Sie hatten jegliche Zivilisation schon längst hinter sich gelassen und außer ein paar vereinzelten Häusergruppen, die zwischen den flachen Hügeln und weiten Wiesen in der Ferne leuchteten, war nichts mehr zu erkennen, was ihnen im Notfall hätte Schutz bieten könnte. Thomas schaute immer wieder auf sein GPS-Gerät, bis er schließlich am Ende einer Straße anhielt, die an einem geschotterten Wendekreis vor einer Baumgruppe endete. »Es ist nicht mehr weit, von hier an müssen wir zu Fuß weiter«, sagte er, als sie an dem schmalen Waldstück ankamen. Thomas stieg aus und öffnete den Kofferraum. Er holte seine Armbrust, mehrere Taschen- und Kopflampen sowie die beiden Bögen heraus, die er anschließend Liam und Oliver in die Hand drückte. Zudem gab er den beiden jeweils einen Köcher, den sie mit Pfeilen befüllten.

Oscar, dessen Schmerzen während der Fahrt unerträglich geworden waren, stieg aus und schleppte sich vor zur Fahrertür. »Fahr nach Südwesten bis nach Ballinavode und nimm das GPS-Gerät mit«, wies Thomas ihn an. »Ich habe die Polizeistation und den Standort der Burg eingespeichert. Lass dich danach in ein Krankenhaus bringen und falls wir nicht zurückkehren sollten, verlasse Irland und am besten Großbritannien, sobald du kannst.«

Oscar schluckte bei diesen Worten und auch die anderen bekamen jetzt weiche Knie. »Wir werden uns wiedersehen, Freunde, davon bin ich überzeugt«, sagte Oscar entschlossen. Er ging zu jedem Einzelnen von ihnen und umarmte sie von Herzen, ehe er sich auf den Fahrersitz hievte und davonfuhr.

Während die roten Rücklichter des Jeeps in der Dunkelheit verschwanden, wurde es still um sie herum.

»Gut, es geht los«, sagte Thomas, und sie folgten ihm in die karge Wildnis hinein in nördlicher Richtung.

Kapitel 17: Die Höhle des Löwen

Es war eine sternenklare Nacht und ein kühler Wind wehte ihnen von Nordwesten entgegen. Nach ein paar Minuten hatten sich ihre Augen vollständig an die Dunkelheit gewöhnt, sodass sie keine Taschenlampen brauchten. Thomas hätte es ihnen ohnehin nicht erlaubt, da sie sonst viel zu auffällig gewesen wären. Sie wanderten entlang eines Baches, der von den Bergen im Landesinneren über die flachen Ebenen zur Meeresküste floss. Obwohl es kaum Hindernisse auf ihrem Weg gab, wurden ihre Schritte allmählich schwerer aufgrund des weichen und teils matschigen Wiesenbodens. Es wäre jedoch unmöglich gewesen, weiter mit dem Auto zu fahren, nicht zuletzt aufgrund der vielen Bäche, die ihren Weg kreuzten.

An endlosen Feldern vorbei bewegten sie sich, während hinter ihnen die Umrisse ferner Berge zu erahnen waren. Nach etwa einer Stunde Fußmarsch führte sie der Bach zum Fuße eines kleinen Berges, wo er in einen dunklen See mündete. Felsen ragten aus der Erde empor, und die Vegetation war hier völlig anders als zuvor. Während sie bisher nur weite Wiesenfelder passiert hatten, gab es hier allerlei Bäume, Büsche und Felsspalten.

»Wir sind hier richtig, das ist der letzte Ort, an dem wir noch halbwegs geschützt sind«, sagte Thomas. »Wir machen hier eine kurze Rast und dann geht es gleich weiter.«

Liam, Byrne und Oliver legten ihre Waffen beiseite und setzten sich schnaufend auf einen nahegelegenen Felsen am Wasser. Nur Thomas blieb stehen und spähte in der Dunkelheit umher. »Bald müsste das große Moor kommen«, murmelte er vor sich hin.

»Was für ein Moor?«, wollte Liam wissen und riss Thomas aus seinen Gedanken.

»Die Burgruine wird von einem breiten Moor umschlossen und ist nur über einen Weg, der direkt zum Haupttor führt, zu erreichen. Ich vermute, das ist einer der Gründe, warum sie die alte Festung als Hauptsitz ausgewählt haben. Außerdem hat diese Burg eine ziemlich dunkle Vergangenheit«, fuhr er fort.

»Was genau meinst du damit?«, fragte Oliver.

»Diese Burg wurde Anfang des elften Jahrhunderts zur Abwehr der immer häufigeren Wikingerangriffe über das Meer erbaut. Ende des sechzehnten Jahrhunderts wurde sie dann von einem englischen Grafen beherrscht, der es sich zur Aufgabe gemacht hatte, die von der Hexenverfolgung fliehenden Europäer zu finden und nach der Folter hinrichten zu lassen. Damals wurde sie die schwarze Burg genannt und war über die Landesgrenzen hinaus bekannt und gefürchtet. Ihr müsst wissen, dass sogenannte Hexen damals vollkommen willkürlich ausgewählt wurden und es konnte praktisch jeden treffen.«

»Klingt ja wie maßgeschneidert für diese Verrückten«, warf Byrne ein.

»Wenn die Burg von einem Moor umschlossen ist und der einzige Zugang über das Haupttor bewacht wird, wie sollen wir dann hineinkommen?«, fragte Liam.

»Solche Burgen wurden fast immer mit geheimen Fluchttunneln erbaut, falls sie über längere Zeiträume Belagerungen ausgesetzt waren. Ich glaube zu wissen, wo sich einer dieser Tunnel befindet. So sollten wir unerkannt …«

Schlagartig hielt Thomas inne und lauschte in der Dunkelheit. »Versteckt euch!«, raunte er mit gedämpfter Stimme, und ohne zu wissen, was er gehört hatte, folgten die anderen augenblicklich seiner Anweisung. Während Thomas und Liam hinter einen nahegelegenen Felsen sprangen, rannten Byrne und Oliver in die entgegengesetzte Richtung und warfen sich hinter einem umgefallenen Baumstamm in Ufernähe flach ins Gras.

Anfangs war nichts zu sehen oder zu hören, und sie glaubten schon, dass Thomas sich getäuscht hatte. Doch dann vernahmen sie ein zunehmend lauter werdendes Geräusch.

»Sind das Hufe?«, flüsterte Liam Thomas zu.

»Ruhig!«, antwortete Thomas ebenfalls flüsternd.

Vorsichtig lugten sie über den Rand des Felsens in Richtung See. Das Hufgetrappel wurde lauter und Liam konnte sich nicht erklären, wie ein Pferd mitten in der Nacht hier in die verlassene Wildnis gelangen sollte. Jetzt wurde das Geräusch so laut, dass das Tier nur noch wenige

Meter entfernt sein konnte. Angestrengt spähte er weiter in die Dunkelheit und dann sah er etwas, was ihn durch Mark und Bein erschaudern ließ.

Genau an der Stelle zwischen ihnen und den anderen beiden erschien in der Dunkelheit plötzlich ein schwarzer Reiter. Er trug einen dunklen Umhang mit einer tiefen Kapuze über seinem Gesicht und saß auf einem großen, schwarzen Pferd. Liam war sich sicher, das konnte nur einer ihrer Feinde sein. Der Reiter führte sein Pferd langsam zum Ufer des Sees, wo es aus dem dunklen Wasser trank.

Liam fühlte sich wie in einen mittelalterlichen Film versetzt. Da saß er nun, mit Pfeil und Bogen im Anschlag und schaute auf einen schwarzen Reiter, der in der Dunkelheit äußerst bedrohlich wirkte.

Plötzlich konnten sie ein Geräusch wie ein leichtes Räuspern hören, das vom Unterholz ihnen gegenüber kam, genau von der Stelle, wo sich Byrne und Oliver versteckt hielten. Auch der Reiter bemerkte es und wandte sich ruckartig in ihre Richtung. Langsam zog er etwas aus seinem Umhang, das Liam nicht erkennen konnte. Er gab seinem Pferd die Sporen und ließ es zu dem Baumstamm traben, hinter dem die beiden lagen.

Thomas setzte sich sofort hin, lehnte sich mit dem Rücken an den Felsblock hinter ihnen und spannte leise seine Armbrust. Er legte einen Bolzen auf und zielte beharrlich auf den Reiter, der sich immer noch nahe der Stelle befand, an der die beiden Jungs sich versteckten. »Drück ab!«, flüsterte Liam mit zitternder Stimme, aber Thomas hielt weiterhin schweigend auf ihn.

Es war eine beängstigende Situation, denn sie konnten nicht genau erkennen, wo die beiden lagen und in welchem Moment der Reiter sie entdecken würde.

Liam erhob sich mit seinem Bogen und legte einen Pfeil auf, doch Thomas packte ihn am Arm und zog ihn wieder hinunter. In diesem Moment wandte sich der Reiter ab und verschwand wieder in der Dunkelheit, aus der er gekommen war. Anspannung lag in der Luft, während sie gespannt lauschten, bis das Geräusch des galoppierenden Pferdes in der Ferne verklang.

»Was sollte das?«, fuhr Thomas ihn an, ohne dabei allzu laut zu werden. »Wenn du immer gleich vorschnell handelst, ohne nachzudenken, wird das ein kurzer Ausflug werden!«

»Warum hast du ihn nicht erschossen? Er hätte sie jeden Moment entdecken können!«, sagte Liam wild gestikulierend.

»Weil das ein Späher war! Wenn wir ihn ausgeschaltet hätten, würden sie sofort Bescheid wissen, dass etwas nicht stimmt! Diese Späher müssen sich regelmäßig melden, damit ihr Anführer weiß, dass alles in Ordnung ist.«

»Ihr Anführer?«, fragte Liam mit runzliger Stirn.

Genau in diesem Augenblick kamen Byrne und Oliver herbeigeeilt. »Alter, war das ein beschissener Ringgeist oder was geht hier ab?«, sagte Byrne, dem der Schweiß von der Stirn lief.

»Wenn du Schwachkopf nicht gehustet hättest, wäre er gar nicht erst so nah gekommen!«, erwiderte Oliver scharf hinter ihm.

»Ich hab irgendein komisches Fliegenvieh verschluckt, was sollte ich machen?«

»Dann ersticke nächstes Mal leiser!«, gab Oliver genervt zurück.

»Du hast gerade von ihrem Anführer gesprochen, wer ist das?«, unterbrach Liam die zwei.

»Er nennt sich selbst Narrok und befehligt eine ziemlich große Armee. Bei meinen Nachforschungen tauchte sein Name immer wieder auf. Wie ich euch schon einmal erzählt hatte, wird jede Untergruppe von einem eigenen Anführer befehligt, aber ich bin mir ziemlich sicher, dieser Narrok steht von allen Anführern an oberste Stelle.«

»Du meinst, wie eine Art Präsident?«, fragte Byrne.

»Sozusagen. Und sein Sitz ist die alte Festungsruine, zu der wir gerade unterwegs sind.«

»Na, das sind ja rosige Aussichten«, seufzte Byrne.

»Kommt, verlieren wir keine Zeit mehr«, sagte Thomas und die Gruppe setzte sich wieder in Bewegung.

Noch aufmerksamer als zuvor folgten sie dem Pfad, auf dem der Reiter verschwunden war. Um erneute Gefahren frühzeitig hören zu können, sprach keiner von ihnen ein Wort. Die vereinzelten Felsbrocken um sie herum wuchsen nach und nach zu hohen Mauern zusammen, bis sie sich schließlich in einer Art Schlucht befanden. Thomas gefiel das Ganze überhaupt nicht, doch hatten sie keine andere Wahl, als dem Pfad weiter zu folgen. Ab und zu gab er ihnen ein Zeichen zum Stehenbleiben, doch stellten sich die vermuteten Fallen stets als Irrtum heraus.

Nachdem sie endlich die Schlucht passiert hatten, führte der Pfad durch ein schmales Waldstück. Als sie schließlich an den letzten Bäumen ankamen, hielt Thomas erneut inne. »Wir sind da. Vor uns liegt das schwarze Moor«, verkündete er, während sie vorsichtig im Schutz der letzten Bäume in die Ferne schauten.

In diesem Moment zogen die wenigen Schleierwolken vor dem Mond vorbei und vor ihnen konnten sie eine riesige flache Ebene erkennen, über die ein leichter Nebel schwebte. In der Ferne erkannten sie die Umrisse der Festungsruine, deren eingestürzte Türme wie eine gezackte Krone aus der Landschaft ragten. Dieser Anblick wirkte für jeden von ihnen schon aus der Entfernung mehr als bedrohlich. »Wie sollen wir da bloß durchkommen und dann noch unbemerkt in die Burg schleichen?«, fragte Liam verzweifelt und schlug dabei die Hände über den Kopf zusammen.

»Durch das Moor kommen wir nicht, aber es gibt einen Weg, von dem ich glaube, dass er sicher ist«, antwortete Thomas. »Ich habe einen Tunnel auf der Küstenseite gefunden, allerdings hatte ich noch keine Gelegenheit, ihn genauer zu untersuchen. Ich vermute, er führt zu den Katakomben der Festung und wurde vor langer Zeit als Fluchttunnel angelegt. Folgt mir und achtet auf alles, was sich bewegt. Ab jetzt befinden wir uns mitten im Feindgebiet.«

Liam und Oliver griffen jeweils nach einem Pfeil aus ihren Köchern, die sie an ihren Gürteln befestigt hatten, und machten ihre Bögen schussbereit. In einer Reihe folgten sie Thomas, der sie behutsam am Rand des Moores entlangführte.

Liam begann sich zu fragen, was sie tun würden, falls Thomas sich irrte und der Tunnel eine Sackgasse war.

Hin und wieder hatten sie Schwierigkeiten, etwas im nebligen Dunst zu erkennen, denn die Wolken schoben sich immer wieder vor den Mond und verdunkelten ihren Weg. Zudem war der Boden auch am

Rand des Moores sehr matschig und es roch stark vermodert. Ab und zu ließ sie ein Rascheln oder ein plätscherndes Geräusch zusammenzucken, doch handelte es sich dabei entweder um einen Frosch, den sie aufgeschreckt hatten, oder um einen Fuchs, der sich über die nächtlichen Besucher wunderte.

Je weiter sie um das Moor herumgingen, desto näher kamen sie auch der Burg und immer wieder sahen sie auf den schwarzen Mauern kurz etwas aufleuchten. Thomas erklärte ihnen, dass dies die Fackeln der Wachen seien, die auf der Burg patrouillierten.

»Ich dachte, die können im Dunkeln sehen?«, fragte Byrne.

»Sie sehen besser als wir und brauchen nur sehr wenig Licht, um sich orientieren zu können. Doch bei völliger Finsternis, wie in den Gängen und Katakomben der Burg, sind auch sie blind und dieser Umstand könnte uns noch das Leben retten.« Egal, was Thomas ihnen erklärte, nichts davon konnte ihre Nervosität lindern. Im Gegenteil, es wurde sogar schlimmer, je öfter er mit ihnen sprach und so zogen es die drei vor, schweigend weiterzugehen.

Ohne es zu bemerken, hatten sie das sumpfige Moor schon halb umlaufen und vor ihnen tat sich ein tiefer Abgrund auf. Sie standen an den Klippen zum Nordatlantischen Ozean und konnten die Brandung der Wellen hören, die in fast zwanzig Metern Tiefe gegen die Felsen schlugen. Irgendwie schenkte ihnen dieses vertraute Geräusch unerwartet ein wenig Hoffnung, zumindest erging es Liam so.

Jetzt gab es nur noch einen Weg zur Burg, denn links von ihnen befand sich das Moor und auf der rechten Seite erstreckte sich der weite Ozean. Schritt für Schritt gingen sie auf die Burg zu und langsam wurden die Konturen immer schärfer. Um nicht die Böschung zum Moor hinab zu rutschen, mussten sie so dicht an den Klippen entlang balancieren, dass es Liam nicht mehr wunderte, warum dieser Weg nicht bewacht wurde.

»Halt! Duckt euch und seid still!«, flüsterte Thomas und sofort kamen sie seiner Anweisung nach. Ohne auch nur einen Muskel zu bewegen, spähten sie zur Festungsmauer hinauf und sahen ein bleiches Gesicht, das in der Ferne suchend umherschweifte. Die Person schien sich keinen Zentimeter zu bewegen und Liam fragte sich, ob sie bereits entdeckt worden waren. Und dann, einen Augenblick später, verschwand die Gestalt wieder in der Dunkelheit. Sie verharrten noch einen Augenblick, ehe Thomas ihnen ein Handzeichen zum Weitergehen gab.

Jetzt war es nicht mehr weit bis zur Ruine, und gerade als sie sich fragten, wie weit sie noch auf die Mauern zugehen sollten, blieb Thomas erneut stehen und wandte sich zu ihnen um. »Wir müssen hier die Klippen hinabsteigen«, sagte er und deutete auf eine Stelle hinter einem kleinen Busch.

»Das ist jetzt ein Scherz, oder?«, fragte Byrne, während sie die dunklen Klippen hinunterschauten.

»Es gibt keinen anderen Weg«, antwortete Thomas. »Ich gehe voran. Folgt mir einer nach dem anderen und lasst genug Abstand zwischen euch.«

»Wozu?«, fragte Byrne, dessen Schweißperlen auf der Stirn im Mondschein reflektierten.

»Falls einer von euch etwas lostritt oder abstürzt, reißt er nicht die anderen mit in die Tiefe«, erklärte Thomas.

Byrne, der am weitesten vorn an der Klippe stand, drehte sich langsam um. »Thomas, falls du dir jemals einen normalen Job suchen solltest, schreibe bitte nicht 'motivierend' in dein Fähigkeitenprofil.«

»Kommt Leute!«, sagte Liam, der förmlich spürte, wie ihnen allmählich die Zeit davonlief. Genau wie Oliver befestigte er seinen Bogen auf dem Rücken, um beide Hände zum Klettern frei zu haben. Thomas, der seine Armbrust mit einem Seil um die Schulter gehangen hatte, stieg als erstes hinab, gefolgt von Liam, Oliver und Byrne.

Der Hang war unglaublich steil und Liam konnte sich nicht erinnern, jemals etwas Gefährlicheres getan zu haben. Da hingen sie mitten in der Nacht im tiefsten Irland an einer Klippe über dem Nordatlantischen Ozean und versuchten, einen geheimen Tunnel zu finden, der sie in das Innere einer Burg führen sollte, die von einer gefährlichen Sekte kontrolliert wurde. Sollten sie diese Nacht überleben, hätten sie ihren Kindern und Enkeln später einiges zu erzählen, dachte er.

Jeder versuchte sich genau die Schritte und Haltepunkte des Vordermanns zu merken und der Wind machte die Sache nicht einfacher. Liam hörte, wie Oliver kurzzeitig mit einem Fuß von einer Felsspalte abrutschte, doch fing er sich im letzten Moment wieder. So kletterten sie fast zwanzig Minuten, bis sie unten ankamen, doch war der Weg dort nicht angenehmer zu beschreiten. Sie mussten über mehrere glitschige Felsen springen, die immer wieder von einzelnen Wellen überspült wurden, bis sie auf dem festen Steinboden der Höhle ankamen. Es grenzte an ein Wunder, dass keiner von ihnen abgerutscht und ins Wasser gestürzt war. Sofort, als sie wieder festen Boden unter den Füßen hatten, nahmen sie ihre Waffen und machten sich bereit.

»Schaltet jetzt eure Lampen ein«, sagte Thomas. Sie schauten sich in der feuchtkalten Höhle um und sahen am Ende eines schmalen Ganges Treppenstufen, die steil bergauf führten. Erneut ging Thomas voran und der Rest folgte ihm. Stufe für Stufe stiegen sie vorsichtig die Treppe hinauf, bis sie an einen Absatz ankamen, der nach wenigen Metern an einer großen Holztür endete. Thomas ging vor und versuchte die Tür zu öffnen, doch sie war verschlossen.

»Na super, was machen wir jetzt?«, fragte Liam.

»Kein Grund zur Sorge, gebt mir eine Minute«, sagte Byrne gelassen und holte sein Dietrich-Set aus der Innentasche seiner Jacke. Es dauerte nur einen Augenblick, bis es klickte und sie die Tür ganz vorsichtig aufschieben konnten.

Sofort nahmen sie ein flackerndes Licht wahr, das von vielen Fackeln kam. Wieder hob Thomas die Hand und bedeutete ihnen, zu warten. Ganz behutsam schob er die Tür weiter auf und streckte seinen Kopf in einen großen Raum, der wie eine kleine Halle wirkte. Vorsichtig ging er ein paar Schritte hinein, während die anderen nervös an der halb offenstehenden Tür warteten. Nachdem er sich ein paar Minuten umgeschaut hatte, winkte er die anderen heran.

Sie schritten in ein steinernes Verlies, das zweifellos als Kerker diente. Der Raum war groß und kreisförmig, gesäumt von zahlreichen Säulen, an denen brennende Fackeln flackerndes Licht spendeten. Fast jede Säule war mit alten, rostigen Gitterstäben verbunden, hinter denen hier und da einige dreckige Lumpen lagen.

»Was ist das für ein Ort?«, stammelte Oliver.

»Das ist der Kerker, in dem sie ihre Gefangenen festhalten«, antwortete Thomas, und sofort ging Liam an der Außenseite entlang und schaute in jede Zelle. »Sie ist nicht mehr hier«, sagte er zu ihm, doch Liam ließ sich davon nicht abbringen.

Einige der Zellen wirkten, als ob sie vor kurzem noch bewohnt gewesen waren, denn es waren Brotreste und halbvolle Becher mit Wasser darin zu sehen. Liam blieb vor einer besonders dunklen Zelle stehen und leuchtete mit seiner Taschenlampe an den Gitterstäben vorbei. Sofort schreckte er zusammen und spürte, wie die Übelkeit in ihm hochstieg. Vor ihm eröffnete sich ein Bild des Grauens. Überall an den Wänden waren Blutspritzer und in der Mitte stand ein Stuhl aus Holz, an dem zerschnittene Armfesseln hingen. Er konnte nicht glauben, was er dort sah. Das konnten keine Menschen getan haben, dachte er, das mussten Dämonen sein.

»Hier wurde jemand gefoltert«, sprach Thomas plötzlich leise von hinten in sein Ohr. »Lass das nicht die anderen sehen, wir müssen weiter.«

In Liam stieg eine unbändige Wut hoch, als er daran dachte, wie Hannah in einem solchen Kerker eingesperrt und gefoltert wurde. »Wir müssen sie finden!«, sagte er schnell atmend und wandte sich angewidert von dem grauenhaften Anblick ab.

»Ich höre Stimmen«, sagte Oliver, der auf der anderen Seite der Halle vor einem schmalen Durchgang stand. Sofort eilten die anderen drei zu ihm und tatsächlich hörten sie leise den Gesang vieler Stimmen, der von oben die Treppe hinunter hallte.

»Ab jetzt kein Wort mehr«, fauchte Thomas und schaute vorsichtig die Treppe hinauf. »Wir müssen uns jetzt erst einmal einen Überblick verschaffen. Keiner von euch tut etwas, ohne dass ich es sage!«

Bei diesen Worten warf er Liam einen strengen Blick zu.

»Ich glaube, ich habe einen von ihren Umhängen gefunden«, warf Byrne ein, der tatsächlich ein schwarzes Stoffknäuel in den Händen hielt.

»Hervorragend, den nehme ich«, sagte Thomas und stieg damit voran die Treppe hinauf. Mit jeder Stufe wurde der Gesang allmählich lauter. Es war eine grauenhafte Melodie, die ihnen sämtliche Nackenhaare zu Berge stehen ließ. Liam war klar, dort oben musste gerade ein Ritual stattfinden und er konnte die Anspannung der anderen geradezu spüren, auch wenn keiner von ihnen etwas sagte. Hinter der dunklen Silhouette von Thomas erkannte er ein schwaches Licht am Ende des Treppenaufganges.

Kurz bevor sie oben angekommen waren, blieb Thomas stehen und lugte vorsichtig über die letzten Stufen. Liam, der direkt hinter ihm war, versuchte, an ihm vorbeizuschauen, doch ehe er etwas sehen konnte, wandte sich Thomas zu ihnen um. »Hört mir jetzt genau zu, das Opferritual hat bereits begonnen.«

Reflexartig zuckte Liam am ganzen Körper zusammen, doch Thomas streckte bereits die Hand aus und packte ihn an der Schulter. »Wir werden sie retten, aber du musst mir jetzt vertrauen!«

»Gut, schieß los!«, sagte Liam hitzig und sein Kopf lief rot an.

»Der Gang hier endet an einem Korridor, der zu einer großen Halle führt. Kurz davor gibt es auf beiden Seiten Treppen, die, wie ich vermute, zu einem Oberrang führen.« Während er sprach, nahm er seine Armbrust von der Schulter und drückte sie Byrne samt Bolzen in die Hände. »Ich werde versuchen, Hannah zu befreien und sobald ich sie habe, schießt ihr, was das Zeug hält! Unser Fluchtweg wird derselbe sein, über den wir gekommen sind.«

»Wie viele sind es?«, fragte Oliver mit zitternder Stimme, während er seinen Bogen schussbereit machte.

»Ich weiß es nicht, aber es werden einige sein. Schießt zuerst auf die, die ihr mit Sicherheit treffen könnt, doch erst, wenn ich Hannah habe! Sollten sie euch bemerken, bevor ich dicht genug an ihr dran bin, ist sie verloren.«

Auch Liams Puls stieg mit den Worten von Thomas sekündlich an, doch war er noch nie so entschlossen gewesen wie in diesem Augenblick. Ganz egal, was gleich geschehen würde, er war mit jeder Faser seines Körpers bereit. Dann warf sich Thomas den schwarzen Umhang über und setzte sich die Kapuze auf. »Viel Glück, Freunde!«

Zuerst ging Liam die letzten Stufen hoch und als er den ebenfalls mit Fackeln bestückten Korridor betrat, konnte er am Ende eine große

Halle erkennen, aus der ein grünliches Licht schimmerte. Er starrte in den Eingang der Halle und erkannte die Umrisse vieler Personen, die mit dem Rücken zu ihm standen. Weit in der Mitte musste sich irgendetwas abspielen, das er nicht erkennen konnte. Noch immer hallte ihm der schreckliche Chorgesang entgegen und mit zitternden Beinen ging er vorsichtig einen Schritt nach dem anderen auf sie zu, wohl wissend, dass sich nur einer von ihnen umdrehen musste und ihr Leben wäre in tödlicher Gefahr. Schnell versuchte er, jeden negativen Gedanken zu verdrängen und sich voll und ganz auf die Sache zu fokussieren.

Nach wenigen Metern erreichte er eine der beiden Treppen, die jeweils in unterschiedlichen Richtungen vom Korridor wegführten. Vorsichtig schaute er nach oben, doch es war niemand zu sehen, der dort Wache hielt. Er huschte um die Ecke auf die ersten Stufen, von wo aus er vom Halleneingang nicht mehr gesehen werden konnte. Kurz darauf kamen auch Oliver und Byrne hinterher, beide mit schweißgebadetem Gesicht.

Als sie die Treppenstufen zum Oberrang hochstiegen, musste keiner von ihnen auf seine Schritte achten, denn der Gesang wurde mit der Zeit ohrenbetäubend laut. Kurz bevor sie die letzten Stufen erreicht hatten, blieb Liam stehen und schaute einen langen, gekrümmten Balkon entlang, der die gesamte Halle umgab. Noch immer war niemand zu sehen und so krochen sie vorsichtig zur steinernen Balustrade, durch deren Säulen sich ihnen ein unfassbares Bild abzeichnete.

Unter ihnen leuchtete ein helles, smaragdgrünes Licht, das von den Flammen eines Feuers aus der Mitte der Halle kam. Das flackernde Licht erleuchtete die Umrisse unzähliger dunkler Gestalten, die kreisförmig um das Feuer verteilt standen und im Chor das grauenvolle Lied sangen. Alle drei Freunde starrten mit offenen Mündern auf dieses entsetzliche Schauspiel, und jeder Funke Mut erstickte bei diesem Anblick sofort.

»Liam, d-das müssen hunderte sein«, stammelte Byrne. »Wir müssen sofort umkehren, wir haben nicht die geringste Chance!«

Liam suchte in der schwarzen Menge und seine Augen weiteten sich, als er direkt zum Feuer schaute. Der engste Menschenkreis, der um die

Flammen herum kauerte, bestand aus mehreren gefesselten Menschen. Genau wie alle anderen Anwesenden trugen auch sie schwarze Roben, doch auf ihnen befanden sich weiße Schriftzeichen, die sie von ihrer Position aus nicht genau erkennen konnten. Dann erkannten auch Byrne und Oliver die Gefangenen.

»Es sind genau dreizehn! Das muss etwas mit den dreizehn Monden zu tun haben, von denen Thomas gesprochen hat«, sagte Oliver gerade noch laut genug, dass sie ihn durch den Gesang hören konnten.

Und dann sah Liam das, wovor er sich am meisten gefürchtet hatte. Unter den Gefangenen war auch Hannah. Sofort schoss Adrenalin in jede Vene seines Körpers, und er musste sich zurückhalten, nicht sofort loszuschreien. Genau wie die anderen zwölf hockte auch sie auf ihren Knien, die Füße und Hände waren von hinten gefesselt worden und soweit er es erkennen konnte, wirkte ihr Gesicht im grünen Schein stark ramponiert.

»Du musst jetzt ruhig bleiben«, sagte Byrne von der Seite, der Hannah ebenfalls entdeckt hatte.

»Da kommt Thomas«, sagte Oliver und zeigte auf eine Kapuzengestalt, die sich im Gegensatz zu den anderen langsam durch den Raum auf das Feuer zubewegte.

»Verteilt euch!«, wies Liam die anderen beiden an und sofort hasteten sie geduckt in unterschiedliche Richtungen. Einen Augenblick später hatten sie sich so auf dem kreisrunden Balkon verteilt, dass sie von unterschiedlichen Positionen schießen konnten. Byrne legte die gespannte Armbrust auf die Brüstung und auch Liam und Oliver hielten ihre Bögen in Schussstellung. Ganz behutsam schritt Thomas durch die singende Meute und kam dem Feuer immer näher.

Plötzlich wurde Liam von einem seltsamen Gefühl gepackt und die Gedanken in seinem Kopf begannen sich zu überschlagen. Der dunkle Reiter, der sie hätte finden müssen, das bleiche Gesicht auf der Burgmauer, das sie hätte sehen müssen. Und ein geheimer Weg, der vollkommen unbewacht war, obwohl sie wussten, wie penibel diese Sekte agierte. Es war zu einfach. All das konnte kein Zufall sein. Schlagartig war er sich sicher, sie wurden in eine Falle gelockt. Er ließ den Bogen sinken und schaute auf Thomas, der in der schwarzen Robe wenige Meter hinter Hannah in der Menge stand und wartete.

Dann, mit einem Schlag, hörten sie auf zu singen. Der Hall verstummte und eine beängstigende Stille machte sich im Saal breit. Keiner sprach ein Wort oder bewegte sich auch nur. Es wirkte, als seien sie Statuen. Während sein Blick auf Thomas ruhte, sah er plötzlich eine leichte Bewegung hinter ihm.

Einer der schwarzen Gestalten direkt hinter ihm nahm langsam die Kapuze ab, dann hob er sein bleiches Gesicht und starrte Liam direkt in die Augen.

Jetzt begann Liam am ganzen Körper zu zittern und er spürte, wie sich sein Hals zuschnürte. Ganz langsam entstand ein breites, widerwärtiges Grinsen in seinem Gesicht und Liam ahnte, was jetzt passieren würde.

Kapitel 18: Das Blutopfer

Noch bevor er seinen Freunden eine Warnung zurufen konnte, erstickten die grünen Flammen in der Hallenmitte von selbst und auf einmal wurde es dunkel. Ein schrilles Kreischen und das Getrappel zahlreicher eiliger Füße hallten zu ihnen hinauf, während er noch die Rufe seiner Freunde nach ihm hörte.

Für einen kurzen Moment dachte er, es war nur ein Albtraum, doch als ihn eine kalte Hand am Knöchel packte und er mit voller Wucht auf den Boden aufschlug, wurde er prompt in die Realität zurückgeholt. Irgendjemand schleifte ihn über den Boden und mehrfach schlug er mit seinem Kopf gegen irgendetwas. Alle Versuche, sich festzuhalten, scheiterten und er spürte, wie sein Fuß aufgrund des festen Drucks allmählich taub wurde. In seiner Verzweiflung begann er, nach dem Angreifer zu treten, doch es half nicht. Er wurde die Treppe hinunter und dann über den kalten Boden geschliffen, bis er merkte, wie seine Haut an manchen Stellen allmählich aufriss.

Jetzt musste er direkt in der Menge sein, denn um ihn herum hörte er krächzende Stimmen und grausames Gelächter. Dann wurde sein Knöchel losgelassen und viele Hände begannen ihn zu fesseln und zu knebeln. Immer wieder versuchte er loszukommen, doch es war so dunkel, dass er jede Orientierung verlor. Es dauerte nur Sekunden, bis er sich nicht mehr bewegen konnte. Genau wie die Gefangenen zuvor wurden ihm die Hände und Füße zugebunden und er wurde auf seine Knie gesetzt. Man hatte ihm auch den Mund zugeklebt, sodass ihm das Atmen in der blanken Panik schwerfiel. Er wusste, wenn er es nicht schaffen sollte, sich selbst zu beruhigen, würde er bald ohnmächtig werden.

Sein Puls raste noch immer wie wild und im Getümmel um ihn herum hörte er erneut Brocken fremder Sprachen heraus, die er nicht verstehen konnte. Noch nie in seinem Leben war er so ausgeliefert gewesen wie jetzt.

Dann entzündete jemand die erste Fackel am Rand der Halle, was er nur durch einen leichten Schimmer an der Gewölbedecke erkennen konnte. Um ihn herum war noch immer alles so finster, dass er nur einzelne Bewegungen wahrnehmen konnte. Dann entflammte die nächste Fackel und noch eine, bis es allmählich wieder hell wurde. Die Leute um ihn herum wichen zurück und als das große Feuer vor ihm langsam wieder zu brennen begann, schaute er auf.

Die Gefangenen, die vorher um das Feuer herum gekauert hatten, waren verschwunden und durch ihn und seine Freunde ersetzt worden. Zu seiner Linken hockte Byrne, gefesselt und mit blutverschmiertem Gesicht. Durch die flackernden grünen Flammen erkannte er Oliver ihm gegenüber. Olivers Gesicht war von Schmutz und Blut gezeichnet, eine tiefe Schnittwunde klaffte auf seiner Stirn und das Blut zog dunkle Linien über seine Wangen.

Gerade als er sich fragte, wo Hannah geblieben war, wurde jemand heran geschleift. Es war Oscar, dem es offenbar nicht gelungen war, bis zur Polizeistation zu gelangen. Er war als einziger von ihnen nicht bei Bewusstsein, jedenfalls hoffte Liam das, denn seine unbehandelten Verletzungen ließen auch Schlimmeres vermuten.

All das war ein einziger Albtraum, und zum ersten Mal in seinem Leben verlor Liam jede Hoffnung. Außer unterdrücktes Stöhnen konnte keiner von ihnen einen Laut abgeben, denn allen wurde der Mund zugeklebt.

Außer Hannah fehlte noch jemand, schoss es Liam in den Kopf. Thomas befand sich nicht unter ihnen und das war der letzte Funken Hoffnung, der für sie noch bestand. Er versuchte in die Gesichter unter den Kapuzen zu schauen, doch konnte er ihn nicht ausfindig machen.

»Ich heiße euch willkommen, zur Nacht der dreizehn Monde«, erklang hinter ihnen plötzlich eine kalte Stimme und im Saal wurde es mit einem Mal still. Liam drehte sich um und sah, wie durch die Menge ein großer Mann mit einem roten Gewand schritt. Er trug keine Kapuze, und sein Gesicht war auch nicht so bleich wie das der anderen. Sein kahl geschorener Kopf war mit denselben Symbolen tätowiert wie die auf dem Dolch und in dem schwarzen Buch. Liam war sofort klar, das musste ihr Anführer Narrok sein.

Langsam trat er vor und ging zwischen ihnen und dem Feuer im Kreis, wobei er sie mit seinen pechschwarzen Augen musterte. Als er bei

Oliver ankam, kniete er sich zu ihm hin und fuhr ihr mit seinen langen Fingern über sein blutiges Gesicht. Gerade als Liam aufspringen wollte, um seinem Freund zu Hilfe zu eilen, packte ihn eine kräftige Hand am Nacken und drückte ihn hart zurück auf den Boden.

Narrok wandte sich zu ihm um und fixierte ihn mit seinen schwarzen Augen. Dann schritt er um das Feuer herum direkt auf ihn zu. Als er vor ihm stand, kniete er sich auch zu ihm herunter und hielt sein Gesicht dicht an sein Ohr: »Heute Nacht wirst du erleben, was Angst wirklich bedeutet«, flüsterte er und selbst sein Atem an Liams Gesicht fühlte sich eiskalt an.

Als Narrok wieder aufstand, suchte Liam weiter verzweifelt nach Thomas. Er war sich sicher, jeden Moment würde er sie da rausholen. Schließlich hatte er sich sein Leben lang auf solche Situationen vorbereitet.

»Introduce illum!«, rief Narrok in die Menge und wieder brach ein grausiges Gelächter aus. Vom Eingang her war Bewegung zu vernehmen, doch Liam erkannte nicht, was sich dort abspielte. Anscheinend wurde irgendetwas zu ihnen in die Halle getragen, doch erst als sich die letzte Reihe vor ihnen auftat, erkannte er, um was es sich handelte.

Seine schlimmsten Befürchtungen wurden wahr, als er sah, wie Thomas an ein großes Holzkreuz gefesselt herangetragen wurde. Sein Gesicht war blutüberströmt, und er war mit so vielen Seilen fixiert, dass es kein Entkommen für ihn geben konnte. Sechs von ihnen, drei auf jeder Seite, trugen ihn direkt zum Feuer und stellten das Kreuz mit dem langen Holzbalken voran in eine Vorrichtung aus Metall, sodass er aufrecht in der Halle stand. Wenige Meter vor ihm loderte das grünliche Feuer, und es sah aus wie ein Scheiterhaufen.

»Seht, wer endlich zu uns gefunden hat«, rief Narrok und seine laute Stimme hallte von den alten Gemäuern wieder. »Der große Dämonenjäger Silas und die, die er zu beschützen versuchte!«

Gelächter brach aus und viele aus der schwarzen Meute bleckten die Zähne. »Dachtest du, wir wüssten nicht, wer du bist?«, fuhr Narrok fort. »Dachtest du, wir bekämen nicht mit, wie du uns seit Jahren hinterher schnüffelst? Wie eine Ratte auf der Suche nach einem Stück vergammeltem Fleisch bist du durch unsere Abflussrohre gekrochen, doch sei gewiss, du hast nur das gesehen, was du sehen solltest. Dachtest du, die Kirche sei ein sicherer Anlaufpunkt für dich? Dann lass mich dir etwas klar machen«, sagte er und drehte sich um.

Aus der Menge schritt langsam eine Person hervor in ihre Mitte. Sie nahm die Kapuze ab und Liam konnte nicht glauben, wen er dort sah. Vor ihnen stand Pater Chaworth. Auch in Thomas' glasigen Augen erkannte er die blanke Verwirrung. Voller Verachtung wollte er losschreien, doch da auch sein Mund mit einem Tuch zugebunden war, drangen nur dumpfe Töne heraus.

»Wir haben unsere Informanten überall, nichts geschieht ohne unser Wissen«, sagte Narrok grinsend, als er dabei zusah, wie Thomas' schweißgebadetes und blutverschmiertes Gesicht immer blasser wurde. Chaworths Mine blieb kühl. Er sah zu Thomas auf und ohne den anderen einen Blick zuzuwerfen, wandte er sich wieder um und verschwand in der Menge.

Liam konnte es nicht glauben. Gerade er, ein Mann der Kirche, dessen Worte ihm so viel Kraft gegeben hatten, war einer von ihnen. Jetzt ergab plötzlich vieles einen Sinn. Chaworth hatte sie von Anfang an hier nach Irland geführt, direkt in das Hauptquartier der Sekte hinein, und deshalb waren sie auch so schnell gefunden worden. Er musste Thomas gedrängt haben, sie nach Irland zu holen. Der Verräter, von dem Thomas ständig gesprochen hatte, war keiner von ihnen, sondern einer, dem er vertraut hatte. Wahrscheinlich hatten sie Oliver in London absichtlich in seine Kirche getrieben, damit er sein Vertrauen gewinnen konnte. Doch all das spielte jetzt keine Rolle mehr, wenn nicht bald Hilfe kam, würde ihr Leben in dieser Nacht enden.

»Bringt sie herein!«, rief Narrok seinen Untertanen zu und Liam war sofort bewusst, dass es sich nur um Hannah handeln konnte. Ein lauter Glockenschlag erklang, und dann spielten sich grauenhafte Szenen ab. Die vielen dunklen Gestalten begannen wieder dieses abscheuliche Lied zu singen und währenddessen sah Liam etwas, was ihn noch mehr mitnahm, als alles bisher Geschehene. Hannah schritt in einem langen weißen Gewand in die Halle, flankiert von mehreren rot gekleideten Fackelträgern, die weiße Totenschädel mit langen schwarzen Hörnern unter ihren Kapuzen trugen. Liam erkannte die Masken sofort von dem Totem wieder, dass sie in dem unterirdischen Raum bei den Baracken in Lancaster gefunden hatten.

Hannahs Gesicht war ebenso bleich wie das der Masken um sie herum und selbst ihre Augen schienen ihre Farbe verloren zu haben. Es wirkte, als ob ihr Geist ihren Körper verlassen hatte und nur noch ihre leere Hülle umher ging. Was immer sie ihr angetan hatten, es war schlimmer als jede Folter, dachte Liam. Wieder stieg unbändiger Hass in ihm hoch, und er versuchte mit aller Kraft aufzustehen, doch wieder drückten ihn seine Bewacher zu Boden und schlugen ihm auf den Kopf. »Immer mit der Ruhe, seine Zeit ist bald dran«, sagte Narrok zu den Wachen, die daraufhin von ihm abließen.

Hannah schritt langsam an Liam vorbei, der auf dem Boden lag, und spürte, wie sein Kopf aufgrund der Schläge schmerzte. Immer wieder versuchte er, ihren Namen zu rufen, doch sie reagierte nicht. Sie ging zum Feuer und streckte ihre rechte Hand aus. Etwas glitt in die Flammen, das wie eine Art Pulver aussah, worauf eine hohe Stichflamme entstand. Kurz darauf kam einer der Fackelträger, die sich ebenfalls im Kreis um sie herum postiert hatten, auf Hannah zu und übergab ihr den Dolch, den man ihr offenbar vorher abgenommen hatte. Schweigend nahm sie ihn entgegen und ging dann langsam um das Feuer herum zu der Stelle, wo Thomas am Kreuz gefesselt war.

»Hannah! Tu es nicht!«, schrie Liam so laut er konnte, doch der Knebel war zu fest und der Gesang der Meute zu laut, als dass sie ihn hätte hören können.

Langsam zog sie den Dolch aus der Scheide und dann verstummte die Menge mit einem Mal. Thomas' Augen weiteten sich vor Entsetzen und er schaute Hannah direkt an, begleitet von hastigen, tiefen Atemzügen. Verzweifelt schien er den letzten Funken Menschlichkeit in Hannah anzuflehen, doch vergeblich. Ein kurzer Moment der Stille und dann stach sie mit einem kräftigen Hieb auf seine Brust ein. Sofort spritzte ihr das Blut entgegen und befleckte ihre weiße Robe. Thomas' Schreie dröhnten dumpf durch die Halle, begleitet von einem unheimlichen Strom aus Blut. Während seine verzweifelten

Abwehrversuche allmählich schwächer wurden, wusste Liam, dass sein Ende nahte.

Langsam ging Narrok auf Hannah zu und nahm ihr den Dolch ab. Dann wandte er sich zu Thomas und nahm ihm den Knebel vom Mund. »Das hattest du nicht kommen sehen, oder Dämonenjäger? Erstochen von derjenigen, die du beschützen wolltest«, sagte er ruhig. »Jetzt sollst du im Fegefeuer brennen, an ein Kreuz gefesselt wie dein Gott, der dich im Stich ließ!«

Narrok hob die Hand und eine der Wachen zog Thomas einen Stoffbeutel über sein Gesicht. Ein anderer drehte daraufhin an einem Rad, das an der Rückseite der Metallvorrichtung befestigt war. Langsam begann das Kreuz nach vorne in Richtung Feuer zu kippen.

»Liam, wenn der Moment gekommen ist, zögere nicht!«, rief Thomas ihm unter Schmerzensschreien zu.

Liam verstand nicht, was er damit meinte, doch bevor er seine Worte verarbeiten konnte, begannen laute Schreie die ganze Halle zu erfüllen.

Das Feuer streifte seinen blutigen Körper, und er begann, am lebendigen Leib zu verbrennen. Liam bebte vor Angst, sein ganzer Körper zuckte, und er presste seine Augen so fest zusammen, wie es ihm möglich war. Um ihn herum brandete ein Ozean aus Schreien auf, von Thomas, seinen Freunden und den düsteren Gestalten ringsum. Dieser Moment, eingehüllt in Schrecken, verkörperte das absolute Grauen ihres Lebens, und Liam wusste, dass es auch ihr letzter sein würde.

Es dauerte nicht lange, bis die Schreie von Thomas endgültig verstummten. Liam hockte noch immer auf dem kalten Boden, seine Augen fest verschlossen, so hilflos wie nie zuvor in seinem Leben.

»Steh auf und sieh hin!«, befahl Narrok, als er Liam am Nacken packte, doch Liam wehrte sich nicht mehr. Seine tränenden Augen ruhten auf den kalten Steinen vor ihm und für nichts auf der Welt würde er noch einmal hinsehen. Auch seine gefesselten Freunde schluchzten und wimmerten verzweifelt.

»Schafft ihn weg«, hörte er Narroks widerliche Stimme, und im Augenwinkel erkannte er, wie das noch brennende Kreuz mit Thomas' Leiche dran auf eine Vorrichtung gekippt und aus der Halle geschafft wurde.

Er spürte, wie langsam der letzte Funken Hoffnung in ihm erlosch. Ihr Ende war gekommen, hier in dieser Ruine, in dieser schicksalshaften Nacht. Hannah stand noch immer geistesabwesend an der Stelle, an der sie Thomas das Messer in die Brust gerammt hatte. Ihr Gesicht war emotionslos und ihre blassen Augen starrten in die Leere. Egal was sie ihr eingeflößt hatten, Liam verlor bei diesem Anblick den Glauben daran, dass sie jemals wieder die Alte werden würde.

»Das erste Opfer wurde von einer Unschuldigen erbracht, nun wird der Schuldige das zweite erbringen«, sagte Narrok und wandte sich wieder zur Menge. Es dauerte einen Moment, doch dann kam eine weitere Person unter dem Klang des grausamen Chors aus der dunklen Schar hervorgeschritten.

»Junges Blut, das Gott entsagt, bereit zu tun, was es vermag«, rief Narrok und reichte den Dolch der Person, die jetzt vor ihm stand.

Liam schaute auf und als sie langsam die Kapuze abnahm, brach erneut blankes Entsetzen in ihm aus. Es war Mike. Der Junge aus Lancaster, mit dem Hannah sich vor einigen Tagen noch getroffen hatte, war einer von ihnen.

Liam hatte von Anfang an geahnt, dass mit diesem Typen etwas nicht stimmte. Wieder schossen tausend Gedanken durch seinen Kopf und er war kaum fähig, bei klarem Verstand zu bleiben. Die Nachrichten auf Hannahs Telefon, die seltsame Sichtung bei der alten Fabrik und der Besuch dieser Sekte bei Hannahs Job im Krankenhaus. Wahrscheinlich steckte Mike hinter all dem. Thomas hatte gesagt, sie besäßen keine übermenschlichen Fähigkeiten, auch wenn es oft den Anschein danach hatte. Aber sie holten sich Hilfe von Leuten, die ihren Opfern nahestanden, und das war der Beweis. Nicht nur Pater Chaworth, sondern auch Mike musste ihnen geholfen haben, sie auf ihre Fährte zu führen. Wie hatten sie all das nicht bemerken können, wo es doch genug Anzeichen gegeben hatte?

Auch Mike würdigte keinen von ihnen eines Blickes. Er hielt den Dolch in der rechten Hand und starrte Hannah entschlossen an, die offenbar keine Notiz von ihm nahm. Dann hob Narrok beide Arme und endlich verstummte der Chorgesang, bis es wieder still war.

»Heute Nacht, Brüder und Schwestern, werden wir mit der Macht der Finsternis zu neuer Stärke zurückfinden! Lange Zeit mussten wir uns im Untergrund verstecken, geächtet von der Kirche und verlassen von jenen, die uns einst ihre Treue geschworen hatten. Doch heute Nacht kehren wir in voller Stärke zurück, auf dass wir uns all das zurückholen, was uns genommen wurde!«

Die Menge erwiderte Narroks Worte mit tosendem Gebrüll. »Wir rufen dich, Astaroth, Großherzog der Hölle! Nimm dieses Blutopfer und leite uns in eine neue Zeit!«

Dann war der Moment gekommen. Mike schritt mit dem Dolch in der Hand langsam auf Hannah zu.

Liam schrie und versuchte sich mit ganzer Kraft gegen die beiden Wachen zu wehren, die ihn nun unablässig an den Schultern festhielten. Obwohl Liam gefesselt war, hatten sie Mühe, ihn auf den Knien zu halten. Auch Oliver, Byrne und Oscar mussten von mehreren Sektenmitgliedern festgehalten werden.

Mike blieb vor Hannah stehen und bis auf ihre wehrhaften Geräusche war es vollkommen still. Hannah stand da und sah mit ihren blassen Augen durch Mike hindurch.

In dem Moment, als Liam gerade seine Augen schließen wollte, wandte sich Mike ihm zu. Er schaute Liam direkt in die Augen und auf einmal erkannte er etwas in Mikes Blick. Er war ein Gefangener, genau wie sie. Mit einem Mal verflog der Hass und eine seltsame Verbindung entstand zwischen den beiden Jungs. Es war, als könnten sie gegenseitig ihre Gedanken lesen. Mike würde sie nicht töten, davon war nun Liam überzeugt.

»Jetzt!«, rief Mike und zog etwas aus seinem Umhang. In diesem Moment erschütterten mehrere laute Explosionen die Halle, und innerhalb weniger Sekunden war sie komplett in weißen Rauch gehüllt. Tumult brach aus, und plötzlich herrschte hektisches Treiben um sie herum. Direkt hinter Liam schlug jemand auf die Wachen ein, ehe man seine Fesseln durchschnitt und ihm ein kleines Messer in die Hand drückte.

»Hol Hannah und renn zurück zu den Kerkern. Ich befreie die anderen, und dann treffen wir uns dort!«, hörte er Mikes Stimme durch den weißen Dunst, und Liam reagierte sofort. Er eilte zu der Stelle, wo Hannah glücklicherweise noch stand, durchschnitt ihre Fesseln und zog sie am Handgelenk hinter sich her in Richtung der Treppe, die zu den Kerkern führte. Sie bahnten sich ihren Weg durch die vielen Sektenmitglieder, die desorientiert umherirrten. Mehrmals wurden sie erkannt, als sie dicht an den blassen Gesichtern vorbeirannten, doch Liam schlug jedem ohne Zögern ins Gesicht. Es war seltsam, wie wenig Widerstand sie leisteten. Schließlich behinderte der Rauch ihre Sicht, doch Liam fand es äußerst merkwürdig, dass ihnen scheinbar niemand folgte.

Kurz bevor sie den Korridor erreichten, wurde Hannah von jemandem gepackt. Doch Liam reagierte sofort, drehte sich um und stach auf den Angreifer ein. Adrenalin schoss durch seinen Körper, und er setzte einen weiteren, noch entschlosseneren Stich, bevor der Angreifer unter Schmerzensschreien von ihr abließ und zurückwich. Liam packte Hannahs Hand und sie rannten weiter den Korridor entlang, ohne einen Blick zurückzuwerfen.

Als sie die steile Treppe zu den Verliesen hinuntereilten, hallten Narroks Schreie durch das Gemäuer, und Liam wusste, dass diese Ablenkung nicht lange anhalten würde. Außerdem war er sich nicht sicher, wie Mike die anderen vier befreien und zu ihnen bringen wollte, doch offensichtlich hatte er einen Plan.

Als sie unten ankamen, ließ er Hannah los und versuchte, den schmalen Durchgang mit allem zu verbarrikadieren, was er finden konnte.

»Liam, was ist hier los?«, fragte Hannah unerwartet und sichtlich verwirrt.

Liam drehte sich um und sah sie an. Offenbar hatte sie gerade wieder zu sich gefunden. Ihre Augen hatten den weißlichen Schimmer verloren, und nun stand sie da, völlig ahnungslos. »Hannah!«, rief er. »Wir haben keine Zeit für Erklärungen, sie kommen jeden Moment!«

Hannah begriff nicht, was Liam meinte. Sie stand weiter wie angewurzelt da und schaute sich verwirrt in dem dunklen Verließ um. »Ich kenne diesen Ort«, sagte sie leise, während Liam mit aller Kraft ein großes Holzregal vor den schmalen Durchlass schob. »Ich bin hier schon einmal gewesen«, murmelte sie vor sich hin.

Liam hatte keine Zeit, ihren Worten irgendeine Beachtung zu schenken. Er lugte durch einen kleinen Spalt, den er zwischen dem Regal und der Kerkerwand freigelassen hatte, in der Hoffnung, Mike würde jeden Moment mit den anderen die Treppe herunterkommen. Doch nur das aufgebrachte Geschrei der Meute hallte durch den leeren Gang zu ihnen nach unten. Liam blickte hektisch umher, unsicher, was er tun sollte. Sollte er zu den anderen zurückkehren und ihnen helfen oder Hannah in Sicherheit bringen?

Die Uhr tickte und mit jeder Sekunde, die er wartete, wurde die Wahrscheinlichkeit größer, dass sie entweder gefasst wurden oder seine Freunde starben. Sie konnten nicht zurückkehren, dachte er. Die Gefahr, erneut geschnappt zu werden, war zu groß. Er musste jetzt erst einmal Hannah in Sicherheit bringen, denn sie war es, die sie wollten.

Es hatte keinen Zweck länger zu warten, und so griff er erneut Hannahs Handgelenk und zog sie in Richtung der Tür, durch die sie zuvorgekommen waren. Liam überlegte, wie unfassbar gering ihre Chancen waren zu entkommen, denn wenn sie es durch den Tunnel bis zum Meer schaffen würden, wartete dort eine riesige Steilwand auf sie. Doch es hatte wenig Sinn darüber nachzudenken, es gab keinen anderen Ausweg. Als Liam die Holztür öffnete, deren Schloss Byrne zuvor geknackt hatte, blieb Hannah schlagartig stehen.

»Das ist der falsche Weg«, murmelte sie wie versteinert, und Liam schaute sie verwirrt an.

»Wir müssen uns beeilen, der Weg ist richtig«, sagte er, während die Schreie von der Treppe allmählich lauter wurden.

»Nein, dort können wir nicht lang«, antwortete Hannah und wirkte dabei immer noch leicht benommen.

»Von hier sind wir gekommen, vertrau mir bitte!«, flehte Liam und versuchte dabei, sie am Arm über den Türabsatz zu ziehen.

»Hör mir zu!«, schrie Hannah überraschend und Liam hielt inne. »Ich habe sie über den Tunnel reden hören und sie haben vermutet, dass ihr ihn benutzen werdet. Der Grund, warum hier keine Wachen sind, ist der, dass wir jetzt Flut haben! Wenn wir da runter gehen, sitzen wir in der Falle, denn die Höhle ist völlig überschwemmt!«

Liam schaute sie an und dachte darüber nach, dass sie recht haben könnte. »Und wo sollen wir hin?«, fragte er hysterisch.

»Ich habe gesehen, wie mehrere von ihnen dort runtergegangen sind und nicht mehr wiederkamen«, sagte sie und deutete auf einen kaum sichtbaren Durchgang gegenüber. Sofort rannten beide zu der Stelle, und tatsächlich, hinter einem smaragdgrünen Vorhang führte eine weitere Treppe nach unten.

»Dort sitzen wir doch erst recht in der Falle, dieser Gang führt uns noch tiefer in die Katakomben dieser Burg«, sagte Liam hastig.

»Dort muss es einen Ausgang geben, vertrau mir«, antwortete Hannah und als Liam hörte, wie jemand versuchte, die Regale beiseite zu schieben, blieb ihnen keine andere Wahl mehr. Sie sprangen die Stufen hinunter in die Tiefe der Burgruine und nach den ersten Schritten hörten sie, wie das Regal krachend umgestoßen wurde.

Kapitel 19: Die Katakomben

So schnell sie konnten, hasteten sie die von wenigen Fackeln beleuchteten Stufen hinunter und es war, als wollte der Gang einfach nicht aufhören. Liam wusste nicht, wie tief sie unter der Erde waren, und als sie endlich am tiefsten Punkt ankamen, wurde es auch noch finster. Sie standen in einem dunklen und ziemlich kalten Korridor aus Stein, in dem eine einzige Fackel an der Wand hing.

Liam nahm sich die Fackel und eilte zurück zur Treppe. Vorsichtig schaute er hinauf, doch war niemand zu sehen oder zu hören. »Ich glaube, sie verfolgen uns nicht mehr«, sagte er verwundert und erleichtert zugleich.

»Das muss nicht unbedingt etwas Gutes bedeuten«, antwortete Hannah, und ihr Ton gefiel ihm gar nicht.

Liam drehte sich um, und als er sich den Korridor genauer anschaute, überkam ihn ein eisiger Schauer. Vor ihnen erstreckte sich ein breiter Gang, dessen Ende in der Dunkelheit nicht zu sehen war. Die Wände bestanden aus schwarzem Gestein und im schwachen Schein der Fackel erkannten sie viele eingetrocknete Blutspuren auf dem Boden. »Wo sind wir hier?«, fragte er, und sein Puls beschleunigte sich.

»Keine Ahnung«, antwortete Hannah mit hoher Stimme.

»Hoffen wir, hier gibt es wirklich einen Ausgang«, sagte Liam, und vorsichtig folgten sie den Blutspuren.

Jeder ihrer Schritte hallte von den Mauern zurück, und je weiter sie gingen, desto mehr füllte sich die Luft mit einem ekelhaften Gestank.

»Was ist das?«, fragte Hannah angewidert, doch Liam antwortete nicht. Er hatte eine böse Vorahnung, woher der Geruch kommen könnte, doch hoffte er, dass er sich irrte.

Nach einigen Metern begann sich der Korridor zu beiden Seiten zu öffnen. Ähnlich wie im Kerker oben standen sie mittig eines großen Raumes, umringt von vielen Gitterstäben. Doch im Gegensatz dazu schienen die Zellen hier weitaus größer zu sein. Sie traten näher heran, und als Liam die Fackel zwischen die rostigen Gitterstäbe in eines der Verliese hineinhielt, erkannten sie den Grund. In der Mitte des Raumes stand ein breiter Holztisch, an dem schwere eiserne Ketten herabhingen. Davor befanden sich ein kleiner Hocker und ein weiterer Tisch mit vielen silbern glänzenden Instrumenten, die sie noch nie zuvor gesehen hatten. An den Wänden hingen allerlei seltsame Gegenstände und Gerätschaften, deren grausiger Zweck sich nur erahnen ließ.

»Sieht aus, als wäre das früher mal eine Art Folterkammer gewesen«, sagte Hannah leise.

»Das Blut sieht jedenfalls frisch aus«, antwortete Liam.

Langsam gingen sie an den Gitterstäben vorbei zu einer benachbarten Zelle, und keiner von ihnen brachte vor Anspannung ein weiteres Wort heraus. Liam schob erneut vorsichtig die Fackel zwischen die Gitterstäbe, und noch bevor er erkennen konnte, was sich darin befand, stieß Hannah einen lauten Schrei aus.

Mitten in der Zelle baumelten drei Leichen nebeneinander hängend von der Decke. Über ihre Köpfe waren Stoffsäcke gestülpt und ihre Hände auf dem Rücken gefesselt. Sofort ließ Liam die Fackel fallen und schloss Hannah in die Arme, die vollkommen panisch losweinte. Liam spürte, wie sie am ganzen Körper zitterte und auch ihn erwischte dieser Anblick heftig, obwohl er schon mit etwas in dieser Art gerechnet hatte. »Was für Menschen machen so etwas!?«, schluchzte sie, und vergrub ihr Gesicht in Liams Schulter.

»Thomas hatte recht, diese Kreaturen verdienen das Wort Mensch nicht«, antwortete er. »Lass uns nicht hierbleiben, wir sollten weitergehen«, fügte er hinzu, doch Hannah hielt ihn am Arm fest.

»Liam, bevor wir weitergehen, muss ich dir etwas sagen. Es geht um Mike«, wimmerte Hannah, und Liam schaute sie verwundert an.

»Ich weiß Bescheid, Hannah. Mike war einer von denen. Aber er hat uns geholfen, zu entkommen und das vergesse ich ihm nie.«

»Ja, aber das ist noch nicht alles«, sagte Hannah. »Während ihr in London wart, bin ich mit Mike zu einer Frau gefahren, deren damaliger Freund von der Sekte verschleppt wurde. In ihrem Haus habe ich ein Bild von ihm gesehen, und ich bin ziemlich sicher, dass ich diesen Mann hier gesehen habe, als ich im Verlies gefangen war. Er wirkte jedoch deutlich älter.«

»Was willst du damit sagen?«, fragte Liam.

»Ich glaube, sie üben irgendwie Einfluss auf ihre Opfer aus, so wie sie es heute Nacht bei mir getan haben. Es ist möglich, dass ein beträchtlicher Teil ihrer Mitglieder aus entführten Personen besteht.«

»Okay, und wieso sagst du mir das genau jetzt?«

»Weil es möglicherweise einen Weg gibt, sie zu befreien, und wenn das der Fall ist, dann wäre diese Gruppe für immer verschwunden«, antwortete Hannah und wischte sich die Tränen weg. »Ich habe gehört, wie sich zwei von ihnen über etwas unterhielten. Es ging um einen geheimen Raum, der sich hier irgendwo in dieser Burg befinden soll. Ich glaube ...«

Plötzlich durchdrang ein tiefes, dumpfes Geräusch den Gang hinter ihnen, das die Treppen hinabhallte. Sofort wandten sich beide um und lauschten angespannt in die Dunkelheit. Für einige Sekunden herrschte Stille, doch dann konnten sie so etwas wie Schritte hören und außerdem ein klirrendes Geräusch von Ketten, die über den Boden geschleift wurden. Etwas Unbekanntes näherte sich und es klang, als sei es von beträchtlicher Größe und Gewicht.

»Was zur Hölle ist das jetzt wieder?«, fragte Liam mit schwer atmend.

»Keine Ahnung, aber wahrscheinlich ist es der Grund, warum sie uns nicht verfolgt haben«, stammelte Hannah aufgelöst, während jeder der allmählich lauter werdenden Schritte ihnen das Blut in den Adern gefrieren ließ.

»Wir müssen hier weg, los!«, schrie Liam und packte Hannah am Arm.

Im schwachen Schein der Fackel erkannten sie kaum, wohin sie rannten. Von den Folter-Verliesen führte ein weiterer dunkler Gang ins Ungewisse, doch hatten sie keine andere Wahl, als diesem zu folgen. Mehrere Minuten lang eilten sie, so schnell sie konnten, den in Felsen gehauenen Korridor entlang, bis sie vor einer Weggabelung zum Stehen kamen. Liam versuchte in beide Abzweigungen hinein zu leuchten, doch reichte das Licht der Fackel nicht aus, um zu erkennen, wohin sie führten. Zwar waren die grauenhaften Geräusche deutlich leiser geworden, doch hörten sie immer noch die über den Boden gezogenen Ketten.

»Welchen Weg sollen wir nehmen?«, fragte Hannah hektisch und schaute dabei immer wieder über die Schulter.

»Keine Ahnung, aber wenn wir uns falsch entscheiden, könnte es unser letzter sein«, antwortete Liam hitzig.

»Schau mal hier oben«, sagte sie, und deutete auf eine in den Felsen geschlagene Inschrift, die wie Symbole aussahen. »Das ist hebräisch«, sagte Hannah.

»Woher weißt du …«

»Familienurlaub in Tel Aviv«, unterbrach sie ihn.

»Kannst du lesen, was dort steht?«, fragte Liam und warf immer wieder einen Blick über die Schulter.

»Leider nicht, ich habe damals nur ein paar Wörter aufgeschnappt. Aber ich bin mir sicher, dass das nicht ohne Grund dort reingehauen wurde.«

Wieder ein klirrendes Geräusch, das beide sofort zusammenfahren ließ. Was auch immer hinter ihnen her war, es kam näher.

»Scheiß drauf, gehen wir da lang«, beschloss Liam und so nahmen sie den Gang zu ihrer linken. Er dachte immer wieder daran, was passieren könnte, falls dieser Gang eine Sackgasse sein sollte. Nur das Licht der Fackel in Liams Hand erleuchtete den sonst finsteren Tunnel, durch den sie rannten, und nach etwa fünfzig Metern erreichten sie eine Treppe, die zu ihrer großen Enttäuschung weiter nach unten führte.

»Das kann doch nicht sein, wir laufen immer tiefer in dieses Labyrinth!«, sagte Liam frustriert. »Hannah, ich glaube nicht, dass es hier einen Ausgang gibt und falls doch, liegt er bestimmt nicht da unten. Wir müssen zurück und es mit dem anderen Gang versuchen!«

Hannah nickte, und sofort machten beide kehrt. Sie rannten zurück und kurz bevor sie wieder bei dem Abzweig ankamen, blieben beide stehen.

»Hörst du etwas?«, flüsterte Hannah Liam von hinten ins Ohr, während beide in die Dunkelheit starrten.

»Nein, aber was auch immer das war, es kann nicht weit weg sein.«

Hannah hielt sich an Liams Schulter fest und vorsichtig gingen sie noch ein paar Schritte bis zur Gabelung. Liam hielt die Fackel hoch und streckte den Arm weit aus. Angestrengt suchten sie in der Finsternis, doch es herrschte vollkommene Stille.

»Ich habe Angst«, wimmerte Hannah leise in sein Ohr und auch Liam musste seine Nervosität mit ganzer Kraft unterdrücken. »Vielleicht beobachtet es uns gerade«, sagte sie mit zitternder Stimme, doch Liam starrte weiter ins Dunkle hinein.

Dann ließ er den Arm sinken und schleuderte die Fackel flach über den Boden in Richtung der Folterkammern, von der sie gekommen waren. Für den Bruchteil einer Sekunde glitt die Fackel an etwas Großem vorbei, das mitten im Gang zwischen ihnen und den Verliesen stand. Auf der Stelle zuckten beide zusammen, und Hannah stieß einen lauten Schrei aus.

»Lauf!«, rief Liam und zog Hannah am Arm in den zweiten Gang hinein. Urplötzlich ließ ein markerschütterndes Gebrüll den Boden unter ihnen förmlich vibrieren, und beide rannten jetzt um ihr Leben.

In vollkommener Dunkelheit preschten sie durch den Tunnel und hörten, wie sie von diesem Wesen mit schweren Schritten verfolgt wurden. Es klang, als wäre ihnen ein Büffel auf den Fersen, doch lief es nur auf zwei Beinen. Sollte ein weiterer Abzweig oder irgendein anderes Hindernis auf ihrem Weg kommen, würden sie ungebremst darauf zulaufen, doch sie hatten keine Wahl. Sie hörten, wie die monströse Kreatur aufholte, und es würde nicht mehr lange dauern, bis sie eingeholt wurden.

Mit einem Mal verloren beide den Boden unter den Füßen. Ohne etwas zu sehen, stürzten sie durch einen schmalen Schacht nach unten und schlugen dabei mehrfach mit ihren Körpern gegen die Wände, ehe sie auf etwas Weichem landeten. Benommen öffneten sie die Augen und endlich war wieder etwas zu sehen.

Sie befanden sich in einem großen Raum, in dem ein ähnlich grünes Licht schimmerte, wie oben in der großen Halle.

»Bist du verletzt?«, fragte Liam Hannah, die sich gerade von einem Haufen gefüllter Stoffsäcke aufraffen wollte.

»Ich glaube nicht«, antwortete sie benommen. »Was um alles in der Welt hat uns da verfolgt?«, fragte Hannah und versuchte dabei, den dunklen Schacht hinauf zu sehen.

»Keine Ahnung, aber es war zu groß, um durch die Öffnung zu passen«, sagte Liam keuchend.

»Wo sind wir hier?«, fragte Hannah und beide schauten sich um. »Sieht aus wie eine Art Labor«, stellte Liam verblüfft fest.

Es war ein großer, langgezogener Raum mit einem hohen Gewölbe und einigen Säulen. Überall befanden sich Regale und Tische, auf denen viele gläserne Fläschchen und sonderbare Apparaturen standen. Dieser Anblick war vollkommen anders als alles, was sie bis jetzt in dieser alten Festung gesehen hatten. Seitdem sie in den Kerkern angekommen waren, fühlten sie sich, als wären sie ins tiefste Mittelalter versetzt worden. Doch in diesem Raum gab es nicht nur Strom, sondern auch moderne Technik.

Das grünliche Licht entstammte keinem Feuer, sondern wurde von mehreren Computerbildschirmen erzeugt, die nebeneinander vor sich hin flimmerten. Mannshohe Server mit vielen Kabelsträngen dran standen in der Ecke des Raumes, und es gab Mikroskope, Pipetten und allerhand Gegenstände, deren Zweck sie nicht kannten. Die einzige Tür befand sich am anderen Raumende ihnen gegenüber und war geschlossen. Gerade wollte Liam nachschauen, ob sie auch verschlossen war, doch auf dem Weg dahin blieb er stehen und betrachtete einige Petrischalen auf einem der Tische.

Hannah ging zu den Computern und begann, wie wild auf der Tastatur zu tippen. Überall lagen Notizblätter und Berichte herum, die zu Liams Erstaunen in Englisch verfasst worden waren. Seine Faszination über all die Gegenstände übertraf die Angst für eine Weile, und so wandte er sich vom Tisch zu einem großen Metallschrank um. Als er ihn öffnete, schaute er auf viele hundert Fläschchen, die sorgfältig aufgereiht und nummeriert waren. Er nahm eines der Fläschchen heraus und betrachtete eine seltsame Substanz, die das schwache Licht im Raum unheimlich stark reflektierte. Es wirkte fast, als würde sie leuchten.

»Liam«, rief Hannah von einem der Computer herüber. »Das musst du dir ansehen!«

Er ging zu ihr und schaute auf den Desktop-Monitor. »Was ist das?«, fragte er und betrachtete viele grüne und rote Punkte, die über einer Karte von London leuchteten.

»Kameras«, antwortete Hannah. »Sie haben sämtliche Überwachungssysteme angezapft und sehen einfach alles. Die grünen Punkte sind die Überwachungskameras der Stadt und rote sind Kameras, die sie selbst angebracht haben. Sozusagen die letzten Winkel, die die Kameras der Stadt nicht abdecken.«

»So wie die Wildkameras in Blackburn«, sagte Liam fassungslos.

»Ganz genau. Und hier ist noch mehr«, fuhr Hannah fort. »Es gibt Ordner mit Akten über jedes ihrer Opfer und auch über jedes ihrer Mitglieder«, sagte sie und fuhr mit dem Mauszeiger über ein paar der vielen Ordner, die mit Namen versehen waren.

»Kommst du da rein?«, wollte Liam wissen.

»Leider nicht, die Ordner sind passwortgeschützt. Aber es muss sich um eine dreizehn-stellige Ziffer handeln.«

Liam dachte angestrengt darüber nach und plötzlich fiel ihm etwas ein: »Die Zahlen auf den Grabsteinen!«

»Stimmt, die Koordinaten von Carrowteige. Das könnte passen, aber weißt du noch, welche das waren?«, fragte Hannah ungläubig.

Liam grinste und zog einen kleinen Zettel aus seiner hinteren Hosentasche, worauf ihn Hannah erneut fragend anschaute. »Dachte, falls einer verloren geht oder etwas passiert, haben wir wenigstens einen groben Anhaltspunkt«, erklärte er achselzuckend. Liam las vor, was auf dem Papierfetzen stand: »54-18-50-N-9-49-01-W.«

»Es funktioniert!«, sagte Hannah mit leuchtenden Augen. »Genau wie ich vermutet habe. Sie haben Unmengen von Bildern, Wohnadressen, soziale Kontakte und vieles mehr«, erklärte sie, während sie die Ordner überflog. »Sie beschatten einfach alles und jeden und wissen deshalb bestens Bescheid.«

»Oliver hatte die ganze Zeit recht. Offensichtlich verfügen sie über beeindruckende technische Fähigkeiten. Deshalb waren sie uns immer einen Schritt voraus.«

»Nicht nur das«, erwiderte Hannah. »Sie besitzen außerdem die Möglichkeit, Leute zu erpressen.«

»Wie meinst du das?«, fragte Liam.

»Schau dir mal diesen Ordner an«, sagte sie und öffnete ein Dokument mit dem Namen *Callum Taylor*.

»Taylor, diesen Namen habe ich schon einmal gehört«, überlegte Liam.

Das ist der Polizeichef von London", erklärte Hannah. "Sie haben sämtliche Informationen über ihn gesammelt: wo seine Kinder zur Schule gehen, wo seine kranke Frau untergebracht ist – einfach alles.

»Dann ist es auch nicht mehr verwunderlich, dass uns die Polizei nicht helfen will«, sagte Liam. »Ich habe übrigens auch etwas gefunden«, warf er ein und hielt Hannah einen mehrseitigen Bericht hin. »Das ist eine Analyse und auf der dritten Seite steht geschrieben, wofür.«

Hannah überflog eine Tabelle mit aufgeführten Chemikalien und darunter war ein Satz farbig markiert worden:

Nach weiteren umfangreichen Testversuchen wies die Rezeptur eine deutliche Verbesserung auf und die Zusammenstellung E17 kann nun endgültig als bewusstseinsverändernd eingestuft werden.

»Du hattest recht, sie beeinflussen ihre Opfer und wahrscheinlich auch ihre Anhänger mit dieser Substanz«, sagte Liam, und hielt ihr eine der Flaschen hin.

»Hier steht auch noch etwas zu den Nebenwirkungen«, ergänzte sie. »Erhöhte Lichtempfindlichkeit der Augen und eine mögliche Pigmentaufhellung, vorwiegend im Bereich des Gesichts und der Hände.«

»Jetzt ergibt langsam alles einen Sinn«, sagte Liam.

Hannah betrachtete die Substanz und es war, als kamen ihr die Erinnerungen der letzten Stunden wieder hoch. »Liam, ich habe etwas Schlimmes getan, nicht wahr?«, fragte sie ihn mit bedrückter Stimme.

Liam hatte vollkommen verdrängt, was eigentlich geschehen war. Hannah hatte Thomas getötet, auch wenn sie dabei gar nicht gewusst hatte, was sie eigentlich tat. Ihm war klar, dass sie sich das trotzdem nie verzeihen würde, doch musste er ihr früher oder später die Wahrheit sagen.

Hannah, dich trifft absolut keine Schuld. Du wurdest mit diesem Zeug unter Drogen gesetzt und warst vollkommen weggetreten.«

»Hör auf«, unterbrach sie ihn. »Ich glaube, ich weiß bereits, was passiert ist und woher das Blut auf meinen Sachen stammt. So langsam kommen die Erinnerungen zurück. Es ist wie ein böser Traum«, sagte sie betrübt.

Liam erkannte in ihrem Blick, dass sie die Situation bereits akzeptiert hatte. »Ich frage mich allerdings, warum die Wirkung bei dir so abrupt nachgelassen hat, nachdem wir in den Kerker gerannt sind. Wenn sie ihre Mitglieder damit betäuben, dann muss das Zeug doch länger anhalten, oder nicht?«

Hannah dachte darüber nach. »Das Gas«, sagte sie mit aufgerissenen Augen und stand auf.

»Was meinst du?«, fragte Liam mit runzliger Stirn.

»Mike wusste von dieser Substanz und hat scheinbar etwas gefunden, was die Wirkung vorzeitig beendet. Deshalb auch diese Rauchbomben, sie hatten einen doppelten Zweck. Scheinbar hat er damit ein Gas freigesetzt und sie sind alle aufgewacht!«

»Und aus diesem Grund konnten wir so einfach aus der Halle fliehen, diese Sektenmitglieder sind wieder zu sich gekommen«, sagte Liam mit großen Augen. »Wir müssen sofort wieder rauf, vielleicht ist es schon vorbei!«

Auf einmal hielt Hannah inne und ihre hoffnungsvolle Mine verwandelte sich in diesem Augenblick wieder in blanke Angst. Im Augenwinkel erkannte sie, wie die Tür hinter Liam ganz langsam aufging und die Luft blieb ihr weg.

»Ihr geht nirgendwo hin«, sagte eine eiskalte Stimme, und Liam schreckte herum. Es war Narrok, der mit dem Dolch in der Hand vor dem Ausgang stand. Sein Gesicht war zerschunden, und Liam erkannte, wie Blut an der Klinge herunter tropfte. Bedrohlich langsam schritt er in den Raum und auf sie zu. »Ihr habt also das Rätsel gelöst, doch ihr werdet diese Katakomben nicht mehr verlassen«, sagte er mit einem finsteren Grinsen im Gesicht.

»Sie und Ihre kleinen Zaubertricks können uns nichts mehr anhaben!«, schrie Liam und griff sich ein Skalpell vom Tisch neben ihnen.

»Du denkst, du hättest mich durchschaut. Doch lass mich dir eines sagen, Wissenschaft und Magie liegen enger beieinander, als ihr denkt, und gemeinsam können sie mehr vollbringen, als ihr euch vorstellen könnt.« Dann hob er den Dolch und rief laut: »Dico vos, ira diaboli!«

Liam hatte eine vage Ahnung, was gleich kommen würde. Ein kurzer Moment der Stille, gefolgt von dumpfen Schritten, die von der Tür hinter Narrok kamen. Wieder hörten sie das Geräusch von schweren Ketten, die klirrend über den Boden geschleift wurden. Liams Mut erlosch mit jedem der lauter werdenden Schritte ein wenig mehr und auch Hannah stand wie angewurzelt da, die Augen weit aufgerissen.

Liam versuchte sich zu konzentrieren und suchte fieberhaft den Raum nach allem ab, was ihnen als Waffe dienen könnte. Ganz egal, was gleich durch diese Tür kommen würde, das kleine Skalpell in seiner Hand würde nicht ausreichen, um sich zu wehren. Die Schritte wurden immer lauter und ihnen lief die Zeit davon. Liam sprang zu einem Regal hinter ihnen und griff nach einer größeren Zange. Noch ein paar Sekunden und dann sahen sie etwas Großes, das sich durch die Tür zwängte und dabei Geräusche wie ein Tier machte. Es stampfte in den Raum und als es sich aufbäumte, stockte ihnen der Atem.

Vor ihnen stand etwas, das ein Mensch sein musste. Oder es war zumindest mal einer gewesen, vor langer Zeit. Er musste um die zweieinhalb Meter groß sein, und mehrere hundert Kilo wiegen, dachte Liam. Sein trollartiger Glatzkopf war von Narben übersät und in den haarigen Händen hielt er eine schwere Eisenkette, die bis zum Boden reichte. Seine Augen waren genauso pechschwarz wie die von Narrok und sein langer, löchriger Umhang wirkte genauso zerschunden wie er selbst.

»Occidite eam!«, rief Narrok und sofort ging der Koloss zum Angriff über. Wie ein Bulldozer jagte er unter lautem Gebrüll auf sie zu und warf dabei sämtliche Tische um, die ihm im Weg standen. Kurz bevor er sie erreicht hatte, schubste Liam Hannah zur Seite und sprang selbst in die entgegengesetzte Richtung.

Mit einem lauten Krachen stieß der Gigant gegen ein Regal mit Phiolen, die auf seinem breiten Schädel zerbrachen. Sofort raffte sich Liam auf und ging ebenfalls zum Angriff über. Er nahm die Zange und schlug damit, so fest er nur konnte, auf die monströse Kreatur ein. Doch es half nicht. Als ob nichts gewesen sei, raffte sich das Ungetüm auf und hob die dicke Kette mit einer der riesigen Hände auf.

Als er ausholte, schrie Liam durch den Raum: »Hannah, runter!« Gerade als er die Worte ausgesprochen hatte, raste die Kette über ihre Köpfe hinweg und zerstörte dabei den Großteil der noch intakten Einrichtung. Glassplitter schleuderten wie kleine Messer durch den Raum und Liam spürte, wie einige sein Gesicht trafen.

Reflexartig schaute er zu Hannah, die neben den Stoffsäcken, auf denen sie gelandet waren, am Boden lag. Noch ehe er sich vergewissern konnte, ob es ihr gut ging, schnellte die Kette erneut auf ihn zu und dieses Mal so tief, dass er sich gerade noch rechtzeitig zu Boden werfen konnte. Ihm musste schnellstens etwas einfallen.

Hannah lag noch immer regungslos da und Liam hatte keine Idee mehr, was er hätte tun können. Er hielt die Zange fest in der Hand und rannte direkt auf die Kreatur zu. Kurz bevor er sie erreichte, ging er auf die Knie, um ihrem weiten Freischwinger auszuweichen und schlug dann mit voller Wucht auf die Kniescheibe der Bestie ein. Und dieses Mal zeigte sein Schlag Wirkung. Unter ohrenbetäubenden Schmerzensschreien ging es zu Boden und Liam hechtete an der Kreatur vorbei zu Hannah.

»Hannah, wach auf, wir müssen hier raus!«, flehte er, doch Hannah regte sich nicht. Verzweiflung und Frust breiteten sich in ihm aus und lähmten seinen ganzen Körper. Ihm musste schleunigst etwas einfallen, sonst würden sie diese Ruine wirklich nie mehr verlassen.

Er konnte hören, wie sich der Riese hinter ihm aufbäumte und wieder zum Angriff bereit machte. Gerade als er den Blick von Hannah abwenden wollte, um sich seinem vielleicht letzten Kampf zu stellen, bemerkte er etwas. Auf einem der Säcke neben ihr, die offenbar mit Chemikalien gefüllt waren, war das Symbol von hoher Brennbarkeit abgebildet. Das war ihre letzte Chance, dachte er. Sofort warf er die Zange weg und griff sich einen der Säcke. Um die Gefahr von Hannah abzuwenden, hetzte er mit dem Sack in die Mitte des Labors. Ohne den Blick von der Bestie abzuwenden, schnitt er mit dem Skalpell eine lange Furche hinein und spürte, wie etwas Sandiges über seine Hände rieselte. Kleine weißliche Kristalle, ähnlich wie Salz, verteilten sich auf dem Boden und noch bevor er etwas zum Entzünden suchen konnte, griff das Wesen an.

Unter lautem Gebrüll rannte es erneut auf Liam zu, doch war es nicht mehr so schnell wie zuvor. Es humpelte sogar ein bisschen und das musste er nutzen. Noch einmal wich er dem Riesen aus und dieses Mal glitt er haarscharf an seiner überdimensionalen Faust vorbei. Er rannte zu den Säcken und schnitt noch einen auf. Mit den Händen griff er hinein und rannte dann wieder zurück zu dem Ungetüm, das schon auf dem Weg zu ihm war. Gerade als die Kreatur mit der Kette ausholen wollte, schleuderte Liam ihr das Pulver mitten ins Gesicht. Orientierungslos und brüllend taumelte es weiter und gefährlich nah in Richtung Hannah.

Liam nahm eine der letzten noch nicht zerbrochenen Glasphiolen und warf sie dem Ungetüm an den Hinterkopf. Sofort wandte es sich um und Liam erkannte zu spät, dass es dabei bereits mit der Kette ausgeholt hatte. Ein lauter Knall und ehe er begriff, was geschehen war, durchfuhr ihn ein stechender Schmerz von der Hüfte aus und zwang ihn zu Boden. Die Kette hatte ihn im Beckenbereich getroffen und er schrie vor Schmerz. Sein Blickfeld wurde immer trüber und jetzt musste er dagegen ankämpfen, nicht ohnmächtig zu werden.

Da lag er nun zwischen den Trümmern, unfähig, sich zu bewegen. Das könnte sein Todesurteil sein. Verschwommen sah er, wie riesige Füße von der gegenüberliegenden Raumseite langsam auf ihn zu stampften, doch er schaffte es nicht mehr, sich aufzuraffen. Über den Boden kriechend suchte er nach irgendetwas, womit er sich wehren konnte, doch es gab nichts. Nur die vielen Glassplitter und einzelne Trümmerteile kleinerer Apparaturen lagen auf dem Boden verstreut.

Mit letzter Kraft kroch er weiter in Richtung eines Schranks am Raumende und spürte, wie sich die Splitter auf dem Boden in seine Unterarme bohrten. Ihr Ende war gekommen.

Liam drehte sich auf den Rücken und starrte an die Gewölbedecke, gelähmt von den Schmerzen. Seine letzten Kräfte waren endgültig aufgebraucht und gerade, als er die Augen schließen wollte, wurde es hell. Mit einem Mal verspürte er eine Wärme auf seinem Gesicht und er war sich nicht sicher, ob er bereits tot war.

Allein die tiefen Schreie der brennenden Kreatur holten ihn nach ein paar Sekunden in die Wirklichkeit zurück. Er hob den Kopf und sah, wie die Bestie vollkommen in Flammen stand. Wie wild schlug sie orientierungslos um sich und vielleicht würde sie sich gleich auf ihn stürzen. Das Gebrüll war so laut, dass der Boden, auf dem er lag, vibrierte. Noch ein paar Schritte taumelte er umher und dann ging der Riese krachend zu Boden, wo er brennend liegen blieb.

Liam schaute auf und erkannte die Umrisse von Hannah hinter den abklingenden Flammen. Sie hielt einen kleinen Gasbrenner in der Hand, wie er in Laboren üblich war. »Hannah«, rief er und sofort rannte sie zu ihm. »Du hast es geschafft, das Monster ist tot«, keuchte er.

»Red keinen Unsinn, du hast das Vieh besiegt«, antwortete sie und zog ihm einen kleinen Glassplitter aus der Wange.

»Wo ist Narrok?«, fragte Liam und schaute zur Tür.

»Der ist abgehauen, direkt nachdem er sein Ungeheuer auf uns gehetzt hat«, sagte Hannah.

»Was ist das für ein Wesen, das uns da angegriffen hat?«, wollte Liam wissen und betrachtete den brennenden Leichnam.

»Es war ein Mensch«, antwortete Hannah und hatte dabei eine Spur von Mitleid in ihrer Stimme. »Komm, wir müssen hier raus«, fuhr sie fort und versuchte Liam aufzuhelfen.

»Hannah, sieh mal«, sagte er und zeigte auf das Feuer, das nun grün schimmerte.

Von wegen Magie«, grinste Hannah und half ihm unter starken Schmerzen auf die Beine.

Gerade als sie sich zur Tür schleppen wollten hörten sie viele Schritte, die auf sie zugerannt kamen.

»Hannah, gib mir eine Waffe! Irgendetwas zum Schlagen«, sagte Liam, doch noch bevor sie reagieren konnte, sprangen mehrere Leute in den Raum.

»Liam, Hannah, da seid ihr ja endlich! Und ihr lebt«, rief Byrne überglücklich, und bevor Liam die Situation richtig realisieren konnte, umarmte er ihn so fest, dass es weh tat.

Hinter ihm kam Oliver herein und wirkte ebenfalls ziemlich zerschunden, aber auch sehr erleichtert. Als die Blicke der beiden auf die Leiche der brennenden Kreatur fiel, schreckten sie zurück. »Was zum Henker ist das denn?«, schrie Byrne.

»Erklären wir euch später, was ist mit euch passiert?«, fragte Liam verwirrt. »Wo ist Oscar? Und Mike?«

»Oscar wird gerade von den Sanitätern in ein Krankenhaus gebracht, seine Verletzungen sind ziemlich stark«, erklärte Oliver.

»Sanitäter?«, fragte Liam mit hochgezogenen Augenbrauen.

»Was denkst du, was da oben los ist? Kurz nachdem du mit Hannah flüchten konntest, ist die Kavallerie eingetroffen. Mit einer halben Armee«, antwortete Byrne lächelnd. »Aber lasst uns raufgehen, sie suchen schon die ganze Burg nach euch ab.«

Oliver und Byrne stützen Liam zu beiden Seiten ab, während sie den Gang entlang gingen, aus dem Narrok offenbar gekommen war.

»Wie habt ihr uns eigentlich gefunden?«, fragte Liam und unterdrückte seine Schmerzen.

»Mike hat uns zugerufen, wir sollen hier unten nach euch suchen, kurz bevor sie ihn festgenommen haben«, erklärte Byrne.

»Wieso festgenommen?«, fragte Hannah aufgebracht.

»Genau, ohne ihn wären wir alle jetzt tot«, fügte Liam hinzu.

»Ich weiß es nicht«, antwortete Byrne zögerlich. »Aber immerhin war einer von ihnen. Ich habe nur gesehen, wie Inspector Connors Leute ihn festgenommen haben.«

»Connor ist hier?«, fragte Liam noch verwirrter.

»Wir haben auch nicht schlecht gestaunt«, gab Oliver grinsend zurück.

Am Ende des Ganges erreichten sie eine steile Treppe, deren Stufen im Laufe der Jahrhunderte stark abgenutzt waren. Für Liam war jeder Schritt eine Qual, doch der Gedanke, dass es nun endgültig vorbei war, ließ ihn immer weitergehen.

Sie erreichten einen kleinen Absatz, der an einer Holzleiter endete, und da ihn keiner mehr stützen konnte, musste er die letzten Meter allein bewältigen. Oliver und Byrne kletterten voraus, um ihm oben über die Kante helfen zu können. Entschlossen griff Liam nach den Sprossen und zog sich mit letzter Kraft immer weiter hinauf, bis er die schmale Öffnung erreichte, durch die endlich wieder Licht drang. Die beiden Jungs packten ihn an den Schultern und zogen ihn in die Halle hinauf.

Er hob den Kopf und es bot sich ihm ein Anblick, den er nie vergessen würde. Hunderte Polizisten mit Helmen und schwerer Bewaffnung liefen umher und ebenso viele Menschen lagen gefesselt in schwarzen Gewändern in mehreren Reihen auf dem Boden. Wahrscheinlich war es der schönste Anblick in seinem Leben.

Kapitel 20: Der letzte Sonnenaufgang

Sofort eilten mehrere Polizeibeamte und Sanitäter auf sie zu, als sie aus dem Schacht am Rand der Halle herausgeklettert kamen. Da sie nicht sofort zugeordnet werden konnten, hielten die Polizisten die Maschinenpistolen im Anschlag und forderten sie auf, ihre Hände zu zeigen.

»Runter mit den Waffen!«, rief Inspector Connor, der nun ebenfalls dazu kam.

»Nach unserer letzten Begegnung hätte ich nicht gedacht, das noch einmal zu sagen, aber schön, Sie zu sehen, Inspector«, sagte Hannah zur Begeisterung der anderen.

Inspector Connor lächelte: »Auch schön, Sie zu sehen, Miss Jones. Und vor allem freut es mich, dass Sie noch leben. Bei all dem, was Sie und Ihre Freunde so anstellen, ist das durchaus nicht selbstverständlich.«

»Irgendwie mussten wir uns selber helfen und wie Sie sehen, haben wir einiges erreicht«, sagte Liam, der mit dem Rücken an eine Mauer gelehnt von einem Sanitäter untersucht wurde.

»Ich gebe zu, die Polizei hat sich in dieser Angelegenheit nicht gerade mit Ruhm bekleckert. Wie Sie bestimmt schon selbst herausgefunden haben, hatte diese Sekte einige Informanten in unseren Reihen«, sagte Connor mit einem angewiderten Gesichtsausdruck.

»Und wie wir das haben«, antwortete Oliver.

»Sie haben Steine ins Rollen gebracht, deren ganzes Ausmaß wir noch nicht kennen. Es waren nicht nur Polizeibeamte involviert, sondern auch Politiker, Banken und sogar Kirchenmitglieder.«

»Sowie Pater Chaworth«, warf Hannah ein.

»Genau, doch es gab noch weitaus mehr. Wir vermuten, sie haben sich bis hin zum Vatikan eingeschleust«, gab Connor zurück. »Auch wenn Sie denken, wir hätten nichts unternommen, muss ich Sie korrigieren. Ich hatte Sie nicht grundlos gebeten abzuwarten. In den vergangenen Tagen und Wochen liefen die Ermittlungen auf Hochtouren. Wir haben Beweise gesammelt, die nun eingesetzt werden können. In diesen Stunden finden landesweite Razzien gegen hunderte Mitglieder und Informanten in ganz Großbritannien statt.«

»Warum haben Sie uns das nicht einfach gesagt?«, fragte Liam. »Sie wollten uns doch auf dem Laufenden halten. Dann hätten wir vielleicht nicht unser Leben hier riskiert.«

»Ich habe Ihnen nichts davon erzählt, da es von größter Wichtigkeit war, die Sache geheim zu halten. Ich wusste lange Zeit nicht, wem ich vertrauen konnte, und hätten die falschen Leute von dieser Operation erfahren, wäre sie vielleicht nie zustande gekommen. Und da Sie sich nicht an meine Anweisungen gehalten haben, war mein letzter Ausweg, mich an Ihre Eltern zu wenden. Doch offensichtlich hielt Sie das auch nicht davon ab, mal eben das Land zu verlassen«, sagte er mit hochgezogenen Augenbrauen.

Sie tauschten betroffene Blicke und konnten Inspector Connors Lage jetzt durchaus nachvollziehen. Die ganze Zeit hatte er eigentlich nur versucht, sie zu beschützen.

»Inspector, was geschieht jetzt eigentlich mit Mike?«, wollte Liam wissen, und auch die anderen schauten Connor nun aufmerksam an.

»Mr. Davies wurde vorläufig festgenommen und befindet sich genau wie die anderen bis auf Weiteres in Untersuchungshaft. Ich habe ihn schon rausbringen lassen, denn ich denke, er könnte als Verräter angesehen werden und Probleme bekommen«, erklärte Connor.

»Inspector, Mike hat uns geholfen zu entkommen. Er nahm ein unheimlich großes Risiko auf sich und ohne seine Hilfe hätten wir vielleicht nicht überlebt«, sagte Liam und raffte sich trotz der Schmerzen auf.

»Ich weiß über Mr. Davies Bescheid. Mr. Roberts hat mich ausführlich über ihn informiert. Dennoch war er lange Zeit Teil dieser Sekte und wusste mit Sicherheit von einigen schweren Straftaten. Da Mr. Davies erst siebzehn und somit noch minderjährig ist, wird er mildernde Umstände erhalten. Außerdem wird in seine Beurteilung einfließen, dass er von seinen Eltern beeinflusst wurde. Ein Jugendrichter wird später darüber entscheiden.«

»Halt, wen meinen Sie mit Mr. Roberts? Doch nicht etwa Thomas Roberts?«, warf Liam vollkommen verwirrt ein.

»Allerdings«, gab Connor zurück. »Ich bin bei meinen Untersuchungen auf ihn gestoßen und wir haben uns einmal getroffen. Er schien mir zwar nicht wirklich zu trauen, aber dennoch lieferte er mir die fehlenden Informationen, die uns heute Nacht hergeführt haben. Ohne ihn wäre das alles nicht möglich gewesen.«

»Ja, er war ein guter Mann«, sagte Liam bedrückt und sie starrten auf den Boden.

Sofort mischte sich wieder Trauer unter sie, denn die Freude über ihren Sieg konnte den Verlust von Thomas in keinster Weise wettmachen.

»Er war ein Held«, sagte Byrne. »Und als ein solcher sollte er auch beerdigt werden.«

»Das wird er, sobald wir ihn gefunden haben«, sagte Connor, der offenbar schon über Thomas' Ableben Bescheid wusste.

»Wie meinen Sie das?«, fragte Liam.

»Mr. Byrne und Mr. Wilson haben mir vorhin zwar kurz erklärt, was geschehen ist, doch haben wir bis jetzt nur drei Leichen in den Kerkern gefunden, die offenbar schon länger dort hingen.«

»Aber wir haben gesehen, wie sie ihn verbrannt haben«, sagte Byrne aufgelöst.

»Ich glaube Ihnen, und wir haben mit der Suche auch erst begonnen. Dutzende Beamte durchsuchen gerade jeden Winkel dieser Ruine und wir werden ihn bestimmt bald finden.«

Liam schaute misstrauisch. Irgendetwas in Connors Blick ließ ihn vermuten, dass er mehr wusste, als er verriet.

»Und was ist mit ihrem Anführer, diesem Narrok, ist er wirklich entkommen?«, fragte Hannah.

»Zum jetzigen Zeitpunkt gehen wir davon aus, dass es mehrere Sektenmitglieder geschafft haben, zu fliehen. Doch sehr weit werden sie nicht kommen, wir haben bereits eine Großfahndung ausgerufen.«

Neben Thomas' Tod war das die größte Enttäuschung für Liam. Narrok war entkommen und er konnte sich nicht vorstellen, dass er so schnell gefasst werden würde.

»Meine Damen und Herren, ich weiß, sie haben viele Fragen und bevor wir Sie demnächst wieder nach England zu Ihren Familien bringen, werden Sie auch uns noch einige beantworten müssen. Doch erst einmal haben wir hier noch eine Menge zu tun«, sagte Inspector Connor und wies auf die vielen Polizeibeamten, die mit den Festgenommenen alle Hände voll zu tun hatten. »Die Sonne geht bald auf. Ich schlage vor, Sie werfen mal einen Blick drauf. Vielleicht von den Burgmauern aus, falls sich Mr. Williams die Treppen zutraut.«

Liam nickte, denn trotz seiner Schmerzen wollte er jetzt nichts mehr, als diese Halle zu verlassen. Er bekam einen vorläufigen Verband um die Hüfte gewickelt und einer der Sanitäter brachte ihm zwei Krücken, sodass er alleine gehen konnte.

Sie gingen durch die Halle und warfen einen Blick auf die am Boden liegenden Sektenmitglieder. Viele dieser Menschen schauten verwirrt umher, und als langsam wieder Farbe in ihre Gesichter zurückkehrte, wirkten sie wie ganz normale Leute aus einer zivilisierten Gemeinschaft, die einiges durchgemacht hatten.

Hannahs Theorie entsprach der Wahrheit: Die meisten von ihnen waren über Jahre hinweg mit der Substanz betäubt worden, die auch ihr Bewusstsein verändert hatte.

Als sie den Saal verließen, überkam Liam das Gefühl, in ein neues Leben zu gehen. Über eine Holztreppe gelangten sie zu einem Absatz, der auf die Burgmauer führte. Als sie um eine Ecke bogen, offenbarte sich ihnen der weite Ozean, dessen Horizont gerade von der aufgehenden Sonne in goldenes Licht getaucht wurde. Gemeinsam lehnten sie sich über die breite Mauer, die direkt an den Klippen errichtet war und wie eine majestätische Wand bis hinunter zum Meer reichte.

Der Nordwestwind trug eine salzige Brise zu ihnen, während sie auf die tiefblauen Wellen blickten und dem rhythmischen Tosen lauschten, das von der Felswand unter ihnen emporhallte. Die Sterne über ihnen verblassten allmählich, und zum ersten Mal seit langer Zeit schenkte ihnen dieser neue Tag Hoffnung.

»Denkt ihr, dass Thomas noch am Leben sein könnte?«, fragte Liam, als die ersten Sonnenstrahlen den gesamten Horizont in ein warmes Rot tauchten.

Es gab niemanden, der seine Schritte so genau durchdacht hatte, wie Thomas. Liam wollte einfach nicht glauben, dass er dieses Mal keinen Plan im Hinterkopf gehabt hatte. Irgendwie musste er entkommen sein, sie hatten nur nicht herausgefunden, wie, daran glaubte er fest.

»Ich denke, jeder von uns wünscht sich von ganzem Herzen, dass Thomas noch lebt«, gab Oliver zurück. »Doch haben wir alle gesehen, wie er gestorben ist«, ergänzte er und für einen kurzen Augenblick hatte sich Liam gewünscht, er hätte ihm den Glauben an sein Überleben einfach gelassen.

Liam wandte sich zu Hannah, die schweigend und mit Tränen in den Augen neben ihm stand. Er wusste, dass ihr viele Jahre der Verarbeitung bevorstanden. Keiner von ihnen würde jemals vergessen, was hier geschehen war – am allerwenigsten sie.

»Wären wir doch niemals hierhergekommen«, sagte Liam und schaute aufs offene Meer.

»Du kannst das Schicksal nicht beeinflussen«, antwortete Oliver. »Thomas ist nicht umsonst gestorben. Er hat sein Leben dazu genutzt, etwas Gutes zu bewirken und ich denke, wir haben ihm geholfen, sein Lebenswerk zu erfüllen.«

»Aber Narrok ist entkommen«, sagte Liam frustriert. »Und eines Tages wird er zurückkehren, da bin ich mir sicher.«

»Wie kommst du darauf?«, fragte Byrne, dem Liam scheinbar sämtliche Hoffnung auf ein endgültiges Ende dieser Sekte nahm.

»Weil er nach all seinen Taten niemals ein normales Leben führen kann. Irgendwann wird er zurückkehren und dann werde ich bereit sein«, sagte Liam entschlossen. »Ich werde Thomas' Platz einnehmen und seinen Kampf weiterführen, wenn es sein muss auch allein. Das schwöre ich.«

Sie schauten ihn an und erkannten etwas in seinem Gesichtsausdruck, das sie noch nie zuvor bei ihm gesehen hatten. Es war, als ob sich etwas in ihm für immer verändert hätte.

»Du bist aber nicht allein«, sagte Hannah und hob den Blick genau wie er zur aufgehenden Sonne. »Ich werde mit dir kommen, ganz egal was geschieht. Das ist der einzige Weg, wie ich diese Schuld ertragen kann.«

»Und dass ich dir zur Seite stehe, dürfte klar sein«, sagte Byrne und schaute ihn ernst an.

»Genau wie Oscar, wenn er wieder fit ist. Ich glaube, es hatte einen Grund, warum er uns über den Weg gelaufen ist. Er passt zu uns wie kein anderer und hat das Herz am rechten Fleck. Und unseren mürrischen Oli nehmen wir natürlich auch mit«, fügte er grinsend hinzu und legte seinen Arm um ihn.

»Einer muss euch ja den Arsch retten, wenn es hart auf hart kommt«, gab Oliver mit einem Lächeln im Gesicht zurück.

»Kommt, lasst uns gehen, bevor ich verhungere«, schlug Byrne vor, und gerade als sie sich abwandten, warf Liam einen letzten Blick aufs Meer.

Weit draußen auf dem offenen Ozean steuerte ein kleines Boot dem Horizont entgegen. Er konnte dieses Gefühl nicht genau beschreiben, doch es erfüllte ihn mit einer seltsamen Hoffnung.

Gerade, als er sich abwenden wollte, meinte er, jemanden zu erkennen, der ihm vom Bug aus zuwinkte. Vielleicht war es nur ein verzweifelter Wunschgedanke, tief in seinem Inneren, doch für Liam war klar, wer dieser Jemand war.

Liebe Leserinnen und Leser,

mit einem tiefen Gefühl der Dankbarkeit und Erfüllung schließe ich dieses Buch ab. Es war eine Reise voller Herausforderungen, Abenteuer und Entdeckungen. Ich bin unendlich dankbar für Eure Begleitung auf dieser Reise und ich hoffe, Ihr hattet genauso viel Spaß wie ich.

Mit den besten Wünschen,

Ethan Banks.

Wenn Euch das Buch gefallen hat, würde ich mich sehr über eine Bewertung freuen. Scannt dazu einfach den QR-Code mit Eurer Smartphone-Kamera ab und öffnet den angezeigten Link:

Wenn Ihr kein neues Buch mehr verpassen wollt, meldet Euch gern für meinen kostenlosen Newsletter an:

Printed in Poland
by Amazon Fulfillment
Poland Sp. z o.o., Wrocław

42516503R00177